Mark Foll ist irgendwie clever. Und er kann einem ganz schön auf die Nerven gehen. Als Telefonverkäufer dreht er den Leuten alles Mögliche an. Aber eines Tages geht es um echte Menschen und ihre wirklichen Probleme. Noch schlimmer: Es geht um eine Frau mit echten Gefühlen. Und da hört der Spaß auf. Ob er will oder nicht – eines Tages muss auch Mark Foll erwachsen werden. Spätestens wenn er sich verliebt.

»Faszinierend ist das Geschick des Helden, am falschen Ort zur falschen Zeit das Falsche zu sagen und sich weder darum noch um irgendwas sonst große Sorgen zu machen.«
The Guardian

»Unwiderstehlich, glaubwürdig, einfühlsam, überzeugend.«
The Independent

Sean French, geboren 1959, ist der männliche Part des erfolgreichen Autorenduos Nicci French. Unter diesem Namen hat er mit seiner Frau, Nicci Gerrard, mehrere Bestseller veröffentlicht. Sean French arbeitete als Journalist u. a. für die »Sunday Times« und »Vogue» und hat mehrere Sachbücher geschrieben. Er lebt mit seiner Familie an der Ostküste von England.

Unsere Adresse im Internet: www.fischerverlage.de

Sean French
Bin ich hier richtig?

Roman

Aus dem Englischen
von Rainer Schmidt

Fischer Taschenbuch Verlag

Veröffentlicht im Fischer Taschenbuch Verlag,
einem Unternehmen der S. Fischer Verlag GmbH,
Frankfurt am Main, August 2006

Lizenzausgabe mit Genehmigung des Scherz Verlags, Frankfurt am Main
Die Originalausgabe erschien unter dem Titel
»Start from Here« im Picador Verlag, London

Druck und Bindung: Druckerei C. H. Beck, Nördlingen
Printed in Germany
ISBN-13: 978-3-596-16747-0
ISBN-10: 3-596-16747-7

Für Nicci

Ich kann nur sagen, so war es nicht gedacht. Das war nicht der Plan. Ich weiß, es ist nicht der beste Augenblick für Bewertungen – des Plans, meines Lebens –, während ich hier um vier Uhr morgens wach liege, neben mir ein warmer, vernarbter Körper, der ein- und ausatmet, ein und aus. Manchmal beuge ich mich in törichter Sorge hinüber, wie es eine Mutter wahrscheinlich bei ihrem neugeborenen Baby tut, um nachzusehen, ob es noch atmet.

Morgens wecken mich die Vögel. Ich dachte immer, dieser Morgenchoral gehört ins Reich der Legenden, aber hier draußen gibt es ihn wirklich. Es ist ein wissenschaftliches Rätsel, aber es passiert: ein pfeifendes, quakendes, kreischendes Getöse, bis die Sonne aufgeht.

Um vier Uhr morgens sollte man eigentlich nicht über sein Leben nachdenken. Man sollte lieber was anderes tun. Aufstehen. Ein Bad nehmen. Einen Spaziergang machen. Die Morgendämmerung hier soll sehr schön sein.

Das ist die andere Sache. Wenn es so nicht geplant war, wie war es dann geplant? Es gab gar keinen Plan, aber was für einen Plan hätte es denn geben sollen? Wo sollte ich jetzt sein? Überall, aber nicht hier. Was hätte ich tun sollen? Alles, aber nicht das. Ich denke über die Vergangenheit nach, weil ich glaube, wenn ich alles richtig zusammenbringe, werde ich vielleicht verstehen, warum ich in dem Bett liege, in dem ich liege, und warum ich neben der Person liege, neben der ich liege. Vielleicht ist es zu nichts weiter gut.

Also rufe ich mir um vier Uhr morgens noch einmal alles in Erinnerung. Auch das ist ein Problem. Ich bin müde, so müde. Der Morgen graut, und mir ist, als wäre ich der einzige Mensch auf der Welt, der wach ist. Manchmal, wenn ich mir die Geschichte meines

Lebens erzähle – leise, im Kopf, um sie nicht zu wecken –, habe ich das Gefühl, ich war gar nicht in der Geschichte, in der ich zu sein glaubte. Aber es könnte sein, dass ich, wenn ich in der Geschichte gewesen wäre, in der ich zu sein glaubte, nicht hier gelandet wäre. Hier möchte ich gern sein. Und das ist gut, denn von allen anderen Seiten aus betrachtet, sieht es verdammt so aus, als wäre ich im Arsch.

Im Dunkeln denke ich an andere Dinge. Ich denke an die Zukunft, und dabei kommen mir die Tränen. Ich versuche mich an die Vergangenheit zu halten. Die Vergangenheit ist schon schwierig genug.

EINS

Sie wissen es nicht, aber es kann sein, dass Sie schon mit mir gesprochen haben. Sie würden sich nicht erinnern, aber möglich ist es. Als das Telefon klingelte, während Sie vor dem Fernseher saßen oder sich gerade eine Tasse Tee eingießen wollten. Sie gingen ran. Eine Stimme – vielleicht meine Stimme – fragte namentlich nach Ihnen, aber der Name stimmte vielleicht nicht ganz. Wenn Sie zum Beispiel Ferdinand James Robinson heißen, aber alle Welt Sie nur Jim nennt, dann würde ich trotzdem nach Ferdinand Robinson gefragt haben. Denn die Firmen kaufen solche Listen. Sie haben mal ein Formular ausgefüllt, weil Sie die Chance hatten, ein Auto zu gewinnen. Sie haben mal zwei Gutscheine eingeschickt, weil Sie den Gratis-Ofenhandschuh mit Motiven aus dem »Herrn der Ringe« haben wollten.

Das haben Sie vergessen, aber Ihr Name, Ihre Adresse und Ihre Bankverbindung wurden registriert und archiviert und wurden zu einer Ware, die verkauft wurde, bis sie auf meinem Bildschirm landete: als einer der drei- oder vierhundert Namen, die ich im Laufe meines Acht-Stunden-Tags abarbeiten musste.

Ja?, sagten Sie überrascht. Ich habe Sie gefragt, ob Sie Interesse an einer kostenlosen Überprüfung Ihrer Fensterrahmen hätten. Wenn ich es mir überlege, habe ich es wahrscheinlich nicht ganz so direkt formuliert. Ich habe Ihnen erklärt, dass ich für eine Firma arbeite, die in Ihrer Gegend Marktforschung betreibt – und ob Sie zwei Minuten Zeit hätten, um ein paar Fragen zu beantworten. Vielleicht haben Sie geantwortet, Sie hätten keine Zeit, weil Ihr Kind in der Badewanne sei. Ich habe Sie gefragt, wann es Ihnen besser paßt. Daraufhin haben Sie vielleicht den Hörer auf die

Gabel geknallt. Das war die Antwort, die mir am besten gefiel. Ich brauchte nur auf »KWA« für »Keine weitere Aktion« zu klicken. Wieder einer abgehakt. Als ob mich das kümmerte. Es waren nicht meine beschissenen Doppelfenster, die ich Ihnen verkaufen wollte. Ich kriegte fünf fünfundsiebzig die Stunde und hatte einen Zwei-Wochen-Vertrag. Man durfte allerdings nicht zu viele KWAs auf dem Bildschirm haben. Dafür hatten sie Parameter. Sie hatten für alles Parameter. Wenn die KWAs auf mehr als dreißig Prozent anstiegen – oder was immer die Grenze war –, wurde man einbestellt und nach dem Grund gefragt.

Wenn Sie bereit waren, uns bei unserer Marktstudie zu helfen, habe ich Sie gefragt, ob Sie sich für ein Gratisangebot für neue Doppelfenster interessieren würden. Wenn Sie mit Ja geantwortet haben, hätte ich am liebsten gesagt: Wenn Sie Doppelfenster haben wollen, wieso heben Sie dann nicht Ihren verdammten Arsch hoch und kümmern sich selber drum? Glauben Sie wirklich, Sie machen das beste Geschäft mit einem, der Sie zufällig anruft? Aber so ging es mir nur am Anfang. Nachher waren Sie nur noch eine Nummer auf meinem Bildschirm. Und ich war einer von dreihundert Leuten mit Headsets in einem Riesensaal in einem Lagerhaus in Hendon oder Isle of Dogs oder Edmonton oder Elephant and Castle.

Vielleicht ging es auch nicht um Doppelfenster. Vielleicht ging es um einen Kabelanschluss, und es ist sogar möglich, dass Sie *mich* angerufen haben, um einen Mobiltelefonvertrag abzuschließen oder um zu fragen, warum Ihre Flugtickets noch nicht gekommen seien. An jedem Terminal war ein kleiner Spiegel angebracht, und es gab die Anweisung, in den Spiegel zu schauen und zu lächeln, bevor man auf die Taste drückte, um den nächsten Anruf entgegenzunehmen. Der Kunde kann am Telefon immer hören, ob Sie lächeln, sagte man uns. Hallo, mein Name ist Mark, danke, dass Sie die Cowboy-Firma anrufen, für die ich gerade arbeite, und was kann ich für Sie tun?

Hoffentlich waren Sie nicht einer von denen, die ich angerufen habe, um ihnen zu sagen, dass sie einen Urlaub gewonnen hätten. Das war der einzige Job, den ich hingeschmissen habe, weil ich ihn nicht ertragen konnte. Ich habe Leute sagen hören, sie könnten nicht als Verkäufer arbeiten, weil sie psychologisch nicht damit zurechtkämen, dass man ihnen die Tür vor der Nase zuschlägt. Wenn man per Telefon verkauft, ist es nur eine metaphorische Tür, und es ist alles sehr distanziert, aber trotzdem sah man hin und wieder zwei oder drei Terminals weiter eine Frau, die kläglich schniefte. Sie war dann entweder eine Stunde später weg, oder sie war am nächsten Tag genau wie wir alle.

Aber wenn ich Leute anrief, um ihnen zu sagen, dass sie einen Urlaub gewonnen hätten, waren die aufgeknallten Hörer die Guten. Die Zweitbesten waren diejenigen, die sagten: Es geht um dieses Time-Sharing, nicht wahr? Oder – verständlicherweise – um dieses *beschissene* Time-Sharing. Obwohl dieser Kunde praktisch schon gestorben war, hatten wir eine feststehende Antwort darauf. Es gab eine feststehende Antwort auf alles. Ich sagte in einem solchen Fall: Als Bestandteil des Preises würden wir Ihnen gern einmal unsere einzigartige Anlageempfehlung vorstellen.

Schmerzhaft wurde es bei den Leuten, die sofort aus dem Häuschen gerieten, wenn sie erfuhren, dass sie einen Preis gewonnen hatten. Dann hörte man, wie sie andere Familienmitglieder riefen. Was war es denn? Zwei Wochen Spanien. Haben wir gewonnen? Ja, Sir. Herzlichen Glückwunsch. Und wann können wir fahren?

Nach und nach hörte man, wie ihre Begeisterung abflaute, wenn sie begriffen, mit welchen speziellen Bedingungen der Preis verbunden war. Sie würden an der Präsentation teilnehmen müssen. Ja, ja, sagten sie dann, aber was ist mit meinem Preis? Zwei Wochen Spanien inklusive Flug und Hotel? War da kein Haken dabei? Nein, natürlich nicht, lautete unsere Antwort. Bedingung war nur, dass sie die zwei Wochen in dem von uns ausgesuchten Hotel verbrachten und das Essen im Hotelrestaurant für die zwei Wochen im Voraus bezahlten.

An dieser Stelle ging drei Vierteln der übrig gebliebenen Kandidaten ein Licht auf: Es geht um dieses Time-Sharing, nicht wahr? Ich machte mit meinem vorbereiteten Vortrag weiter, aber es fühlte sich nicht gut an. Doch auch die waren noch nicht die Schlimmsten. Die Schlimmsten waren diejenigen, die sich die ganze Zeit nicht wieder einkriegten, die immer wieder ihrer Familie etwas zuriefen, und die sagten, sie hätten noch nie etwas gewonnen und sie könnten's gar nicht fassen. Wenn ich ihnen erklärte, dass sie jeden Abend im Hotel essen müssten, sagten sie nur, ja, ja, als wäre es ein unbedeutendes Detail, dieses Essen, für das sie bereitwillig einen unbekannten Preis bezahlen würden. Und was die Präsentation anging, an der sie teilnehmen mussten, um ihre Tickets zu bekommen – auch darüber waren sie ganz aus dem Häuschen.

Ich stellte mir vor, wie sie in irgendeinem miesen Konferenzsaal aufkreuzten, um sich die Investment-Präsentation anzuhören, wie sie da endlich ein leises Grummeln im Magen verspürten und an all die Freunde und Nachbarn denken mussten, denen sie schon von ihrem Gewinn erzählt hatten, und wie sie sich schließlich verdrückten. Ich hatte vor, einen der Superviser zu fragen, ob denn irgendjemand am Ende tatsächlich nach Spanien gekommen sei und zwei grimmige Wochen lang jeden gottverdammten Abend im Hotel ein miserables Essen zu einem aberwitzigen Preis eingenommen habe. Aber ich hab's nicht getan. Am dritten Tag bin ich nach der Mittagspause nicht wieder hingegangen.

Es war der größte Scheißjob von allen Jobs, die man sich vorstellen kann, die nicht regelrecht gefährlich sind oder bei denen man irgendwelches Zeug abbekommt. Aber es gab auch Vorteile. Man musste nicht früh aufstehen oder lange Überstunden machen. Es war nichts Schwieriges dabei. Es war in London. Die Bezahlung war mies, aber bei fünf fünfundsiebzig die Stunde mal acht Stunden mal fünf Tage mal zwei Wochen für einen Vertrag kamen vierhundertsechzig Pfund heraus. Damit kann man nicht gerade fette Beiträge in die Rentenversicherung einzahlen, aber man hatte doch einen schönen Batzen Geld in der Hand.

Aber wenn ich ehrlich bin, muss ich zugeben, dass ich auch ein bisschen so bin wie diese faulen Hunde, die nicht komplett abgeneigt sind, sich Doppelfenster einbauen zu lassen. Abgeneigt sind sie bloß gegen die Vorstellung, aus dem Haus zu gehen und sich selbst darum zu kümmern. Sie hocken zu Hause, und wenn sie nie im Leben Doppelfenster kriegen, haben sie das Geld eben gespart.

Wenn jemand anruft und ihnen kostenlos ein Angebot machen will, ist es ihnen auch recht. Okay, dann sind sie nicht durch alle Londoner Superstores gepilgert und haben die verschiedenen Marken verglichen – aber was gibt's da groß zu vergleichen? Halten sie nicht alle bloß die Zugluft ab? Was mir bei Doppelfenstern immer einfällt, ist eine Doppelfenster-Werbung, die es gab, als ich klein war: Da stand ein Typ in seinem Doppelfensterhaus und hatte eine Feder in der Hand. Und draußen auf dem Rasen landete vollrohr ein Hubschrauber, und der Typ ließ seine Feder fallen, und sie wehte ganz sachte zu Boden. Sehen Sie?, sagte er dann. Das sollte zeigen, wie gut die Doppelfenster waren, selbst wenn draußen ein Hubschrauber landete. Aber dann beging der Typ in dem Werbefilm Selbstmord. Nicht in dem Film. Im wirklichen Leben. Der Werbefilm wurde sofort abgesetzt. Das ist Regel Nummer eins beim Fernsehen. Wenn einer aus einem Werbefilm stirbt, kippen sie ihn sofort aus dem Programm. Aber in dem Fall zu spät. Seitdem verbinde ich mit Doppelfenstern den Tod, und zwar den gewaltsamen Tod.

Worauf ich damit hinauswill: Ich bin passiv. Ich habe mal ein chinesisches Sprichwort gehört: Wenn du nur lange genug am Fluss sitzt, wird der Leichnam deines Feindes vorübertreiben. Darüber muss man ein bisschen nachdenken, aber im Grunde bedeutet es, dass sich am Ende schon alles regeln wird. Wenn du lange genug im Sessel chillst, klingelt das Telefon, und jemand bietet dir Doppelfenster an.

Wenn man den ganzen Tag lang ein Headset am Kopf kleben hatte, geplagt von der paranoiden Vorstellung, dass einer der Manager mithörte, um zu überprüfen, ob wir auch nett genug zu den Kunden waren, war man abends meistens zu ausgepumpt, um noch etwas zu unternehmen, und wir alle krochen davon wie Katastrophenopfer. Aber hin und wieder gingen wir alle zusammen in den Pub, und vielleicht spendierte einer der Manager einen Drink, und dann musste man vor Dankbarkeit auf die Knie fallen. Bei dieser speziellen Gelegenheit hockten wir in einem Pub unten an der Themse, der deswegen zwangsläufig mit alten Rudern geschmückt war, mit Fischernetzen und mit diesen Rädern mit Griffen ringsherum, mit denen man Boote steuert. Ich unterhielt mich mit einem der Manager, einem Gentleman namens Selim. Aber ich darf ihn nicht falsch darstellen. Ich muss der ganzen Würde seines Titels gerecht werden. Seine offizielle Bezeichnung, die man auf einem Abzeichen an seiner Brust lesen konnte, war »Operational Systems Manager«. Wie es sich für seinen Stand geziemte, trug er einen grauen Anzug und eine nüchterne Krawatte. Wir andern trugen alles Mögliche: Sweatshirts, Jeans, Militärlok, Jogginganzüge, alles, was man sich denken kann.

Er spendierte mir ein Bier und trank selbst Orangensaft. Er sah sich im Pub um, der voll war von den menschlichen Trümmern, die wie wir unsere Schicht beendet hatten, und schüttelte den Kopf.

»Was für ein Anblick«, murmelte er.

Ich grunzte nur irgendetwas Nichtssagendes und trank mein Bier. Ich hatte meine eigenen Ansichten zu diesem Thema, aber die würde ich Selim nicht erzählen.

»Sie sind einer der Besseren«, sagte er.

»Das heißt nicht viel.«

»Wie meinen Sie das?«

»Das hier ist nicht gerade die bestmotivierte Mannschaft aller Zeiten.«

»Sie tun, was wir verlangen. Aber Sie tun ein bisschen mehr.«

»Haben Sie bei mir zugehört?«

»Wir kontrollieren die Zahlen. Ihre Zahlen sind nicht schlecht.«

»Das ist reiner Zufall. Es hängt immer davon ab, welche Namen man kriegt. Talent kommt gar nicht erst ins Spiel, wenn die Leute einen anschreien und den Hörer auf die Gabel knallen.«

»Es gibt keinen Zufall«, sagte Selim. »Langfristig gleicht sich alles aus. Wer war noch der Mann, der gesagt hat: ›Ein Verkäufer ist der einzige Mensch, der genau weiß, was er wert ist‹?«

»Ein Wichser«, sagte ich, bevor ich mich bremsen konnte. »Den würde ich gern mal in unserer Schicht arbeiten sehen.«

Selim runzelte die Stirn. Ich glaube, meine Ausdrucksweise gefiel ihm nicht.

»Sie sind zu gut für diesen Job«, sagte er.

»Bin ich nicht.« Ich hatte plötzlich das entsetzliche Gefühl, er werde mir gleich einen festen Job bei CC5 Ltd. anbieten; so hieß die Firma, für die ich in diesen zwei Wochen arbeitete. Eine völlig groteske Vorstellung. Letzten Endes ging es uns allen nur ums Geld, soweit welches zu haben war. Das war der allseits akzeptierte Deal. Wir erwarteten keine Gefälligkeiten und keinen Respekt von der Firma, und die Firma wusste, dass sie von uns, den ausgebeuteten Proleten, mit Fug und Recht nicht mehr als das blanke Minimum bekam. Aber Manager wie Selim waren eine Ausnahme. Sie waren eine Kreuzung aus Predigern und Straflageraufsehern. Wenn sie von Telefonmanieren oder Erfolgsquote redeten, fingen ihre Augen an zu glühen wie bei einem Geschöpf in einem Horrorfilm. Hastig korrigierte ich ihn.

»Wenn Sie meinen, ich sollte bei CC5 bleiben, sage ich Ihnen lieber gleich …«

»Nein, nein«, sagte Selim, »das meine ich absolut nicht. Ich dachte nur, Sie sind jemand, der über eine Karriere nachdenken sollte. Ich meine, das hier …« Er sah sich angewidert um wie ein Bauer auf einem verhagelten Feld. »Genauso gut könnten Sie Hamburger wenden. Sie sollten an die Zukunft denken. Hier können Sie nichts werden.« Wieder zog er ein Gesicht. Er hatte ein unglaubliches Repertoire an verächtlichen Gesichtsausdrücken. »Diese Callcenter werden in ein paar Jahren erledigt sein. Dann sind die alle in Indien. Da kosten sie ein Zehntel, und man findet Leute, die imstande sind, richtiges Englisch zu sprechen.«

Ich nahm noch einen Schluck Bier und schaute über Selims Schulter. Da war ein interessant aussehendes Mädchen, das drei Terminals weiter links und zwei unterhalb von mir arbeitete. Ein- oder zweimal hatten sich unsere Blicke getroffen, und wir hatten die Brauen hochgezogen, um zu zeigen, dass wir uns in unserer Verachtung für CC5 und alles, wofür es stand, einig waren. Ich wollte noch ein Wort mit ihr wechseln, bevor sie verschwand.

»Ich hab eigentlich nie viel über meine Karriere nachgedacht«, sagte ich.

»Das sollten Sie aber«, sagte Selim. »Wie alt sind Sie, Mark? Vierundzwanzig? Fünfundzwanzig?«

»Sechsundzwanzig.«

Er zog zischend die Luft durch die Zähne und schüttelte den Kopf.

»Vielleicht sieht es jetzt so aus, als ob es Spaß macht«, sagte er. »Aber wenn Sie dreißig sind, wird es nicht mehr so viel Spaß machen.«

»So viel Spaß macht's jetzt auch nicht.«

»Natürlich nicht«, sagte Selim.

Ich hatte mein Bier halb ausgetrunken, und ich sollte sofort sagen, dass ich Alkohol nicht besonders gut vertrage. Ich verliere sehr schnell meine Hemmungen, und ich war plötzlich sauer. Ich war die ganze letzte Woche ziemlich sauer gewesen, aber jetzt hatte ich jemanden, an dem ich es auslassen konnte.

»Zum Beispiel«, sagte ich. »Haben Sie sich jemals angeguckt, wo wir da arbeiten, was immer es ist? Ich kann mir nicht vorstellen, dass es je als Büro gedacht war.«

»Es war ursprünglich ein Lager.«

»Ein Lager, genau. Aber es ist ein Saustall. Hat CC5 nie daran gedacht, einen einigermaßen erträglichen Arbeitsplatz daraus zu machen?«

»Wozu? Vielleicht *soll* es ein Saustall sein. Wenn ein Büro allzu behaglich ist, werden die Leute anhänglich. Dann wollen sie bleiben.«

»Wäre das keine gute Idee?«

»Wenn sie bleiben, muss man ihnen Urlaub geben und Rente zahlen. Die Firma wird von ihnen abhängig, und sie sind abhängig von der Firma. Dazu ist CC5 nicht da.«

Ich trank mein Bier aus.

»Das klingt mir allmählich zu sehr nach einer Ausschusssitzung«, sagte ich. »Und so gern ich noch ein bisschen hier bleiben und die Unternehmensphilosophie erörtern würde – ich muss leider noch jemanden ...«

»Ich habe einen Freund drüben bei Wortley«, sagte Selim.

»Was ist das?«

»Eine Versicherung. Ein Freund von mir arbeitet da. Personalabteilung. Ich schicke Leute zu ihm.«

»Sorry, Selim, ich bin nicht interessiert.«

»Seien Sie kein Idiot, Mark. Sie würden weitgehend die gleiche Arbeit tun wie hier und doppelt so viel verdienen. Und wahrscheinlich stehen Topfpflanzen im Büro. Es ist eine gute Firma.«

Ich seufzte. Es war ein tiefer Seufzer, den er bemerken sollte. Dann nahm ich die Karte und steckte sie ein. Er klopfte mir väterlich auf die Schulter und ging weg, um dem nächsten armen Hund einen Drink zu spendieren.

Und ich ging wirklich hinüber zu dem Mädchen, meiner Beinahe-Nachbarin bei CC5. Ohne das Telefon-Headset sah sie noch besser aus. Sie hieß Julia, und ich durfte ihr einen Drink ausgeben. Sie unterhielt sich gerade mit jemandem, der aussah wie ein komplett hoffnungsloser Fall; sie hatte ein paar Verträge zuvor in Limehouse mit ihm zusammengearbeitet. Ich erzählte ihr, wie scheußlich ich das Büro bei CC5 fand, und sie sagte, es sei auch nicht schlimmer als die letzten paar Läden, in denen sie gearbeitet hatte. Ich fragte sie, wo sie wohnte. In Harlesden, sagte sie. Ich sagte, ich wohnte in Balham. Das sei aber ziemlich weit auseinander, meinte sie. Sie rechnete sich also schon aus, wie lange sie brauchen würde, um von mir zu sich nach Hause zu kommen. Das war ein besonders gutes Zeichen. Ich fragte sie, was sie nach der Arbeit so machte. Sie trank ihren großen Gin-and-Tonic aus und sagte, sie müsste jetzt leider los, weil sie sich mit ihrem Freund treffen wollte.

Es müsste eine Vorschrift geben, dass die Leute bestimmte Informationen auf ihr Namensschild schreiben müssen, damit man Zeit spart. Julia Soundso, Callcenter Operator, hat Freund.

Ich hatte also eine Niete gezogen. Aber ich rief immerhin Selims Freund an. Ich rechnete damit, dass die Sache sich als Windei erweisen würde, aber das tat sie nicht. Er lud mich ein, am Montag, wenn mein Vertrag abgelaufen wäre, bei ihm vorbeizukommen. Wie sich rausstellte, saß er in einem großen, modernen Gebäude in der Nähe der London Wall. Ich erwartete ein unverbindliches Schwätzchen, aber Selims Kumpel Phil machte so etwas offensichtlich nicht zum ersten Mal. Er ließ mich ein Formular ausfüllen und machte dann einen Persönlichkeitstest mit mir, der eher aussah wie die Aufnahmeprüfung für die Grundschule. Drei Dreiecke und ein Quadrat: Welche Form gehört nicht dazu? Psychologische Fragen waren auch dabei: Wenn Ihr Gegenüber einen Fleck auf dem Schlips hat, werden Sie a) es ihm sagen oder b) es ignorieren? Sie finden einen Fünf-Pfund-Schein auf der Straße. Werden Sie ihn a) behalten oder b) bei der Polizei abliefern? Bei manchen Fragen wäre ich gern weiter ins Detail gegangen. Zum Beispiel: Hatte jemals in der Geschichte der Menschheit jemand einen Fünfer verloren und war dann zur Polizei gegangen, um Verlustanzeige zu erstatten? Phil sagte, ich sollte einfach nur das Formular ausfüllen. Eine halbe Stunde später teilte er mir mit, ich hätte eine Stellung in der Schadenregulierungsabteilung bei Wortley Insurance Ltd.

ZWEI

Es kann immer noch sein, dass Sie schon mit mir gesprochen haben, aber diesmal waren auf jeden Fall *Sie* derjenige, der etwas von *mir* wollte. Die Rückwand Ihres Hauses war eingestürzt. Ihr Mann war die Treppe runtergefallen und lag im Koma. Sie hatten einen Frontalzusammenstoß in Reading, der Wagen rührte sich nicht mehr, es pisste in Strömen, Sie waren in Panik, und was zum Teufel sollten Sie jetzt machen? Es war ziemlich deprimierend, sobald man darüber nachdachte. Bei jedem Anruf ging es für jemanden um den schlimmsten Tag des Jahres oder sogar um den schlimmsten Tag seines Lebens. Und ich habe dann in ruhigem Ton mit Ihnen gesprochen. Da war kein Trick dabei. Ich hatte auch keine moralischen Bedenken. Sie hatten nicht angerufen, weil Sie wollten, dass jemand mit Ihnen weint. Es gab für alles ein Verfahren. Ich suchte eine Vertragswerkstatt heraus, und die kamen und holten Ihr Auto ab und gaben Ihnen ein anderes, und das Leben ging weiter.

Selim hatte Recht. Es war besser. Es war humaner. Es gab nicht nur Topfpflanzen, es gab auch einen flauschigen braunen Teppich und eine Kaffeemaschine in der Ecke. An den Wänden hingen Plakate, und darauf sah man Familien mit kleinen Kindern, die wuschelige Haustiere im Arm hatten, man sah Häuser und Autos. Mike, mein Abteilungsleiter, machte mich darauf aufmerksam. Sehen Sie sich das an, Mark. Das ist es, wofür wir stehen.

Unten war eine Cafeteria. Bei CC5 war auch eine Cafeteria gewesen. Oben. Wir waren unten. Ohne Tageslicht. Aber in der Cafeteria bei CC5 bekam man nichts zu essen. Es war ein Raum, in den man sich mit seinem Sandwich und seiner Wasserflasche setzen konnte.

Wir waren jetzt nur zu hundertzwanzig in einem Raum, und so hatten wir weniger Ähnlichkeit mit einer Termitenkolonie, sondern eher mit einer höheren Lebensform. Mit Nagetieren vielleicht. Es gab sogar ein bisschen Aussicht, auch wenn ich als Neuer keins von den guten Terminals am Fenster hatte. Ich saß in der Mitte, ein gutes Stück weit weg vom Fenster. Aber wenn ich morgens zu meinem Schreibtisch ging, konnte ich hinausschauen, und wenn ich abends rausging, noch einmal. Da war nicht viel zu sehen, nur die Gebäude gegenüber. Aber es gab Licht, echtes Licht von der Sonne, und das drang bis zu meinem Platz in der Mitte des Büros.

Der augenfälligste Unterschied betsand darin, dass wir Anzüge tragen mussten. Als Mike mir das bei unserer ersten Begegnung sagte, erhob ich symbolischen Protest.

»Wir telefonieren den ganzen Tag nur«, sagte ich. »Da könnten wir sogar nackt sein. Die Leute wüssten es nicht.«

Das Problem im Umgang mit Mike besteht darin, dass er sich an feste Verfahrensregeln hält. Genau wie ich, als ich in den Callcentern arbeitete. Man hat eine bestimmte Antwort auf alles.

»Aber *Sie* wissen es«, sagte er. »Solange Sie für uns tätig sind, repräsentieren Sie Wortley Insurance. Der Kundendienstmitarbeiter in der Schadenregulierungsabteilung repräsentiert die Versicherung ebenso sehr wie der Geschäftsführer. Vielleicht noch mehr. Für den Kunden, der unsere Dienste benötigt, sind Sie die Stimme von Wortley. Und ich glaube, dass der Kunde tief in seinem Innern weiß, ob Sie geschäftsmäßig gekleidet sind. Zudem haben wir ständig Kunden und Geschäftspartner im Haus, und wir wollen nicht, dass sie sich hierher verirren und Sie allesamt in Strandkleidung vorfinden.«

»Ich frage ja nur«, sagte ich. »Ich hab nichts gegen einen Anzug.«

Und mein Anfangsgehalt bei Wortley war fast das Doppelte von dem, was ich bisher verdient hatte. Zwanzigtausend im Jahr, fünf Wochen Urlaub, und das alles im Grunde für die gleiche Arbeit. Eigentlich war sie noch leichter, denn ich versuchte nicht mehr, Leute zu irgendwelchen Dingen zu beschwatzen, die sie nicht interessierten, und ich brauchte nicht Tag für Tag irgendeine lachhafte Erfolgsquote zu erreichen. Ein Typ, der zwei Reihen weiter saß, erzählte mir von einem Ein-Raum-Apartment drüben zwischen Camden Town und King's Cross, und so konnte ich meine Klamotten und meine Musik aus dem Dreckloch in Balham holen und hinüberschaffen. Es war toll. Da saß ich und telefonierte von neun bis halb sechs, und wenn ich wollte, konnte ich am Wochenende Überstunden machen. Nach vierzehn Tagen erledigte ich meine Arbeit im Schlaf, und ich saß wieder am Flussufer und wartete darauf, dass ein Leichnam vorbeitrieb.

Diese Telefonmühlen sind ein guter Ort, um Frauen kennen zu lernen. Zunächst mal sind ungefähr zwei Drittel der Mitarbeiter Frauen. Mike meinte, das liege an ihren kommunikativen Fähigkeiten und an ihrem Einfühlungsvermögen. Manchmal, wenn er in Predigerstimmung war, ermahnte er die männlichen Mitarbeiter, ihre weibliche Seite zu kultivieren. In den hinteren Reihen wurde dann meistens laut gefeixt. Wenn unsere Kunden uns im Augenblick der Not anrufen, sagte er, dann sind Sie ihr bester Freund, vergessen Sie das nicht, dann sind Sie der Nachbar auf der anderen Seite des Gartenzauns, Sie sind ihre alte Mutter, Sie sind der Barmherzige Samariter, der nicht auf die andere Straßenseite wechselt. Diese Leute haben keine Freunde, an die sie sich wenden können, die meisten jedenfalls nicht. Sie sind ihr Freund.

In gewisser Hinsicht war es ziemlich rührend.

Zwei Reihen rechts und eine hinter mir saß Sonia. Wie alle Frauen im Saal trug sie ein Kostüm mit einem Rock, keine Hose, und wie die meisten Frauen hatte sie ihr Haar straff nach hinten zu einem Knoten gebunden, und wie ziemlich viele Frauen hier trug sie schwarze Strümpfe. Vermutlich könnte man den beiden Gründen, die Mike für unsere Anzüge anführt, einen dritten hinzufügen. Unser aller Gedanken sollten vom Thema Sex und sexuelle Anziehung abgelenkt werden. Aber diese unglaublich strengen Uniformen hatten auf mich exakt die gegenteilige Wirkung, besonders wenn ich die übliche Checkliste durchging: Lackschäden, Zeugen, Versicherungsdaten des Unfallgegners. Ich hatte was zum Anschauen.

Sonia hatte hellbraunes Haar und blasse Haut. Sie wurde leicht rot – man sah es deutlich an ihren Wangen. Das hab ich gleich beim ersten Mal bemerkt, als unsere Blicke sich trafen. Sie hatte eine leise Stimme, und deshalb konnte ich meistens nicht hören, was sie am Telefon sagte. Aber diesmal war Chad, der sozusagen an dem Terminal auf der Hypotenuse zwischen uns saß, nicht an seinem Platz, und an diesem Nachmittag hatte sie ein langes und verwickeltes Gespräch zu führen. Obwohl ich einen Anruf nach dem andern entgegennahm, bekam ich schnell mit, dass sie es mit einem Abwasserproblem zu tun hatte. Mit einem Rohabwasserproblem. Das hatten wir oft. In meiner ersten Woche bei Wortley gab es Hochwasser in einem Dorf in Worcestershire. Es kam zu einem Stau in der Kanalisation, die Gullys liefen über, und das Rohabwasser strömte über die High Street und in die Häuser der Leute. Im Grunde heißt das: Scheiße, Klopapier und wahrscheinlich Tampons, und was die Leute sonst noch alles ins Klo schmeißen. Der Ausdruck »Rohabwasser« soll verhindern, dass man dabei an Scheiße denkt, aber ich musste bei dem Wort »roh« nur an Dinge denken, die man kocht und isst, und da hätte ich doch lieber an Scheiße gedacht.

Sonia sprach mit einem Hausbesitzer, der ein massives Rohabwasserproblem hatte. Er hatte neue Teppiche und Möbel und einen Hund, und alles war voll Rohabwasser. Sonia versuchte die erschöpfenden Details aufzunehmen, aber der Kunde war offenbar ziemlich durcheinander, und Sonia musste ihm dauernd alle möglichen Passagen noch einmal vorlesen. Zuerst versuchte sie es murmelnd, aber entweder war der Kunde taub oder die Leitung war schlecht – jedenfalls forderte er sie immer wieder auf, lauter zu sprechen, und die junge Dame mit der sanften Stimme war gezwungen, buchstäblich aus voller Lunge schreiend von braunen Flecken zu reden, die sich ausbreiteten, von Gestank und Fäkalien und von undefinierbaren Substanzen, die zur Tür hereingeschwommen kamen.

Betreten sah sie sich um, unsere Blicke trafen sich, ich lächelte und sah, dass sie errötete, als ginge es darum, im Biologieunterricht zu demonstrieren, was Erröten bedeutete. Ein purpurroter Fleck breitete sich auf ihren Wangen aus. Sie schaute rasch weg.

Einer der Vorzüge einer richtigen Cafeteria war es, dass man dort seine Arbeitskollegen treffen konnte; man konnte sich mit seinem Tablett zu ihnen setzen und mit ihnen plaudern. Unser Blickwechsel hatte mir eine klassische Eröffnung geliefert. Wahrscheinlich sind Sie schon selbst draufgekommen. Am nächsten Tag sah ich sie mit einer Freundin am Tisch sitzen. Ich ging hin und fragte sie, ob noch ein Platz frei sei. Sie sagte ja.

»Hi«, sagte ich. »Wir sind ja fast Nachbarn.«

»O ja«, sagte sie.

»Gefällt mir wirklich gut, wenn Sie so schmutzige Sachen sagen.«

Sie machte ein erschrockenes Gesicht. »Wovon reden Sie?« Sie sah die Frau gegenüber an, die mich ebenfalls verblüfft anstarrte.

Wie buchstäblich alle klassischen Eröffnungen war es total in die Hose gegangen, und ich musste eine lächerlich umständliche Erläuterung vom Stapel lassen und erzählen, wie ich ihr Gespräch über den Abwasserschaden mitgehört hatte.

»Ach, das.« Sie lächelte nicht, als sie sich daran erinnerte. »Ja, das war ziemlich vertrackt. Der Mann, mit dem wir die Versicherung abgeschlossen haben, hatte letzte Woche einen Herzinfarkt. Er liegt auf der Intensivstation. Ich musste alles mit seiner Frau besprechen, und sie war ziemlich aufgelöst.«

»Das macht die Sache noch weniger komisch«, sagte ich.

»Welche?«

»Nicht, dass sie sonst komisch gewesen wäre. Vermutlich ist es nicht möglich, dass etwas noch weniger komisch als überhaupt nicht komisch ist.«

Es lief eindeutig nicht gut, aber zumindest sprachen wir miteinander, und mit großer Mühe gelang es mir, die Unterhaltung in eine andere Richtung zu lenken und ihr zu erzählen, dass ich noch neu in der Firma sei, und dann fragte ich sie, wie lange sie schon dabei war, und dann hatten wir die Kurve gekriegt.

Der springende Punkt bei dem Leichnam im Fluss ist der, dass es nicht ausschließlich darum geht, am Ufer zu sitzen und nichts zu tun. In Flüssen treiben massenhaft merkwürdige Dinge, und man muss den Leichnam erkennen, wenn er vorüberschwimmt. Um zu diesem Augenblick zu kommen, muss ich vier oder fünf Wochen weitergehen. Es war ein regnerischer Sonntagmorgen, und ich lag in meiner nicht mehr ganz neuen Wohnung in Camden im Bett mit Sonia Vaughan. Sie war am ganzen Körper blass, als wäre sie noch nie draußen in der Sonne gewesen. Die Nippel an ihren kleinen Brüsten hoben sich davon ab, obwohl sie hellrosa waren. Ihr Schamhaar war leuchtend rot, ganz anders als die Haare auf ihrem Kopf.

Ihre Haut faszinierte mich. Sie hatte etwas leicht Gruseliges. Ich musste dabei an Kälber denken, die im Dunkeln aufgezogen werden und verzweifelt an den Gittern ihres Stalls lecken, weil sie nach dem Eisen lechzen, das in ihrem Futter fehlt. Ich musste an neugeborene Mäusebabys denken, deren Augen noch geschlossen sind und die kein Fell haben, nur nackte, rosige Haut. An Sonia selbst war nichts Gruseliges. Außerhalb des Büros und ohne ihr Kostüm war sie weder still noch schüchtern noch missbilligend. Sie rauchte und trank und hatte einen Haufen Freunde.

Aber noch jetzt, in den letzten Phasen unserer Beziehung – sie wusste übrigens nicht, dass es die letzten Phasen waren – noch jetzt streichelte ich gern diese unglaublich glatte, weiche Haut und dachte dabei, dass ich eines Tages in der nahen Zukunft nie wieder dieses Gefühl würde haben können.

Ursprünglich hatten wir geplant, aufzustehen und auf den Markt zu gehen, aber der Regen prasselte ans Fenster, als wäre es die Windschutzscheibe eines Autos; also stand ich auf, machte Kaffee und Toast und brachte alles zum Bett, während sie noch halb schlief. Ich fand es seltsam. Wenn sie im Büro vor ihrem Monitor saß, erschien sie so effizient und energisch, aber an diesem Morgen in meinem Bett sah sie aus, als wäre sie aus Teig.

»Mmmm«, sagte sie, und sie biss ein Stück Toast ab und nahm einen Schluck Kaffee, bevor sie es herunterschluckte. »Das ist nett von dir. Zieh deinen Bademantel aus und komm wieder ins Bett.«

»Wenn ich meinen Kaffee getrunken hab«, sagte ich. »Mir ist kalt.«

»Ich wärme dich.«

»Wenn du deinen Kaffee getrunken hast.«

»Du klingst sehr etepetete, wenn du das sagst.«

»Bin ich aber nicht«, sagte ich.

»Du hast Angst, dass ich dir den Kaffee ins Bett schütte.«

»Ich würde nicht sagen, ich habe Angst davor. Ich meine, Angst ist kaum das richtige Wort.«

Wir mampften eine Zeit lang schweigend unseren Toast und tranken unseren Kaffee. Ich drehte mich um und sah, dass Sonia mich anschaute.

»Was ist?«, fragte ich.

»Was ist was?«

»Du hast mich misstrauisch angeschaut.«

»Ich hab über dich nachgedacht.«

Ich war nicht sicher, dass mir gefiel, wie sich das anhörte. »Was hast du gedacht?«

»Ich hab daran gedacht, was du tun solltest. Ich meine, in der Firma.«

»Mach ich was falsch?«

»Eigentlich nicht, aber es ist nicht das, was du tun solltest: den ganzen Tag am Schreibtisch sitzen und Schadensmeldungen bearbeiten.«

»Was ist daran auszusetzen?«

»Hast du keinen Ehrgeiz?«

»Nein. Ich bin zufrieden mit dem, was ich mache. Die Arbeit erledige ich im Schlaf, und ich werde gut bezahlt. Sieh dir die Wohnung hier an. Du hättest die Bude sehen sollen, die ich in Balham hatte. Da hätte es dir keinen Spaß gemacht, sonntags morgens im Bett liegen zu bleiben.«

»Du solltest mal mit jemandem sprechen.«

»Du meinst, mit einem Arzt?«

»Blödmann. Mit jemandem von der Geschäftsleitung. Geh hin und sag ihnen, du willst was Besseres haben.«

Ich überlegte kurz. Das war nun überhaupt nicht das, was ich vorgehabt hatte.

»Wieso tust *du* das nicht?«, fragte ich.

»Ich will nichts Besseres. In ungefähr sechs Monaten hab ich ein bisschen Geld zusammen, und dann bin ich weg. Ich werde ein bisschen reisen.«

Ich trug Kaffeebecher und Teller zur Spüle. Sonia war beeindruckend frei von jeder Hausfraulichkeit. In einem ganzen Monat hatte ich wirklich kein einziges Mal gesehen, dass sie eine Tasse ausspülte. Ich kam zum Bett zurück, und sie zog mir den Bademantel herunter und kicherte, weil der Gürtel sich verheddert hatte.

»Weißt du«, sagte ich, »das Problem ist, dass ich mich nie als Mitarbeiter eines Versicherungsunternehmens gesehen habe.«

»Halt den Schnabel«, sagte sie und fuhr mir mit der Hand über die Brust. »Willst du über Versicherungen reden oder willst du ficken?«

»Ficken«, sagte ich.

Und wir taten es. Es war jener gute Morgensex, bei dem man anscheinend alles viel mehr spürt als nachts. Nur, dass ich auf halber Strecke anfing, mir vorzustellen, ich sei mit Christine zusammen, einem Mädchen, dessen Monitor drei Reihen hinter Sonia stand. Sie war größer als Sonia und hatte größere Brüste, und ich stellte mir vor, wie anders es sich anfühlen würde, sie zu ficken. Dann kriegte ich Paranoia, weil ich plötzlich Angst hatte, ich könnte Sonia Christine nennen. Vielleicht hatte ich es schon getan. Vor lauter Sorge benutzte ich überhaupt keinen Namen, als ich kam, sondern stöhnte nur irgendwas Unverständliches.

»Du meinst also, ich sollte mit Mike sprechen?«, fragte ich nachher.

»Was? Ach so. Nein, gib dich nicht mit ihm ab. Er hat nichts zu sagen. Er will nur, dass die Telefone funktionieren.«

Ich lehnte mich hinüber und streichelte die Haut auf ihrem Bauch und an der Unterseite ihrer Brust. Die Haut, die am weichsten ist.

»Soll ich mal zur Personalabteilung gehen? Ich könnte mich um eine Managementstelle bewerben.«

Sie fing an zu lachen.

»Was?«

»Ich kann nicht fassen, dass ich dieses Gespräch führe«, sagte sie. »Ich hätte den Mund halten sollen.« Sie nahm meine Hand und hielt sie fest. »Hör zu. Zeig ein bisschen Initiative. Such dir jemanden im Management aus, der ein bisschen Macht hat, und dann hämmerst du an seine Tür.«

»Was? Im Ernst?«

»Versuch's. Entweder schmeißen sie dich raus und vergessen dich, oder sie sind beeindruckt. Oh, da ist noch was.«

»Was denn?«

»Ich glaube, ich bin gerade dabei, mich in dich zu verlieben.«

Ich brauchte einen Moment, um zu kapieren, was sie da gesagt hatte. Ich war darauf nicht vorbereitet. Mein Gehirn erwartete noch immer Karrieretipps. Als es schließlich wieder mitkam, sagte es zu sich selbst: Ach du Scheiße. *Ich* sagte nichts.

»Sorry«, sagte sie. »Das hätte ich besser für mich behalten.«

Ich sagte immer noch nichts.

»Ich kann mir nicht vorstellen, dass es so ein großer Schock ist. Wir sind lange genug zusammen.«

Jetzt musste ich etwas sagen.

»Darüber wollte ich mit dir sprechen«, fing ich an. »Ich hab das Zeug im Bad bemerkt. Die Zahnbürste, die Sachen im Spiegelschrank. Deine Slips in der Schublade.«

»Ist das ein Problem?«, fragte sie. »Ich hab hier übernachtet. Was soll ich morgens machen?«

»Wir hätten darüber sprechen müssen«, sagte ich. »Es ist, als ob du heimlich einziehst. Auf einmal bist du da.«

»Und wäre *das* nicht entsetzlich?« Sie schluckte heftig, und ich sah, dass ihre Augen glitzerten.

Ganz plötzlich warf sie die Decke zurück und stand auf. Ich sah ihren blassen, schlanken Körper und begehrte sie plötzlich mehr, als ich es je getan hatte, seit wir uns kannten. Es kostete echte Anstrengung, sie nicht aufzuhalten und zu sagen, es sei alles in Ordnung.

»Es dauert nur ein paar Minuten, dann hab ich alles eingesammelt«, sagte sie und zog sich den BH noch vor dem Slip an. Es kam mir seltsam liebenswert und intim vor, wie sie mich anschrie, während sie nach hinten langte, um den Verschluss einzuhaken. Sie ging zu meiner Schublade, nahm einen Slip heraus und hielt ihn in die Höhe, als sei er ein Zeichen für etwas, ehe sie ihn anzog. Ich sah zu, wie sie ihre Jeans und ein T-Shirt und einen Pullover anzog. Sie musste sich auf die Bettkante setzen, um in Strümpfe und Schuhe zu kommen. Dann verschwand sie im Bad, und es klapperte laut, als sie ihre Sachen in eine Plastiktüte warf.

Sie kam zurück ins Zimmer und trug die Tüte über der Schulter.

»Ich glaube, das war alles«, sagte sie, und dann brach sie ab und suchte nach Worten. »Du ...« Ich dachte, sie würde mich beschimpfen, aber das tat sie nicht. »Es tut mir Leid«, sagte sie. »Wahrscheinlich war es mein Fehler. Vielleicht hab ich dich zu sehr bedrängt. Das mach ich anscheinend immer, ich ...«

Es schnürte ihr die Kehle zu, und sie konnte nicht weitersprechen. Sie sah so traurig und so hübsch aus, und ich dachte daran, wie sie am Telefon über Scheiße gesprochen hatte, und ich wollte etwas sagen, um sie zu trösten, aber hauptsächlich wollte ich natürlich, dass sie ging. Ich brachte nur ein Achselzucken zustande, und sie ging.

Von da an war die Nähe natürlich ein Problem. Aber Sonia war eine Frau, die auch in ihren eigenen Angelegenheiten Entschlossenheit zeigen konnte, nicht nur in meinen. Als ich am nächsten Tag zur Arbeit kam, hatte sie bereits den Platz mit einer ziemlich auffallenden Asiatin namens Meera getauscht und war weit, weit weg im Nordosten.

DREI

Im achten Stock roch es nach Geld. Es war, als liege es haufenweise auf dem Boden herum. Alles war besser als im zweiten Stock. Dinge, bei denen man gar nicht darauf kommen würde, dass sie besser sein könnten. Bessere Türgriffe und bessere Zeitungsständer. Es waren auch keine normalen Büros. Das Fußvolk war auf ein halb offenes Großraumbüro verteilt, und die leitenden Angestellten hatten ihre Zimmer am Rand, aber selbst die hatten Glaswände. Wenn man sich in der Nase bohren wollte, musste man auf die Toilette der Geschäftsleitung gehen. Aber wahrscheinlich lohnte sich das sowieso.

Ich ging außen herum und bemühte mich, auszusehen, als wüsste ich, wohin ich wollte. Schließlich kam ich zu der Tür, die ich suchte. Darryl Wingate. Bereichsleiter – Versicherungsverträge. Es war eins der guten Büros, ein Eckzimmer mit Fenstern von Wand zu Wand. Es war ein so gutes Büro, dass es noch ein Vorzimmer hatte, durch das man gehen musste, um hineinzukommen, ein Filter, der Leute wie mich ausfilterte. An einem Schreibtisch saß eine Frau. Wingates Sekretärin, bloß dass sie wahrscheinlich nicht Sekretärin hieß, sondern Executive Personal Assistant oder so was. Sie war sehr adrett gekleidet und trug ein gemustertes Tuch um den Hals, das mit einer kleinen goldenen Klammer zusammengehalten wurde. Stewardessen tragen so was.

»Hallo, kann ich Ihnen helfen?«

»Ich bin Mark Foll«, sagte ich. »Ich möchte zu Mr. Wingate.«

»Haben Sie einen Termin?«

Sie wusste, dass ich keinen hatte. Sie führte seinen Terminkalender. Sie *war* sein Terminkalender.

»Ich arbeite unten. Ich wollte kurz mit Mr. Wingate sprechen. Es dauert nur eine Minute.«

»Mr. Wingate ist in einer Besprechung.«

»Ich warte, und dann dauert's auch nur eine Minute.«

»Mr. Wingate geht danach sofort zu einem anderen Meeting.«

»Ich könnte zwischen den beiden Meetings ganz kurz mit ihm sprechen.«

»Das ist ganz unmöglich. Was wollen Sie denn, Mr. ...?«

»Foll«, sagte ich. »Mark Foll.«

Ich bekam feuchte Hände und hatte plötzlich das Bedürfnis, eine Entschuldigung zu murmeln und schleunigst in den zweiten Stock zurückzukehren. Aber ich hatte Tage gebraucht, um mich zu stählen und meinen Mut so weit zusammenzunehmen, dass ich hierher gekommen war. Jetzt musste ich es durchstehen. Andererseits hatte ich meinem Superviser unten gesagt, dass ich auf die Toilette ging. Ich konnte nicht unbegrenzt wegbleiben. Wenn es noch viel länger dauerte, würden sie die Bluthunde losschicken. Da ging die innere Tür auf, und zwei Leute kamen heraus. Als Erstes eine Frau, die ungefähr in meinem Alter war, vielleicht jünger. Sie hatte ein dunkles Kostüm und schwarze Schuhe an. Bis dahin sah sie aus wie buchstäblich jede andere Frau im Gebäude, aber ihr Haar war nicht zurückgebunden. Es war blond und so fein, dass man es nur schwer hätte zusammenbinden können. Und sie trug eine Brille, aber man merkte es nicht sofort, denn es war eine schmale Brille ohne Rand.

Hinter ihr kam der Mann, den ich für Wingate hielt. Er war älter und hatte graues Haar und ein graues Gesicht. Er trug kein Jackett, und deshalb konnte ich sein ganzes Hemd sehen; es war gestreift wie ein Pyjama und flimmerte, dass einem die Augen wehtaten. Keine Krawatte der Welt hätte dazu gepasst. Seine auch nicht. Sie hing einfach davor und schien das Beste zu hoffen.

»Na, ist heute Töchtertag?«, sagte ich.

Er drehte sich um und bemerkte mich erst jetzt.

»Was?«, sagte er.

Es hatte das Eis brechen sollen, um dann zu einem Gespräch über meine zukünftigen Karriereaussichten überzuleiten. Aber jetzt trat eine furchtbare Stille ein. Offenbar musste ich meine Bemerkung erläutern.

»Sie wissen schon, Töchtertag«, sagte ich. »Als ich zur Schule ging, gab's jedes Jahr einen Tag, an dem die Väter ihre Töchter mit zur Arbeit nahmen. Um sie zu ermutigen, sozusagen. Eine feministische Idee.«

Wingate und die Frau sahen einander fast ungläubig an.

»Ich weiß, was der Töchtertag ist«, sagte er, »aber meinen Sie etwa ...?« Wieder sah er die Frau an. »Wer sind Sie?«

»Foll«, sagte ich. »Mark Foll.«

»Und?«

»Ich arbeite in der Schadenregulierung. Im Callcenter.«

»Dann sind Sie auf der falschen Etage«, sagte Wingate. »Sie müssen mit dem Aufzug in den zweiten Stock fahren.«

»Nein, nein«, sagte ich. »Ich wollte zu Ihnen. Ich möchte mit Ihnen sprechen.«

»Worüber?«

»Ich dachte, wenn Sie beide miteinander fertig sind, könnten wir uns unterhalten.«

»Darf ich Sie mit Donna Kiely bekannt machen?«

»Hi, Donna.« Ich streckte die Hand aus. Sie nahm sie nicht.

»Sie ist unser General Manager.«

»Das klingt wichtig.«

»Wichtig?«, wiederholte Wingate. Er war ein bisschen rot geworden. »Wie, sagten Sie, heißen Sie?«

»Foll«, sagte ich. »Mark Foll. Schadenregulierung.«

»Warten Sie hier«, sagte er und verschwand in seinem Zimmer. Es wurde ein bisschen unbehaglich, als nur ich und Donna und Wingates strenge Sekretärin in einem Büro herumstanden, ohne dass wir uns viel zu sagen hatten. Ich hasse Stille. Ich muss sie ausfüllen.

»Ruft wahrscheinlich die Security«, sagte ich. »Aber sie können mich nicht rauswerfen. Ich arbeite hier.«

Sie sagten nichts. Zum Glück kam Wingate zurück.

»Ich habe in der Schadenregulierung angerufen.«

»Sehen Sie?«

»Der Superviser sagt, Sie wären zur Toilette gegangen.«

»Ja, das stimmt. Wissen Sie, ich hatte da ein Problem. Ich wollte mit Ihnen sprechen. Aber wenn ich es außerhalb der Geschäftszeit oder in der Mittagspause versuchen würde, wären Sie nicht da. Und wenn ich es während der Arbeitszeit täte, müsste ich unten erklären, warum ich zu Ihnen wollte.«

»Und warum wollen Sie zu mir?«

»Sie meinen, das soll ich Ihnen jetzt sagen?«

»Ja.«

»Was? Jetzt?«

Ich sah Donna Kiely an. Sie nagte an ihrer Unterlippe. Eine nervöse Angewohnheit.

»Ja. Jetzt.«

»Es wird ein bisschen krass klingen.«

»Krass?«

»Krass. Zu krass.«

»Sagen Sie es einfach. Oder gehen Sie.«

»Ich möchte einen interessanteren Job.«

Als ich mir diese Szene in den Tagen zuvor ausgemalt hatte, hatte ich mir verschiedene Reaktionen vorgestellt und mir die entsprechenden Antworten zurechtgelegt. Aber was jetzt passierte, hatte ich nicht erwartet. Neben mir kam es zu einer Explosion. Donna lachte. Es dauerte eine Weile, bis sie sprechen konnte.

»Sind Sie echt?«, fragte sie schließlich.

»Wie?«

»Haben die Jungs im Büro Sie engagiert? Werden Sie gleich anfangen zu singen und sich die Kleider vom Leib reißen?«

»Nein«, sagte ich. Meine Wangen fühlten sich heiß an. Ich fragte mich, ob ich mich hier etwa komplett zum Narren machte. Entwickelte sich gerade die komische Geschichte, die sie später erzählen könnte? Von diesem Clown, der ohne Termin ins Büro spaziert kam und Stuss redete?

»Bewirbt man sich so um eine Beförderung?«

»Ja, ich möchte was anderes tun.«

Es war still. Ich sah, dass Wingates Kiefermuskeln sich anspannten, ungefähr einmal pro Sekunde.

»Seit wann arbeiten Sie hier?«

»Seit etwas mehr als zwei Monaten.«

Wingate machte ein Geräusch, das halb Schnauben, halb Seufzen war.

»Seit zwei Monaten?«

»Etwas mehr.«

»Haben Sie daran gedacht, mit Ihrem Supervisor zu sprechen?«

»Was kann der denn tun?«

»Er ist Ihr Chef, verdammt.« Er sah Donna an. »Sorry. Soll ich ihn entlassen oder einfach aus dem Fenster werfen?«

»Weshalb?«, fragte ich empört.

»Weil Sie ein Idiot sind.«

»Hören Sie, ich hab doch nur gefragt.«

Diverse Blicke gingen hin und her. Wingates Sekretärin saß schon längst wieder an ihrem Schreibtisch und tat, als habe sie was zu erledigen. Ich sah, dass Donna Wingate zunickte.

»Sprechen Sie mit ihm«, sagte sie. »Es war immerhin ziemlich mutig, hier heraufzukommen.«

»Schön«, sagte Wingate. »Schön. Kommen Sie rein.« Er sah Donna an. »Soll ich später nachkommen?«

»Ich bleibe dabei, wenn's recht ist. Das möchte ich mir nicht entgehen lassen.«

»Schön, sagte Wingate, »schön, dann sind wir alle dabei. Margaret?« Seine Sekretärin drehte sich um. »Könnten Sie unten in der Schadenregulierung anrufen? Die denken sonst, Mr. Foll hätte einen Unfall gehabt. Sagen Sie ihnen, dass er hier ist.«

Wir gingen durch die Tür. Es war großartig. Als hätte ich etwas gewonnen. Die Aussicht in Wingates Büro war fantastisch.

»Ist das die echte London Wall?«

»Was?«, fragte Wingate.

»Da draußen. Ich nehme an, London Wall ist die alte Stadtmauer. Ich frage mich, ob das dazugehört.«

»Weiß ich nicht«, sagte er. »Könnten Sie sich jetzt bitte dort hinsetzen?«

Ich setzte mich auf einen Stuhl unmittelbar vor seinem Schreibtisch. Donna nahm außerhalb meines Gesichtsfeldes auf einem

Sofa an der Wand Platz. Wingate griff zu einem Stift und klopfte damit auf einen Notizblock. Das Geräusch klang gedämpft und nicht zufrieden stellend.

»Und?«, sagte er. »Was haben Sie zu sagen? Oder soll ich Ihnen einfach nur einen besseren Job geben?«

»Nein, ich hab schon darüber nachgedacht. Ich bearbeite Schadensfälle am Telefon. Sie wissen schon, kleine Unfälle, Brände, bekleckerte Teppiche. Keine abgebrannten Fabriken, nichts Großes. Aber schon am Telefon, wenn ich mit den Leuten spreche, ist es offensichtlich, dass ungefähr ein Viertel der Ansprüche ziemlich fragwürdig ist, und von denen ist ungefähr die Hälfte verdammt fragwürdig.«

»Das ist kein Problem«, sagte Wingate. »Wenn die Ansprüche unberechtigt sind, zahlen wir nicht.«

»Es ist doch ein Problem. Ich will damit sagen, dass diese Fälle einen Geruch von Fragwürdigkeit haben. Ich meine, ich kann ja am Telefon nicht erkennen, ob sie absichtlich Kaffee über einen alten Teppich gekippt haben, damit sie sich einen neuen kaufen können. Oder ob sie ein Fahrrad, das angeblich aus dem Schuppen geklaut worden ist, in Wirklichkeit ihrem Neffen zu Weihnachten geschenkt haben. Dazu müsste ich hinfahren und mir die Sache selbst ansehen. Das soll heißen, ich könnte dem Unternehmen garantiert mehr Kosten ersparen, als mein Jahresgehalt beträgt.«

Wingate lächelte kaum merklich, aber es war kein arschmäßiges Lächeln. Es sah eher amüsiert aus.

»Wie würden Sie das machen?«

»Statt im Büro herumzusitzen und die Ansprüche telefonisch zu regeln, würde ich hingehen und mich umsehen. Ich kann absolut dafür garantieren, dass fünf bis zehn Prozent der Ansprüche sich in Luft auflösen, wenn ich nur um die Ecke gucke.«

Wingate hörte auf, mit seinem Stift zu klopfen, und malte stattdessen Kreise auf seinen Block.

»Das würden Sie sicher tun, Mark«, sagte er. »Aber ich bin sicher, Sie wissen auch, dass diese Idee auch schon anderen Leuten gekommen ist. Wir haben Schadeninspektoren, die genau diese Arbeit tun.«

»Ja, aber ich rede von den Ansprüchen, die ich am Telefon regle. Die checkt niemand.«

»Ich habe keine Lust, mich in eine Diskussion über betriebliche Abläufe verwickeln zu lassen, aber ich bin sicher, dass auch diese Ansprüche zum Teil überprüft werden. Wir schicken Leute los, die Autoreparaturen überprüfen. Und ich gehe davon aus, dass Ihr Supervisor bei einigen Ihrer Schadensfälle eine weitere Kontrolle veranlasst.«

»Aber was haben Sie bei meinem Angebot zu verlieren?, fragte ich.

Jetzt sprach Donna zum ersten Mal. »Was ist mit den Leuten, die berechtigte Ansprüche stellen und die Sie damit verärgern?«

»Die kriegen doch ihr Geld.«

»Aber Sie sind der einzige Mitarbeiter von Wortley, den sie je zu Gesicht bekommen, und Sie schnüffeln rum und machen ihnen Ärger. Vielleicht wechseln sie zu einer anderen Versicherung, die sie nicht drangsaliert.«

»Das werden aber nur wenige tun.«

»Außerdem betrachtet ein gewisser Prozentsatz unserer Kunden ein paar kleine Schäden, die sie sich erstatten lassen, als zusätzlichen Bonus ihrer Police.«

»Das ist unehrlich.«

»Kann sein. Aber wir kalkulieren es bei unseren Versicherungsprämien ein. Verlieren wir diese Leute auch?«

»Das weiß ich nicht.«

»Dazu kommen die Kosten, die es mit sich bringt, wenn Sie wie Sam Spade in London herumschleichen. Wie viele Fälle könnten Sie an einem Tag untersuchen? Vielleicht vier? Statt vierzig. Wir bezahlen also nicht nur Sie, sondern auch noch jemanden, der inzwischen Ihre Arbeit macht, während Sie unterwegs sind und uns die Kunden vergraulen. Klingt das nach einem guten Geschäft für uns?«

Ich fand Donna wunderbar. Ich war total verliebt in sie.

»Die Sache hat natürlich zwei Seiten«, räumte ich ein.

Donna lehnte sich auf dem Sofa zurück; sie sah entspannt aus, nachdem sie ihr Argument vorgetragen hatte. Sie hatte überraschend große Brüste für eine so schlanke Frau. Und große Augen hinter dieser rattenscharfen Brille. Dadurch waren ihre Blicke sehr ansprechend, selbst wenn es missbilligende Blicke waren.

»Ich könnte bestimmt auch noch andere Aufgaben übernehmen.«

Wingate setzte eine sehr streng aussehende Stahlbrille auf und schaute mich über ihren Rand hinweg an. »Was für Qualifikationen haben Sie?«

»Das Übliche. Ein Diplom.«

»In …?«

»Betriebswirtschaft.«

Er schnaubte. »Woher?«

»Sie werden noch nicht davon gehört haben.«

»Lassen Sie's drauf ankommen.«

»Cleoford University.«

»Cleoford?«

»Sie werden noch nicht davon gehört haben«, sagte ich. »Das ist in Shropshire. Nicht besonders gut. Aber hören Sie, Mr. Wingate, in diesem Geschäft geht es nicht darum, was einer weiß.«

»Was reden Sie da? In diesem Geschäft geht es *nur* um das, was man weiß.«

»Ich wollte sagen, in diesem Geschäft geht es nicht darum, *wen* man kennt.«

»Wirklich nicht? Mr. Foll, ich glaube, das Erste, was Sie sich klarmachen sollten, ist das, was Ms. Kiely gesagt hat: Die Schadenregulierungsabteilung ist der Freund unserer Kunden. Wir versuchen nicht, unsere Kunden ins Gefängnis zu bringen oder sie um ihr Geld zu betrügen.«

»Das weiß ich …«

»Wir sind keine Unterabteilung der Justiz. Wir sind ein Unternehmen der Versicherungswirtschaft. Und wissen Sie, was das bedeutet?«

»Nicht genau.«

»Verdammt, das sollten Sie aber wissen. Es bedeutet, dass wir Shareholder haben. Und wissen Sie, was das bedeutet?«

»Was?«

»Das sage ich jetzt, während meine Chefin drüben auf dem Sofa sitzt, also sollten Sie mir glauben. Wortley Insurance Ltd. hat vor allem *eine* Aufgabe. Und wissen Sie, welche?«

Ich fühlte mich plötzlich in einem endlosen Examensalptraum gefangen. Aber ich konnte jetzt nicht immer nein sagen. Außerdem wusste ich diesmal die Antwort.

»Versicherungen zu verkaufen.«

»Falsch. Unsere oberste Aufgabe ist die Maximierung des Shareholder Value. Alles andere ist unwichtig. Ich weiß nicht, warum ich mich mit Ihnen unterhalte. Ich wollte eigentlich nur sagen, dass wir durchaus Karrieremöglichkeiten in dieser Abteilung anbieten; es gibt Trainee-Programme, interne Seminare und Kurse beim CII, aber ich würde buchstäblich das Leben meiner Kinder verwetten, dass Sie keine Ahnung haben, was diese Abkürzung bedeutet.«

»Irgendein Institut?«

»Brillant«, sagte er. »Mr. Foll, verstehen Sie auch nur das Geringste von Versicherungen?«

»Tut mir Leid«, sagte ich. »Aber ich bin ja nicht hergekommen, um mit Ihnen zu streiten. Und ich weiß, dass ich kein Buchhaltungsexperte bin. Im Grunde hab ich's nur satt, den ganzen Tag am Telefon zu sitzen. Ich wollte mehr Spaß haben.«

»Spaß?«

»Es sollte Spaß machen. Sollte es doch, oder nicht? Miss Kiely, haben Sie Spaß?«

Sie nagte wieder an ihrer Unterlippe. »Ja, Mark«, sagte sie dann. »Ich glaube, ich habe Spaß. Was ist mit Ihnen, Darryl? Haben Sie Spaß?«

»Manchmal«, sagte er, aber er sah nicht aus, als ob er es ernst meinte.

»Es sollte aufregend sein.« Endlich lief es so, wie ich es mir gedacht hatte. »Eigentlich haben wir doch nur ausgerechnet, dass das Risiko, dem sie allesamt ausgesetzt sind, nicht so groß ist, wie sie glauben. Deshalb bezahlen sie uns ein bisschen zu viel Geld, um sich zu versichern, und wir machen einen Profit.«

Jetzt trat eine Pause ein. Wingate legte konzentriert das Gesicht in Falten.

»Nein«, sagte er schließlich. »Das stimmt nicht. Sie sehen es völlig falsch. Wir tun etwas anderes: Wir verteilen das Risiko. Und daraus zieht jeder einen Vorteil. Schauen Sie, es ist ... passen Sie auf, ich werde ihm die Schweinegeschichte erzählen.« Er sah Donna an. »Sie kennen die Schweinegeschichte?«

Sie verdrehte die Augen. Offenbar kannte sie die Schweinegeschichte.

»Diese Geschichte habe ich in meinem allerersten Versicherungsseminar gehört. Da waren einmal elf Männer, und jeder hatte ein Schwein. Eins der Schweine starb plötzlich. Der Mann hatte keine neunzig Pfund, um sich ein neues Schwein zu kaufen; also gab er auf und suchte sich woanders einen Job. Die übrigen zehn Männer gingen zu einem Weisen, und sie erzählten ihm von dem gestorbenen Schwein, und dass sie jetzt Angst hätten, einem von ihnen könnte das gleiche passieren, und dann fragten sie ihn, was sie tun sollten. Er fragte sie, ob sie zehn Pfund für ein neues Schwein übrig hätten. Als sie ja sagten, machte er ihnen folgenden Vorschlag: ›Jeder von euch gibt mir zehn Pfund. Und wenn im nächsten Jahr eins eurer Schweine stirbt, kaufe ich ein neues.‹ Damit waren alle einverstanden. Und tatsächlich starb im nächsten Jahr wieder ein Schwein. Da kaufte der Weise ein neues Schwein als Ersatz. Der Mann hatte ein schönes neues Schwein für seine zehn Pfund. Er hatte nichts verloren. Und der Weise hatte zehn Pfund verdient. Also hatte niemand einen Schaden. Nur das Schwein.«

»Und die anderen Männner«, sagte ich.

»Wie meinen Sie das?«

»Neun Männer haben zehn Pfund bezahlt und nichts dafür gekriegt.«

»Doch. Seelenfrieden.«

»Und wenn zwei Schweine gestorben wären? Hatte der Weise für diesen Fall genug Geld?«

»Das war sein Risiko.«

»Und wenn die Schweinepest ausgebrochen wäre und alle Schweine gestorben wären? Dann hätte er nicht mehr so weise ausgesehen.«

»Es ist ja nur eine Geschichte. Darum geht es eigentlich nicht.«

»Und ich hoffe, er hat sich das Schwein angesehen.«

»Was?«

»Der Mann hätte sich vielleicht versucht fühlen können, das Schwein zu verkaufen oder zu schlachten und dann auch noch die Versicherung zu kassieren. Wenn der Weise wirklich weise war, muss er darauf bestanden haben, das tote Schwein zu bekommen.«

»Können wir diese Scheiß-Schweinegeschichte jetzt auf sich beruhen lassen?« Wingate sah Donna an. »Verzeihung.«

Donna lächelte. »Warum lassen Sie ihn nicht mit Giles gehen?«

»Mit Giles?«, sagte Wingate. »Sind Sie sicher?«

»Dann müsste er nicht mehr im Büro sitzen. Wenn es das ist, was er will.«

»Klasse«, sagte ich. »Super. Wer ist Giles?«

Wingate grunzte mächtig und hob kapitulierend die Hände. »Also schön«, sagte er. »Ich rufe ihn an.«

Donna stand auf, nickte ihm zu und ging hinaus. Er wandte sich an mich: »Mark, gehen Sie wieder nach unten. Sie hören von mir. Es wird zwei Tage dauern.«

»Danke«, sagte ich. »Das ist großartig. Fantastisch. Vielen Dank.«

»Gehen Sie einfach«, sagte er, aber dann hob er die Hand. »Moment noch. Töchtertag? Sie ist nur drei Jahre jünger als ich.«

»Es war nur ein Scherz.«

»Raus.«

Als ich Wingates Tür hinter mir schloss, sah ich, dass Donna noch da war und bei Margaret irgendetwas unterschrieb. Wir gingen gleichzeitig in den Flur hinaus. Es war ein solcher Glückstag, ich konnte mich einfach nicht bremsen.

»Vielen, vielen Dank, Miss Kiely«, sagte ich. »Ich bin Ihnen so dankbar.«

»Gut«, sagte sie und wandte sich ab.

»Ach, übrigens …«

»Ja?«

»Ich dachte, vielleicht könnten wir uns auf einen Drink treffen. Wissen Sie, um drüber zu reden. Sie könnten mir einiges erzählen. Vielleicht.«

»Sind Sie wahnsinnig?«, fragte sie. »Wollen Sie mich anbaggern? Hier? Nach dieser Geschichte?«

»Ich hab doch nur von einem Drink gesprochen.«

»Ich sag Ihnen was. Vielleicht könnten Sie bei mir den Babysitter machen, und ich könnte mit meinem Mann auf einen Drink ausgehen. Übrigens heiße ich Ms. Kiely.«

»Das wäre auch eine Möglichkeit.«

»Hören Sie, nach dieser Vorstellung eben lasse ich Sie einen Versuch mit Giles machen, aber wenn Sie glauben, ich lasse einen Glücksspieler wie Sie auf meine Kinder aufpassen …«

Dann war sie weg. Und sie war noch zehnmal schöner als vorher in Wingates Büro.

VIER

Als ich wieder in die Tretmühle im zweiten Stock zurückkam, sah es dort anders aus. Ein Regler war heruntergedreht worden, und die Farben sahen matter aus. Alles war ein bisschen unscharf. Ich nahm an meinem Terminal Platz, setzte mein Headset auf, nahm den ersten Anruf entgegen und fühlte mich auf die angenehmste Art ein bisschen betrunken, während ich sah, dass alle andern langweilig und stocknüchtern waren. Plötzlich machte der Job mir Spaß, weil ich wusste, dass ich in einer Woche weg sein würde und alle andern nicht, und dass irgendein anderes armes Schwein auf diesem Stuhl sitzen würde.

Als der Feierabend kam, machte ich absichtlich ein kleines bisschen früher Schluss, damit ich Sonia auf dem Weg nach draußen sehen konnte. Ich hielt sie am Arm fest.

»Ich hab getan, was du gesagt hast«, verkündete ich.

»Was meinst du damit?«

»Ich hab's getan, ich hab getan, was du gesagt hast. Ich bin zu Darryl Wingate gegangen, Und diese Frau, Donna, war auch da. Sie ist von ganz oben.«

»Und was haben sie gesagt?«

»Es war super. Es ist wirklich gut gelaufen. Sie haben einen anderen Job für mich. Ich gehe mit jemandem in den Außendienst.«

»Das ist schön, Mark. Ich freue mich wirklich für dich.«

Sie wandte sich ab und ließ mich stehen. So hatte ich es mir nicht vorgestellt. Ich dachte, sie würde mir entweder um den Hals fallen und sagen, ich bin so stolz auf dich, und lass uns irgendwo hingehen und darauf trinken. Oder sie würde aufbrausen und eine

Szene machen. Ich suchte in ihrem Gesicht nach irgendeinem Anzeichen von Trauer. Gerötete Augen oder vieleicht hagere, hohle Wangen, die erkennen ließen, dass sie sich zu Tode hungerte. Aber sie sah aus wie immer. Ihr Benehmen war wieder ganz so wie bei unserer ersten Begegnung in der Cafeteria. Ein bisschen geringschätziger vielleicht. Waren ihre Wangenknochen vielleicht ein bisschen stärker ausgeprägt als bei andern? Aus irgendeinem Grund war mir nie aufgefallen, was für ein hinreißendes Gesicht sie hatte – wie eine glatt polierte Maske aus weißem Ton. Deshalb fiel es so sehr auf, wenn sie errötete. Das Erröten hatte ich bemerkt. Das Gesicht nicht. Komisch, nach all der Zeit, die wir nackt miteinander verbracht hatten. Genau genommen hatten wir fast die ganze Zeit unserer Beziehung im Bett verbracht. In dieser relativ kurzen Spanne hatten wir manchmal unbestimmt vorgehabt, in einen Club oder ins Kino zu gehen, aber es erschien uns dann immer einfacher, den mittleren Teil einfach wegzulassen und geradewegs ins Bett zu gehen. Das hätte ich zu Sonia sagen sollen, als sie mir sagte, dass sie mich liebte. Das ist eins meiner Probleme. Entweder platze ich mit etwas heraus, das ich nicht hätte sagen sollen, oder drei Tage später fällt mir ein, was ich eigentlich hatte sagen wollen. Es war nur so, dass Sonia mich umgehauen hatte, als sie von Liebe redete. Ich hatte schon das Gefühl, dass sie etwas Großes auf Lager hatte, aber ich dachte, sie würde vorschlagen, übers Wochenende wegzufahren, oder dass ich ihre Freunde kennen lernen sollte. Liebe war eine ganz andere Sache.

Was ich gesagt hätte, wenn es mir gelungen wäre, meine Gedanken zu sortieren, oder wenn ich eine Stunde Zeit gehabt hätte, mich vorzubereiten – ich hätte gesagt, wir könnten nicht sagen, dass wir einander liebten, weil wir noch nie ein Gespräch miteinander geführt hätten. Das klingt dumm, aber es ist beinahe vollständig wahr. Wir hatten diesen Rohrkrepierer von Unterhaltung in der Cafeteria mit meiner klassischen Eröffnung. Wir müssen uns am Telefon verabredet haben. Wir sehen uns um acht oder so was. Aber das Komische ist, rückblickend konnte ich mich an nichts von dem erinnern, was sie gesagt hatte. Ich meine nicht, an keinen einzigen komischen oder gescheiten Satz von ihr. Ich meine, an nichts. Ich hätte sagen sollen: Wie können wir uns lieben, wenn wir noch nie miteinander gesprochen haben? Aber das wäre vielleicht grausamer gewesen, als gar nichts zu sagen. Ich weiß es nicht. Ich verstehe nichts von solchen Dingen. Meistens scheint es so oder so ziemlich schlecht zu laufen.

Woran ich mich erinnerte, war ihr Körper, diese weiche weiße Haut, die anders war als alles, was ich je zuvor gefühlt hatte. Und das Merkwürdige ist, dass ich anfing, auch die zu vergessen. Ich hatte so viel an diese weiße Weichheit gedacht, dass das Soniahafte, das Hauthafte, das Was-auch-immer, dabei verloren ging. Ich spürte, wie es mir durch die Finger rieselte, und dann war es weg. Und so blieb mir nur die alberne Erinnerung an etwas Weißes, Weiches – wie ein Werbespot für irgendetwas.

Aber wer weiß, was wir herausgefunden hätten, wenn wir wirklich miteinander geredet hätten? Vielleicht hätte sich herausgestellt, dass sie unglaublich langweilig war, oder sie hätte angefangen, lange, unkomische Witze zu erzählen. So jemanden kannte ich mal. Sie hieß Angela, und bis ich mit Angela ging, dachte ich, nur Männer erzählten andauernd Witze. Ich wünschte, ich könnte mich an nichts von dem erinnern, was Angela je gesagt hat.

Im Großen und Ganzen waren meine letzten Tage in der telefonischen Schadenregulierung kein überwältigender Erfolg. Ich will nicht den Eindruck erwecken, ich hätte Tränen und Abschiedsgeschenke und eine Party mit Girlanden und Luftballons erwartet. Die Fluktuation in diesem Raum war ziemlich konstant, und die meisten Leute hatten gar nicht gemerkt, dass ich gekommen war. Mit einigen ging ich gelegentlich ein Bier trinken, mit ein paar anderen saß ich in der Cafeteria zusammen, zweien oder dreien nickte ich gelegentlich zu, ohne mich jemals an ihre Namen zu erinnern. Die Einzige, die sich in irgendeiner Weise für mich interessierte, war vermutlich Sonia, und die würde nur froh sein, wenn ich aus ihrem Blickfeld verschwand. Denn obwohl sie jetzt weitab hinter mir saß, führte immer noch eine schnurgerade Sichtlinie über vierzig Terminals hinweg zu ihr – eine geometrische Ausnahmeerscheinung wie eine Sonnenfinsternis.

Dann war da Mike. Am Freitagnachmittag saß ich wie immer

am Telefon und bearbeitete einen ziemlich komplizierten Kraftfahrzeugschaden. Unser Kunde war in einen Unfall verwickelt; eine Frau, die ihre Kinder zur Schule brachte, war ihm von hinten aufgefahren, und zwar mit einem Allradwagen, der vorn mit einem dieser lächerlichen Stoßfänger ausgerüstet war, die dazu gedacht sind, Herden von Wasserbüffeln oder so was abzuwehren. Der Stoßfänger hatte keine Schramme, aber das Heck des Saab, der unserem Kunden gehörte, war zerschmettert. Eigentlich hätte das alles ganz einfach sein müssen; ein gusseisernes Gesetz in der Versicherungsbranche besagt, dass derjenige, der auffährt, immer Schuld hat. Und die Frau in dem Allradwagen, eine nette Frau, hatte bereits zugegeben, dass es ihre Schuld gewesen war, und so hätte eigentlich alles geregelt sein können. Aber der Saab war in die nächstbeste Werkstatt geschleppt worden, die keinen Vertrag mit uns hatte, und sie hatten bereits mit den Karosseriearbeiten angefangen, ohne einen ordnungsgemäßen Kostenvoranschlag zu liefern, und deshalb musste einiges ausgebügelt werden.

Als ich die Sache zum Abschluss brachte, merkte ich, dass Mike, der Supervisor, hinter mir stand. Ich wusste, dass die Geheimpolizei der Firma bei unseren Telefongesprächen nach dem Zufallsprinzip mithörte – was der ödeste Job der Welt sein musste. Aber es war ein bisschen nervig, sich von seinem Supervisor beäugen zu lassen, während man sich bemüht, mit einem Karosseriebauerlehrling im hintersten Somerset eine Vereinbarung zu treffen. Als ich das Gespräch schließlich beendete, hatte Mike sich immer noch nicht von der Stelle gerührt. Hatte er nichts zu tun?

»Das war ein komplizierter Fall«, sagte ich. »Sie wollen's gar nicht wissen.«

»Gratuliere zum neuen Job«, sagte er.

»Danke, Mike.«

»Warum haben Sie mir nichts davon erzählt?«

Es war eigentlich ein bisschen traurig. Mike wollte wissen, warum ich ihm nicht erzählt hatte, dass ich in seiner Abteilung nicht glücklich war. Wir hätten über alles sprechen und die Probleme aus der Welt schaffen können. Ich wollte ihm sagen, dass ich keine Probleme aus der Welt schaffen wollte. Ich hatte keine Probleme. Ich wollte bloß woanders arbeiten. Aber er sprach weiter und sagte, er sähe nicht gut dabei aus, wenn jemand aus seiner Abteilung sich über seinen Kopf hinweg beklagte, er sei nicht glücklich.

So viel Leid und Schuldbewusstsein konnte ich nicht ertragen. Erst Sonia – und jetzt hatte ich Mikes kleines Königreich verschmäht und seine Stellung in der Hierarchie untergraben.

»Ich hab keine Lust mehr, immer nur Stimmen am Telefon zu hören«, sagte ich. »Ich will in die Welt hinaus und richtigen Menschen begegnen.«

»Wir werden sehen.« Jetzt klang Mike wütend und sarkastisch und nicht mehr kläglich. Damit konnten wir beide besser umgehen. »Bis jetzt brauchten die Kunden nur Ihre Stimme zu hören. Warten wir ab, was passiert, wenn sie auch noch Ihre hässliche Visage sehen müssen.« Damit wollte er abmarschieren, aber dann blieb er noch mal stehen. »Hätt's fast vergessen. Sie melden sich am Montagmorgen bei Giles Buckland. Halb neun. Dritter Stock.«

»Wichser«, sagte ich, aber sehr leise und erst, als er schon zehn Schritte weit weg war. Man weiß nie, ob einer nicht Lippen lesen kann.

FÜNF

Einer der Vorzüge von Büros mit Glaswänden besteht vermutlich darin, dass sie einen gewissen Ansporn geben, sie halbwegs in Ordnung zu halten. Aber bei Giles Buckland hatte das offensichtlich nicht geklappt. Sein Büro war atemberaubend. Ich war sicherheitshalber schon um zwanzig nach acht gekommen, aber ich dachte überhaupt nicht daran, hineinzugehen. Ich sah den Fußboden nicht. Was der Fußboden hätte sein sollen, sah aus wie ein Modell des Stadtzentrums von Hongkong, erbaut aus Büchern, Akten und Umschlägen. Ich sah mich um und entdeckte nur einen Bereich, der aufgeräumt aussah. An der Wand war ein Regal mit sehr teuer aussehenden Hardcover-Büchern: Charlesworth's *Kaufmännisches Recht*, *Lebensversicherungstabellen*, *Witherby's Wörterbuch des Versicherungswesens*, *Recht und Versicherung*. Sie waren glänzend und neu und sahen völlig unberührt aus.

»Sie bewundern mein Büro«, sagte eine Stimme hinter mir.

Ich drehte mich um und sah einen Mann von etwa vierzig Jahren. Er hatte eine Schultertasche unter dem Arm. Der Riemen war abgerissen und baumelte hinter ihm. Er trug einen dunkelblauen Anzug und eine Krawatte, aber er sah aus, als habe er versucht, es zu vermeiden. Die Krawatte hing locker herab, und obwohl der Mann ziemlich groß war, war der Anzug noch größer. Auch sein Gesicht war groß. Alles an Giles Buckland – denn er war es offensichtlich – war groß. Große Hände, braunes Haar, das ihm in die Stirn hing.

»Dr. Foll, nehme ich an.«

»Was? Ich bin kein Doktor.«

»›Ich mag Sie nicht, Herr Dr. Foll, und weiß nicht recht, warum

…« Er brach ab. »Darüber muss ich nachdenken. Sie haben sich mein Büro angeschaut. Sie finden, es ist das am schlechtesten organisierte Zimmer, das Sie jemals gesehen haben.«

»›Jemals‹ weiß ich nicht«, sagte ich zurückhaltend.

»Wussten Sie, dass manche Leute behaupten, der Bebop sei von Jazzmusikern erfunden worden, die eine Musik machen wollten, die weiße Musiker nicht stehlen konnten?«

»Ich höre keinen Jazz.«

»›Was sie nicht spielen können, können sie auch nicht klauen.‹ So ist es mit meinem Büro. Sie können sich nicht in meine Arbeit einmischen, wenn sie nicht in mein Büro kommen können.«

»Wer ist ›sie‹?«

»Ich weiß es nicht. Sie. Die Anzüge. Aber es gibt einen Weg hinein. Schauen Sie.«

Es war tatsächlich ziemlich beeindruckend. Mit balletthafter Leichtfüßigkeit stieg Buckland auf Zehenspitzen durch das Chaos und erreichte seinen Schreibtisch, ohne einen einzigen Stapel umzuwerfen. Er drehte sich um und lehnte sich an die Schreibtischkante.

»Haben Sie schon mal von Hereward the Wake gehört?«

»Nein.«

»Das war ein sächsischer Fürst. Auf der Flucht vor Wilhelm dem Eroberer zog er sich ins Moor von East Anglia zurück. Es führte nur ein Weg zu seinem Versteck. Aber er wurde von einem Mönch verraten, der seinen Feinden den geheimen Weg zeigte, und Hereward wurde getötet. Sind Sie dieser Mönch, Mr. Foll?«

»Mark.«

»Sind Sie dieser Mönch, Mark?«

»Ich bin eigentlich nicht …«

»Schon gut. Schon gut. Das alles sieht ungeordnet aus, aber in Wahrheit ist es ein organisches Arrangement. Ich kann innerhalb von Sekunden den Finger auf jedes Dokument legen.«

Er wühlte auf seinem Schreibtisch herum, nahm etwas, das aussah wie ein kleiner Schreibtischkalender, und steckte es in die Jackentasche. Dann kam er auf Zehenspitzen durch das Büro zurück. Ich wusste nicht recht, ob ich hinschauen sollte oder nicht.

»Ich bin Giles Buckland«, sagte er und streckte mir die Hand entgegen.

»Ja, ich weiß.«

»Haben Sie Sandwiches mitgebracht?«

»Nein. Hat mir niemand gesagt.«

»Oh«, sagte er.

»Haben Sie denn welche?«

»Ja, aber die sind für mich.«

»Das hab ich nicht gemeint. Ich schätze, ich kann mir welche kaufen.«

»Kann sein«, sagte Giles. »Kommt drauf an, wo wir landen.«

Das klang geheimnisvoll, aber es war ja nicht so, dass wir zu den Amazonasquellen hinauffahren würden. Wir gingen nicht in eine Welt ohne Sandwichbars.

»Wo fahren wir denn hin?«

»Das weiß ich noch nicht.«

»Normalerweise esse ich nicht viel zu Mittag.«

»Dann brauchen wir uns keine Sorgen zu machen.«

Ein leicht verlegenes Schweigen trat ein.

»Und was machen wir jetzt?«

Giles antwortete nicht sofort. Er sah mich mit schmalen, argwöhnischen Augen an.

»Ich frage mich, warum man Sie zu mir geschickt hat. Haben Sie was falsch gemacht?«

»Nein.«

»Ich bin kein Mentor, wissen Sie. Sie haben erst einmal jemanden zu mir geschickt. Und das hat nicht funktioniert. Nach einer Woche hat er um seine Versetzung gebeten.«

»Was ist denn passiert?«

»Er war ein ehrgeiziger Mann, glaube ich. Hat dauernd von der Überholspur geredet.« Plötzlich sah er vergnügt aus. »Ich glaube, das hier war nicht seine Vorstellung von der Überholspur.«

»Ich habe gesagt, ich möchte Spaß haben. Vielleicht wollten sie mich dafür bestrafen.«

»Spaß?« Jetzt sah Giles sehr nachdenklich aus, beinahe tragisch. »Sie werden das Leben in seiner schlimmsten Form sehen. Witwen, Brände, schreckliche Verbrechen, Überschwemmungen, Verseuchungen. Spaß kann ich Ihnen dabei nicht versprechen.«

»Ich meinte nicht Spaß im wörtlichen Sinne. Ich wollte hinaus, Leute sehen.«

»Also gut. Wir gehen jetzt den Gang hinunter, holen die Schadensakten, und dann gehen wir hinaus und treffen ein paar Leute.«

»Einfach so?«, fragte ich.

»Warum? Ist das ein Problem?«

»Werden Sie mir nichts beibringen?«

Giles sah mich verblüfft an. Er fuhr sich mit den Fingern durchs Haar.

»Nein, ich glaube nicht. Es ist eigentlich alles ziemlich offensichtlich.«

Giles ging mit mir hinunter auf den Parkplatz, wo wir in seinen unglaublich schicken, silbergrauen Manager-BMW stiegen, der kein bisschen zu ihm und seinem Büro und allem andern passen wollte. Er schien sich selbst darüber zu wundern.

»Sie geben mir jedes Jahr einen neuen. Ich bin das Gesicht des Unternehmens. Haben sie Ihnen das gesagt?«

»Sie haben mir überhaupt nicht gesagt, was Sie sind.«

»Wir sind die Schnittstelle zwischen Wortley und der allgemeinen Öffentlichkeit. Wir sind die Freunde der Versicherungskunden.« Er knöpfte sich den obersten Hemdknopf zu und zog den Krawattenknoten fest. Es war eine geringfügige Verbesserung. »Steigen Sie ein, steigen Sie ein.«

Giles fuhr besser, als ich erwartet hatte. Er schien nur eine Menge andere Dinge im Kopf zu haben. Zu Anfang beschäftigte ihn die Vorstellung, er habe mir etwas beizubringen, und so schob er in unregelmäßigen Abständen immer wieder wahllos irgendwelche Informationen über Schadenbegutachtungen ein.

»Wissen Sie«, sagte er plötzlich, »es geht da nicht nur um den Ersatzanspruch an sich. Wir müssen auch die Deckungshöhe beurteilen. Wenn das Anwesen – oder was immer es ist – unterversichert ist, dann wird auch der Schadenersatz entsprechend reduziert.«

»Und bei Überversicherung?«

»Gilt das Gleiche. Es sei denn, es ist eine taxierte Police, die eine Versicherung über den tatsächlichen Wert hinaus zulässt. Aber das werden wir dort, wo wir hinfahren, nicht zu sehen bekommen. Ich will Sie nur vorbereiten: Das alles wird reine Routine sein. Ich bin ein bisschen besorgt, weil Sie von Spaß gesprochen haben. Das plagt mich.«

»Aber ich sage doch …«

»Ich bin vor acht, neun Jahren zu diesem Unternehmen gekommen, und ich war damals mit einem Mann aus der alten Schule unterwegs. Er hatte unglaubliche Geschichten aus seinen Anfangstagen auf Lager. Die Feuerteufel – Leute, die ihre Lagerhäuser anzündeten, um die Versicherungssumme zu kassieren. Nachdem sie selbstverständlich vorher den Inhalt beiseitegeschafft hatten. Jüdischen Blitzschlag nannte er so was. Ich musste ihm sagen: ›Ron, ich bin Jude. Sie können so etwas nicht sagen.‹ Er war ein schrecklicher alter Nazi. Aber was ich damals wirklich gesucht habe, als ich zur Firma kam, das war das Chicago der zwanziger Jahre. Ich wollte Ganoven und Winkeladvokaten, Unfallhyänen und Bananenschäler.«

»Bananenschäler?«

»Fallkünstler, die ihre eigenen Bananenschalen mit sich rumschleppten. Die warfen sie vor einer Gemüsehandlung auf den Boden und dann taten sie, als wären sie darauf ausgerutscht. Es gab sogar eine Unterkategorie, die an der Glasknochenkrankheit litt. Die kamen mit Röntgenaufnahmen, die eine entsetzliche Knochenfraktur zeigten, und man bot ihnen auf der Stelle ein dickes Bündel Bargeld, damit sie nicht vor Gericht gingen. Danach war das englische Versicherungswesen eine schreckliche Enttäuschung für mich. Es war schon höchst dramatisch, wenn eine alte Frau Tee auf ihre Katze gegossen hatte.«

»Aber …«

»Dann gab's noch die vorgebliche Beteiligung an realen Unfällen. Eine Straßenbahn stieß mit einem Lastwagen zusammen, und sofort kletterten ein Dutzend geistesgegenwärtige Bürger in das Wrack, und statt den Opfern zu helfen, lagen sie stöhnend dabei und verklagten die Straßenbahngesellschaft. Tatsächlich macht es in letzter Zeit wieder mehr Spaß. Sehen Sie tagsüber manchmal fern, Mark?«

»Nicht oft.«

»In ungefähr jedem zweiten Werbespot kommt ein Mann im Anzug und verspricht, Ihnen Geld zu verschaffen, wenn Sie sich in den letzten fünf Jahren irgendwo den Zeh angestoßen haben. Danach, das garantiere ich Ihnen, werden Sie eine halbe Stunde mit der Gemeindeverwaltung von Islington telefonieren und denen sagen, sie sollen einen gebrochenen Pflasterstein in der Upper Street reparieren. Wie steht's mit Ihren Rechenkünsten?«

»Ich hatte einen Leistungskurs in Mathe.«

»Leistungskurs? Das war nach meiner Zeit. Sagt mir nichts. Wie viel ist ein Viertel von einem Fünftel?«

»Was? Äh ... ein Zwanzigstel, oder?«

»Ausgezeichnet. Und ein Fünftel von einem Viertel?«

»Auch ein Zwanzigstel.«

»Ja. Wahrscheinlich sollte ich mir was anderes einfallen lassen. Was ist mit Kartenlesen?«

»In Erdkunde war ich schwach.«

»Im Handschuhfach ist ein Stadtplan. Wir müssen zur Portondown Road. Das ist hier irgendwo.«

Wir hielten vor einem Reihenhaus an der Ecke der Portondown Road.

»Die Akten liegen auf dem Rücksitz«, sagte Giles. »Reichen Sie sie rüber, ja?« Ich holte sie nach vorn, und er sagte, ich sollte sie selbst tragen. »Wir fangen mit etwas Einfachem an.«

SECHS

Paula Renton war eine große, gehetzt aussehende Frau mit langen braunen Locken.

»Entschuldigung«, sagte sie. »Ich hab eigentlich nicht damit gerechnet, dass deshalb tatsächlich jemand vorbeikommt. Es war bloß ein Mantel.«

»Nur eine Formalität«, sagte Giles. »Schadenersatzansprüche oberhalb einer bestimmten Höhe regeln wir gern persönlich. Ist vermutlich altmodisch.«

»Kommen Sie herein. Tut mir Leid, wir sind gerade mitten beim Frühstück. Hier herrscht totales Chaos.«

Wir folgten ihr durch den Flur in die Küche, wo zwei sehr kleine Kinder am Tisch damit beschäftigt waren, sich gegenseitig mit Essen zu bewerfen.

»Chloe, um Himmels willen, jetzt sieh dich an.«

Wir warteten unsicher in der Mitte der Küche, während Paula Renton um uns herumwirbelte, Stühle unter den Tisch schob, Gesichter abwischte, Geschirr wegräumte, abspülte und mit einem Lappen über die Arbeitsplatte fuhr.

»Es dauert nur eine Minute«, sagte Giles.

»Es war eine ganz dumme Sache. Ich wollte weggehen, und Chloe hatte sich übergeben, absolut überall hin. Auch auf den Mantel, der natürlich das einzige gute Kleidungsstück ist, das ich habe. Mein Mann hat ihn mir gekauft.«

Ich sah mich auf dem Katastrophenschauplatz in der Küche um.

»Das ist die Abmachung, ja?«, sagte ich. »Ihr Mann kauft Ihnen schöne Kleidung, und dafür kümmern Sie sich um das hier.«

»Nicht mehr«, sagte sie mit einem Blick auf die Kinder. »Er, äh

… wir haben uns getrennt.« Der Junge verschmierte mit der flachen Hand Joghurt kreisförmig auf der Tischplatte. »Jack! Lass das! Na, jedenfalls hab ich den Mantel in einen Müllsack gestopft. Ich wollte ihn in die Reinigung bringen. Die Kinderfrau dachte, es sei Abfall, und hat den Sack vor die Tür gestellt, und die Müllmänner haben ihn geholt, ehe ich es begriffen hatte. Deshalb … ich weiß, vierhundert Pfund sind eine Menge Geld. Für mich ist es im Augenblick jedenfalls viel.«

»Keine Angst …«

Giles verstummte, denn wir hörten, wie die Haustür geöffnet wurde. Paula sah sich verwirrt um.

»Wer ist …? Oh, anscheinend kommt sie zu früh.«

Eine junge Frau kam so zielstrebig in die Küche, als sei es ihre eigene.

»Hallo, Paula.«

Sie sah uns an und wartete darauf, dass wir miteinander bekannt gemacht wurden.

»Das ist Sally«, sagte Paula. »Sie paßt auf die Kinder auf. Die beiden Herren sind wegen des Mantels hier.«

»Ach, deshalb.« Paula lachte. »Sie haben es sicher schon gehört – es war ausschließlich meine Schuld. Na ja, eigentlich war es mein Freund …«

»Ist schon gut, Sally«, sagte Paula matt.

»Ihr Freund?«, fragte Giles.

»Ja. Es war verrückt. Ich wollte sie an der U-Bahn absetzen, und da hat Chloe sich über Paulas Mantel übergeben. Es war eine echte Kotzexplosion. Wir haben den Mantel in einen Beutel gesteckt, und ich habe ihn mit nach Hause genommen, um ihn reinigen zu lassen, während Paula weg war. Und dann hat Guy, dieser Trottel, den Müllsack nach draußen zu den Tonnen gestellt. Es war wirklich Pech, denn normalerweise kommen unsere Müllmänner höchstens einmal alle zwei Wochen, und meistens streiken sie sowieso. Aber als ich rausgerannt war, hatten sie schon alles mitgenommen. Und ein schöner Mantel war das, wirklich schön. So, Paula, ich übernehme dann hier.«

»Ja, Sally«, sagte Paula leise.

Wir standen schweigend da, und Paula half Sally, die bekleckerten, klebrigen Kinder aus der Küche zu schaffen.

Giles sah mich an.

»Kann ich bitte die Akte haben?«, fragte er beinahe im Flüsterton. Er wandte sich an Paula. »Das hier ist eine Hausratversicherung, das wissen Sie, ja?«

Paula war glühend rot geworden und blinzelte immer wieder.

»Ich hatte nicht ...«, sagte sie. »Ich war nicht sicher ...«

»Wenn Sie bitte diese Verzichtserklärung unterschreiben wollen«, sagte Giles. »Damit ziehen Sie den Anspruch zurück.«

Er reichte ihr das Formular und einen Stift. Sie unterschrieb.

»Bitte«, sagte sie. »Es tut mir Leid. Ich weiß nicht, was ich sagen soll.«

Als wir wieder im Wagen saßen, bat Giles mich, die nächste Adresse im Stadtplan zu suchen.

»Das war ein bisschen unfair«, sagte ich.

»Warum?«

»Wieso kommt's darauf an, vor welcher verdammten Haustür der Müllsack abgestellt worden ist?«

»Weil fremde Haustüren von ihrer Hausratversicherung nicht abgedeckt sind. Das hat sie gewusst. Darum hat sie gelogen.«

»Hat sie Ihnen nicht Leid getan? Sie hat offensichtlich nicht viel Geld. Ihr Mann ist weg, und jetzt ist auch noch ihr Mantel weg.«

»Wenn sie richtig versichert gewesen wäre, hätte sie Ersatz bekommen. Zumindest für den Mantel.«

»Oder wenn die Kinderfrau nicht zu früh gekommen wäre.«

Giles lächelte und ließ den Motor an.

»Zumindest hat sie jetzt die Befriedigung, wieder eine ehrliche Frau zu sein.«

»Das ist so ... so ...«

Ich erstickte fast.

»Aufgeblasen?«, schlug Giles vor. »Sie wollte einen Betrug begehen. Wir hätten sie anzeigen können. Jetzt schauen Sie in den Stadtplan.«

Der nächste Fall lag ziemlich ähnlich, nur dass das Haus in Highbury ungefähr fünfzig Mal so groß war. Mrs. Furneau war eine sehr elegante Frau. Sie war ungefähr so alt wie Paula, aber offensichtlich verbrachte sie nur wenig Zeit damit, hinter kleinen Kindern herzurennen. Sie machte uns Tee, und dann setzten wir uns in das Wohnzimmer im ersten Stock. Das Zimmer im Erdgeschoss war unbewohnbar.

»Eine wirklich dumme Sache«, sagte sie. »Ich habe an der Heizung herumgefummelt, und plötzlich spritzte Wasser überallhin. Wirklich, es war wie in einem Slapstickfilm. Ich habe versucht, dieses Knopfding zuzudrehen, aber das machte alles bloß noch schlimmer. Irgendwann sah es aus wie bei den Niagarafällen. Also habe ich diesen wundervollen Jimmy angerufen, der um die Ecke wohnt und solche Dinge für uns erledigt. Irgendwann habe ich ihn erreicht, und er war dann auch ziemlich schnell da, aber es hat eben doch noch eine Viertelstunde gedauert, und obwohl ich verzweifelt sämtliche Töpfe habe voll laufen lassen, war einfach alles ruiniert. Und es ist auch noch bis in die Küche im Keller hinuntergelaufen. Überall war braunes Wasser. Das war mir gar nicht klar – das Wasser in den Heizkörpern ist irgendwie rostig, und außerdem schwimmt Zeug drin. Das Allerdümmste ist, als Jimmy schließlich kam, hat er nur einmal kurz an der Heizung gedreht, und alles hat sofort aufgehört. Anscheinend war hinten an der Seite noch so ein Drehdings, das ich nicht sehen konnte. Und mir ist ganz grässlich zumute, weil wir dort unten erst vor zwei Monaten neue Teppiche verlegt hatten. Charlie – das ist mein Mann – wird unter die Decke gehen.«

»Keine Sorge, Mrs. Furneau«, sagte Giles in seinem warmherzigsten Ton. »Zumindest werden die Kosten dann leicht zu ermitteln sein.«

»Ja. Das hoffe ich«, sagte Mrs. Furneau. »Ich habe die Quittungen ausgegraben. Hier sind sie.«

Sie reichte ein Bündel Rechnungen herüber. Giles warf einen Blick darauf und gab sie weiter an mich. Bei den Beträgen stiegen mir die Tränen in die Augen. Zuerst dachte ich, da fehlte eine Dezimalstelle. Und jetzt würde sie die ganze Summe noch einmal ausgeben. Besser gesagt, Wortley Insurance würde es tun.

»Übrigens«, sagte Mrs. Furneau, »als ich in Ihrem Büro angerufen habe, hat man mich mit einem Mädchen verbunden, und sie hat gesagt, wir müssten für die Instandsetzungsarbeiten mehrere Angebote einholen. Ist das wirklich wahr? Es wäre so umständlich.«

»Keine Sorge, Mrs. Furneau. Ich bin ganz zufrieden, wenn die Leute, die es beim letzten Mal gemacht haben, wieder übernehmen. Aber wenn Sie dafür sorgen könnten, dass sie herkommen und einen Kostenvoranschlag erstellen, und wenn Sie mich dann anrufen könnten, dann würde ich den jungen Mark noch einmal herschicken, damit er die Einzelheiten aufnehmen kann. Wäre Ihnen das recht?«

Er gab ihr seine Karte.

»Na, natürlich. Das ist sehr nett von Ihnen. Ich freue mich auf Ihren Besuch, Mark. Sie waren beide so freundlich. Glauben Sie, die Sache ließe sich schnell regulieren? Ich hatte so sehr darauf gehofft, der Teppich könnte ersetzt werden, bevor die Jungen aus der Schule kommen.«

Ich platzte heraus: »Sie meinen, noch heute Nachmittag?«

»Nein, nein«, sagte sie. »Sie kommen zu Ostern.«

»Das ist sicher kein Problem, Mrs. Furneau.« Giles warf mir einen Blick zu. Ich wusste nicht, ob es ein wütender Blick war oder ein Blick voll tiefer, unterdrückter Heiterkeit.

»Gibt es eine Strafe für Upperclass-Idioten?«, fragte ich, als wir gegangen waren.

»Nur, wenn es in der Police vorgesehen ist.« Giles inspizierte seinen Lunch, der kunsvoll angeordnet in einer Tupperdose lag. Es war erst März, aber es war schon warm und sonnig, und wir saßen auf einer Bank in Highbury Fields. Ich bin kein großer Lunch-Fan. Ich hatte mir eine Banane vom Ständer vor einem Laden gekauft und knabberte daran, ohne wirklich Hunger zu haben.

»Finden Sie es nicht ungerecht?«, fragte ich.

»Was? Das Leben?«

»Diese Mrs. Furneau. Sie hat am Heizungsventil rumgespielt, und dann konnte sie es nicht abdrehen. Es war komplett ihre Schuld. Und haben Sie gesehen, was dieser Teppichboden kostet? In manchen Gegenden von England kriegen Sie ein ganzes Haus für das Geld, das Mrs. Furneau – oder vermutlich ihr stinkreicher Ehemann – für den Teppich einer einzigen Etage ausgibt. Und diese wirklich arme und sehr nette Frau hat ihren Mantel verloren und kriegt überhaupt nichts. Ich meine, vergessen Sie jetzt mal die Versicherung. Als Mensch – finden Sie das nicht unglaublich ungerecht?«

»Haben Sie die Policen im Büro gelesen?«

»Nein, das wissen Sie doch. Wir haben sie mitgenommen, als wir gingen.«

»Ich hab sie am Wochenende durchgesehen. Kann sein, dass Mrs. Furneau dumm war. Aber sie ist gegen Dummheit versichert. Sie müssten ihr nachweisen, dass sie das Ventil an ihrer Heizung absichtlich geöffnet hat, um die Versicherungssumme zu kassieren. Halten Sie das für wahrscheinlich?«

»Natürlich nicht.«

Gils verspeiste den Inhalt seines kleinen Plastikcontainers mit Genuss.

»Wissen Sie, meine Frau ist ein Meister – eine Meisterin – der Salate. Und das hier ist eins ihrer Meisterstücke. Frische und sonnengetrocknete Tomaten, Frühlingszwiebeln, Fenchel, Avocado, Fetakäse. Hier, probieren Sie mal.«

Er hielt mir eine Gabelvoll entgegen. Ich kostete. Weil ich gerade meine Banane gegessen hatte, schmeckte es komisch.

»Klasse«, sagte ich.

»Wissen Sie, was Sie sind, Mark?«

»Nein. Was?«

»Ein Philosoph. Vielleicht sogar ein Theologe. Glauben Sie an Gott, Mark? Wenn das keine unhöfliche Frage ist.«

»Ich weiß es nicht«, sagte ich. »Ich bin nicht sicher. An eine Art Gott vielleicht.«

»Wie mag Gott über Mrs. Renton und Mrs. Furneau denken? Vielleicht findet er, wir hätten das Geld unserer Aktionäre dazu verwenden sollen, Mrs. Rentons relativ beengte Finanzlage zu erleichtern. Vielleicht hält er aber auch seinen Lohn für sie in der Ewigkeit bereit. Andererseits ist es auch möglich, dass er sie der ewigen Verdammnis anheim geben wird, weil sie eine Lügnerin und eine Betrügerin und eine geschiedene Frau ist. Was glauben Sie, Mark?«

»Ich wünschte, wir hätten ihr das Geld für ihren Mantel gegeben.«

»Wissen Sie, ich bin kein Philosoph, Mark. Ich bin nicht mal ein Geschäftsmann.«

»Was sind Sie dann?«

»Ich weiß es nicht genau. Aber in Ihrem Alter habe ich nicht bei einer Versicherung gearbeitet. Da war ich Naturwissenschaftler.«

»Was für einer?«

»Oh, ich weiß nicht – Biologe, Zoologe, so was.«

»Und warum haben Sie gewechselt?«

»Hatte keine Lust mehr, glaube ich. Es gefiel mir nicht mehr. Aber in gewisser Weise bin ich immer noch Wissenschaftler. Ich liebe Glücksspiele. Mögen Sie Glücksspiele, Mark?«

»Ich hab an der Uni ein bisschen Poker gespielt.«

»Poker?«, wiederholte Giles, als hätte ich eine besonders köstliche Speise erwähnt. »Ein gefährliches Spiel, Poker. Zu gefährlich für mich. Zu viel Psychologie. Schon mal von den drei wichtigsten Lebensregeln gehört? Wie gingen sie noch? Schlafe nie mit einer Frau, die schlimmere Probleme hat als du selbst. Das war die eine. Hab ich nie hingekriegt. Für meine Frau gilt es jedenfalls nicht, soweit ich weiß. Spiele niemals Poker mit einem Mann, der Doc heißt. Die dritte weiß ich nicht mehr. Mein Spiel ist Blackjack. Aber was ich eigentlich sagen wollte: Wir spielen ein Glücksspiel mit unseren Kunden. Wir wetten mit ihnen. Wir setzen einen kleinen Betrag darauf, dass etwas nicht passieren wird. Wenn es doch passiert, müssen wir ihnen einen großen Betrag zahlen. Aber wenn man verliert, versucht man ja nicht, die Regeln zu ändern, und man jammert nicht herum deshalb.«

»Und wenn der andere betrügt?«

»Das haben Sie heute Morgen gesehen. Heute Nachmittag dürften wir etwas zu sehen bekommen, was vielleicht mehr nach Ihrem Geschmack ist. Und ich werde Sie mit einem unserer Sachverständigen bekannt machen können.« Er sah auf die Uhr. »Er müsste schon da sein.«

»Da ist noch etwas«, sagte ich.

»Was denn?«

»Wenn Sie mit diesen Frauen sprechen, wirken Sie völlig anders als sonst.«

»O je. Wirklich? Sie meinen, schleimig, unterwürfig, ölig, so was?«

»Nein. Einfach anders.«

Er seufzte betrübt.

»Kunden. So sollen wir sie jetzt nennen, nicht wahr? Wenn wir mit Kunden zu tun haben, fühle ich mich manchmal wie ein Betrunkener, der so tut, als wäre er nüchtern.«

Ich war nicht so sicher. Ich vermutete, dass Giles Buckland mehr Geschäftsmann war, als er zugeben wollte. Wir fuhren auf der Balls Pond Road in Richtung Hackney. Mit Hilfe des Stadtplans dirigierte ich ihn auf verschlungenen Wegen in die Seitengasse, die parallel zur Cheston High Street verlief. Unterwegs erklärte Giles mir, dass es einen Brand in einer Textilhandlung gegeben habe, dem auch der hintere Lagerraum zum Opfer gefallen war. Der Schaden im Laden hielt sich in Grenzen, aber das Lager samt Inhalt war komplett vernichtet.

Als wir ausstiegen, sah ich überrascht, wie gering der Schaden tatsächlich war. Der hintere Teil des Ladens war natürlich in einem schrecklichen Zustand, aber die Gebäude zu beiden Seiten waren unberührt. Zwei Männer in Anzügen erwarteten uns. Giles stellte mich Peter Stenecki, dem Sachverständigen, vor. Stenecki war klein und dunkelhäutig, und sein Haar war bis auf die Kopfhaut geschoren, sodass nur Stoppelpunkte erkennen ließen, dass er keine Glatze hatte. Stenecki machte uns mit einem Mann mit Wampe und Doppelkinn bekannt, Matt Fender, der sich als Vorsitzender der Holdinggesellschaft vorstelle – was immer das sein mochte. Fender machte einen ziemlich fröhlichen Eindruck. Er führte uns durch Schutt und verkohlte Balken, als sei er sehr stolz auf das alles.

»Das ist 'ne verdammte Sauerei, ist das«, sagte er. »Sie hätten's am Tag danach sehen sollen. Alles nass, und hat bestialisch gequalmt und gestunken. Vorsicht hier.« Er stieg über eine ölig schwarze Pfütze hinweg. »Mit dem Laden ist es nicht allzu schlimm. Das Feuer ist hinten ausgebrochen und hat sich dort großenteils verausgabt, und dann kam die Feuerwehr mit fünf Stunden Verspätung und hat den Rest der Glut erledigt.«

»Ist das wahr?« Giles sah Pete an, und der schüttelte den Kopf.

»Es gab eine kurze Verzögerung, ja. Aber sie war ohne Bedeutung.«

Fender führte uns in das Ladenlokal, dessen Fenster jetzt mit Brettern vernagelt waren.

»Den meisten Schaden haben die Feuerwehrleute mit ihren blöden Schläuchen und Äxten angerichtet. Hier muss hauptsächlich neu angestrichen werden.«

»Was hatten Sie im Lager?«

Matt Fender machte ein Gesicht, als habe er kräftig an einer Zitrone gelutscht.

»Herrje, das war nicht so gut«, sagte er. »Verdammtes Pech. Wir hatten eine Menge Lieferungen gekriegt, von überallher. Für die Frühjahrskollektionen, wissen Sie.«

Giles sah sich im Laden um.

»Die Frühjahrskollektionen?«

»Für uns eine der wichtigsten Zeiten im Jahr. Ist alles in Flammen aufgegangen.«

»Wie ist der Brand entstanden?«

Fender zuckte beredt mit den Achseln, ganz ahnungslose Unschuld.

»Ich weiß nur, was die von der Feuerwehr und der Polizei mir gesagt haben. Draußen an der Rückseite stehen immer Kisten und Verpackungskartons. Die Kleider werden darin geliefert. Manchmal pennen da Leute. Vielleicht haben sie ein Feuer gemacht, das darauf übergegriffen hat. Oder es waren Kids.«

»Ja«, sagte Giles versonnen. »Lassen Sie uns einen Moment allein, Mr. Fender?«

»Nehmen Sie sich so viel Zeit, wie Sie wollen, meine Herren. Ich hab ein paar Leute anzurufen.«

Wir gingen durch den Laden hinaus auf die High Street.

»Die King's Road ist das hier nicht gerade, was?«, sagte Giles.

»Die Sache stinkt«, sagte Pete.

»Wie viel will er haben?«, fragte Giles.

»Fünfundzwanzig für die Instandsetzung des Lagers, zwanzig für die Ware.«

Giles lachte kurz.

»Was meinen Sie, Mark?«

»Ich?«

»Was ist Ihr Eindruck?«

Ich sah mich um und vergewisserte mich, dass Fender nicht in der Nähe war.

»Er ist ein Gangster, wenn ich je einen gesehen habe«, sagte ich dann. »Das hier ist die Klamottenbranche. Ist ein Klassiker, oder? Man hat ein paar Cashflow-Probleme; also schafft man die Ware aus dem Lager und verscherbelt sie gegen Bares. Dann geht das Lager in Flammen auf, man kassiert die Versicherung für das Gebäude und die Kleider, die man schon verkauft hat, und lacht sich kaputt. Mir scheint er ziemlich fröhlich zu sein.«

Ich sah, dass Giles und Pete beide lächelten.

»Tja, das war Inspektor Nipper von Scotland Yard mit seiner Theorie. Was meinen Sie, Pete? Sie waren heute Morgen schon hier.«

»Gestern Nachmittag auch schon. Ich hab mit der Polizei und dem Brandinspektor gesprochen.«

»Was haben sie gesagt?«

»Sie konnten nicht viel sagen. Es ist so, wie Mr. Fender erzählt. Die Kisten hinter dem Lager wurden in Brand gesetzt. Aber keine Spuren von Brandbeschleuniger oder Hobelspänen.« Giles schniefte, und Pete fuhr fort. »Da lag ein Stapel Pappkartons mit ein paar Holzkisten dazwischen. Man braucht kein Pfadfinder zu sein, um damit ein Feuer anzuzünden. Natürlich gilt das so oder so. Vielleicht haben auch ein paar Penner ein Feuer gemacht, um sich zu wärmen, und dann ist es außer Kontrolle geraten. Aber in den letzten Tagen war es warm.«

»Die Nächte waren kalt. Haben Sie Rechnungen für die Kleider gesehen?«

Pete lächelte säuerlich.

»Ich habe Rechnungen gesehen. Aber wer weiß, was für Rechnungen das sind? Diese Firma ist unglaublich. Sie ist in so viele Einzelfirmen aufgespalten, dass es fast unmöglich ist, sie auseinander zu halten. Das ist nicht Marks & Spencer hier.«

»Wissen Sie, ich werde den Gentleman finden, der diese Police verkauft hat, und dann werde ich ihm mal auf den Zahn fühlen. Wie waren die Zahlen noch mal?«

»Fünfundzwanzig plus zwanzig.«

Es gab eine lange Pause. Giles runzelte gedankenverloren die Stirn. Er sprach erst nach einer ganzen Weile wieder.

»Warten Sie hier«, sagte er.

Er ging zurück in den Laden, und wir beide sahen zu, wie er mit Matt Fender sprach.

»Was halten Sie von Giles?«, fragte Pete.

»Ich hab ihn erst heute Morgen kennen gelernt. Aber er scheint mir anders zu sein als die anderen Leute in der Firma.«

Pete zog ein Gesicht, und ich wollte ihn etwas fragen, als ich Giles zurückkommen sah.

»Siebenunddreißig«, sagte er, als er bei uns war.

»Was? Einfach so?«, fragte Pete.

»Ja, ja. Sonst dauert das ewig. Bringen Sie mir die Unterlagen rein, und ich zeichne sie ab. Und dann kündige ich die Police.«

Pete ging weg, und Giles atmete ein paar Mal tief durch.

»Geht's Ihnen gut?«, fragte ich.

»Kennen Sie das Gefühl, wenn Sie sich gleich übergeben müssen?«, fragte er. »Ich weiß immer nicht, was besser ist – sich zu übergeben oder das zu tun, was man tun soll, um sich nicht zu übergeben.«

»Was ist das denn?«

»Zum Horizont schauen. Ich glaube, die Cheston High Street hat keinen Horizont. Was ist die nächste Akte?«

»Irgendwas mit einem Treibhaus.«

SIEBEN

Ich hatte Pläne mit der Wohnung gehabt. Dabei ging es nicht darum, Wände zu durchbrechen und Balken einzuziehen. Die Wohnung gehörte mir nicht, sie gehörte dem Freund eines Freundes von jemandem, der für zwei Jahre in Amsterdam arbeitete. Aber man musste etwas damit machen. Es war schon auf den ersten Blick keine beeindruckende Behausung, wo man den Chef und seine Gattin einlud und die Zierdeckchen auf den Esstisch legte. Ich hatte in dieser Wohnung nur geschlafen, mich gewaschen und war mit Sonia ins Bett gegangen. Ich hatte nie versucht, dort etwas Komplizierteres als eine Scheibe Toast und eine Tasse Kaffee zuzubereiten.

Aber die Lage war fantastisch. Ich war zu Fuß in ein paar Minuten im Supermarkt oder in Camden Lock oder im Gemüseladen. In der Nähe gab es ein paar Clubs. Es würde nie eine Bude sein, in die man mit sechs Personen zurückkommen konnte, aber sie war perfekt, um mit einer Person zurückzukommen. Eine ordentliche Grundreinigung wäre ein Anfang gewesen. Staubsaugen wäre besser als nichts. Ich hatte die lichtvolle Vorstellung, wie ich eine Woche damit verbrachte, die Wohnung auf Vordermann zu bringen. Ich wäre wie jemand in einer Reklame für ... na ja, für das, was ich gerade machte. Ich stände auf einer Trittleiter und würde tapezieren, und eine wunderschöne Blonde – die aber eine Latzhose tragen würde, damit man sehen konnte, dass sie domestiziert war – würde mir einen Becher Kaffee bringen. Ich würde den kaputten Lampenschirm und die bräunlich-grünen Vorhänge abnehmen, den alten Teppich mit dem von einem verschlissenen Läufer halb verdeckten Loch zusammenrollen und in den Container werfen, und dann würde ich alles mit neuen Sachen in fröhlichen Pastellfarben ersetzen, und es wäre eine ziemlich niedliche kleine Wohnung im obersten Stockwerk.

Ich kam nicht mal zum Staubsaugen. Schlimmer noch. Über dem Sofa hing ein scheußliches altes Bild von einem Boot, das in den Sonnenuntergang hineinsegelte. Es sah aus, als sei es aus irgendwas gestrickt. Schon als ich das erste Mal in das Zimmer kam, ging mir das Bild auf die Nerven, nicht nur, weil es so schlecht war, sondern auch, weil es ein kleines bisschen schief hing. Mir wurde jedes Mal flau, wenn ich hinschaute. Ich hätte nur einen Stuhl hinüberschieben, hinaufsteigen und das verfluchte Bild geraderücken müssen. Dann wäre wenigstens dieser kleine Teil meines Lebens in Ordnung.

Ich tat es nie. Anscheinend hatte ich nie die Zeit dazu. Ich sollte ein paar Dinge erklären. Ich gehöre nicht zu den Büromenschen. Ich meine, wenn Arbeit Spaß machen würde, hieße sie nicht Arbeit, oder? Manchmal war ich in der Firma, im Aufzug vielleicht, oder ich ging durch den Eingang, und dann stellte ich mir vor, wie jemand von draußen, ein gewöhnlicher Mensch, mich und die anderen Versicherungsangestellten sah und einfach annahm, ich gehörte zu ihnen. Darüber musste ich lachen. Der Gedanke, bei Wortley Karriere zu machen, war ein Witz, soweit es mich betraf, aber es war ein gut bezahlter Witz. Wenn ich an Sonia und ihre Pläne dachte, fand ich, dass sie die richtige Idee gehabt hatte. Mein Großvater arbeitete in der benachbarten Autofabrik, seit er fünfzehn war, und er hörte erst wieder auf, als er mit Ende fünfzig wegrationalisiert wurde. Und dann saß er in seinem speziellen Liegesessel vor dem Fernseher, bis er starb. Das alles hat sich geändert. Heutzutage arbeitet kein Mensch mehr so. Nicht, wenn er ein bisschen Verstand hat. Ich hatte vor, ein, zwei Jahre zu arbeiten, einen Haufen Geld zu sparen und dann den Job hinzuschmeißen und ins Ausland zu reisen, bis das Geld verbraucht wäre.

Jedenfalls hatte ich keine Lust, bei Wortley im Büro zu bleiben. Das Problem war nur, dass Giles Buckland ein merkwürdiger Lehrer war. Genau genommen bin ich nicht sicher, dass er überhaupt ein Lehrer war. Er erzählte mir kaum etwas, zumindest nicht über das Versicherungsgeschäft. Manchmal erzählte er mir etwas über einen Käfer, den er sah. Er war verrückt nach Käfern. Das kam noch aus seiner Zeit als Naturwissenschaftler. Er erklärte mir kaum jemals etwas. Ich musste alles unterwegs aufschnappen. Ich bemerkte schon am ersten Tag, dass er nie einen Blick in die Akten warf, obwohl wir sie immer mitnahmen. Er hatte sie schon vorher gelesen und erinnerte sich an jede Einzelheit. Also dachte ich nach zwei Tagen, ich müsste da etwas unternehmen. Meistens hatte ich im Büro Sachen zu erledigen, wenn wir unterwegs gewesen waren: Akten ablegen, Gutachter anrufen, Termine bestätigen.

Das dauerte bis sieben oder acht Uhr. Dann besorgte ich mir die Formulare mit den Entschädigungsanträgen und fotokopierte sie. Ich rief die Policen auf, zu denen sie gehörten, und druckte sie mir aus. Das alles nahm ich mit nach Hause; unterwegs holte ich mir eine Pizza oder Pommes frites und ein paar Dosen Bier, und dann las ich die Sachen durch und prägte sie mir für den nächsten Tag ein. Eine Versicherungspolice zu lesen ist was anderes, als die Sportseite zu überfliegen. Nicht wegen des Fachwissens; das war nach zwei Tagen kein Problem mehr. Aber es hängt alles an einem speziellen Wort, an irgendeiner Kleinigkeit, die ausgeschlossen ist, oder an was auch immer. Ich war nie vor Mitternacht fertig.

Ich weiß nicht genau, warum ich das tat. Alles ergab einfach mehr Sinn, wenn ich vor einem zerbrochenen Schaufenster oder einem abgebrannten Gartenschuppen stand. Das ist wie mit einem Wald. Immer wenn ich einen Wald anschaute, dachte ich, es wäre doch interessanter, wenn ich wüsste, was für Bäume das seien, wie die Eschen und wie die Buchen aussähen. Fichten. Die erkenne ich.

Nicht, dass ich dafür von Giles einen Kuss auf die Wange bekommen hätte. Zwei Tage, nachdem ich angefangen hatte, am Abend zuvor die Policen durchzuarbeiten, fragte er mich nach irgendeinem Verlängerungsdatum, und ich sagte es ihm, ohne in die Akte zu schauen. Er warf mir einen komischen Blick zu, nahm die Akte und sah selbst hinein, als hätte ich mir einen unglaublich langweiligen Witz mit ihm erlaubt. Als würde ich als Nächstes sagen: April, April, in Wirklichkeit war sie am Achtundzwanzigsten fällig. Ha ha. Er schaute in die Akte und grunzte nur, machte irgendwie Hmmm, und dann arbeitete er einfach weiter. Kein Augenzwinkern. Kein Schulterklopfen hinterher.

Er reagierte eigentlich auch nie auf das, was ich sagte. Ziemlich oft fragte er mich, was ich dächte, und dann sagte ich etwas. Manchmal fuhr er dann einfach fort, als hätte ich überhaupt nichts gesagt, als hätte nur eine Tür gequietscht, und ich glaube, das tat er, wenn ich etwas Falsches oder Dummes gesagt hatte. Wenn er mir antwortete, hatte das, was ich gesagt hatte, wahrscheinlich auf irgendeine Weise Sinn und Verstand gehabt.

Das machte mir aber nichts. Was mir gefiel, waren die Fahrten in schräge Gegenden von London, an die ich nie gedacht hatte: an jeden nur vorstellbaren Ort innerhalb der M25, zu Gewerbegebieten, Knästen, Villen, U-Bahnstationen, Ruinen, zertrümmerten Autos, Krankenhäusern – überall hin, wo etwas Schlimmes passieren kann. Wir saßen da, während Frauen weinten und weinten, wir trafen dicke Männer in Anzügen, die Forderungen stellten und uns Formulare entgegenhielten und mit Anwälten drohten. Manchmal ging es um Unfälle, die am Tag zuvor geschehen waren. Dann waren Frauen gerade erst aus dem Krankenhaus zurückgekommen, Bestattungsunternehmer waren am Telefon, und die ersten Blumen trafen ein. Manchmal war der Boden noch heiß vom Feuer, und manchmal war eine Sache schon seit Jahren im Gange.

In vielen Fällen hatte Giles einen Scheck in der Tasche. Wir wechselten ein paar Worte, der Kunde unterschrieb, wir überreichten ihm den Scheck und waren nach weniger als zwanzig Minuten wieder weg. Bei einer anderen Gelegenheit war ein Lastwagenfahrer auf der Autobahn eingeschlafen, es hatte eine Massenkarambolage gegeben, und vierzehn Personen waren ums Leben gekommen. Wahrscheinlich haben Sie davon gelesen. Bei dieser Gelegenheit hatten wir Vorbesprechungen mit Leuten von ungefähr fünf verschiedenen Versicherungen, und dabei ging es nur um die Bestellung der technischen Gutachter.

Nur ein oder zwei Fälle sind mir wirklich im Gedächtnis geblieben. Einmal mussten wir zu einer Frau, um über die Lebensversicherung ihres Ehemannes zu sprechen. Er war soeben an einer

Hirnblutung gestorben. Wir parkten in einer Straße mit großen Häusern in Hampstead, gleich oberhalb der Heide. Normalerweise sagte Giles vorher kein Wort, aber diesmal blieb er auf der Vordertreppe stehen, als habe er etwas vergessen.

»Haben Sie die Police gelesen?«, fragte er.

»Ja.«

»Kam Ihnen daran etwas komisch vor?«

Ich antwortete nicht sofort. Wenn Giles mir diese Frage stellte, musste er misstrauisch sein. Aber mir fiel nichts ein.

»Es ist eine völlig normale Lebensversicherungspolice. Nichts weiter.«

»Wirklich?«, fragte er. »Ach, na ja.« Mit düsterer Miene schaute er an dem hohen Haus hinauf. »Die hasse ich.«

Es gibt einen bestimmten Gesichtsausdruck, den jemand bekommt, wenn etwas Schreckliches passiert ist. Ich erinnere mich an Geschichten von Leuten, die über Nacht weiße Haare bekommen hatten. Ich weiß nicht, ob das wirklich möglich ist, aber es gibt eine Art von Grau, das die Leute überkommt, vor allem in den Augen. Sie sehen aus, als habe man ihnen sehr feine Linien ins Gesicht gemeißelt. Ganz so war es bei Isabel Fry. Wenn sie sprach, zitterte ihre Stimme. Ihre Gesichtszüge waren verschwommen. Ich glaube, sie hatte geweint, bevor wir gekommen waren, und sie hatte sich angestrengt, um sich wieder zu fassen, ehe wir da wären. Sie bat uns, Platz zu nehmen, und fing an zu reden.

»Sie sagten, es könnte Jahre dauern«, erzählte sie. »Fünf oder sechs oder noch länger. Ich habe den Spezialisten gefragt. Er sagte, manchmal gehe es ganz schnell, aber das sei nicht sehr wahrscheinlich. Der Durchschnitt liege bei drei bis vier Jahren, und manche Leute lebten nach sieben oder mehr Jahren immer noch. Das kommt einem so weit weg vor. Und es ist vielleicht dumm, aber man fängt an zu denken, dass sie bis dahin vielleicht ein Mittel gefunden hätten. Es wird doch so viel geforscht, oder? Robin war so entschlossen. Sie wollten ihn in eine klinische Studie aufnehmen. Sie wollten es mit einem speziellen Eingriff versuchen. Der hatte einen komischen Namen. Ich kann mich nicht erinnern.«

»Einem stereotaktischen Eingriff?«

»Ja, ich glaube, so hieß es. Woher in aller Welt wissen Sie das?«

»Ich bedaure Ihren Verlust zutiefst«, sagte er.

»Wir haben mit der Behandlung gar nicht mehr angefangen.«

Dieses »Wir«. Als hätten sie die Behandlung gemeinsam bekommen.

»Es sollte nächste Woche losgehen. Letzten Sonntag bekam er einen Anfall. Das war schon öfter vorgekommen. Ganz plötzlich war er einfach still. Ich habe den Notarzt gerufen, aber sie haben so lange gebraucht. Ich habe einen Sohn, der Arzt ist. Wissen Sie, er hat immer gesagt, dass einem sonntags nichts passieren darf. Er sagt, dann haben die jungen Ärzte Wochenenddienst, und bis Sonntag sind sie erschöpft, und dann machen sie Fehler. Der Krankenwagen kam ziemlich schnell, aber sie konnten ihn nicht wiederbeleben.«

»Das tut mir schrecklich leid«, sagte Giles. »Aber ich bin sicher, sie haben getan, was sie konnten.«

Dann tat er etwas sehr Ungewöhnliches. Er wandte sich an mich und fragte: »Mark, kann ich die Akte haben?«

Ich reichte sie ihm. Er legte sie vor sich auf den Couchtisch und schlug sie auf.

»Und jetzt«, sagte er, »haben wir hier die Versicherungspolice Ihres Mannes. Ausgestellt auf Sie.«

»Ja«, sagte sie leise. »Ich wusste nichts davon. Gestern hat unser Anwalt angerufen und mich darüber informiert. Ich wusste es nicht.«

Giles schob das Dokument sorgfältig zurecht, als sei es sehr wichtig, dass es genau parallel zu den Rändern des roten Aktendeckels lag.

»Ich bitte sehr um Entschuldigung, Mrs. Fry«, sagte er. »Aber wäre es wohl möglich, dass ich Ihre Toilette benutze?«

Ich versuchte, mir nicht ansehen zu lassen, wie verblüfft ich war. Es war absolut bizarr und taktlos, ausgerechnet in diesem Augenblick pissen zu wollen. Vielleicht war Giles tatsächlich nervös.

»Ja, natürlich. Wir haben ein Bad im Keller und eins oben an der Treppe, auf dem Absatz.«

Giles stand auf und ging hinaus. Die Situation wurde noch peinlicher, weil ich jetzt mit Mrs. Fry allein war. Ich bilde mir ein, ich kann ganz gut ein Gespräch im Gang halten. Ich bin eigentlich kein schüchterner Typ. Aber das hier überstieg meine Fähigkeiten. Zuerst murmelte ich in einem schrecklichen Nuschelton, wie sehr ich ihren Verlust bedauerte. Sie sagte danke, und das war's. Ich wäre schon froh gewesen, wenn sie noch ein bisschen mehr über die Behandlung ihres Mannes und all das geschwatzt hätte. Aber vermutlich dachte sie, wenn sie schon einen schmerzerfüllten Monolog hielt, dann sollte sie das vor dem Orgelspieler tun, nicht vor seinem Äffchen. »Nicht vor dem Personal«, das war offensichtlich hier ihre Devise, und sie sah ziemlich gefasst aus. Ich dachte daran, eine der Akten aufzuschlagen und darin zu lesen, aber das hätte ausgesehen, als langweilte ich mich. Ich konnte mich nicht mal im Zimmer umsehen. Also machte ich einfach ein kummervolles Gesicht, bis es anfing weh zu tun.

Und Giles blieb lange weg. Kurz mal pinkeln, das dauerte nicht so lange. Ich begann zu denken, dass er vielleicht Amöbenruhr hatte. Endlich, nach ungefähr vierzehn Stunden, hörte ich ihn die Treppe herunterkommen. Er setzte sich, schob wieder die Akte zurecht und fing an zu reden, als wäre er nie weg gewesen.

»Normalerweise würden wir Sie in diesem Augenblick nicht behelligen«, sagte er. »Aber wir haben gewisse Richtlinien. Eine davon betrifft verständlicherweise den Fall, dass ein Lebensversicherter kurz nach Vertragsabschluss verstirbt.« Er nahm die Urkunde in die Hand, als müsse er nach dem Datum sehen. »Und Ihr Mann hat diese Lebensversicherung erst kürzlich abgeschlossen. Genau gesagt, letzten November.«

»Das wusste ich nicht«, sagte sie.

»Es ist schmerzhaft, Mrs. Fry, aber diese Richtlinie besagt, dass wir feststellen müssen, ob zum Zeitpunkt der Unterzeichnung der Police relevante Informationen zurückgehalten worden sind.«

Das Schweigen, das jetzt eintrat, war noch schlimmer als das in Giles' Abwesenheit. Ich konnte nicht fassen, was hier vor sich ging, und ich glaube, Mrs. Fry konnte es auch nicht. Ich sah, wie ihre Kiefermuskeln sich anspannten. Sie sah jetzt weniger verschwommen aus.

»Verzeihung, Mr. …?«

»Buckland.«

»Mr. Buckland. Wollen Sie meinen Mann der Lüge bezichtigen?«

Giles sah weder verlegen noch aufgebracht aus. Er wirkte nur verwirrt, als sei das alles ein wenig seltsam.

»Mrs. Fry, ich überlege nur, ob Ihr Mann etwas Wesentliches ausgelassen haben könnte, als er diese Police mit uns absprach.«

»Ausgelassen?«, wiederholte sie. »Wollen Sie sagen, dass mein Mann ein Lügner war? Er ist seit zwei Tagen tot. Ich weiß nicht, wo ich anfangen soll. Mein Mann ist sehr schnell gestorben, nachdem man bei ihm einen Gehirntumor diagnostiziert hat. Das wissen Sie. Ich habe es Ihnen erzählt. Ich kann nicht glauben, dass Sie zwei Tage nach seinem Tod hierher kommen und ihn des Betrugs beschuldigen.«

Immer noch mit ratlosem Blick griff Giles in seine linke, mir zugewandte Jackentasche und holte etwa heraus, das ich nicht sehen konnte. Er hielt es hoch. Jetzt konnte ich es sehen.

»Wissen Sie, was das ist?«

»Nein«, sagte sie. »Von hier aus kann ich es nicht erkennen.«

Es war ein Tablettenröhrchen aus Plastik. Giles stand auf, ging quer durch das Zimmer und gab es ihr in die Hand. Sie betrachtete es.

»Was ist das?«

»Sie müssen es doch kennen.«

»Dazu brauche ich meine Brille.«

»Das ist Dexamethason«, sagte Giles. »Ein Steroid, das man dazu verwendet, die Schwellung in der Umgebung eines Gehirntumors zu reduzieren.«

»Gehört das meinem Mann?«

»Sein Name steht drauf.«

Sehr behutsam nahm er ihr das Röhrchen ab und reichte es mir.

»Welches Datum steht darauf, Mark?«

Ich schaute hin.

»Der dritte Dezember«, sagte ich.

Isabel Fry war kreidebleich geworden, und ihr Blick flackerte hierhin und dorthin, als sehe sie etwas, das wir nicht sahen.

»Mrs. Fry«, sagte Giles. »Ich bitte Sie, ersparen Sie uns den Ärger und die Peinlichkeit. Bitte. Ich habe hier eine Verzichtserklärung, und ich wäre dankbar, wenn Sie sie unterschreiben wollten.«

»Er hat eine Gesundheitsprüfung gemacht«, sagte sie. Ihre Stimme klang, als stehe sie unter Hypnose. »Das hat er mir erzählt. Sie haben ihn dazu veranlasst. Dabei wurde nichts entdeckt.«

»Dabei wurde nichts entdeckt, weil zur routinemäßigen Gesundheitsprüfung kein Computertomogramm gehört. Bitte, Mrs. Fry, lassen Sie uns die Sache nicht noch betrüblicher machen. Bitte unterschreiben Sie das Formular.«

Isabel Fry stand auf.

»Ich kann es nicht glauben«, sagte sie. »Sie haben in unserer Hausapotheke herumgeschnüffelt.«

»Na ja …« Zum ersten Mal sah Giles verschlagen aus.

»In unserem Schlafzimmer. Ich habe Ihnen gesagt, die Bäder sind unten und oben an der Treppe. Aber Sie sind in das Bad in meinem … in unserem Schlafzimmer gegangen. Sie sind da hineingegangen und haben im Medizinschrank gewühlt.«

»Na ja …«

»Ich sollte die Polizei rufen …«

»Ich bitte um Entschuldigung, Mrs. Fry. Es war nicht das ideale Benehmen, aber ich … ich wollte uns jede Verlegenheit ersparen. Ich wollte diese Angelegenheit zum Abschluss bringen, ohne Ärzte und Klinikverwaltungen hineinzuziehen.«

»Ich werde dafür sorgen, dass man Sie …«

»Mrs. Fry …«

»Verlassen Sie mein Haus. Jetzt. Auf der Stelle. Sie Dreckstücke. Ich weiß nicht, wie Sie mit sich selbst leben können. Ich werde die Polizei rufen, und ich werde meinen Anwalt anrufen, und ich kann Ihnen versprechen, dass Sie – und auch Sie …« Jetzt sah sie mich an, und ich hätte mir beinahe in die Hose geschissen. »Ich mache Sie beide arbeitslos. Ich sehe Sie vor Gericht.«

Sie trieb uns hinaus auf die Treppe und schlug die Tür hinter uns zu. Wir gingen zum Gehweg hinunter.

»Das lief besser, als ich erwartet hatte«, sagte Giles und rieb sich die Hände.

»Besser?«, fragte ich. »Wie zum Teufel kann das besser gewesen sein?«

»Ich dachte, vielleicht wusste sie nichts davon, aber sie hat's doch gewusst. Manche Leute reagieren so, wenn sie im Unrecht sind. Sie schreien und plustern sich auf und werden wütend und selbstgerecht. Es wäre viel schlimmer, wenn sie einfach nur still und traurig geworden wäre. Nicht, dass es weiter darauf ankäme, so oder so.«

Als wir an diesem Abend ins Büro zurückkamen, erwartete uns eine handschriftliche Nachricht. Sie kam von Mr. J.H. Waldron, Mrs. Frys Rechtsanwalt. Er teilte uns mit, wenn wir ihm die Verzichtserklärung bei Gelegenheit zukommen ließen, werde er sie unterschrieben zurücksenden.

ACHT

Ein oder zwei Tage später saß ich mit Giles in einem Café auf der High Holborn. Wir hatten eine halbe Stunde Zeit und tranken eine Tasse Kaffee. Ich musste ihn nach Mrs. Fry fragen, und ob ihn das Ganze nicht aus der Fassung brachte. Er zuckte nur die Achseln.

»Ist das nur ein Spiel für Sie?«, fragte ich.

Er nahm ein Schlückchen Kaffee, um zu sehen, wie heiß er war.

»Sie haben gesagt, Sie wollen Spaß haben, Mark. Ist das nicht besser, als am Telefon Schadensmeldungen aufzunehmen?«

Mir war immer noch unbehaglich, und das sah man mir an, denn Giles fragte, was los sei.

»Ich kenne Ihr Argument«, sagte ich. »Dass sie unehrlich sind und kontrolliert werden müssen. Aber Sie kriegen da so einen Gesichtsausdruck – diesen unschuldigen Ausdruck eines Raubtiers, das gleich seine Beute anspringen wird.«

»Sie finden, meine Arbeit macht mir zu viel Spaß?«

»Sie sind so gut darin«, sagte ich. »Es wundert mich, dass Sie noch nicht befördert worden sind.«

Er war verdutzt.

»Komisch, nicht? Ich bin gut darin – warum geben sie mir also nicht etwas zu tun, das ich nicht gut kann? Sie stellen die falsche Frage, Mark.«

»Welche Frage hätte ich denn stellen sollen?«

Seine Miene wurde sarkastisch.

»Sie hätten fragen sollen: Warum gebe ich mir solche Mühe, wenn es für Wortley so oder so kaum einen Unterschied bedeutet?«

»Und was ist die Antwort?«

»Weil es mir Spaß macht.«

»Aber wenn Sie das System so klar durchschauen, wären Sie dann nicht lieber weiter oben, statt ... Sie wissen schon?«

Jetzt lächelte er.

»Statt auf dem Grund herumzukriechen?«, fragte er. »Ist das etwas, woran Sie denken, Mark? Möchten Sie die Wortley-Leiter erklimmen?«

»Ich weiß nicht«, sagte ich. »Ich habe so etwas noch nie gemacht. Ich hatte immer nur irgendwelche Jobs, hab mir das Geld geschnappt und bin wieder abgehauen. Ich bin zu jung, um Arbeit interessant zu finden.«

Giles grunzte und sah mich mit schmalen, misstrauischen Augen an.

»Das war keine Antwort auf meine Frage«, sagte er.

»Ich weiß die Antwort nicht.«

»Sie müssen den Augenblick erkennen, wenn er da ist«, sagte er. »Bereitsein ist alles.«

Er meinte, ich müsse den Leichnam erkennen, wenn er vorübertrieb. Und so erinnere ich mich besonders an einen Auftrag aus jener Zeit, bei dem es um eine Werbeagentur in Clerkenwell ging, die vom Büro aus zu Fuß zu erreichen war. Giles machte ein wehmütiges Gesicht, als wir die Clerkenwell Road entlanggingen.

»In so einer Gegend habe ich immer wohnen wollen«, sagte er. »Eine kleine Wohnung mitten in der Stadt. Da kann man zu einem kleinen Coffeeshop spazieren, wann immer man gerade Lust hat. Sie wohnen gleich da vorn in King's Cross, nicht wahr?«

»In Camden.«

»Ausgezeichnet. Ihre Wohnung muss ein Vermögen wert sein.«

»Ich wohne da bloß. Die Wohnung gehört einem Freund eines Freundes von mir.«

»Oh«, sagte Giles ziemlich niedergeschlagen. »Aber vermutlich gibt's gute Coffeshops.«

»Vermutlich«, sagte ich. Ich wusste nicht genau, was es mit den Coffeeshops auf sich hatte. Ich nehme an, Giles verband damit irgendeine kitschige Vorstellung vom guten Leben, von Vespas und Cappuccinos und La Dolce Vita. Wir gingen vorbei an Fotolabors, Uhrmacher- und Juweliergeschäften, bis wir zu einem hell glänzenden neuen Gebäude kamen – Stahl und Glas und lauter in merkwürdigen Winkeln abstehende Dinge. Die Firmen, die in diesem Gebäude beheimatet waren, standen eingemeißelt auf einem Klotz, der aussah wie ein bronzener Grabstein im Haupteingang. Dalby Douncy Pountain saßen im dritten, vierten und fünften Stock.

Der Einbruch hatte in der Nacht zuvor stattgefunden, und die Polizei hatte fast den ganzen Vormittag hier verbracht. Ich hatte schon angerufen und ein Treffen mit einem der Polizisten vereinbart. Am Empfang saß ein wunderschönes Mädchen mit kurz geschnittenen blonden Haaren. Sie sah aus wie eine Elfe. Ich hatte mich daran gewöhnt, wie die Leute uns ansahen. Sie sah uns erwartungsvoll an. Wir hätten zwei weitere Kriminalbeamte sein können. Jeder interessiert sich für die Polizei. Wir hätten auch Kunden sein können. Aber als Giles sagte, dass wir von Wortley Insurance kämen, sah man, wie das Interesse aus ihrem Gesicht sickerte, und wir wurden unsichtbar. Sie erinnerte mich daran, wie ich mich zehn Jahre zuvor bei jedem über dreißig gefühlt hatte. Es war mir egal, ob es alte Knacker waren, die wissen wollten, was mein Lieblingsfach in der Schule sei, oder ob sie so taten, als seien sie auf der Höhe der Zeit, und mich fragten, welche »Bands« ich denn gern hörte. Ich war nicht interessiert. Ich wollte bloß, dass sie weggingen.

So ging es auch der schönen Rezeptionistin. Ich dachte, ich sollte mir eine Karte drucken lassen und sie immer dann herausholen, wenn ich diesen Gesichtsausdruck sah. Darauf würde stehen: »Das bin nicht wirklich ich. Ich bin als Versicherungsangestellter verkleidet, aber im wirklichen Leben bin ich ganz anders. Schauen Sie mir nur ins Gesicht, dann werden Sie es schon sehen.« Ich könnte mir auch ein Sandwichplakat umhängen. Aber ich glaube nicht, dass es viel geändert hätte. Sie sagte einfach, wir sollten Platz nehmen.

Zu viele Minuten später kam ein Mann nach vorn. Man sah seinem Anzug an, dass er in einer Werbeagentur arbeitete. Es war ein ironischer Anzug. Er war grün – aber nicht irgendwie grün. Es war das Grün, das man auf Billardtischen sieht. Es war ein amüsanter Anzug, aber der Witz würde sich verschleißen, und man wusste einfach, dass die Person, die einen solchen Anzug trug, noch dreißig völlig andere zu Hause hatte.

Er war weder Dalby noch Douncy oder Pountain. Deren Aufmerksamkeit waren wir wahrscheinlich nicht würdig. Er hieß Jem, und er führte uns nach oben, damit wir den Schaden besichtigen konnten. Ich rechnete mit Scharen von Männern in weißen Kitteln, die Kreidestaub auf Fensterbänken verteilten, und mit anderen, die Fotos vom Tatort machten. Aber da war nur ein gelangweilt aussehender Mann in einem gewöhnlichen Anzug, wie wir ihn auch trugen. Er hieß Detective Constable Maguire.

»Hier ist unsere Abteilung für Design und Layout«, sagte Jem. »Hier stehen die meisten unserer Computer. Wir haben überall Computer, aber das hier sind die guten. Waren die guten.«

»Haben sie alle mitgenommen?«, fragte Giles.

»Auf diesem Stockwerk ja«, sagte Jem.

»Und was ist mit den Stockwerken darunter?«

»Die Brandschutztüren sind verschlossen und mit Alarmanlagen versehen.«

»Wie sind sie dann hereingekommen?«

»Über die hintere Feuertreppe«, sagte Maguire. »Sie wussten, was sie suchten. Rein und wieder raus, in wenigen Minuten. Sie müssen einen Lieferwagen im Hof gehabt haben.«

»Wer ist es gewesen?«, fragte Giles.

»Das ist kein Geheimnis«, sagte Maguire. »Es gibt eine Gang, die so was seit zwei Jahren macht. Sie nehmen sich Büros mit High-End-Maschinen vor, reißen die Dinger aus der Wand und sind wieder weg.«

Ich schaute mich um und sah, dass sie ziemlich brutal vorgegangen waren. Auf dem Boden lag Putz, und aus den Wänden hingen blanke Drähte, wo die Geräte abgerissen worden waren.

»Das Gleiche haben sie in Covent Garden gemacht«, fuhr Maguire fort. »Einen Bruch in Waterloo. Einen in Shoreditch. Lauter

Läden, wo die Sicherheit nicht allzu heavy ist. Anders als in der City oder in Canary Wharf.«

»Hört sich nicht an, als wären Sie ihnen dicht auf den Fersen«, sagte ich.

Ich dachte, jetzt hätte ich in einen Fettnapf getreten, aber Maguire blieb absolut ungerührt.

»Ist nicht mein Fall«, sagte er. »Ich vertrete heute bloß jemanden.«

»Und wie hoch ist der Schaden?«, fragte Giles.

Jem hatte bereits ein Blatt Papier in der Hand.

»Wir haben eine Liste der fehlenden Gegenstände aufgestellt.«

An diese Szene hatte ich mich gewöhnt. Es hatte einen Einbruch gegeben, und niemanden interessierte es. Maguire interessierte es nicht, weil es nicht sein Fall war. Dalby Douncy Pountain interessierte es nicht, weil sie eine hübsche neue Computerausstattung bekommen würden. Wortley Insurance interessierte es nicht, weil es im Rahmen der projektierten Auszahlungsrate lag, die aufgrund der vorhergehenden Jahre von Versicherungsmathematikern errechnet worden war. Und die Einbrecher waren auch zufrieden. Alle waren zufrieden. Giles deutete mit dem Kopf auf mich.

»Geben Sie sie ihm.«

Jem reichte mir das Blatt. Es war eine getippte Liste mit Modellen und Seriennummern.

»Und es waren nur die, die hier standen?«, fragte Giles, als wäre das nicht schon ermüdend klargemacht worden.

»Richtig«, sagte Jem. »Hier und im Nebengebäude am Ende. Da arbeiten die beiden Abteilungsleiter. Ich glaube, es ist alles ziemlich unkompliziert.«

»Ja«, sagte Giles. »Was dagegen, wenn wir uns ein bisschen umsehen, ob es noch andere Schäden gibt und so weiter?«

»Brauchen Sie mich noch?«, fragte Maguire.

»Dauert nur eine Minute«, sagte Giles.

Er ging im Büro umher, sah sich um, bückte sich ab und zu. Er spazierte zum Fenster und schaute hinaus. Ich nahm an, dass er gleich zwingend notwendige Veränderungen an der rückwärtigen

Zufahrt vorschlagen würde – das, was er den Stalltürbereich nannte. Ich fing an, gleichfalls umherzuspazieren und den hochprofessionellen Versicherungsinspektor zu spielen. Alle Büros, dachte ich, waren doch im Grunde gleich, ob es ein High-Class-Laden war wie Dalby Douncy Pountain mit Desigerlampen und Schreibtischen, die aussahen wie Skulpturen, oder ein Behördenbüro im Hinterhof von Nirgendwo mit einem Sortiment von komischen alten Pulten und Stühlen, die aussahen, als stammten sie aus einer Insolvenz. Immer stand die Kaffeemaschine in der Ecke, und immer gab es ein schwarzes Brett mit angepinnten Postkarten, einer halb verdeckten Brandschutzinformation und einem Zeitungsausschnitt, der dort hing, weil die Person in der Story »amüsanterweise« den gleichen Namen hatte wie jemand im Büro. An diesem speziellen schwarzen Brett las ich eine Meldung über einen Mann namens Christopher Marsh, der verhaftet worden war, weil er am Telefon Frauen belästigt hatte. Er hatte sie angerufen und behauptet, er mache eine Untersuchung über unterschiedliche Brustgewichte. Unterschiedlich bei denselben Frauen, genauer gesagt. Er hatte sie dazu gebracht, ihren Büstenhalter auszuziehen und nacheinander beide Brüste in die Hand zu nehmen, um festzustellen, welche schwerer war. Jemand hatte einen roten Kringel um den Namen »Christopher Marsh« gemacht und dazugeschrieben: »Ungeahnte Fähigkeiten, Chris!«

Giles pütterte immer noch am Fenster herum, und so spazierte ich weiter in den Anbau. Zwei kleine Räume mit verschließbaren Türen waren vom Rest des Büros abgeteilt. Wie gemeldet, hingen die blanken Anschlusskabel von den Schreibtischen. Ich wollte zu Giles und den anderen zurückgehen und blieb stehen. Etwas summte in meinem Kopf herum, mehr Irritation als Kopfschmerz. Was war es? Ich schaute hinüber zu der Sauerei im Büro – zu den Putzbrocken auf dem Boden, den herausgerissenen Wandanschlüssen. Dann kehrte ich in den Anbau zurück. Eine volle Minute lang betrachtete ich die Kabel, die über den Schreibtisch drapiert waren. Eins war säuberlich zusammengerollt. Ich betrachtete die Liste, die Jem mir gegeben hatte. Sie enthielt zweiundzwanzig Computer und vier Drucker. Zwei der Computer stammten dieser

Liste zufolge aus diesen beiden Büros. Ich zog einen Stift hervor und malte ein Kreuz neben die beiden.

Ich ging zu Jem hinüber, der dastand und aussah, als habe er woanders eigentlich Wichtigeres zu tun. Überall woanders.

»Wer macht Ihre Computer?«, fragte ich.

»Wie meinen Sie das?«

»Wer installiert sie? Sie gehen doch nicht los und kaufen sie selbst bei PC World, oder?«

»Nein. Das macht eine Firma namens Byte Part.«

»Aha.« Ich lächelte. »Diese Feuertür, von der Sie gesprochen haben. Wo ist sie?«

Er streckte den Finger aus.

»Da drüben.«

»Sie ist jetzt nicht abgeschlossen, oder?«

»Tagsüber nicht.«

»Ich sehe sie mir mal an.«

Ich ging hinüber und stieß sie auf. Aber die Brandrettungswege interessierten mich nicht. Ich wollte in die darunter liegende Etage gelangen, ohne dem ärgerlichen Mädchen am Empfang zu begegnen. Wahrscheinlich würde sie sich gar nicht an mich erinnern. Aber ich wollte ein bisschen Spaß haben. Ich stieg eine Betontreppe hinunter und öffnete die erste Tür, zu der ich kam. Vor mir sah ich eine identische Kopie des Stockwerks darüber, nur dass dieses Büro rappelvoll war. Wahrscheinlich hatten ein paar Leute von oben hier herunterziehen müssen. Ich lächelte ein Mädchen an, das in der Nähe an einem Schreibtisch saß.

»Hi«, sagte ich. »Ich bin von Byte Part. Ich mache Ihre Computer. Wissen Sie, wo die neuen Computer sind?«

Sie zuckte die Achseln.

»Sorry, aber darüber weiß ich nichts. Fragen Sie Don da drüben.«

Ich ging hinüber zu Don, der gerade telefonierte. Er sah, dass ich vor seinem Schreibtisch stehen blieb, und legte die Hand auf die Sprechmuschel. »Ja?«

»Ich komme von Byte Part. Ich wollte die neuen Computer checken. Die, die heute Morgen gebracht worden sind.«

Plötzlich wurde mir ein bisschen übel. Ich war so dämlich. Nach allem, was ich wusste, arbeiteten vielleicht nur zwei Leute bei Byte Part, und Don kannte sie. Vielleicht war es sogar bloß einer. Aber Don deutete nur mit dem Daumen hinter sich und sagte: »Da drüben in der Ecke.«

»Danke«, sagte ich.

Da standen sie, dicht zusammengestapelt auf dem Tisch, und warteten darauf, irgendwo aufgestellt zu werden. Die Mühe hätte ich mir eigentlich sparen können, aber ich überprüfte doch die Seriennummern auf den Schildern an der Rückseite. Es waren dieselben, die auch auf meiner Liste standen. Ich musste mich beherrschen, um nicht zu grinsen wie ein Idiot. Als ich an Dons Schreibtisch vorbeikam, rief er mich an.

»Alles in Ordnung?«

»Ja«, sagte ich.

»Werden Sie …?«

Ich ging hinaus, ohne mich umzusehen. Als ich durch die Feuertür trat, kam Giles mir mit gereizter Miene entgegen.

»Wo zum Teufel sind Sie gewesen?«

»Zwei von den Computern können Sie von der Liste streichen«, sagte ich.

»Was soll das heißen?«

Jem lauerte in der Nähe; also berichtete ich mit leiser Stimme, was ich getan hatte. Giles machte zunächst ein nachdenkliches Gesicht, aber dann fing er an zu lächeln.

»Diese Mistkerle«, sagte er. »Dies gierigen kleinen Mistkerle. Sie waren wirklich da unten? Sie haben sie gesehen?«

»Ja.«

»Und Sie sind sicher, dass es die richtigen waren?«

»Ich hab die Seriennummern mit der Liste verglichen.«

Giles schüttelte den Kopf.

»Das glaube ich nicht«, sagte er. »Womit ich sagen will, ich glaube es doch.« Er drehte sich um. »Sie.«

»Jem«, sagte Jem.

»Jem«, sagte Giles. »Existieren Dalby und der Rest eigentlich wirklich?«

»Natürlich.« Jem war empört.

»Dann schaffen Sie einen von ihnen hier herauf.«

Jem machte ein verblüfftes Gesicht und wollte etwas sagen.

»Sofort.«

Jem wieselte davon.

»Was werden Sie sagen?«

»Sagen?«, wiederholte Giles. »Ich weiß nicht, was ich sagen werde, aber ich weiß, was ich tun werde. Ich werde den Vertrag für nichtig erklären.«

»Was heißt das?«

»Das heißt, dass wir ihnen keinen Penny zahlen.«

»Aber was ist mit den Computern, die wirklich gestohlen worden sind? Es gab ja wirklich einen Einbruch.«

»Egal.«

Douncy war eine Frau. Sie hieß Helena Douncy, und sie kam in einem wunderschönen schwarzen Kostüm hereingeweht. Giles entwaffnete es nicht. Ich war echt beeindruckt. Er wurde über die Maßen zornig, und ich blieb erstaunlich still. Zuerst war Helena Douncy verdattert und sagte, das könne nicht wahr sein. Dann wedelte Giles mit der Liste vor ihrer Nase herum und bot ihr an, nach unten zu gehen und sich selbst davon zu überzeugen. Da sagte sie, es müsse da etwas durcheinander gekommen sein. Darauf entgegnete Giles, wenn sie noch ein weiteres Wort sage, werde er Detective Constable Maguire dazuholen, und dann gebe es zwei Ermittlungen statt einer. Helena Douncy sagte eine Zeit lang gar nichts mehr.

»Es waren nur zwei«, sagte sie dann.

Giles ließ Helena Douncys Gesicht nicht aus den Augen, aber seine nächsten Worte waren an mich gerichtet.

»Mr. Foll. Wollen Sie bitte notieren, dass Ms. Douncy angibt, es gehe bei dem betrügerischen Versicherungsanspruch ihrer Firma nur um zwei Computer?«

»Betrügerisch?«

»Der Versicherungsvertrag ist nichtig.«

»Was? Das ganze Ding?«

»So ist es.«

»Darüber werde ich mit unseren Anwälten reden müssen.«

»Kein Problem«, sagte Giles. »Wir erwarten morgen bis Geschäftsschluss von ihnen zu hören. Andernfalls werden wir die Polizei hinzuziehen. Und frisieren Sie lieber nicht am Beweismaterial herum. Ich meine, nicht noch einmal.«

Giles sagte nichts mehr, bis wir wieder die Clerkenwell Road entlanggingen.

»Das war nicht schlecht, Mark«, sagte er dann.

Es war das Netteste, was er je zu mir gesagt hatte,

NEUN

Am Ende des nächsten Tages, es war fast sieben, saß ich wieder im Büro und sah noch ein paar Formulare durch, als mir jemand auf die Schulter tippte. Es war eine Frau, die ich noch nie gesehen hatte.

»Sind Sie Mark Foll?«

»Ja.«

»Ms. Kiely möchte Sie sprechen.«

»Morgen?«

»Nein, jetzt. Kommen Sie bitte mit.«

Wir fuhren mit dem Lift nach oben. Ich fragte sie, um was es gehe, aber sie zuckte nur die Achseln. Sie führte mich durch mehrere Türen, und am Ende war ein großes Büro mit Donna Kiely, die ganz hinten an einem Schreibtisch saß. Die Fenster reichten vom Boden bis zur Decke. Es war dunkel, aber immer noch spektakulär.

»Der Blick wird immer besser«, sagte ich. »Ich meine, je höher man kommt.«

Sie legte einen Stift aus der Hand.

»Es ist die alte Stadtmauer. Übrigens.«

»Was?«

»Sie wollten es wissen. Sie haben Darryl Wingate danach gefragt.«

»Oh. Stimmt. Gut. Übrigens, ich sollte wohl sagen, Ms. Kiely, es tut mir Leid wegen, Sie wissen schon, wegen dieser Sache, als wir uns das letzte Mal gesehen haben. Am Schluss. Das Letzte, meine ich.«

»Wissen Sie, eigentlich habe ich Ihnen zugute gehalten, dass Sie versucht haben, wenigstens irgendetwas aus der Asche der Katastrophe zu retten. Auf eine irrsinnige Art.«

»Ja. War's das?« Ich wollte mich zur Tür umdrehen und fliehen.

»Ich hatte eben einen Anruf von Gil Pountain. Wie in Dalby Douncy Pountain.«

»Den hab ich nicht kennen gelernt. Ich hab nur die Frau gesehen. Helena Douncy.«

»Haben Sie sie gefragt, ob sie mit Ihnen ausgeht?«

»Nein, es schien mir eigentlich nicht ...«

»Was für eine verpasste Chance, Mark. Wie auch immer, er hat volle zwanzig Minuten gewinselt. Haben Sie je erlebt, dass eine führende Gestalt der Werbebranche vor Ihnen winselt?«

»Nein.«

»Es hört sich jämmerlich an. Und er hat nicht nur bei mir gewinselt, es wird auch noch einen demütigen Brief an Giles geben. Und einen an Sie. Den sollten Sie sich einrahmen.«

»Ja. Die Police ist also – wie heißt es – nichtig?«

»Nein«, sagte sie. »Deshalb hat er ja gewinselt. Sie haben den Anspruch zurückgezogen, sie kommen für unsere Kosten auf, und sie haben versprochen, ihre Sicherheitsvorkehrungen zu verbessern. Dafür lassen wir die Versicherung weiter bestehen.«

»Weiß Giles das schon?«

»Ich habe es eben erst geklärt. Ich sag's ihm morgen.«

»Er war ziemlich sauer auf sie.«

»Er hat seinen Spaß gehabt. Das sollte genügen. Ich regle das mit ihm. Er hat mir schon von Ihnen erzählt.«

»Das ist nett von ihm.«

»Gute Arbeit, Mark.«

»Ich konnte es einfach nicht glauben«, sagte ich. »Ich meine, wenn jemand die verdammten Computer wenigstens einfach mit nach Hause genommen hätte. Dann hätte doch niemand je etwas gemerkt.«

»Wenn sie das getan hätten, hätten sie sich selbst gegenüber zugegeben, dass sie etwas zu verbergen hatten. Sie haben es so gesehen, als nähmen sie sich zwei Stifte aus dem Materialschrank. Wie wir es alle tun.«

»Ich bin nie im Büro«, sagte ich. »Ich weiß nicht, wo der Materialschrank ist.«

»Sie sind jetzt im Büro.«

»Ich hab noch Sachen für morgen sortiert.«

»Sind Sie noch beschäftigt? Oder müssen Sie irgendwo hin?«

Einen irrwitzigen Augenblick lang dachte ich, sie würde mich auf einen Drink einladen. Zur Belohnung, sozusagen.

»Nein«, sagte ich.

»Dann möchte ich Sie mit jemandem bekannt machen. Ich fürchte, dazu müssen wir noch ein Stück höher fahren.«

Wir stiegen in einen anderen Lift, nicht in den, mit dem ich heraufgekommen war. Es war eine Art Superlift. Die Knöpfe waren golden, und die Zahlen waren schnörkelig graviert. Er war holzgetäfelt. Er sah aus wie ein Originallift aus dem achtzehnten Jahrhundert.

»Wir gehen zu unserem CEO«, sagte sie.

»Was?«

»O Gott, Mark. Wo haben Sie gelebt? Lesen Sie niemals *Vanity Fair*? Das ist die Abkürzung für ›Chief Executive Officer‹. Es bedeutet: Big Boss. Er heißt Walter Broberg. Er wird sehr freundlich sein, aber nennen Sie ihn Mr. Broberg.«

Als die Aufzugtür sich öffnete, wurden wir abgeholt und in ein Büro geführt, das ungefähr drei Mal so groß war wie Donna Kielys. Am hinteren Ende, vor dem Fenster, stand die Silhouette eines Mannes – Broberg – vor den Lichtern der Stadt. Er sprach in ein schnurloses Telefon, aber ich hörte nur Gemurmel. Der Raum war zonenweise beleuchtet, und dazwischen waren ganze Bereiche dunkel oder verschwommen. Mehrere kleine Spots bestrahlten eine Skulptur; sie sah aus wie eine deformierte Sanduhr, aus rauem Granit gehauen und unvollendet. Andere Spots waren auf Bilder an der Wand und auf ein Bücherregal gerichtet, aber in dem Bücherregal standen nur wenige Bücher, und diese wenigen sahen anders aus als die Versicherungsleitfäden, die Giles unten in seinem Büro hatte. Sie sahen aus wie die teuren Kunstbände, die ein Innenarchitekt meterweise kauft, um ein Managerbüro zu dekorieren. Mir war unbehaglich, aber Donna Kiely verströmte auch nicht gerade reinstes Selbstbewußtsein. Es war ein bisschen wie ein Besuch im Büro des Schuldirektors.

Broberg klappte sein Telefon zusammen und kam auf uns zu ins Licht, und jetzt konnte ich ihn richtig sehen. Ich interessierte mich nicht nur für seine Gesichtszüge, seine milchig blauen Augen, das graue Haar, das lässig nach hinten gekämmt war, seine Größe – er war weit über eins achtzig. Ich interessierte mich für die Details. Wenn du ganz oben bist – was tust du, um dich von denen zu unterscheiden, die fast ganz oben sind? Ich konnte es nicht erkennen. Er hatte kein Jackett an. Er trug ein gestreiftes Hemd und eine blaue Satinkrawatte, eine graue Hose, schwarze Schuhe. Vielleicht war es ein Outfit von der Sorte, die so teuer war, dass sie es nicht nötig hatte, irgendetwas zu demonstrieren. Vielleicht waren es auch ganz alltägliche Sachen. Ich wusste es nicht. Als er näher kam, sah ich die amüsierten Fältchen in seinem Gesicht.

»Walt«, sagte Donna, »das ist Mark Foll.«

Er streckte die Hand aus. Es war ein Händedruck wie von einer trockenen Metallklaue. Zupackend.

»Nett, Sie kennen zu lernen, Mark.«

Er sprach mit einem Mid-Atlantic-Akzent. Britisch, aber offenbar einige Zeit in den Staaten gewesen.

»Danke, Mr. Broberg.«

»Donna hat mir von der Sache bei DDP gestern erzählt. Das war ein guter Fang, Mark.«

»Es war keine große Sache.«

»Hab sehr gelacht, Mark. Gott, diese habgierigen Hunde. Wissen Sie, früher hab ich Geschäfte per Handschlag gemacht. Heute müssen tausend kleine Subklauseln in jeden Vertrag, und wir wollen doch mal sehen, ob wir nicht noch ein bisschen mehr aus ihnen herausquetschen können. Haben Sie es geregelt, Donna?«

»Ja, es war kein Problem.«

»Gut.« Broberg ging zu seinem Schreibtisch, nahm ein Blatt in die Hand und beäugte es argwöhnisch. »Cleoford? Da haben Sie studiert?«

»Ja.«

»Nie davon gehört.«

»Na ja, wie gesagt ...«

»Ich war nie auf der Universität. Hab alles Mögliche gemacht. Hab bei Bauern gearbeitet, dann Koch gelernt. Die härteste Arbeit meines Lebens. Morgens um acht die Möhren putzen, und um Mitternacht war ich immer noch da und hab dic Herde geschrubbt. Dann war ich Vertreter. Komischerweise hab ich Herde verkauft, von Tür zu Tür. Ich glaube, wenn ein paar Leute in dieser Firma mal versucht hätten, an einem Wintermorgen in Glasgow einer Hausfrau mit Bussardgesicht einen Herd zu verkaufen, statt auf der Business School herumzutändeln, dann ...«

»Was dann?«, fragte Donna kokett. Ich nahm an, dass sie zu den Leuten gehörte, die auf einer Business School gewesen waren. Tatsächlich war ich es ja auch gewesen, wenn man es so nennen konnte. Er ignorierte ihre Zwischenfrage. Das ist einer der Vorteile, wenn man zu bestimmen hat. Man braucht keine Fragen zu beantworten, wenn man nicht will.

»Und was halten Sie von Wortley, Mark?«

Ich sah zu Donna Kiely hinüber. Ich wusste nicht, warum sie mich hier heraufgeschleppt hatte, damit ich mir dumme Fragen stellen ließ, wie sie einem der Onkel stellt, wenn er nicht weiß, was er sagen soll.

»Ich weiß nicht viel über Wortley«, sagte ich. »Ich war meistens draußen unterwegs. Das war interessant.«

»Manchmal denke ich, ich sollte auch ein bisschen öfter draußen unterwegs sein«, sagte Broberg. »Wissen Sie, Sie werden da etwas erfahren über die Art und Weise, wie Unternehmen funktionieren.« O nein, werde ich nicht, sagte ich. Im Stillen. »Ich dachte früher, ich könnte jedem alles verkaufen. Jetzt gehe ich zu Meetings und telefoniere mit Leuten. Schon komisch. Was sagen Sie zu Giles Buckland?«

Broberg hatte eine entnervende Technik. Er spazierte im Büro umher und redete völlig planlos, wie ein alter Mann, der davon schwatzt, wie wunderbar früher alles gewesen ist. Dann plötzlich stellte er eine Frage und starrte einen durchdringend an, und man hatte das Gefühl, man sei in Verlegenheit gebracht worden, ohne genau zu wissen, warum. Jetzt musste ich daran denken, wie ich Giles das erste Mal gesehen hatte. Wie er auf Zehenspitzen durch den Müll in seinem Büro gestiefelt war und mir die Geschichte von dem Sachsen erzählt hatte, der von einem verdammten Mönch verraten worden war, und wie er mich gefragt hatte, ob ich dieser Mönch sein würde. Es hatte paranoid geklungen, aber vielleicht hatte er diesen Augenblick im Sinn. Die Leute reden von den Schlüsselepisoden ihres Lebens, von den Gelegenheiten, auf der Leiter eine Sprosse höher zu steigen. Ich überlegte, wie ich es ausdrücken sollte.

»Giles ist nicht gerade wie jeder andere«, sagte ich. »Aber als ich unten im Büro mit Ms. Kiely sprach, erzählte sie mir, dass Giles ihr von der Sache bei DDP berichtet habe. Das hätte er nicht tun müssen. Viele Leute wären gar nicht dazu gekommen, es zu erwähnen, und die Lorbeeren dafür wären irgendwie an ihnen hängen geblieben.«

»Hmm. Interessant.« Broberg klang, als fände er es kein bisschen interessant. »Diese DDP-Geschichte. Was halten Sie davon?«

»Ich weiß nicht. Natürlich ist es nicht recht, Schadenersatz für Dinge zu beanspruchen, die man noch hat. Ein bisschen jämmerlich ist es auch – diese große, reiche Firma, all die Leute in ihren hübschen Anzügen, und dann schleppen sie zwei Computer eine Etage tiefer. Das hätte ihnen ein Verfahren wegen Betrugs einbringen können, und wofür? Zwei Riesen?«

»Aber wir haben die Polizei nicht gerufen. Am Ende haben wir nicht einmal den Versicherungsvertrag aufgehoben. Wie finden Sie das?«

Ich zuckte die Achseln.

»Das geht mich nichts an.«

Ich hatte das Gefühl, dass Broberg an mir herumstocherte und mich dazu bringen wollte, irgendetwas zu sagen. Als ob mir, so oder so, besonders viel daran läge.

»Sie waren derjenige, der ihnen auf die Schliche gekommen ist«, sagte er. »Jetzt könnte es sein, dass Sie sich ärgern, weil sie nicht bestraft wurden. Es ist keine Gerechtigkeit geschehen.«

»Das macht mir nichts«, sagte ich. »Ms. Kiely sagt, sie haben angerufen und am Telefon gewinselt. Wenn sie gesagt haben, dass es ihnen Leid tut und dass es nicht wieder vorkommen soll, reicht mir das.«

»Sind Sie verheiratet, Mark?«

Wieder dieser durchdringende Blick. Was zum Teufel sollte das?

»Nein«, sagte ich.

»Leben Sie in einer Beziehung?«

»Entschuldigung«, sagte ich. »Ich glaube eigentlich nicht ...«

»Ich will nicht neugierig sein«, sagte Broberg. »Na ja, ich will es doch, aber aus einem bestimmten Grund. Ich habe mit Donna geplaudert. Wir haben uns gefragt, ob Sie wohl Lust hätten, etwas für uns zu tun. Aber nicht in London. Sie müssten für eine Weile wegfahren.«

»Nur ich?«

»Sie und Buckland.«

»Worum geht's?«

Broberg schob die Hände in die Taschen, spazierte durch das Büro und schaute sich die Bilder an den Wänden an. Er wirkte wieder völlig lässig und gedankenverloren.

»Nichts Großes«, sagte er. »Wir haben morgen ein Meeting. Wann, Donna?«

»Um halb elf.«

»Um halb elf. Ich möchte, dass Sie dabei sind, Mark.«

»Wir haben ein paar Termine ...«

»Die sagen Sie ab«, sagte Donna in scharfem Ton.

»Und Sie holen Buckland dazu«, sagte Broberg zu Donna.

»Ja, Walt.«

»Dann sind wir jetzt fertig.« Wir wollten gehen, aber da nickte Broberg mir zu. »Können Sie noch einen Moment bleiben, Mark?«

Donna ging hinaus – mit leisem Widerstreben, sah ich; wahrscheinlich nahm sie an, er werde mich als Nächstes fragen, was ich von ihr hielte. Broberg sah mich nicht an. Seine Aufmerksamkeit war anscheinend ganz auf eins seiner Gemälde gerichtet.

»Von Donna höre ich, Sie hätten gesagt, Sie wollen etwas tun, was Spaß macht. Was Interessantes? Stimmt das?«

»Ich hab so einiges gesagt. Ich wollte eigentlich nicht ...«

»Ich höre nicht oft, dass jemand bei einer Versicherung arbeitet, weil er Spaß haben will. Wir sollten Sie ausstopfen lassen und im Foyer ausstellen.«

Darauf schien er keine Antwort zu erwarten. Broberg dachte laut wie jemand, der wusste, man würde ihn nicht unterbrechen oder ihm sagen, dass er Unsinn redet, oder einfach weggehen.

»Möchten Sie einen Whisky, Mark?«

»Gern, Mr. Broberg.«

Er ging zu einer Karaffe, die auf einem der Bücherregale stand, und schenkte zwei Gläser ein.

»Wie trinken Sie ihn?«

»Keine Ahnung. Ich bin eigentlich kein Whiskytrinker.«

Er reichte mir das Glas, wie es war.

»Cheers«, sagte er und ich nahm vorsichtig einen kleinen Schluck. »Wie finden Sie das Bild da?«

Ich nahm noch einen Schluck. Und sah mir das Bild an. Es war eine Riesenleinwand, überwiegend weiß bemalt. Kleine Stücke Holz und Metall und Stacheldraht waren auf die Oberfläche geklebt und schwarz angemalt.

»Wie heißt es?«, fragte ich.

Broberg trat näher heran und spähte auf ein Kärtchen, das daneben angebracht war.

»Es heißt: Sterben ist gut. Besser noch, nie geboren zu werden.«

»Interessant.«

»Wir haben einen Berater. Er kauft Kunst für uns. Früher waren es Landschaften und Winterszenen. Aber Anfang der Neunziger fing er an, dieses moderne Zeug zu kaufen. Er macht keine halben Sachen, dieser Mann. Er geht zu den Absolventenausstellungen nach Saint Martins und zum Royal College of Art, und wenn ihm jemand gefällt, kauft er alles von ihm. Er geht zu ihm ins Atelier und räumt es aus. Er sagt, wenn du Kunst kaufst, musst du aggressiv kaufen. Wir haben ein ganzes Lagerhaus mit solchem Zeug draußen in Staines. Ab und zu fährt er ein paar von den Sachen her, für mein Büro, für die Lobby. Wenn Sie meine Meinung wissen wollen: Das meiste davon ist reiner Beschiss. Aber eins muss man unserem Berater lassen: Er ist ein höllischer Investor. Vor ein paar Jahren waren wir im Kunsthandel fast so erfolgreich wie im Versicherungsgeschäft. Wenn der richtige Augenblick da ist, liquidiert er jemanden. Erstaunlich.«

»Ich verstehe eigentlich nicht viel von Kunst.«

»Spaß«, sagte Broberg. »Dieses Wort ist mir aufgefallen. Hat mich neugierig gemacht. Denn ich denke genau entgegengesetzt. Früher war das Leben sehr interessant. Vor Jahrhunderten. Wenn man da tausend Leute nahm. Sagen wir, Kaufleute. In ein paar speziellen Jahren waren etliche von ihnen komplett erledigt. Nicht durch den Markt, sondern weil ihr Schiff unterging oder ihr Speicher abbrannte. Wer da ein Schiff aus Konstantinopel kommen ließ – oder woher diese Scheißschiffe sonst kamen –, vollbeladen mit Seide und Gewürzen, der warf praktisch eine Münze hoch. Wenn es ankam, war er reich. Wenn nicht, saß er mitsamt seiner Familie im Schlamm und musste betteln gehen.«

»Ja«, sagte ich. »Irgendwie kenne ich das. Die Schweinegeschichte.«

»Scheiß auf die Schweinegeschichte«, sagte Broberg. »Was ich sagen will, ist: Wenn Sie Ihr ganzes Leben an dieses Schiff hängen, dann tun Sie alles, was irgendwie geht. Sie beten, Sie spenden der Kirche Geld, Sie werfen Knochenorakel, Sie reden über das Schicksal, Sie erzählen Geschichten, Sie sehen Bilder am Himmel, was weiß ich. Denn wenn da draußen auf hoher See ein Schiff unterwegs ist, und wenn dieses Schiff Ihnen gehört, und wenn Ihr Arsch an dieses Schiff gekettet ist, dann gibt es für Sie nichts anderes als dieses Schiff. Da gibt es keine Chance von siebzig Prozent, dass das Schiff ankommt. Es sind hundert Prozent oder nichts. Es sinkt, oder es kommt. Wer weiß schon, verdammt, wieso ausgerechnet dieses Schiff nicht kommt? Vielleicht ist es in einen unerwarteten Taifun geraten. Vielleicht hat der Kapitän sich in seiner Kajüte einen runtergeholt, und unterdessen ist das Schiff auf die Klippen gelaufen. Vielleicht war der Schiffbauer besoffen und hat vergessen, einen Nagel einzuschlagen. Das ist eine Story, so was. Verflucht, es ist ein Shakespeare-Stück.

Aber mit tausend Schiffen, oder mit zehntausend oder hunderttausend Schiffen, da sind wir woanders. Denn jetzt ist es mir egal, warum die Leute dies oder das tun. Wenn vor zwei Jahren sechs Prozent der Schiffe untergegangen sind und letztes Jahr fünf Prozent und dieses Jahr sieben Prozent, und wenn Sie dann die Ladung dieses Kaufmanns für zehn Prozent von dem versichern, was Sie ihm zahlen werden, wenn sie verloren geht, dann ist sein Leben nicht mehr interessant. Dann weiß er, wo er in sechs Monaten sein wird. Verstehen Sie? Kein Gott, kein Schicksal, keine Kunst. Er braucht keine Ziege mehr zu opfern, um einen Sturm aufzuhalten. Kunst und Religion werden zu Dingen, die Sie abends treiben oder am Wochenende. Und deshalb haben wir jetzt diesen Scheiß an der Wand hängen.

Ich sage Ihnen, Mark, ich bin froh, Sie an Bord zu haben. Aber wenn Sie daran denken können, dass interessant nur das ist, was Sie in Ihrer eigenen Zeit machen, dann wird es Ihnen besser gehen. Verstehen Sie?«

Eine lange Pause trat ein. Ich hatte versucht herauszufinden, wie der Stacheldraht an der Leinwand befestigt war. War er bloß angeklebt? Dann würde er irgendwann abfallen. Aber vielleicht war er auch mit kleinen Drähten an der Leinwand festgenäht.

»Ich weiß nicht«, sagte ich. »Die Schweinegeschichte hat mir besser gefallen.«

Er lachte, aber es klang nicht warm.

»Machen Sie, dass Sie rauskommen, Mark. Wir sehen uns morgen früh.«

ZEHN

Um halb sieben klingelte das Telefon in meiner Wohnung. Ich nahm ab und stöhnte irgendetwas.

»Mark? Giles hier. Sind Sie wach?«

»Jetzt ja.«

»Was ist los?«

»Wie?«

»Donna Kiely hat mich gestern Abend noch spät angerufen. Es gibt ein Meeting. Was zum Teufel geht da vor? Die haben hinter unserem Rücken an Ihrer DDP-Sache gedreht. Sind wir raus?«

»An meiner DDP-Sache?«

»Sie haben gut gearbeitet.«

»Giles, ich rufe Sie in zwei Minuten zurück. In drei Minuten.«

Ich legte auf. Ich war wacklig auf den Beinen, und meine Haut fühlte sich heiß an. Musste ich mich übergeben? Ich glaube, ich habe es schon gesagt: Ich vertrage keinen Alkohol. Ich war aus dem Büro nach Hause gekommen, und aus irgendeinem Grund hatte ich Panik bekommen und alles ausgetrunken, was ich in meinem Zimmer finden konnte. Drei Dosen Bier und eine Flasche English Ale, und dann noch was. Was war es noch? Brandy, glaubte ich. Aber ich hätte es leicht herausfinden können. Ich hatte die Flasche in den Mülleimer geworfen. Meine Zunge klebte mir am Gaumen. Ich ging zum Waschbecken und trank kaltes Wasser, bis meine Zunge wieder frei und beweglich war. Ich zog eine Jeans an, brühte mir einen Nescafé auf und trank ihn heiß und schwarz.

Ich rief Giles zurück, und er meldete sich nach einem Viertelklingeln. Ich erzählte ihm vom vergangenen Abend, was Broberg gesagt hatte, alles. Das machte die Sache nur schlimmer.

»Er hat Sie gefragt, was Sie von mir halten?«

»Ja.«

»Wozu denn das?«

»Ich weiß es nicht«, sagte ich. »Er fragte wegen dieser anderen Aufgabe. Vielleicht wollte er mir auf den Zahn fühlen.«

»Das ist eine Falle«, sagte Giles. »Ich traue denen nicht. Passen Sie auf, was Sie bei diesem so genannten Meeting sagen. Wenn Sie reingehen, schauen Sie auf den Tisch. Wenn da ein Scheck liegt, bedeutet das, Sie sind gefeuert. Das ist dann Ihre Abfindung. Da wird ein Anwalt dabei sein. Geben Sie nichts zu. Wenn sie grobe Fahrlässigkeit nachweisen können, kriegen Sie nicht mal den Scheck.«

Auf dem Tisch lag kein Scheck. Da stand nur Kaffee, in Silberkannen. Der Tisch war ungefähr fünfundzwanzig Meter lang und sah aus, als sei er aus Schiefer. Irgendein dunkles, schweres, teures Material. Als Donna Kiely Giles und mich hineinführte, saßen schon zwei Leute am anderen Ende, ein Mann und eine Frau. Donna hatte uns auf dem Weg nach oben gesagt – oder gewarnt –, dass sie da sein würden.

»Es sind Ross Cowan und Vicki Hargest. Sie sind beide Vice President«, sagte sie. »Aber diese Bezeichnung bedeutet nichts. Was Sie wissen müssen, ist, dass Ross Versicherungsmathematiker ist. Da geht es im Grunde um Statistik und Strategie. Vicki macht Risikomanagement. Sie sind große Nummern in der Firma.«

»Verdammt große Nummern«, murmelte Giles mir ins Ohr. Er dachte immer noch an den Scheck auf dem Tisch. Aber er wurde fröhlicher, als er den Kaffee sah. Donna schob uns zum Ende des Tisches, und wir mussten uns zu den beiden anderen setzen. Sie sagte, es werde ein kleines Meeting sein. Dann machte sie uns alle miteinander bekannt, und Ross und Vicki sahen verständlicherweise ein bisschen verwundert aus. Wer zum Teufel waren wir? Vicki Hargest war die am intelligentesten aussehende – Frau, Person, was auch immer –, die ich je gesehen hatte. Sie trug eine runde Brille mit einem Gestell, das aussah wie dünner Kupferdraht. Sogar ihr Haar sah intelligent aus. Wild gelockt. Ich versuchte mir vorzustellen, wie sie beim Sex war. Ich fragte mich, ob sie intelligenten Sex hatte. Aber vielleicht war sie auch wüst sinnlich und hemmungslos, als Kontrapunkt sozusagen. In solchen Gedankengängen hatte ich mich verloren, als ich sah, dass noch zwei Leute im Raum waren. Walter Broberg sprach leise mit einem Mann, dessen makellos frisiertem Haar, seiner Haut und seiner Kleidung anzusehen war, dass er noch höher stand. Es gab immer jemanden, der größer war und eine bessere Aussicht hatte.

Broberg stellte ihn als Fergus Nielsen von der Horton Group vor. Ich wagte nicht zu fragen, wer die Horton Group war, und das war gut so, denn Giles erzählte mir nachher, das sei der Mutterkonzern von Wortley.

»Schön, hier zu sein«, sagte Nielsen in liebenswürdigem Ton. »Ich bin nur hier, um ein bisschen Mäuschen zu spielen. Machen Sie nur, und kümmern Sie sich nicht um mich.«

Aber wenn jemand in einem der firmeneigenen Gulfstream-Jets aus den Staaten herübergeflogen ist, nur um bei einem Meeting dabei zu sein, dann ist das, als säße ein zehn Tonnen schweres Mäuschen mitten auf dem Tisch. Giles steckte sich nervös eine Zigarette in den Mund und wollte sie anzünden. Nielsen fragte sich laut, ob denn das Rauchen in diesem Gebäude nicht ungern gesehen werde, und Giles hätte seine Zigarette beinahe aufgefressen, so eilig hatte er es, sie verschwinden zu lassen. Broberg nickte einer Frau in einem schwarzen Kleid mit weißer Schürze zu. Giles schaufelte sich zwei Löffel Zucker in seine Tasse und fing mit einem irritierenden Geklapper an zu rühren.

»Giles, Mark«, sagte Broberg. »Wir möchten, dass Sie für uns in ein Dorf namens Marston Green fahren. Das ist oben in Norfolk.«

»In East Anglia?«

»Na, bestimmt nicht in Norfolk, Virginia.«

»Und wozu?«

»Möchten Sie nicht gern mal Ferien auf dem Lande machen?«, fragte Broberg vergnügt. »Alle Spesen werden übernommen. Soll nett sein da.«

»Ja, aber wozu?«

»Vicki, können Sie ihm die Kurzfassung geben?«

Vicki Hargest nahm die Brille ab und legte sie auf den Tisch. Sie rieb die Stelle auf ihrer Nasenwurzel, wo sie gesessen hatte, und wandte sich an uns. Ohne die Brille sahen ihre braunen Augen größer aus.

»Marston Green ist ein mittelgroßes Dorf in der Nähe der Küste von South Norfolk. Aber wenn Sie einen Blick auf die Karte werfen, ist es eigentlich Teil eines Netzes kleiner Dörfer, das sich in alle Richtungen erstreckt. In den letzten paar Jahren hat es Berichte über Erkrankungen gegeben, die in dieser Gegend verstreut auftreten. Einige Leute – in der Presse, in einer lokalen Gruppe – haben es als Epidemie bezeichnet. Man nennt so etwas auch Cluster.«

»Was sind das für Erkrankungen?«, fragte Giles.

Ich zog mein Notizbuch aus der Jackentasche.

»Stecken Sie das weg«, sagte Broberg.

»Ich will mir nur die Details notieren.«

»Stecken Sie es weg.«

»Ich verstehe nicht.«

»Mark, ich verspreche Ihnen, wir haben nichts zu verbergen. Aber dieses Meeting findet statt, um hier mit ein paar Ideen zu spielen. Nach meiner Erfahrung geht so etwas am besten, wenn die Leute wissen, dass sie auch unkonventionelle und verrückte Vorschläge machen, ohne dass sie am nächsten Tag im *Guardian* stehen. Wir sind hier, um über Möglichkeiten zu sprechen. Deshalb möchte ich, dass kein Protokoll geführt wird. Vicki?«

Vicki hüstelte und fuhr fort.

»Es handelt sich dabei um ein ganzes Spektrum von Symptomatiken – von Atemwegserkrankungen über Hautreizungen bis zu bestimmten Krebsarten. Wohlgemerkt, ich spreche von ›Krebsarten‹. Krebs ist keine einzelne, monolithische Krankheit. Krebs ist überhaupt keine Krankheit. Krebs ist ein Prozess, der mehr als zweihundert verschiedenen Erkrankungen in gewisser Hinsicht gemeinsam ist. Man spricht von Krebsarten. Man verzeichnet Fälle von Leukämie bei Kindern, multiple Myelome, Lymphknotentumore, aber auch Brustkrebs, Sarkome und vereinzelte Fälle von anderen Krebsarten. Natürlich treten diese Erkrankungen überall im Land auf. Die Frage ist, ob es eine Konzentration in der Gegend von Marston Green gibt. Ob da ein Muster vorliegt.«

»Inwiefern betrifft das uns?«, fragte Giles und nippte an seinem Kaffee. Ich wagte nicht, meinen anzurühren. Ich war so schon angespannt genug. Wenn jetzt noch Koffein dazukäme, würde ich anfangen zu stammeln und zu zittern. Vicki Hargest lehnte sich auf ihrem Stuhl zurück. Ich war beeindruckt. Sie sprach völlig frei und ohne Notizen zu konsultieren.

»Vier Meilen nordöstlich von Marston Green ist eine Industrieanlage, die von einem Unternehmen namens Marshco betrieben wird. 1999 übernahmen wir die Middleton Assurance und damit auch einen langfristigen Haftpflichtversicherungsvertrag mit Marshco, mit dem zahlreiche komplizierte Probleme verbunden sind. Im Moment genügt es, wenn ich sage, dass Marshco ein Müllverwertungsunternehmen ist und auf dem Gelände bei Marston eine Verbrennungsanlage betreibt. Auf dem benachbarten Gelände befindet sich zudem eine Mülldeponie.«

»Und?«, fragte Giles.

»Es hat Vorwürfe gegeben, was die Höhe der Dioxinemissionen angeht. Man sprach außerdem von Verunreinigungen des Grundwassers und des River Teel, der am Marshco-Komplex vorbei und dann durch Marston fließt. Das Unternehmen hat diese Vorwürfe zurückgewiesen.«

»Wahrheitsgemäß?«, fragte Giles.

Es war lange still. Hargest blickte in die Runde, und zum ersten Mal wirkte sie nervös.

»Ich wähle meine Worte jetzt sorgfältig«, sagte sie. »Vieles an dieser Situation ist kompliziert und unklar. Wir sind hier, um über mögliche Wege nach vorn zu sprechen, und da gibt es eine ganze Menge Variablen. Wenn wir die in Betracht ziehen, wäre es realistisch anzunehmen, dass neue Informationen über die Betriebspraktiken bei Marshton ans Licht kommen werden. Daran ist nichts Bedrohliches. Sie haben dort Müllverarbeitung im großen Stil betrieben. Sie haben nicht bloß Briefumschläge angeleckt.«

»Ist denn tatsächlich etwas passiert?«, fragte Giles. »Ist Marshco verklagt worden?«

»Nein. Es hat Proteste gegeben. Ein so genanntes Aktionskomitee wurde gegründet. Der örtliche konservative Abgeordnete,

Sir Richard Coombes, hat eine Anfrage im Unterhaus losgelassen. Es gibt Gerüchte über eine geplante Fernsehdokumentation.« Gemurmel erhob sich am Tisch. »Nur Gerüchte. Ich sollte sagen, eine Möglichkeit ist, dass gar nichts passiert und das Ganze in Vergessenheit gerät.«

Eine Pause trat ein. Ich spürte plötzlich ein Zucken im Magen, und ich wagte nicht, Giles anzusehen. Das alles hörte sich nach einer Riesensache an. Fergus Nielsen beugte sich vor.

»Was ist das Schlimmste, was passieren könnte? Rein spekulativ.«

Ross Cowan hustete.

»Das Schlimmste, was passieren könnte, wäre natürlich, dass eine Menge Leute krank werden und sterben. Das wäre entsetzlich.« Gemurmel und Kopfnicken am Tisch bestätigten, wie entsetzlich das wäre. »Wenn wir uns fragen, was das Schlimmste für die Wortley-Aktionäre und für die Horton Group und ihre Aktionäre wäre, dann wäre das wohl, wenn der Fall vor Gericht ginge und wenn dort erstens nachgewiesen würde, dass die Erkrankungen durch Handlungen oder Unterlassungen auf Seiten von Marshco verursacht wurden, und zweitens, dass Marshco grob fahrlässig gearbeitet hat. Wenn das nachgewiesen würde, ginge es um mehrere hundert Millionen Pfund, möglicherweise eine Milliarde. Aber wie wir alle wissen, hat oder hatte Marshco und andere Tochterunternehmen der Corton plc auch Betriebe in Lancashire, Yorkshire – na ja, überall im Land.«

»Das ist aber nicht leicht nachzuweisen«, wandte Nielsen ein. »Wissen Sie, ich denke jetzt an Hochspannungsleitungen, ich denke an die Gemeinden in der Umgebung von Kernkraftwerken. Niemand hat da je einen Prozess gewonnen.«

»Aber ich denke an Asbest«, sagte Cowan.

»Das war eine einzige verdammte Krankheit. Wie hieß sie noch?«

»Mesotheliom«, sagte Giles.

»Genau«, sagte Nielsen. »Und dann ist Steve Mc Fucking Queen dran gestorben. Aber hier geht's nicht um Asbest.«

»Es gab Bhopal«, sagte Cowan.

»Ein Dritte-Welt-Betrieb.«

»Hiroshima.«

»Ich hab's schon kapiert, Ross. Aber dieser Fall liegt anders.«

»Natürlich liegt er anders«, sagte Cowan. »Alles ist so anders als alles andere, wie Sie es sich nur wünschen können. Vor allem Katastrophen. Solche, die Versicherungen ruinieren.«

Nielsen grunzte unbefriedigt.

»Eine Frage«, sagte er dann. »Marshco. Das ist ein großer Arbeitgeber, oder?«

»Ziemlich groß«, sagte Vicki Hargest. »Sie sind nicht ICI, aber sie sind ein mittelgroßer Konzern.«

»Und sie beschäftigen Leute aus der Gegend von Marston Green?«

»Fast ausschließlich.«

»Das ist gut zu wissen. Das ist etwas, das wir alle im Gedächtnis behalten sollten. Aber es gibt niemanden, den man bezahlen kann, oder?«, fragte er. »Ich meine, um die Sache einfach aus der Welt zu schaffen?«

»Ausgeschlossen«, sagte Vicki Hargest. »Was wir da haben, sind ein paar Kranke und ein paar Leute, die Wirbel machen. Und ich sollte sagen, ich bin noch lange nicht davon überzeugt, dass wir einen Fall haben. Andererseits kann man nicht sagen, wie die Sache sich entwickeln wird. Wir wissen nicht, was die Leute haben. Entschuldigung – ich meine nicht die Opfer. Die angeblichen Opfer. Was die haben, wissen wir. Ich spreche von den Leuten, die diese Kampagne betreiben.«

Jetzt meldete Broberg sich zu Wort. »Und an dieser Stelle kommt ihr beiden Clowns ins Spiel«, sagte er. Er meinte mich und Giles. »Wir möchten, dass Sie da rauffahren.«

Giles goss sich den Kaffee so stürmisch in die Tasse, dass er den Tisch bekleckerte. Dann trank er einen Schluck.

»Sorry«, sagte er. »Und mit allem schuldigen Respekt, aber was soll der Scheiß?«

Er nahm aggressiv noch einen Schluck Kaffee. Es war schrecklich still. Dann ertönte dröhnendes Gelächter. Es kam nicht von mir. Es kam von Fergus Nielsen.

»In Ordnung, Giles«, sagte er. »Was sind unsere Optionen? Ross, Sie sind der Stratege. Was sagen Sie?«

Cowan dachte einen Moment nach.

»Das Beste wäre, zu beweisen, dass die Kontamination …« Er sah sich am Tisch um. »Dass die Prozesse, die bei Marshco laufen, nicht die Ursache für die Erkrankungen sind. Das ist schwierig. Aber ich erinnere mich an meinen alten Mathematikprofessor, der immer sagte: Wenn Sie ein Problem nicht lösen können, suchen Sie sich ein verwandtes Problem, das sie lösen können. Wir könnten beweisen, dass etwas anderes die Erkrankungen hervorruft oder wenigstens ein Faktor ist. Vermutlich haben wir ja die kürzlich getroffene Entscheidung des Appellationsgerichts zur Kenntnis genommen: Wenn die Auslösung der Erkrankung eines Individuums zwei verschiedenen Personen oder Unternehmen zugeschrieben werden kann, dann können sie beide nicht dafür verantwortlich gemacht werden.«

»Das können Sie vergessen«, sagte Vicki. »Darüber habe ich mit der Rechtsabteilung gesprochen. Diese Entscheidung wird das Oberhaus zurückweisen.«

»Schade«, sagte Ross. »Ich hatte mich schon gefreut. Aber es gibt noch eine Menge andere Möglichkeiten. Wir könnten demonstrieren, dass eine andere Form von Kontamination vorliegen kann. Und wenn sonst nichts geht, können wir – Sie beide – ein bisschen im Staub stochern.«

»Noch ein Punkt«, sagte Vicki Hargest. »Diese Cluster-Idee könnte sich günstig für uns auswirken. Wenn wir nachweisen könntn, dass bei einem oder einer Gruppe dieser Erkrankten vermutlich eine andere Ursache vorliegt, wären wir aus dem Schneider. Das ist ein verrücktes Gelände, wissen Sie – eine Forschergruppe hat festgestellt, dass es eine Zunahme von Krebserkrankungen in Gegenden gab, in denen Kernkraftwerke geplant, aber niemals gebaut wurden.«

»Wieso denn das, zum Teufel?«, fragte Nielsen.

»Ich weiß es nicht«, sagte Hargest. »Vielleicht hängt etwas, das einen Ort für ein Kernkraftwerk geeignet sein lässt, zugleich auch mit etwas zusammen, das karzinogen ist. Wer weiß?«

»Das ist gut«, sagte Nielsen. »Das gefällt mir.«

»Die Frage ist«, sagte Giles, »ist das ein Typ-eins-Irrtum oder ein Typ-zwei-Irrtum?«

Das war ein typischer Giles-Ausspruch. Er rief verlegenes Schweigen hervor, und alle am Tisch sahen sich an.

»Was soll denn das sein?«, fragte Nielsen.

»Etwas, woran ich jeden Tag denke«, sagte Giles. »Ein Typ-eins-Irrtum ist es, Muster zu sehen, wo keine sind. Ein Typ-zwei-Irrtum ist einer, bei dem man kein Muster sieht, obwohl eins da ist.«

Das brachte die Besprechung endgültig ins Stocken. Ich glaube, die Leute versuchten zu kapieren, was nun was war. Und dann – ich weiß nicht, was mich dazu brachte – aber dann sprach ich zum ersten Mal, seit ich gesagt hatte, ja, ich möchte Milch in meinen Kaffee.

»Es gibt noch etwas, das passieren könnte, wenn wir da oben sind. Ich meine, eine Option hat Mr. Cowan ausgelassen.«

»Ja?«, sagte Broberg. »Nämlich?«

»Wir könnten herausfinden, dass Marshco für die Erkrankungen verantwortlich ist.«

Wieder war es lange still, und ich dachte: Wieso hast du das jetzt gesagt?

»Das stimmt«, sagte Nielsen leise. »Und wenn das passiert, Mark, dann wären wir gern die Ersten, die es erfahren. Damit wir die entsprechenden Reparaturen vornehmen können. Aber so etwas ist schwer zu beweisen.«

Plötzlich war dieser verlegene Augenblick da: Man trinkt ein Glas mit jemandem und merkt plötzlich, dass es Zeit zum Gehen ist, aber keiner kann es so recht aussprechen.

»Wieso wir?«, fragte Giles.

»Was?«

»Sie haben Schadensachverständige. Ms. Hargest hat eine ganze Abteilung für Risikomanagement. Wir haben Anwälte. Wir setzen sogar hin und wieder Privatdetektive ein. Bei allem Respekt vor Mark und seinen Qualitäten, aber warum schicken Sie anderthalb Inspektoren da rauf?«

Broberg zuckte die Achseln.

»Gute Frage. Wir haben lange darüber nachgedacht. Was wir

nicht vorhaben, ist, Leute mit dem Auftrag hinzuschicken, im Namen von Wortley Assurance mit den verschiedenen Parteien zu verhandeln. Genau genommen haben wir nicht mal das Gefühl, dass es verschiedene Parteien gibt. Es hat sich noch nichts herauskristallisiert. Ein paar Leute reißen das Maul auf. Zwei Lokaljournalisten hatten plötzlich Platz in der Zeitung, weil die Pfarrhausparty wegen Regens abgesagt werden musste. Und wir wollen keine Detektive oder Wissenschaftler hinschicken, weil es, was uns und Marshco betrifft, nichts zu ermitteln oder zu untersuchen gibt. Wenn in diesem Kaff zwei Londoner Anwälte in ihren Anzügen aufkreuzen, dann fangen die Leute an, Geld zu wittern.

Es wird alles nett und entspannt ablaufen. Sie sollen nicht um Mitternacht über Mauern klettern oder an Türen lauschen. Sie sollen einfach hingehen, ein paar Hände schütteln, ein paar Leute kennen lernen, sich einen Eindruck verschaffen. Spaß haben. Das wollen Sie doch, oder, Mark? Aber nicht zu viel Spaß. Haben Sie gehört? Ich sage Ihnen jetzt, wo Sie anfangen können.«

Er hatte mit einem Blatt Papier herumgespielt. Es zusammen- und wieder auseinander gefaltet und glatt gestrichen. Jetzt schob er es zu Giles hinüber. Giles warf einen Blick darauf und gab es mir.

»Bitte sehr«, sagte er. »Dokument eins für Ihre Akte.«

Ich sah es mir an. Es war ein Handzettel von der Sorte, wie man sie für ein Schulfest oder einen Trödelmarkt verteilt. »DER MARSTON GREEN CLUSTER«, stand in großen Versalien darüber. »Die Marshco-Müllverbrennung vergiftet seit Jahren unsere Nachbarschaft. Einwohner, die an der Gründung eines Aktionskomitees interessiert sind, sind hiermit zu einer Versammlung im Dorfzentrum eingeladen.«

»Alle sind willkommen«, las ich laut vor.

»Sehen Sie?«, sagte Broberg. »Gehen Sie hin und lernen Sie sie kennen.«

»Wie lange sollen wir dableiben?«, fragte Giles.

»Bei der Versammlung?«

»Nein. In Marston Green. Wie lange sollen wir dableiben?«

»So lange, wie Sie brauchen. Ein paar Wochen, was weiß ich? Das müssen Sie wissen.«

»Ein paar Wochen? Ich hab eine Familie. Ich hab Kinder.«

»Herrgott, Giles, Sie sollen doch nicht nach Dubai. Sie können zwischendurch mit dem Zug nach Hause kommen. Bringen Sie ihnen Zuckerstangen oder Käse mit, oder was die da sonst herstellen.«

Auf dem Weg in sein Büro blieb Giles mürrisch und schweigsam. Knurrend verabschiedete er sich von Donna, die uns mit dem Aufzug hinunterbrachte. In seinem Büro schloss er die Tür hinter uns und schob Papierstapel schroff mit dem Fuß beiseite. Ich machte mir Sorgen um sein organisch gewachsenes System.

»Was halten Sie davon?«, fragte er.

»Können Sie denn weg?«, fragte ich. »Hat Ihre Frau nichts dagegen?«

Er lachte sarkastisch und verbittert.

»Das ist das geringste meiner Probleme. Aber was halten Sie davon? Worauf haben die es abgesehen?«

»Ich glaube nicht, dass sie es auf etwas Spezielles abgesehen haben.«

»Die wollen uns verladen.«

»Inwiefern?«

»Trauen Sie ihnen nicht. Wenn wir etwas erreichen, werden sie es für sich reklamieren, wie sie es immer tun. Aber für uns ist diese Marshco-Geschichte eine Gelegenheit, Riesenbockmist zu bauen. Und wenn irgendetwas schief geht, werden wir diejenigen sein, die dafür hängen müssen. Wir sind denen egal.«

»Das glaube ich nicht, Giles. Ich glaube, das Entscheidende ist, dass wir billig sind und dass sie uns dort hinschicken können, ohne viel zu verlieren.«

»Nein«, sagte Giles. »Da steckt ein Plan dahinter. Es gibt immer einen Plan.«

»Ich weiß nicht.«

»Ach, und da ist noch was.«

»Was denn?«

»Können Sie zum Essen kommen? Zu mir und Susan, meiner Frau? Morgen? Das wäre gut.«

Oh *fuck*, dachte ich.

»Das wäre super«, sagte ich. »Danke.«

ELF

Auf dem Weg zu Giles nach Hause kaufte ich an einer Tankstelle einen räudigen Blumenstrauß. Möglicherweise war das schlimmer als gar nichts, dachte ich. Tankstellen beziehen ihr Grünzeug nicht aus den feinsten Gärtnereien. Ich sah vor mir, wie sie auf irgendeinem Industriegelände unter künstlichem Licht chemisch hochgepäppelt und dann in Kühlcontainern über die Autobahn hergebracht worden waren.

Als ich die verkehrsreiche Hauptstraße entlangging, sah ich etwas, das zuerst aussah wie ein Blumenstand, aber bei näherem Hinsehen erwies es sich als einer dieser seltsamen modernen Altäre, die an Stellen aufgestellt werden, wo ein Kind ertrunken, ermordet oder – in diesem Fall vermutlich – überfahren worden ist. Das Foto eines kleinen Jungen war mit Klebstreifen an einem Gitter befestigt. Ein verschnörkelter, goldfarbener Plastikrahmen. Er trug eine Schulkrawatte, und sein Haar war gebürstet worden, bis es glänzte.

Ich erinnerte mich an den »Bordsteindrill«, den sie mit uns in der Schule gemacht hatten. »Nach rechts, nach links und wieder nach rechts sehen, und dann schnell hinübergehen.« Sie hatten vergessen hinzuzufügen: »Es sei denn, da kommt ein Auto.« Anscheinend dachten manche Kinder, der Akt des Rechts-Links-Rechts-Blickens verleihe ihnen einen magischen Schutz, und rannten einfach los.

Ich sah ebenfalls nach rechts und nach links, aber nicht, weil ich nach Autos Ausschau hielt. Ich wollte wissen, ob ich beobachtet wurde. Dann sah ich die Blumen auf dem Altar an. Da stand ein besonders hübscher, frischer Strauß. Ich sah die spillerigen Blumen in meiner Hand an. Ich sah den hübschen, frischen Strauß an. Er hatte seine Aufgabe schließlich erfüllt. Wichtig war, dass man ihn hier aufgestellt hatte. Und man konnte sagen, dass die Bedürfnisse der Lebenden wichtiger waren als die der Toten. Ich nahm die Blumen weg. Aber ich klaute sie nicht einfach. Ich ersetzte sie durch meinen eigenen Strauß.

Susan, Giles und ihre beiden Kinder wohnten in einem kleinen Haus in einer Straße von Reihenhäusern. Die Innenwände waren weggerissen worden, und das Erdgeschoss bestand aus einem mittelgroßen Raum statt aus drei Mauselöchern. Eine Diele gab es nicht. Ich kam von der Straße herein und stand sofort vor einem Sofa. Während Susan einen Krug für meinen ziemlich schönen Strauß suchte, sah ich, dass er Gesellschaft hatte. Überall im Zimmer, auf dem Kaminsims, auf Regalen und Borden, standen kleine Vasen, Gläser und Töpfe, aus denen dünne Stiele ragten. Ich wusste, dass eins der Anzeichen dafür, dass man erwachsen war, darin bestand, dass man Zimmerpflanzen hatte, wie man sie im Büro oder draußen am Empfang hat, Pflanzen mit großen, rankenden, plastikartigen, dunkelgrünen Blättern. Das hier waren nur Schösslinge, überall verteilt.

»Sie wundern sich«, sagte Giles und erschien in der Tür. Er kam aus der Küche, die sich in einem Anbau befand, der in den kleinen Garten hinaus gebaut worden war. Er trug Freizeitkleidung: ein T-Shirt und eine sehr ausgeblichene Jeans mit einem Riss über einem Knie, der so groß und breit war, dass der untere Teil des Hosenbeins beinahe herabfiel. »Sie fragen sich, was das ist, dieser ganze Gärtnerkram.«

»Ich verstehe eigentlich nicht viel davon«, sagte ich, und das sollte heißen, dass es mir ziemlich egal war.

»Aber raten Sie mal, was es ist«, sagte er. »Möchten Sie ein Bier?«

Er hatte zwei Flaschen in der Hand und reichte mir eine.

»Kann ich nicht«, sagte ich.

»Sie trinken nicht?«

»Ich meine diese Dinger. Die Pflanzen.«

»Schauen Sie genau hin.«

Ich bückte mich und gab mir Mühe.

»Sieht aus wie Obstkerne«, sagte ich. »Kerne und Steine. Ist das ein Pfirsichkern?«

Giles nahm einen großen Schluck Bier.

»Wahrscheinlich. Hier gibt's Pfirsichbäume, Wein, Nektarinen, Äpfel, Birnen, Avocados – fast alles, was Sie sich denken können.«

»Erstaunlich, dass Sie das alles zum Wachsen bringen.«

»Nicht ich. Das ist Susan. Es ist ein Darwinsches Verfahren. Jeder Traubenkern, jeder Avocadostein, der in dieses Haus kommt, wird in Wasser gelegt. Manche keimen, manche nicht. Die, die es nicht tun, wandern in den Müll. An ihre Stelle kommen die Steine oder Kerne von den Pflaumen oder Äpfeln, die wir an dem Tag gegessen haben.«

Susan kam wieder herein. Sie hatte meine Blumen in einen Messbecher aus Plastik gesteckt und stellte ihn auf den Tisch. Er war für drei gedeckt, und ich begriff, dass niemand sonst kommen und dass ich die beiden den ganzen Abend ansehen müssen würde. Sie sah, dass ich ihre Pflanzen betrachtete.

»Die, aus denen was wird«, sagte sie, »pflanze ich draußen in Töpfe.«

»Kriegen Sie dann Pfirsiche und Avocados?«, fragte ich. »Ich meine, irgendwann?«

»Nein«, sagte Giles so entschieden, dass es danach anscheinend nichts mehr zu sagen gab.

Es war still, und ich sah Susan an und versuchte zu entscheiden, ob sie die weibliche Version von Giles war. Immer wenn ich ein Paar kennen lerne, vergleiche ich die beiden, um zu sehen, welcher besser aussieht. Auf den ersten Blick fand ich, er habe es ein bisschen besser getroffen. Ihr Gesicht bestand nur aus Ecken, Wangenknochen und Kinn, aber durch die dunklen Locken und die großen braunen Augen sah es weicher aus. Sie trug eine schwarze Hose und einem weiten violetten Pullover. Diese Augen – sie glänzten und hatte dunkle Ringe, und irgendetwas schimmerte noch in ihnen nach. Ob sie sich gestritten hatten, bevor ich gekommen war? Sie sagte, sie müsse die Kinder noch zu Bett bringen, aber ich könne kommen und ihnen gute Nacht sagen. Eine Sekunde lang wollte ich sagen, nein, ich bleibe schon ganz gern, wo ich bin, aber dann traute ich mich nicht und folgte ihr nach oben. Da waren ein dreijähriges Mädchen namens Jude und ein Junge namens Roland, der ein Jahr alt war. Roland stürzte sich sofort auf mich und umarmte mein Knie. Ich interessierte mich mehr für Susan und die Schwindel erregende Performance, mir der sie ihre Kinder bettfertig machte. Kleidungsstücke, Spielsachen, Bücher, Schuhe, Kinder wurden in unterschiedliche Richtungen geworfen, und am Ende des Prozesses lag ein Stapel Kleider neben der Tür, Jude und Roland lagen in ihren Betten, und alles andere war zu säuberlichen Stapeln sortiert. Ich musste an das schiefe Bild an meiner Wand denken. Als wir das Zimmer verließen, bemerkte sie meinen Blick und sah mich misstrauisch an.

»Was ist?«, fragte sie.

»Als ich Sie so gesehen hab«, sagte ich. »All das Aufräumen. Das hat mich an etwas erinnert.«

»Woran?«

»Ich weiß nicht. Vielleicht an Mary Poppins. Ist so lange her, dass ich das gesehen hab. Aber hat sie nicht auch ein Zimmer aufgeräumt?«

»Das weiß ich nicht.«

»Nur, dass sie dazu einfach bloß kurz die Nase rümpft.«

Sie sah mich komisch an. Ich meine, wirklich so ein bisschen schräg von der Seite, als finde sie es beunruhigend, dass ihr Mann seine Zeit mit mir verbringen musste. Egal. Es war viertel vor acht. Ich war zu früh gekommen, aus Versehen, weil die U-Bahn keine Verspätung gehabt hatte. Trotzdem würden zweieinhalb Stunden sicher genügen. Schon das klang nach ziemlich viel Zeit mit nur den beiden.

Als wir wieder herunterkamen, sah Giles verstört aus. Er starrte eine dicke fette Fliege an, die im Zimmer herumsummte. Manchmal flog sie an seinem Kopf vorbei, und dann zuckte er jedes Mal zurück, als ob sie ihm wehtue.

»Wieso ist das so lästig?«, fragte er. »Haben Sie je das Gefühl, die Fliege ist in Ihrem Kopf?«

»Nein«, sagte ich.

»Manchmal überlege ich mir Erfindungen. Als Sie oben waren,

dachte ich an eine gute für Leute wie mich. Es wäre ein Mini-Staubsauber, nur so groß wie eine Spraydose, zum Fliegenwegsaugen.«

Susan machte ein zweifelndes Gesicht.

»Gibt's dafür nicht schon Fliegenklatschen?«

»Das ist es ja gerade«, sagte Giles. »Die Leute finden Fliegenklatschen ekelhaft. Sie zermatschen die Fliege. Man hat Fliegengedärm auf der Fensterscheibe verschmiert und auf der Klatsche selbst auch. Außerdem muss man die Fliege mit den Fingern aufheben und wegwerfen. Bei meiner Erfindung wird sie einfach in den Staubsauger gesaugt.«

»Kann man da nicht einfach einen normalen Staubsauger nehmen?«, fragte ich. Giles sah mich verdutzt an. Ich erklärte es ihm. »Man macht den Saugaufsatz am Ende ab und benutzt das Schlauchende. Wahrscheinlich hat ein normaler Staubsauger auch sehr viel mehr Saugkraft.«

Giles zuckte die Achseln.

»Ich habe natürlich nicht wortwörtlich gemeint, dass ich einen Mini-Staubsauger erfinden wollte. Es war nur so eine Idee.«

Er warf Susan einen Blick zu, und ich dachte, sie würde ihm vetraulich zuzwinkern, wie Ehepaare es manchmal tun, aber Susan reagierte gar nicht. Sie verschwand, und während Giles und ich uns unterhielten, lief sie mit Tellern, Flaschen und Gläsern zwischen Küche und Tisch hin und her. Sie öffnete zwei Flaschen bulgarischen Wein, was mich auf den Gedanken brachte, dass ich auch eine Flasche hätte mitbringen sollen. Sie schöpfte Suppe mit Zeugs drin auf drei Teller. Giles fing einfach an zu essen, anscheinend ohne es zu merken, als hätte diese Suppe schon immer vor ihm gestanden. Susan nahm sich selbst nur ungefähr ein Drittel von dem, was sie mir auf den Teller tat, und tauchte ihren Löffel versuchsweise ein, als wolle sie sich nur einen Eindruck von der Konsistenz veschaffen. Ich überlegte, was ich sagen sollte.

»Sind Sie berufstätig?«

»Ich bin Sozialarbeiterin.«

»Nett«, sagte ich.

»Wie meinen Sie das?«, fragte sie stirnrunzelnd.

Mir war völlig klar, dass es eine dämliche Bemerkung gewesen war, aber ich fand es gemein von ihr, eine große Sache daraus zu machen. Ich fühlte mich versucht zu sagen, »nett« sei das, was man sage, wenn jemand einem erzähle, was er beruflich tue. Stattdessen brummte ich etwas von »Menschen helfen« vor mich hin. Susan antwortete nicht. Wenigstens verging so die Zeit.

»Wie geht's Ihnen?«, fragte Giles.

»Mir?«

»Ja.«

»Sie meinen, hier, jetzt, in diesem Moment?«

»Ich meine die Arbeit. Da rauffahren und in diesem Dorf rumschnüffeln.«

»Ich freue mich ziemlich darauf. Und Sie?«

Giles aß noch zwei Löffel Suppe und fing dann an, seinen Teller auszukratzen. Er trank einen Schluck Wein. Ich tat, als wollte ich die Suppenteller zusammenstellen, aber Susan schüttelte den Kopf, sammelte sie ein und trug sie in die Küche.

»Wenn ich wissen will, wie es mir geht«, sagte Giles, »beobachte ich mein eigenes Verhalten, wie ich das Verhalten eines anderen beobachten würde. Klingt das merkwürdig?«

»Ich weiß nicht, was es soll.«

»Was tun Sie denn?«

»Wenn mich jemand fragt, wie es mir geht, sehe ich mir an, wie es mir geht, und sag's ihm.«

»Was sehen Sie sich an?«

»›Ansehen‹ ist nicht wörtlich gemeint«, sagte ich. »Eigentlich verbringe ich wenig Zeit damit, darüber zu reden, wie es mir geht. Aber als Sie mich fragten, hab ich eine Sekunde darüber nachgedacht, und dann hab ich's Ihnen gesagt.«

»Aber worüber haben Sie nachgedacht?«

»Wie es mir geht.«

»Sie meinen, Sie haben ein paar Empfindungen in Ihrem Gehirn festgestellt und dann entschieden, was für Gefühle das waren.«

»Ich weiß, wie es mir geht, Giles. Es ist nicht besonders schwer, das rauszukriegen.«

Giles machte ein unzufriedenes Gesicht, als jucke es ihn unten an einer schwer zugänglichen Stelle im Kreuz: Er wusste, dass er nicht drankommen konnte, und so saß er einfach da und dachte an das Jucken.

»Sehen Sie«, sagte er, »stellen Sie sich mal einen zugefrorenen Teich vor. Sie fragen eine Frau, ob das Eis fest genug zum Schlittschuhlaufen ist, und sie sagt ja. Aber dann stellen Sie fest, dass sie ihre eigenen Kinder vom Eis fern hält.«

»Dann lügt sie und sagt nicht, was sie wirklich denkt.«

»Sie lügt?«, wiederholte Giles. »Wenn sie Politikerin wäre, würde sie sagen, es sei Privatsache und eine Frage der persönlichen Entscheidung. ›Warum sollte ich meine Kinder meinen privaten Ansichten opfern?‹«

»Jetzt komm ich nicht mehr ganz mit«, sagte ich.

Susan kam mit einen großen Stück Fisch auf einer Platte in einer gelblichen Sauce zurück.

»Warum ist es eine Frau?«, fragte sie.

»Was?«

»Warum ist der Schurke in deiner kleinen Parabel eine Frau?«

»Das ist doch irrelevant.«

Geschickt zerteilte Susan den Fisch und arrangierte ihn auf drei Tellern. Für sich selbst nahm sie kaum mehr als einen Löffel voll. Dann häufte sie Broccoli, grüne Bohnen und Kartoffeln um den Fisch. Ich steckte ein Stückchen Fisch in den Mund.

»Das Gleiche könnten Sie an sich selbst beobachten«, sagte Giles. »Jemand fragt Sie, wie es Ihnen geht, und Sie sagen, gut, denn das ist die vorgeschriebene Antwort auf diese Frage. Vielleicht glauben Sie sogar wirklich, Sie sind glücklich. Dann betrachten Sie Ihre eigenes Verhalten. Bei genauerem Hinsehen stellen Sie fest, dass es Ihnen morgens schwer fällt, aus dem Bett zu kommen, dass Sie in belanglose Streitereien geraten, dass Sie Ihr Essen nicht aufessen – und Sie erkennen, dass Sie deprimiert sind.«

»Du isst dein Essen auch nicht auf«, sagte Susan. »Weil du dauernd redest.«

»Das sollte ein Beispiel sein.«

Ich stellte fest, dass Susan ihr Essen überhaupt nicht aß, sondern nur auf dem Teller hin und her schob, aber das tat sie auf eine Weise, die sämtliche Prozesse des Essens imitierte, bis auf den Teil, wo man das Essen in den Mund schiebt und herunterschluckt. Sie sah mich an, und wir schauten einander genau einen Tick zu lange in die Augen.

»Wissen Sie, warum Giles zur Versicherung gegangen ist?«, fragte sie.

»Nein«, sagte ich.

Irgendetwas stimmte nicht mit diesem Abend. Es war wie ein Essen in einer primitiven, heidnischen Hütte. Ich dachte an eine Art Wikingerhaushalt, wo es einen Herrn des Hauses gibt und ein Gast zum Mahle kommt und die beiden sprechen miteinander, und die Frau steht in der Ecke und kommt nur heraus, um aus einem Krug Met nachzuschenken – oder was die Wikinger sonst zum Essen getrunken haben mögen.

Susan saß mit am Tisch, aber es hätte ebenso gut anders sein können. Sie hätte ebenso gut mit dem Metkrug in der Ecke stehen können. Es ging nur um Giles und mich. Selbst wenn Susan sprach, tat sie es nur, um Giles dazu zu bringen, etwas zu sagen, oder um ihn etwas zu fragen. Es ging niemals um sie. Wenn sie diese Frage jetzt gestellt hatte, um eine Erinnerung hervorzurufen, dann funktionierte das nicht. Er reagierte wegwerfend.

»Die Geschichte, wie ich zu Wortley gekommen bin, ist nicht der Grund, weshalb wir heute Abend hier sind«, sagte er.

Susan nahm einen großen Schluck Wein. Ich fragte mich, ob sie wohl auch getrunken und nicht nur gestritten hatten, ehe ich gekommen war.

»Giles war Evolutionsgenetiker«, sagte sie. »Forscher in einem Labor in der Nähe von Cambridge. Und jetzt geht er von Tür zu Tür und sieht sich Flecken in Teppichen an. Das ist doch sicher eine Geschichte wert, oder?«

»Das ist weiter keine Geschichte«, sagte Giles.

»Es ist eine großartige Geschichte«, sagte Susan.

»Ist es nicht«, sagte Giles. »Es ist überhaupt keine Geschichte.«

»Ich wette, Mark würde sie gern hören.« Susan sah mich an. Irgendeine Antwort war jetzt angebracht.

»Dafür wird noch reichlich Zeit sein«, sagte ich. »An den langen Abenden oben in East Anglia.« Susan warf einen scharfen Blick zu Giles hinüber. Vielleicht war dies kein empfehlenswertes Gelände. »Ich denke immer noch an diese Eisbahn.«

»Es war ein zugefrorener Teich.«

»Wissen Sie«, sagte ich, »mir ist keineswegs klar, wovon Sie da geredet haben. Aber wenn Sie da nicht hinfahren wollen – Sie müssen es ja nicht tun. Oder Sie kommen später und sind nur zeitweilig da. Sie haben Familie. Mir ist es egal, wo ich bin. Und wenn Wortley zahlt, ist es vermutlich alle Mal besser als meine Bude in Camden.«

»Was denken Sie also, Mark?«, fragte Giles.

Das war das Problem. Giles Antworten schienen mir nie aus dem zu folgen, was ich gerade gesagt hatte.

»Sie meinen, über die Reise nach Marston Green?«

»Ich meine die ganze Sache. Marshco. Der Krebs. Der Cluster.«

»Ich weiß nicht genau, warum sie uns schicken. Ich meine, warum sie *uns* schicken.«

»Das ist der springende Punkt.« Giles goss sich den Rest Wein aus der Flasche ins Glas. Langsam kam er aus sich heraus. »Wollen Sie auch noch?«

»Na ja ...«

Er nickte Susan zu, und sie ging noch eine Flasche holen.

»Und?«

»Es wird interessant werden«, sagte ich.

»Wollen Sie sich einen Namen machen?«

»Was?«

»Könnte sein, dass Ihnen die DDP-Geschichte zu Kopfe gestiegen ist.« Noch einen Schluck Wein. »Sie werden irgend was Brillantes anstellen. Etwas entdecken, was noch keiner entdeckt hat.«

»Ich hab keine Pläne«, sagte ich.

»Sie haben noch nicht daran gedacht?«, fragte er. »Sie könnten die rauchende Tatwaffe finden. Ein Held werden.«

»Giles«, sagte ich, »ich hab versucht, ein paar Sachen zusammenzupacken. Ich hab Marston Green auf der Landkarte gesucht. Ich hab mir nicht überlegt, was wir tun werden, wenn wir dort ankommen. Sie sind der Chef.«

Susan kam mit einer geöffneten Flasche Wein zurück. Sie füllte die drei Gläser. Als Giles sie kommen sah, trank er sein Glas rasch leer, damit er den vollen Anteil abbekam.

»Was diese Krebserkrankungen anging«, sagte er. »Wer soll beweisen, dass es da eine Verbindung gibt? Und wer soll beweisen, dass es keine gibt?«

»Sie sind der Biologe«, sagte ich.

Er schnaubte in sein Weinglas.

»Ist nicht mein Gebiet«, sagte er. »Hören Sie. Der springende Punkt ... der springende Punkt ...« Er runzelte die Stirn, als wolle der Punkt ihm davonspringen. »Es ist wie beim Glücksspiel. Sie sind kein Pokerspieler, oder, Mark?«

»Ich glaube, darüber haben wir uns schon unterhalten«, sagte ich.

»Beim Glücksspiel geht es nicht darum, wer am schönsten spielt. Es geht darum, wer am Schluss mit dem meisten Geld davonspaziert. Alles andere interessiert Wortley einen Scheißdreck. Ich habe keine Ahnung, was wir da oben in diesem Nest treiben werden. Wir können sterbenden Kindern in den Rachen schauen und Bodenproben nehmen und Statistiken vergleichen und mit grünen Aktivisten diskutieren, aber Wortley will mit maximalem Shareholder Value da rauskommen. Die wollen einen Deal, und sie schicken uns nicht als Dealmaker da rauf.«

»Warum nicht?«, fragte ich. »Wenn wir zum Beispiel etwas anderes finden, das den Krebs verursacht haben kann?«

»Das wird Ansichtssache sein«, sagte er. »Es geht nur darum, Muster zu sehen. Sobald Wissenschaft ins Spiel kommt, wird man sie niederbrüllen. Wir haben keine Dienstanweisung; also müssen wir uns selbst eine machen, und ich sage Ihnen, wie sie lautet.« Er wackelte mit dem erhobenen Finger. »Wir fahren hin, schreiben einen kurzen Bericht und verschwinden wieder.«

Ich nahm einen kleinen Schluck Wein. Auf einen Viertelschluck von mir kamen ungefähr acht von ihm.

»Giles«, sagte ich, »wenn Sie wollen, kann ich voausfahren, alles vorbereiten, eine Unterkunft suchen.«

Giles schüttelte den Kopf.

»Nein, kommt nicht in Frage.«

»Aber das ist eine gute Idee«, sagte Susan.

»Ich erledige den Routinekram«, sagte ich. »Ich finde raus, wer wer ist, und organisiere die Grundlagen. Zwei Tage später kommen Sie dann nach, und wir fangen an zu arbeiten.«

Es war still. Ich fragte mich, ob es bei dem Streit darum gegangen war, dass Giles wegfahren sollte.

»Darüber könnten wir doch reden«, sagte Susan.

»Mir ist es recht«, sagte ich. »Sie müssen 's mir nur sagen.«

»Giles sagt, er findet es gut, Sie zu haben«, sagte Susan.

»Danke«, sagte ich.

»Wissen Sie, warum er die Forschungsarbeit aufgegeben hat?«

»Susan …« Giles wollte ihr ins Wort fallen.

»Es hat ihn deprimiert.«

»Das ist nicht wahr«, sagte Giles.

»Nicht wahr?«

»Nicht wahr. Das hat du damals schon gesagt. Und ich habe damals gesagt, was ich jetzt sage: Es ist nicht wahr.«

»Entschuldige, Giles«, sagte sie. »Ich folge nur dem Beispiel deiner Teichgeschichte. Ich weiß, du hast, wenn man dich gefragt hat, ob du deprimiert bist, immer gesagt, nein, es geht dir gut. Aber für mich war das nur eins der Symptome. Ich dachte dabei daran, dass du außerstande warst, morgens aufzustehen, und dass du nicht schlafen konntest.«

»Ich kam morgens nicht aus dem Bett, weil ich unausgeschlafen war.«

»Du hast nichts gegessen. Du hast angefangen, mehr zu trinken. Du hast dein Äußeres vernachlässigt.«

»Das könnte ich dir Punkt für Punkt widerlegen, aber dann würde Mark sich bald langweilen.« Er wandte sich mir zu. »Leuten, die unversehens in unser kleines Psychodrama hereinstolpern, muss man allgemein erklären, dass meine Frau eine Theorie hat: Ich benötige eine Therapie, und diese Therapie muss in der Öffentlichkeit durchgeführt werden.

Tatsache ist, dass ich nicht wegen Depressionen zur Versicherung gegangen bin, sondern wegen meiner Tante.«

»Wegen deiner Tante?« Susan war verblüfft.

»Sie ist eine Art Tante. Jedenfalls nannte ich sie immer Tante Frankie. Aber eigentlich heißt sie Frances McDonald.«

»Was hat denn das jetzt mit all dem zu tun?«

»Das war vor deiner Zeit.«

»Vor meiner Zeit? Ich habe noch nie im Leben von dieser Frau gehört.« Susan sah mich an. »Giles hat die seltsamsten Verwandten.«

Giles achtete nicht auf sie.

»Sie war die gescheiteste Person, der ich je begegnet bin. Als ich klein war, spielte sie Spiele mit uns, aber es ging immer nur um Zahlen: magische Quadrate, Zahlendreiecke.«

»Ich kann nicht recht folgen«, sagte ich.

»Sie war eine richtige Mathematikerin. Im Krieg war sie mit Geheimsachen befasst, mit Codes oder so was, aber eigentlich hat sie bei einer Versicherung gearbeitet. Sie war Versicherungsmathematikerin, wie Ross Cowan, den Sie gestern kennen gelernt haben. Das hat mich fasziniert – dass man mit Zahlen und Formeln sagen konnte, wie viele Leute nächstes Jahr bei Autounfällen ums Leben kommen werden.«

»Das konnte sie?«, fragte ich.

»Mehr oder weniger«, sagte er. »Das gefiel mir. Sie wandte Mathematik auf Leute an, die von Leitern fielen oder durch Autoscheiben flogen. Und als ich Lust auf eine Veränderung hatte, schien mir die Versicherung eine gute Idee zu sein.«

»Und deshalb verbringst du jetzt deine Zeit damit, dir kaputte Waschmaschinen anzusehen.« Susan warf ihm einen sarkastischen Blick zu.

»Ist das ein Problem?«, fragte er.

»Nein, ich kann mich nur nicht erinnern, dass du damals ein Wort über Tante Frankie gesagt hättest.«

Ich fragte mich, ob Susan es wagen würde, die Sache weiterzutreiben. Sie sah mich an, als erwarte sie, dass ich ihr ein Stichwort gab, indem ich Fragen über Giles psychischen Zustand stellte. Einerseits hätte ich es ganz gern getan, aber andererseits hielt ich es für besser, das ganze fesselnde Material nicht gleich an unserem ersten gemeinsamen Abend aufzubrauchen.

»Es ist spät«, sagte ich und machte diese merkwürdige symbolische Bewegung, die das Aufstehen einzuleiten scheint und zugleich signalisiert, dass ich jetzt zwar nicht zur Tür stürmen werde, als sei Feueralarm, dass mein Abschied aber doch unmittelbar bevorsteht. »Ich muss noch quer durch London.«

»Ergreifen Sie die Flucht, solange Sie können, Mark«, sagte Giles. »Noch hat meine Frau den Laserstrahl ihrer analytischen Aufmerksamkeit nicht auf Sie gerichtet. Aber bald müssen Sie sich über Ihre Eltern und Ihre Kindheit befragen lassen.«

»Das ist nicht sehr interessant«, sagte ich.

»Ah«, sagte Giles. »Das wird der Ansatzpunkt für Susan sein: Ihr seltsam ausweichendes Verhalten.«

»Beim nächsten Mal«, sagte Susan und stand auf. Das bedeutete, dass meine symbolische Aufstehbewegung zu einer echten werden musste. Bei manchen Leuten muss man sich zur Tür hinauskämpfen. Oh, bitte, nehmen Sie doch noch einen Kaffee. Noch ein drittes Stück Kuchen. Aber Susan schien ganz froh zu sein, dass ich gehen wollte. In der Tür küsste ich sie auf beide Wangen und bedankte mich und sagte, wie gut das Essen gewesen sei.

»Sie hätten jemanden mitbringen können«, sagte sie. »Wenn Sie gewollt hätten.«

Ich zuckte die Achseln.

»Ich war in einer Beziehung«, sagte ich. »Aber Sie wissen ja ...«

»Oh, das tut mir Leid.« Sie sagte es, als ob jemand gestorben wäre. Vielleicht hätte sie sich gern vertraulich mit mir darüber unterhalten, aber ich war schon mit einem Fuß zur Tür hinaus. Eine Minute späte marschierte ich erleichtert auf die Kilburn High Road zu und fragte mich, wo die U-Bahn-Station sein mochte. Es war ein seltsam warmer Frühlingsabend. Ich wäre gern zu Fuß nach Haus gegangen, und ich dachte kurz darüber nach. Ich hatte so eine Ahnung, dass der Kanal hier vorbeiführte, und dann könnte ich am Ufer entlang bis King's Cross laufen. Ich dachte an den Mond, der sich im Wasser spiegelte, und an einen Spaziergang unter den Bäumen. Ich dachte auch daran, wie ich überfallen und von einer Bande vergewaltigt und besinnungslos ins Wasser geworfen werden könnte. Und dann fuhr ich mit der U-Bahn nach Hause.

ZWÖLF

Marston Greens Website lud die Touristen ein, das Dorf zu besuchen und sich die Kirche aus dem zehnten Jahrhundert mit ihrem ungewöhnlichen Lettner anzuschauen. Außerdem gab es das Rathaus, und ein Kreuz auf der High Street markierte die Stelle, wo der katholische Märtyrer John Cornysshe auf dem Scheiterhaufen verbrannt worden war. Ich fragte mich, was Cornysshe, als seine Haut anfing, Blasen zu werfen, wohl davon gehalten hätte, dass man seine Hinrichtung dazu benutzte, die Leute nach Marston Green zu locken, damit sie dort Cream Tea und Scones bestellten. Ich saß im Büro bei Wortley und las, was da über den Busservice stand (vier Busse am Tag, am Wochenende weniger), und mir wurde ein bisschen düsterer zumute.

Es war alles so einfach. Auf der Website stand die Telefonnummer einer Touristeninformation, die der Gemeindeverwaltung angeschlossen war. Ich rief an und sprach mit einer sehr netten Frau namens Jo, und ich sagte ihr, ich suchte eine Bleibe, die kein Hotel wäre. Bei der Vorstellung, wochenlang Butter aus kleinen Folien zu kratzen und mir Kaffee mit der Maschine auf dem Zimmer zu kochen, bekam ich akute Selbstmordgelüste.

Das sei kein Problem, sagte Jo. Sie kenne ein paar Cottages, na ja, eigentlich Ferienwohnungen, die in den vergangenen zwei Jahren renoviert worden seien. Das habe ein Vermögen gekostet, vertraute sie mir an, und dann sei die Maul-und-Klauenseuche ausgebrochen, und jetzt ständen sie fast immer leer. Direkt um die Ecke von der High Street. Falls ich was Ländlicheres, Abgelegeneres suchte, könne sie mir aber auch eine Liste von weiter draußen gelegenenen Cottages zufaxen. Ich sagte, die Ferienwohnungen hörten sich gut an. Zwei Minuten später sprach ich mit Geoff Otley, dem Wirt der »Four Feathers Tavern« und Eigentümer der Ferienwohnungen, und fünf Minuten später hatte ich meine neue Wortley-Kreditkarte mit einer Anzahlung belastet und zwei der Wohnungen vorläufig unbefristet gebucht. Zwei. Das war sehr wichtig. Wenn ich etliche Tage auf dem Land zubringen sollte, hatte ich keine Lust, Giles' Gesicht am Frühstückstisch zu sehen. Oder darauf zu warten, dass er endlich vom Klo kam.

Es war aber sowieso die richtige Idee, denn jetzt konnte er Susan und die Kids kommen lassen, wann immer sie wollten. Ich würde vorausfahren und ein paar grundlegende Informationen sammeln. Giles würde zwei Tage später nachkommen, wir würden einen Bericht zusammenschustern und schleunigst nach London zurückfahren. Vor der Abreise hatten wir noch ein kurzes Meeting mit Donna Keely, und anscheinend sah sie es genauso.

»Keine Heldentaten«, sagte sie. »Mr. Broberg hat sich sehr klar ausgedrückt, was Ihren Auftrag angeht. Dies ist ein vorbereitender Informationsbesuch. Provozieren Sie nichts. Versuchen Sie nicht, dass Problem für uns zu lösen. Sie sind nicht befugt, im Namen von Wortley oder Marshco zu sprechen oder irgendwelche Vereinbarungen einzugehen.«

»Und wenn wir erwischt werden«, sagte ich, »werden Sie leugnen, uns zu kennen.«

»Was?«, sagte Donna.

»Es hört sich an wie ein Spionagefilm«, sagte ich. »Man schickt uns auf eine hoffnungslose Mission.«

»Ich finde, es klingt mehr nach einer Science-Fiction-Story«, sagte Giles. »Man schickt uns mit einer Zeitmaschine in eine ferne Vergangenheit. Ich meine, wenn man in England aufs Land fährt, dann ist das wie eine Reise in die Vergangenheit. Und unsere wichtigste Anweisung ist: Wir dürfen uns nicht in die historischen Geschehnisse einmischen, solange wir dort sind, denn sonst kommen wir nach London zurück und stellen fest, dass die Elektrizität noch nicht erfunden ist.«

Donna ließ eine lange Pause eintreten.

»Sind wir dann fertig?«, fragte sie schließlich.

»Nein«, sagte ich. Giles sah mich an und formte mit dem Mund ein dringliches »Nicht!«, aber es war zu spät. »Donna, was wollen Sie wirklich?«

Donna machte ein nachdenkliches Gesicht.

»Wir wollen eine Lösung, bei der es uns allen gut geht«, sagte sie schließlich. »Aber vor allem wollen wir, dass nichts passiert. Damit verdienen Versicherungsunternehmen ihr Geld. Damit, dass nichts passiert.«

Ich wollte fragen, wer »wir alle« seien. Wir drei hier im Zimmer? Der Vorstand von Wortley? Marshco? Wir alle miteinander, einschließlich der leidenden Bürger von Marston Green? Gott? Aber Giles musste ein gefährliches Glitzern in meinem Auge gesehen haben, denn er versprach Donna hastig, ihr zu berichten, und schob mich dann zur Tür hinaus.

Ich war auf dem Bahnhof in Worsham angekommen, einer von den riesigen Silos einer Rübenzuckerfabrik beherrschten Kleinstadt. Ein Taxi brachte mich durch eine Sozialwohnungssiedlung und über Landstraßen nach Marston Green und zum »Four Feathers«. Geoff Otley fand ich in einem Büro an der Rückseite. Er tippte Zahlen in einen Computer ein. Er sah nicht aus wie der Wirt eines Dorfpubs. Es dauerte auch nicht lange, und er erzählte mir, er sei ein ehemaliger Sozialarbeiter aus Dudley. Er war groß und blass und hatte dunkle Locken.

Er führte mich durch die leere Bar, um den Schlüssel zu holen. An den Wänden hingen Karrenräder und Zaumzeug und Messingbeschläge. Ein Kupferstich zeigte ein Pferd vor dem Pflug. »Alles unecht«, sagte Geoff. »Da gibt's eine Firma in Malaysia, die macht das ganze Programm.«

Wir gingen hinaus zu den Ferienwohnungen. Es waren alte, umgebaute Pferdeställe, und jede Wohnung hatte einen Pferdenamen – Blackie, Dobbin und so weiter. Ich bekam »Clover«. Giles würde in »Dobbin« wohnen, wenn er käme. Drinnen war es adrett und einfach. Ich hatte ein Schlafzimmer, und über der Kommode hing ein Bild mit einer Windmühle. (»Malaysia«, sagte Geoff. »Die sind unglaublich. Solange man nichts Malaysisches haben will.«) Im Wohnzimmer war ein Sofa, eine kleine Kochecke, ein Esstisch, alles.

»Wenn Sie einkaufen wollen«, sagte Geoff, »auf der anderen Seite von Worsham ist ein Supermarkt.«

»Ich hab kein Auto«, sagte ich.

»Aber einen Computer?«

»Ja.«

»Dann gehen Sie auf ihre Website. Die liefern alles.«

Als der Pub am Abend öffnete, traf ich mich mit Geoff auf ein Bier. Wortley spendierte uns beiden ein Pint Suffolk Bitter. Eine Mahlzeit im Glas. Ich nahm an, Geoff könnte mir etwas über die Anti-Marshco-Kampagne herzählen, aber er hatte noch gar nichts davon gehört.

»Ich weiß von der Marshco-Fabrik«, sagte er. »Viele der Angestellten trinken hier ihr Bier. Aber wenn Sie was von einer Kampagne hören möchten, dann erzähle ich Ihnen mal von der gegen den Flugplatz. Da gab's einen Bauern oben an der Straße, der wollte aus seinen Wiesen einen Flugclub machen. Die Leute waren ganz schön im Harnisch. Als ich hierher kam, lief das schon seit Jahren. Anwälte, eine öffentliche Untersuchung. Totaler Fehlschlag. Im Sommer werden Sie sich hier nicht bewegen können vor lauter Fallschirmspringern, die Ihnen auf dem Kopf landen. Bringt mir 'ne Menge Gäste. Und irgendwas müssen sie ja mit dem Land auch machen. Lohnt sich nicht, da was anzubauen. Es wundert mich, dass sie noch mal den Mumm zu einem Kampf haben.«

DREIZEHN

Ich habe nie etwas für das Land übrig gehabt, aber bis dahin hatte ich meine Abneigung aus der Ferne geübt. Die Gründe dafür waren unbestimmt und beruhten auf wenigen Informationen. Was mir hauptsächlich daran missfiel, war der Umstand, dass es nicht London war. Es war nicht genug drin, und was da war, war zu weit verstreut. Manchmal schaltete ich das Radio ein und hörte jemanden auf dem Land meckern, weil der eine Laden im Dorf zumachte. Meine Reaktion war hauptsächlich die: Halt die Klappe und zieh nach London. Ein Laden. In London kann man sich die allerschrägsten Sachen ausdenken und findet sofort zehn Läden, die darauf spezialisiert sind.

Aber man muss eine Menge Zeit auf dem Land verbringen, um es richtig zu hassen. Bei mir setzte der echte Abscheu erst ein, als ich feststellte, dass ich eine Stunde Zeit hatte, bis das Meeting im Dorfzentrum stattfand, die Gründungsversammlung der »Marston Green Cluster Action Group«, oder wie immer sie sonst heißen würde. Weil mir sonst nichts einfiel, beschloss ich, das zu tun, was die Leute auf dem Land tun: einen Spaziergang zu machen.

Am Tag vorher hatte ich mit Geoff dagestanden und zu den Feldern hinaufgeschaut, die sich auf der einen Seite des Dorfes den Hang hinauf zogen. Ich hatte gedacht, auf dem Lande gebe es hauptsächlich Weizen und Mais und Schafe, aber diese beiden Riesenfelder waren wunderschön. Das eine war voll von gelben Blüten, die so hell leuchteten, dass man kaum hinschauen konnte. Sie verschmolzen zu einem goldenen Gleißen. Das andere Feld war ein sehr viel zarteres Blau – wie eine blaue Wolke, die dicht über dem Boden schwebte.

»Ist das Lavendel?«, fragte ich.
Geoff schüttelte den Kopf.
»Das ist Leinsaat.«
»Wozu braucht man das? Ich hab als Junge Leinsamenöl in Dosen gekauft und damit meinen Cricketschläger eingerieben.«
»Keine Ahnung«, sagte Geoff. »Das andere ist Raps.«
»Klingt nicht so gut, wie es aussieht.«
»Warten Sie ab, bis Sie davon geschnuppert haben.«
Also spazierte ich an diesem Mainachmittag den Feldweg entlang, der zwischen den beiden Feldern hinaufführte, und ich konnte nicht glauben, dass ich innerhalb von zwei Stunden in Camden Town sein könnte.

Ich sah, wie der Wind das Rapsfeld kräuselte, und dann wehte der Geruch in Wellen über mich hinweg. Zuerst war es nur dieser nette, einfache Duft wie von einem Strauß Blumen, aber da war mehr dahinter. Da war etwas Ätzendes dabei. Ich gehe nicht oft zum Zahnarzt. Ich habe gute Zähne. Aber ein oder zwei Mal hat man schon ein bisschen bohren müssen. Der Zahnarzt hatte mir eine Spritze gegeben, mit einer irrwitzig übergroßen Nadel, die aussah, als sei sie für einen verrückten Professor gemacht worden. Dann fing er an zu bohren, und das Komische war: Ich wusste, der Schmerz war da, aber ich spürte ihn nicht. Es ist wie wenn man betrunken ist und weiß, dass man sich peinlich benimmt, man weiß, dass die Verlegenheit in der Luft liegt, aber man fühlt sie nicht. Genauso war es mit dem Raps. Raps. Raps. Raps. Raps. Raps, Raps, Raps, Raps. Ich musste es immer wieder sagen, um über die Lächerlichkeit dieses Wortes hinwegzukommen. Ich stellte mir vor, wie ein Wissenschaftler diese neue Pflanze entwickelte und zu den Leuten im Labor sagte: »Ich glaube, ich nenne das Ding Raps«, und alle sagen: »Yeah, genau.« Und sechs Monate später sehen sie die Samenpackung und stellen fest, *fuck*, der hat das ernst gemeint. Vielleicht war er auch besoffen, und nachher war es zu spät, um noch was zu ändern. Wahrscheinlich hat er dann noch ein paar klägliche Ausflüchte gemacht: »Also eigentlich heißt es Ölsaat, und Raps ist bloß die umgangssprachliche Bezeichnung.« Und dann sieht man sie auf ihren wissenschaftlichen Fachtagungen, und sie reden von Raps hier und Raps da. Das Potenzial des Lächerlichen ist gewaltig.

Ich habe nie unter Heuschnupfen gelitten, aber als ich den Hauch der Rapsblüten in Hals und Nase spürte, wusste ich, wie Heuschnupfen sein musste. Es war ein winziges, fast nicht wahrnehmbares Kratzen, als würden feine, rasiermesserscharfe Härchen durch meine Atemwege gezogen.

Und dann der Geruch. Man muss eigentlich dabei gewesen sein, aber ich fühlte mich an den Tag erinnert, als ich sechzehn war und Aidan, einer meiner Freunde, eine Party gab. Seine Eltern waren übers Wochenende weggefahren, und sie hatten gesagt, er dürfe eine Party feiern, er sei reif genug. Hatten die eine Ahnung.

Um es ganz kurz zu machen: Alle kamen. Psychotische Freunde von Freunden. Leute, die von der Schule geflogen waren, weil sie zu Furcht erregend waren. Am Ende waren einfach alle da. Am schlimmsten war es für Aidan, der die ganze Party damit verbrachte, rumzustöbern und festzustellen, ob Leute, die besinnungslos herumlagen, nicht tatsächlich tot waren, und andere daran zu hindern, Möbelstücke aus den Fenstern im ersten Stock zu schmeißen. Gibt es nicht Leute, die sagen, wenn Gott nicht existiert, ist alles erlaubt? So was verstehe ich nicht ganz. Als ich mir die Welt das letzte Mal angesehen habe, war sowieso längst alles erlaubt. Aber nach dieser Maxime verhalten sich eine Menge Leute auf Partys bei anderen Leuten, wenn die Eltern nicht da sind. Da fangen sie an, ihre Grenzen auszutesten.

Ein paar von uns hatten sich für Sonntagmorgen zum Aufräumen verabredet. Es war ein erstaunliches Bild der Verwüstung, aber das eigentlich Komische war, dass die meisten Sachen, wenn man sie wieder aufgerichtet und an ihren Platz gestellt hatte, gar nicht kaputt waren. Eine Fensterscheibe hatte einen Sprung, der aber nur aus einem bestimmten Winkel sichtbar war. Ein paar Gläser waren zerschmissen, und ein Regal war von der Wand gebrochen und hatte ein bisschen Putz mitgenommen. Im oberen Stockwerk war ein Bett zusammengekracht. Aber in all diesen Fällen konnten wir restaurative Maßnahmen von unterschiedlich hoher Zweifelhaftigkeit ergreifen.

Das eigentliche Problem befand sich im Schlafzimmer von Aidans Eltern, wo irgendeine unbekannte Person sich ausgiebig übergeben hatte. Mit entschlossen angehaltenem Atem putzten wir die eigentliche Kotze weg und schrubbten dann den gesamten Bereich mit einem Teppichreiniger, den wir im Küchenschrank gefunden hatten. Wir rissen alle Fenster auf. Eine Stunde später, als alles andere fröhliche Fortschritte machte, schrubbten zwei von uns den betroffenen Bereich in einem zweiten großen Durchgang.

Dann machten wir eine dritte Runde, und zwar mit Wasser, in das wir ein bisschen Bleichmittel getan hatten, weil jemand meinte, er habe so was mal in einer Spalte mit Haushaltstipps gelesen. Wir konnten immer noch Kotze riechen, aber wir versuchten uns einzureden, dass sich vielleicht ein paar Kotze-Moleküle in unseren Nasenhaaren verfangen hätten, oder dass wir eben wüssten, wonach wir schnuppern müssten, und deshalb empfindsamer seien. Als eine Stunde später noch ein Freund vorbeikam, führten wir ihn deshalb hinauf ins Schlafzimmer, ohne ihm etwas zu sagen. Er verzog sofort das Gesicht und fragte, wer denn hier gekotzt hätte.

Einer von uns ging in den Laden an der Ecke und kaufte eine Sprühdose Airfresh mit Rosenduft, und wir versprühten buchstäblich die ganze Dose im Schlafzimmer von Aidans Eltern. Wir versuchten uns vorzumachen, dass wir damit Erfolg gehabt hatten. Auf alle Fälle war das Schlafzimmer jetzt von einer reichhaltigen Sammlung von Gerüchen erfüllt. Da war der eklig süße, künstliche Rosenduft, da war Spülmittel und der scharfe Geruch des Teppichreinigers, da waren die Dünste des Bleichmittels, von denen einem die Augen tränten. Aber hartnäckig unter all dem lag die Kotze, ätzend und unverwechselbar. Und irgendwie wurde das durch die anderen Gerüche, vor allem durch den Frischluftspray, nur noch schlimmer. Es war, als ob man versucht hätte, Dreck genießbarer zu machen, indem man Schokolade druntermischt. Wenn du Dreck fressen sollst, friss den verdammten Dreck und bring's hinter dich.

Mit dem Rapsgeruch war es so ähnlich. Unter dem Blütenduft lag etwas, das schwierig einzuordnen war, aber es war nicht angenehm. Es war ein bisschen wie Kotze, aber da war auch ein Hauch von Hundescheiße. Hundescheiße im Nachbarzimmer, sozusagen. Und als ich diesen Untergeruch einmal wahrgenommen hatte, wurde der blumige Übergeruch so eklig, dass ich fast würgen musste.

Ich nahm mir vor, wenn ich das nächste Mal in einem Supermarkt wäre, das Rapsöl zu suchen und heimlich dran zu schnuppern, um zu sehen, ob dieser Hauch von Hundekacke sogar im Öl hing. Das konnte doch nicht sein, oder? Aber da war die Ziege. Als Kind war ich mal im Kinderzoo gewesen, und da hatte ich eine Ziege gestreichelt. Da war dieser unvergessliche, scharfe Ziegengeruch gewesen, und als ich später das erste Mal Ziegenkäse aß, erkannte ich den Geruch sofort wieder, und er stieß mich ab. Seitdem habe ich nie etwas von der Ziege essen können: keine Ziegenmilch, keinen Ziegenkäse. Einmal habe ich eine Ziegenkeule im Supermarkt gesehen. Einen großen Ansturm schien sie nicht hervorzurufen.

Ich spazierte den gewundenen Weg entlang und ließ das Rapsfeld hinter mir. Als Nächstes kam eine Wiese, und dann stand da ein Doppelhaus, das aussah, als wäre es mit dem Hubschrauber aus einer Straße in Croydon gehoben und hier abgestellt worden. Ich hörte ein Muhen und sah, dass vor mir ein Bauernhof lag. Ich will mich jetzt nicht allzu sehr über Gerüche verbreiten, aber der Geruch von diesem Bauernhof war atemberaubend. Auf der anderen Seite standen ein paar Kühe auf der Weide, mit schlammverklebtem Fell und Rotznasen. Auf dem Hof selbst war eine Reihe von Schweinekoben. Ich konnte nicht genau sagen, woher der Gestank kam, aber ich hätte auf die Schweine gewettet.

Vermutlich stellt man keine besonders großen Erwartungen an einen Ort, an dem Schweine wohnen. Man sagt schließlich: Hier sieht's aus wie in einem Schweinestall. Aber dieser Schweinestall sah wirklich aus wie ein Schweinestall, selbst für einen Schweinestall. Er sah aus, als ob die Schweine ihn selbst gebaut und gewartet hätten. Bei näherem Hinsehen fragte ich mich allerdings, ob man ihnen wirklich die Schuld geben konnte.

Ich wollte nicht allzu nah herangehen. Der Gestank war so widerlich, dass ich dachte, er ist vielleicht toxisch und könnte meine Schleimhäute auflösen. Aber der Hof war wirklich einen Blick wert. Zum Beispiel die Ställe selbst, in denen die Schweine wohnten. Es waren sechs Stück in einer Reihe, rechtwinklig zu dem Tor, an dem ich lehnte. Zu jedem gehörte eine Baracke aus Hohlblocksteinen, in die das Schwein oder die Schweine sich zurückziehen konnten; davor war eine freie, umzäunte Fläche, und vorn war ein Gatter, das so breit war wie der ganze Koben. Das war der einzige Ein- und Ausgang für das Schwein. Man sollte eigentlich meinen, wenn einer die Gatter für seine Schweinekoben aussucht, dann geht er ins Gattergeschäft und kauft ein halbes Dutzend. Aber jetzt kommt das Raffinierte: Keine zwei von diesen Gattern waren gleich. Ich hab sie mir genau angesehen, und sie waren es nicht.

Zwei waren rostige Hoftore; das eine war zu groß und reichte noch über den Eingang zum nächsten Stall hinweg. Eins war ein Holzgatter, das aussah, als stamme es von einer Pferdekoppel. Dann kamen ein paar Stücke aus einem Zaun, eine Wellblechplatte – und beim allerletzten Stall hatte der Bauer anscheinend vollends aufgegeben und einfach eine alte Tür auf die Seite gelegt und mit zwei Ölfässern festgeklemmt.

Ich dachte an die Bilderbücher, die man als Kleinkind hat, mit lauter Bildern von »Sachen auf dem Bauernhof«. Dieser schlammige, stinkende Hof war voll von Sachen, die man auf einem Bauernhof nie erwarten würde. Da waren Stapel von Holzpaletten. Da waren Stöße von Ziegeln und Hohlblocksteinen und ein Stapel Eisenbahnschwellen. Zwei Plastikeimer, dick bekleckert mit weißer Farbe. Zahlreiche Wellblechplatten lehnten an den Wänden, in verschiedenen Größen und Formen und Stadien des Verfalls. Überall lagen mysteriöse Maschinenteile herum, dunkelrot vom Rost.

Wenn man sich versucht fühlte, sich zu fragen, wieso der Eigentümer sich die Mühe machte, diesen ganzen Schrott von Müllkippen und Schrottplätzen und Straßenrändern zu sammeln, dann brauchte man sich nur umzuschauen. Die seltsamsten Gegenstände – abgerissene Plastikplanen, Reifenschläuche, Türrahmen – waren in diversen Gebäuden verwertet worden. Es war fast wie

Werbung für Recycling, aber am Ende war es die beste Werbung in der Geschichte der Welt dafür, solches Zeug wegzuwerfen, zu vergraben oder am allerbesten zu verbrennen, zum Beispiel ein paar Meilen weiter in der Marshco-Müllverbrennungsanlage.

Die Schweine wühlten mit schnüffelndem, schleimigem Grunzen in dem stinkenden Matsch – weiß der Geier, wonach. Ich hörte ein Kläffen, und dann kam ein Hund aus einem Tor weiter oben an der Straße gerannt, das ich nicht gesehen hatte. Er kam auf mich zugehetzt, zähnefletschend und mit sabbernder Zunge. Mein erster Impuls war, wegzurennen, aber selbst in meiner Panik war mir klar, dass ich höchstens ein par Schritte weit kommen würde. Also blieb ich still stehen, starrte den Köter an und hoffte, er würde mich mit jemandem verwechseln, der sich nicht gerade in die Hose machte. Sieh ihnen in die Augen – daran erinerte ich mich von irgendwoher. Wieso? Aber der Hund stoppte tatsächlich, wirbelte herum, als wäre er ungefähr einen Meter vor mir gegen eine unsichtbare Barriere gerannt, und bellte mich an.

Ich hörte ein wütendes Gebrummel, und ein Mann kam zum Tor heraus. Er trug Gummistiefel, eine grüne Segeltuchhose, einen gerippten grauen Pullover und darunter komischerweise ein weißes Hemd und einen Schlips.

»Oy, Stiff«, rief er – oder so was Ähnliches. Hätte alles Mögliche heißen können. »Was machen Sie da?«

Das Letzte war an mich gerichtet, nicht an den Hund. Was glaubte er? Glaubte er ernsthaft, ich wollte unbefugt diesen unglaublich ekelhaften Matsch betreten? Oder, was noch irrer wäre, glaubte er, ich wollte hier etwas klauen? Da lag zum Beispiel diese verbeulte Gießkanne ohne Tülle. Glaubte er, ich hätte ein Auge darauf geworfen? Ich fühlte mich ein bisschen versucht, eine sarkastische Bemerkung zu machen, aber ich war auf der Hut vor dem, was er dann zu Stiff sagen würde, falls der Hund wirklich so hieß.

»Ich mache einen Spaziergang«, sagte ich, »und ich hab gerade einen Blick auf Ihren Hof geworfen. Äh ...« Ich überlegte, was ich darüber sagen konnte, ohne dass es geisteskrank klang. »Es ist interessant.«

»Wie meinen Sie das, interessant?«

Ich begriff, dass der Mann keine Angst vor Einbrechern hatte. Vielleicht nahm er an, ich sei vom Gesundheitsamt. Das wäre wirklich für beide Seiten eine erschreckende Aussicht. Wo zum Teufel würde ein Inspektor anfangen? Wo würde er hintreten?

»Ich bin aus London«, sagte ich. »Bin für ein paar Tage hier oben. Einen Bauernhof kriege ich nicht oft zu sehen.«

Der Mann entspannte sich sichtlich.

»War noch nie in London«, sagte er. »Könnte die vielen Leute nicht aushalten.«

»Es sind viele Leute da, ja.«

»Das ist unnatürlich.«

Ich hatte das Gefühl, der Mann gehörte nach London. Mitten in der Stadt hätte er mit seltsamen Paketen durch die Straßen wandern können, er hätte auf Parkbänken sitzen und mit sich selbst reden können, er hätte in Mülleimern wühlen und Einkaufswagen klauen können. Hier draußen in East Anglia führte er das gleiche Leben. Aber in London würden die Leute nicht essen müssen, was er in seinen Paketen hatte oder aus dem Müll wühlte. Ich fragte mich plötzlich: Wenn er mit diesem Material baute, was gab er dann seinen Schweinen zu fressen?

»Ich wollte einen Spaziergang machen«, sagte ich noch einmal. »Ich hab mich gefragt, ob es hier einen Rundweg gibt.« Er sah mich verständnislos an. »Dann könnte ich einfach weitergehen und in einem Bogen zurück zum Dorf kommen. Da wohne ich nämlich.«

Er sah mich verständnislos an und sagte nichts.

»Ich muss zurück nach Marston Green, und ich wollte Sie fragen: Bin ich hier richtig?«, sagte ich. »Sie werden sagen, ich weiß nicht. Das sagen die Leute nämlich, wenn man sie nach dem Weg fragt. Aber ich muss nun mal wissen, ob ich hier richtig bin. Denn hier bin ich eben.«

Wenn ich irgendwo anders gewesen wäre – und in diesem Augenblick wäre ich wirklich lieber irgendwo anders gewesen –, hätte ich jetzt ein Gespräch darüber angefangen, dass dies eigentlich die Geschichte meines Lebens sei. Man muss Verantwortung übernehmen, man muss Entscheidungen treffen, aber das tut man nicht unter Bedingungen, die man selbst geschaffen hat. Ich hätte gern, dass jemand mir diesen Widerspruch erklärt, aber es war typisch, dass mir dieser Gedanke in den Sinn kam, während ich mit einem Mann sprach, der anscheinend außerstande war, mir den Weg zu dem Dorf zu beschreiben, in dessen Nachbarschaft er wohnte.

»Na, jedenfalls«, sagte ich, »ich will dann mal weitergehen und diesen Rundweg suchen. Wenn Ihr Hund nichts dagegen hat.«

Der Mann nickte und grunzte seinem Hund etwas zu. Diesmal klang der Name wie »Runce«, falls es einen solchen Namen gibt. Vielleicht war es aber auch was anderes oder gar nichts.

Ich ging also weiter. Gleich hinter der nächsten Biegung stand ein hölzerner Fußgängerwegweiser, der über ein Feld wies. Aber hier fühlte die Erde sich nicht an wie die Erde, an die ich gewöhnt bin. Es war eine Sache der Konsistenz. Die meiste Zeit meines Lebens war ich von der Erde durch Schichten von Beton und Asphalt getrennt, aber gelegentlich bin ich schon in Parks oder Gärten herumspaziert. Erde ist entweder hart oder schlammig. Aber der Boden auf diesem Feld war eher wie Schokoladenpulver mit nicht genug Wasser. Meine Füße sanken immer wieder ein, und nach wenigen Minuten waren meine Schuhe mit einer braunen Paste überzogen. Vielleicht ist das ja das Problem mit England. Man verbringt Tausende von Jahren damit, irgendetwas aus immer derselben dünnen Schicht Erde wachsen zu lassen, und irgendwann gibt die Erde einfach auf und verwandelt sich in eine Art Bodensatz.

Aber ich ging jetzt quer über den Hang westlich von Marston Green und hatte einen hübschen Blick auf das Dorf, das unnatürlich klar in diesem Spätfrühlingsabend lag. Ich konnte jede Kleinigkeit so genau sehen, als ob ich mit einem Ballon darüber hinwegflöge. Den Kern des Dorfes zu identifizieren war einfach, die Teile, die im Grunde schon seit Jahrhunderten da waren, mehr oder weniger schon damals, als das Dorf im Domesday Book aufgeführt wurde. (Das hatte ich auf der Website des Dorfes gelesen.) Da war natürlich die Kirche mit einem Stückchen Grün davor, und auf der Hauptstraße stand eine Reihe Fachwerkhäuser. Da waren zwei Pubs, ein kleines Hotel und ein paar Geschäfte. Ich sah die winzige Schule mit ihrem Spielplatz, der aus einer eingezäunten Wiese bestand. Neben der Wiese stand das Dorfzentrum, wo in – ich sah auf die Uhr – in etwas mehr als zwanzig Minuten die Versammlung anfangen sollte. Ein Stück weit abseits des Dorfzentrums standen noch andere, ziemlich große Gebäude: ein Bauernhaus, ein Herrenhaus, Gruppen von strohgedeckten Cottages, ein paar hübsche umgebaute Scheunen, eine Mühle, vor der ein Range Rover parkte und wo daher vermutlich nichts mehr zu Mehl vermahlen wurde.

An beiden Enden des Dorfes waren Fabriken gekommen und wieder gegangen und hatten nur die rostigen Hülsen von Lagerschuppen, Tanks und Rohrleitungen hinterlassen. Ich hatte keine Ahnung, was da hergestellt oder verarbeitet worden war. Aber wenn ich es mir recht überlegte, sollte man das vielleicht mal nachprüfen. Wenn nun eine davon eine Asbestfabrik gewesen war? Konnte das Leben so einfach sein? Konnte man so viel Glück haben? Wahrscheinlich erschien es mir nicht.

Das war die Vergangenheit, aber es gab auch drei neue Wohnsiedlungen, und rechts neben einer der beiden stillgelegten Fabriken war eine vierte sichtbar in Planung; sogar ein paar gelbe Lastwagen standen schon bereit. Offenbar gab es immer noch Leute, die bereit waren, in diese kontaminierte Gegend zu ziehen. Im klaren Licht des Nachmittags sahen die fertig gestellten Siedlungen aus wie Modellanlagen. Ich sah die Kurven der Straßen, die Sackgassen, die Einfahrten – in vielen standen zwei Autos (in einer sogar ein Boot) –, die säuberlich getrimmten Rasenflächen und Hecken. Es war alles so adrett und korrekt – man hätte fast nicht gemerkt, dass man auf dem Land war. Die neueste Wohnsiedlung, am Ostrand des Ortes, war offensichtlich die wohlhabendste. Die Leute dort arbeiteten nicht bei Marshco. Sie fuhren zum Arbeiten nach Bury St. Edmunds oder sogar hinauf nach Norwich. Wenn sie nicht gewesen wären, wäre dieses Dorf gestorben.

Geoff Otley hatte mir erzählt, dass die Dorfschule zweiundfünfzig Schüler hatte. Bevor die letzte Wohnsiedlung gebaut worden war, waren es zweiundvierzig gewesen. Zugegeben, nicht alle Familien in der neuen Siedlung schickten ihre Kinder auf die Dorfschule. Es gab eine feine kleine Privatschule unten in Richtung Küste, St. Jude's; ich war mit dem Taxi vom Bahnhof aus dort vorbeigekommen. Viel war nicht zu sehen gewesen, aber es gab endlose Sportplätze, und die Zufahrt zum Haupteingang der Schule war sicher eine halbe Meile lang und von wunderschön gepflegten Hecken gesäumt. Aber ein paar Familien waren doch bei der Dorfschule geblieben, und eine davon hatte Zwillinge. Ich fragte mich, ob eins von diesen Kindern Krebs hatte.

Es wurde Zeit für die Versammlung. Ich ging schneller über das Feld, und meine Füße lösten sich bei jedem Schritt mit einem ploppenden Geräusch aus der Erde. Am Ende des Feldes stieß ich erleichtert auf eine Straße, die zum Dorf zurückführte. Auf der anderen Straßenseite war eine Weide mit fünf mittelgroßen Pferden. Ich blieb kurz stehen, lehnte mich an den Holzzaun und schaute sie an. Drei davon weideten; sie standen dicht zusammen und schubberten sich aneinander. Einen Moment lang sah es so aus, als habe eins von ihnen ein fünftes Bein, oder vielleicht war es auch das Bein des Pferdes dahinter, aber dann sah ich, dass es sein Pimmel war. Das klingt jetzt sicher lächerlich naiv, aber ich hatte wirklich keine Ahnung. Wahrscheinlich kennen Sie sich aus, und deshalb muss ich kurz um Entschuldigung bitten, aber das Ding sah aus wie eine sehr lange, schlenkernde Wurst, die aus einer ohnehin schon ziemlich langen Ledersocke baumelte. Ich dachte erst, das Pferd werde gleich Sex haben – aber nein: Der Pimmel zog sich ziemlich flink in die Socke zurück, und im nächsten Moment hätte man nichts davon geahnt. Es war einfach so, als ob das Pferd ohne viel Aufhebens sagen wollte: Da, so was hab ich. Was sagst du dazu? Solche Sachen zeigen sie einem nie im Fernsehen, und dabei ist es das, was man eigentlich wissen will.

VIERZEHN

Im Dunkeln zu liegen und mich zu fragen, wie ich hierher gekommen bin – oder dorthin, von Ihrem Standpunkt aus, denn ich bin hier, und Sie sind dort – hat etwas Gutes: Es ist, als ob ich mein Leben auf Video anschaute. Manchmal halte ich das Band an, spule zurück und spiele eine Stelle nochmal, und nochmal, um ihr auf den Grund zu kommen. Oder ich schalte auf Schnellvorlauf, bis ich zu einer Stelle komme, die mich interessiert.

Das Problem mit dem wirklichen Leben und mit Dingen wie dem zweiten Meeting der Marston Green Cluster Campaign besteht darin, dass sie sich im selben Tempo voranbewegen wie die Teile deines Lebens, für die du dich interessierst. Vermutlich sind die meisten Versammlungen überall auf der Welt gleich. Man regt sich sagenhaft über irgendetwas auf und glaubt, man könne den Lauf der Geschichte ändern, und dann sagt jemand: Ja, das finde ich auch, lasst uns einen Ausschuss bilden. Und ehe du dich versiehst, ernennst du Rechnungsprüfer und diskutierst darüber, ob du beschlussfähig bist. Immer ist so jemand dabei, und als ein paar Leute nach vorn auf die Bühne im Dorfzentrum von Marston Green kamen, konnte ich mir schon denken, wer es war: der rotgesichtige, glatzköpfige Mann im mittleren Alter mit Blazer und gestreifter Krawatte.

Er stellte sich als Charles Deane vor, Vorsitzender der Kampagnengruppe, erklärte, er habe nur ein paar Dinge zu sagen, und dann kamen ungefähr fünfundvierzig Minuten Verfahrensfragen. Das ist auch so ein Problem. Die Tatsache, dass fast alle Versammlungen langweilig sind, muss nicht unbedingt bedeuten, dass sie auch unwichtig sind. Du schläfst in der falschen Versammlung ein, und plötzlich ist Stalin zum Parteivorsitzenden gewählt worden, und jemand hämmert an deine Tür. Aber ich sah keine unmittelbare Gefahr für Wortley, als es hieß: »Wir müssen Rechnungsprüfer ernennen und die Vorstandsmitglieder wählen.« Der Saal war fast voll. Die Leute sahen so aus, wie man es bei einer Veranstaltung erwartet, bei der es am Schluss Tee und Kekse gibt. Allmählich sah es so aus, als würde dies ein kurzer Aufenthalt werden.

Während die Diskussion über Unterstützungsanträge und Abstimmungen ihren monotonen Fortgang nahm, unterhielt ich mich damit, die beiden anderen Leute auf der Bühne zu betrachten. Der eine war ein Mann von schätzungsweise Mitte dreißig. Er war lässiger gekleidet als Charles Deane; er trug rote Leinenschuhe, graue Chinos, ein verblichenes blaues Hemd und eine braune Jacke. Sein Haar war kurz geschnitten, und er hatte große Geheimratsecken.

Die Frau neben ihm war vielleicht ein bisschen jünger – um die Dreißig. Sie war groß und sehr schlank, und dieser Effekt wurde verstärkt durch ihr Haar, das stachlig kurz geschnitten und aufgepuschelt war. Sie trug einen blauen Samtanzug mit einem weißen T-Shirt darunter und weiße Tennisschuhe.

Der Mann sah Charles Deane an und hörte ihm aufmerksam zu. Die Frau sah gedankenverloren aus; ihr Blick wanderte durch das Publikum, als suche sie jemanden, den sie kannte, oder als zähle sie die Anwesenden. Unsere Blicke trafen sich, und sie sah verwirrt aus. Jemand, den sie nicht kannte. Ich trug meine Country-Verkleidung: Jeans und eine strapazierfähige braune Jacke. Tatsächlich machte der Umstand, dass sie mich bemerkte, mich befangen, und ich fragte mich, weshalb zum Teufel ich so etwas in einem geschlossenen Raum tragen musste. Hastig zog ich die Jacke aus.

Nach ungefähr neun Stunden verkündete Charles Deane, er werde jetzt ohne weitere Umstände Mr. Kevin Seeger und Miss Hannah Mahoney um einen kurzen Bericht bitten.

»Kevin und Hannah haben sich für uns mit dem Sachverhalt beschäftigt. Wie ihr alle wisst, waren sie entscheidend daran beteiligt, uns darauf aufmerksam zu machen. Sie haben ihre Aktivitäten fortgesetzt, und ich habe sie gebeten, uns einen kurzen Abriss zum Stand der Dinge zu geben. Kevin?«

Kevin stand auf. Er hatte ein einzelnes Blatt Papier in der Hand. Das war ein gutes Zeichen.

»Hi«, sagte er. »Schön, so viele hier zu sehen. Die große Frage, vor der wir stehen, ist natürlich die, wie wir vorgehen sollen. Angesichts von so viel Leid sollte die Antwort eigentlich einfach sein. Aber was wir dringend benötigen, sind Daten von guter Qualität. Wie ihr wisst, bin ich mehr mit dem Umweltaspekt befasst. Ich habe die Gesundheits- und Sicherheitsprobleme untersucht und Informationen angefordert, sowohl von Marshco selbst als auch von diversen lokalen und überregionalen Behörden. Es ist ein verdammter bürokratischer Alptraum, das kann ich euch sagen. Versteht sich von selbst, dass Marshco nicht besonders entgegenkommend war.« Leises Gelächter kam auf. »Im Grunde sind sie allen meinen Anfragen ausgewichen und haben mich an die Inspektoren verwiesen. Ich kann den Brief nachher zeigen – falls ihn jemand sehen will. Aber hauptsächlich geht es darin um die geplante substanzielle Erweiterung des gesamten Müllverbrennungs- und Deponiebetriebs. Wir alle wissen seit langem von diesen Plänen, weil in der Ortspresse darüber berichtet wurde. Und eins muss uns allen ganz klar sein: Wir haben es hier nicht mit einem Unternehmen in der Defensive zu tun. Sie planen eine aggressive Expansion im Raum Marston Green. Ja?«

Jemand im Publikum hatte die Hand gehoben. Ein Mann stand auf.

»Kevin«, sagte er, »ich wollte nur fragen, ob uns das vielleicht helfen könnte. Wir könnten sie so weit in Verlegenheit bringen, dass sie unsere Forderungen erfüllen.«

Kevin runzelte die Stirn und schüttelte den Kopf.

»Ich glaube, so weit sind wir noch nicht«, sagte er. »In ihrem Brief geht es nur um die ökonomischen Chancen. Um Arbeitsplätze in erster Linie. Die Rede ist von hundert neuen Jobs in der erweiterten Anlage.«

»Sind Jobs wichtiger als Menschenleben?«, fragte der Mann, und dafür bekam er tatsächlich ein bisschen Applaus.

»Das wollen wir ja hier herausfinden«, sagte Kevin. »Meiner Ansicht nach werden wir nicht besonders weit kommen, wenn wir

Marshco zum jetzigen Zeitpunkt direkt ansprechen. Wir brauchen mehr Munition. Wie viele von euch wissen, habe ich meine Fühler in verschiedene Richtungen ausgestreckt, insbesondere zum Fachbereich Physik an der Uni in Warsham. Das alles ist aber noch im Anfangsstadium.«

Fühler. Anfangsstadium. Mit anderen Worten, er hatte überhaupt nichts. Mit gefurchter Stirn betrachtete er sein Blatt Papier, als müsste da eigentlich mehr draufstehen. »Ich glaube, das war's ungefähr. Wie ich immer gesagt habe: Falls jemandem noch andere Ansatzpunkte zur Recherche einfallen, andere Türen, an die ich klopfen sollte – tja, ihr alle habt meine Telefonnummer. Und jetzt überlasse ich euch Hannahs, äh, fähigen Händen. Vielen Dank.«

Sein Vortrag war in einem Murmeln versackt, und unbeholfen schlurfte er an seinen Platz zurück. Vereinzelt wurde geklatscht, aber der Applaus erstarb sofort wieder.

Hannah Mahoney stand auf und ging zum rechten Rand des Podiums. Dort stand ein Gestell, das aussah wie eine Staffelei mit einem großen weißen Blatt. Sie zog es bis fast in die Mitte der Bühne und fing dann ganz ohne die einleitenden Schnörkel der anderen Redner an zu sprechen. Sie verzichtete auch auf das einschmeichelnde Halblächeln, mit dem die anderen Sprecher unterstrichen hatten, was sie sagten. Ihr Auftreten wirkte leidenschaftlich, ernst und humorlos. Nicht, dass ein Vortrag über eine Krebsepidemie mit Witzen aufgelockert werden sollte, aber trotzdem. Sie sprach von den Schwierigkeiten beim Definieren von Clustern. Damit würde sie niemanden zum Sturm auf die Barrikaden anstacheln. Immer wieder ging mein Blick zu dieser Staffelei. Was hatte sie vor? Würde sie etwas zeichnen?

»Unsere Situation ist die gleiche wie die vor fünfzig Jahren, als es um Rauchen und Krebs ging. Aber selbst das war damals einfacher. Rauchen verursacht ein ganzes Spektrum von Krebserkrankungen, aber für die Forscher war es eine hilfreiche Tatsache, dass Lungenkrebs fast ausschließlich durch Rauchen verursacht wird.

Das ist ein entscheidender Punkt. Kevin hat gute Arbeit geleistet, aber die Unternehmen werden immer den Standpunkt vertreten, dass wir nicht beweisen können, inwiefern die Müllverarbeitungsanlage von Marshco diese Krebsfälle verursacht. Als man anfing, die Zusammenhänge zwischen Rauchen und Krebs zu erforschen, hatte man keine Ahnung von den Mechanismen, die dabei im Spiel sind, und es bestand auch keine unmittelbare Aussicht darauf, ihnen auf die Spur zu kommen. Stattdessen hat man sich die Zahlen angesehen. Es gab diesen Krebs, daran bestand kein Zweifel, aber es war keineswegs klar, dass er durch Rauchen verursacht wurde. Soweit ich weiß, machte man in einer ersten Hypothese die Autoabgase dafür verantwortlich. Aber sie trugen die Zahlen zusammen, sie verglichen sie miteinander, und durch die reine Macht der Statistik konnten sie ohne den Schatten eines Zweifels nachweisen, dass Tabak für den Lungenkrebs verantwortlich war. Was mich zu unserer Situation zurückbringt.«

Hannah Mahoney hatte etwas an sich, das mich beunruhigte. Es war nicht so sehr das, was sie sagte; das war mehr oder weniger Routine. Aber es war schwierig, ihr neutral gegenüberzustehen. Entweder wurde man ein Jünger, oder sie ging einem unglaublich auf die Nerven. Vielleicht war es ihr leidenschaftlicher Ton. Im ersten Teil der Versammlung waren die Leute unruhig gewesen, sie waren auf den Stühlen hin und her gerutscht und hatten miteinander getuschelt. Aber jetzt erfüllte konzentrierte Stille den ganzen Saal. Das Publikum war nicht länger eine Ansammlung von Leuten, die genauso gut auf die Ziehung einer Tombola hätten warten können. Sie fühlten sich jetzt als Gruppe. Als Gemeinde vielleicht. Ich dachte plötzlich, so muss man vor hundertfünfzig Jahren in einer Dorfkirche gesessen und einer Predigerin gelauscht haben, die mit eindringlichen Worten von ihrer spirituellen Erweckung berichtete.

»Möglicherweise klingt das unpersönlich«, fuhr sie fort. Aber eine rauchige Beharrlichkeit in ihrem Ton ließ alles persönlich klingen. »Hier geht es um euch und mich. Um uns, um unsere Kinder. Eine Möglichkeit, weiterzukommen, besteht darin, die Zahlen zu einer überzeugenden Statistik zusammenzutragen, wie es die Forscher in den vierziger und fünfziger Jahren beim Zusammenhang zwischen Tabak und Lungenkrebs getan haben.«

Tabak und Lungenkrebs. Es ging nur darum, Zusammenhänge herzustellen. Wenn sie ihre Cluster in den Köpfen der Leute mit

Tabak und Asbestose statt mit – na, was weiß ich, mit Fruchtwechseln und Entführungen durch Aliens verknüpfen konnten, dann hatten sie ihre Schlacht gewonnen. Die Strategie bei Marshco und Wortley würde darin bestehen, diesen Zusammenhang zu zerschlagen und sie als Spinner und Fanatiker dastehen zu lassen. Im nächsten Moment bremste ich mich. Was machte ich hier? Ich war kein Wortley-Aktionär. Soweit ich sehen konnte, war hier nicht einmal eine echte Kampagne im Gange. Und wenn es jemals zu einer Kampagne kommen sollte – welche Chance hätte die schon gegen die Unternehmen, die ihnen gegenüberstanden? Hannah Mahoney hatte von Zigaretten und Krebs gesprochen. Hatte die Tabakindustrie ihre Verantwortung je zugegeben? Ich war nicht sicher. Jedenfalls hatte sie durch alle Instanzen dagegen prozessiert.

Ich stand weit unten in der Nahrungspyramide. Sogar noch weiter unten als Giles. Ich war derjenige, den man demjenigen vorausgeschickt hatte, den man vorausschicken wollte. Ich legte die Füße auf den leeren Stuhl vor mir und lehnte mich zurück, um die Show zu genießen.

»Ich habe mich darauf konzentriert«, sagte Hannah Mahoney, »ein Bild der Betroffenen zusammenzutragen. Das ist keine einfache Sache. Ich kann ja nicht einfach in die Klink spazieren und die Akten studieren. Leider muss ich sagen, dass es ein ziemlich grobes Verfahren war. Ich habe einfach damit angefangen, dass ich jeden befragt habe, den ich kannte, unter anderem die Eltern meiner Schüler.«

Die Eltern meiner Schüler. Unterrichtete sie hier an der Dorfschule? Oder an der High School drüben in Hyland?

»Im Laufe dieser Arbeit sind wir ein bisschen professioneller geworden und haben einen Fragebogen entwickelt, den wir umlaufen lassen können.

Dann ist da die Frage, wonach wir eigentlich suchen. Wie gesagt, wir werden hier keinen zwingend überzeugenden Eins-zu-eins-Zusammenhang finden. Wir werden keine rauchende Tatwaffe finden. Was uns interessiert, ist das Muster, das dabei zum Vorschein kommt. Es wird kein isoliertes Killer-Detail geben. So läuft das nicht. Stellt euch Punkte auf einem Blatt Papier vor. Einzeln betrachtet bedeuten sie überhaupt nichts. Aber wenn immer mehr Punkte auf das Blatt kommen, ergibt sich irgendwann ein Bild – wie eine Gestalt, die aus dem Nebel auftaucht. Und darum geht es uns hier.

Wahrscheinlich fragt ihr euch schon, was ich hier auf meiner Staffelei habe. Ich habe die signifikanten Erkrankungen in dieser Gegend zusammengetragen und auf einer Landkarte markiert. Ich sollte dazusagen, dass es schon dabei unmittelbare Probleme gibt. Die Leute haben nämlich die unpraktische Gewohnheit, nicht dauernd am selben Ort zu bleiben, damit wir sie beobachten können. Und um sicherzugehen, habe ich jede erkrankte Person eliminiert, die seit weniger als fünf Jahren in der Gegend wohnt. Wie ihr wisst, betrifft das einen beträchtlichen Teil der Bevölkerung von Marston Green. Wir sind ja ein wachsendes Dorf, wie ich zu meiner Freude sagen kann. Hier ist eine Menge neuer Wohnraum entstanden, und es wird noch mehr geben. Gut so. Wir brauchen ihn. Meiner Ansicht nach ist jeder hier in Marston Green gefährdet. Aber die Auswirkungen auf die neu Zugezogenen werden sich erst in zehn, fünfzehn Jahre bemerkbar machen.

Mit meinen begrenzten Möglichkeiten habe ich nur eins tun können: Ich habe mich mit den Leuten beschäftigt, von denen ich weiß und deren Geschichte ich mit einiger Sicherheit kenne. Vergesst bitte nicht, dass die Markierungen auf der Karte, die ich euch zeigen werde, in vielen Fällen ungewöhnliche Krebsformen darstellen. Neben den weiter verbreiteten Arten wie beispielsweise Brustkrebs haben wir Leberkrebs, diverse Formen der Leukämie, Myelome, Sarkome des Bindegewebes, Schilddrüsenkrebs, Lymphome und ein paar sehr seltene andere Krebsarten. Hier ist die Karte.«

Sie trat vor und schlug das Deckblatt zurück. Das Publikum schnappte nach Luft.

»*Fuck*«, sagte ich leise.

Obwohl mir die Gegend nur wenig vertraut war, konnte ich alles erkennen, vom Fluss durch die Dorfmitte bis zur Kirche, zur Schule und zum alten Pfarrhaus am anderen Ende. Die verkehrsreiche Landstraße, die von Osten heranführte, wurde zur High Street und ging dann weiter nach Westen. Zwei kleine Straßen kreuzten sie in Nord-Süd-Richtung und bildeten mit ihr zusammen ein großes H. Auf der einen war ich heute Nachmittag in die Felder gegangen, und auf der anderen war ich zurückgekommen. Aber die Karte sah aus, als habe sie die Masern. Ich sah Trauben von verschiedenen runden Stickern, schwarzen, roten und gelben.

Ich versuchte die einzelnen Punkte ungefähr zu zählen, aber schon aus der dritten Reihe, in der ich saß, war es schwierig, sie zu identifizieren. Immerhin war klar, dass es viele waren. Vierzig vielleicht. Allein in diesem Dorf. Plötzlich machte es mich nervös, allein hier zu sein. Giles sollte da sein. Vielleicht hätte er einen wissenschaftlichen Kommentar dazu abzugeben. Aber jetzt stellte ich mir gerade vor, wie dieses Diagramm vor einer Geschworenenbank enthüllt wurde. Natürlich bedeutet ein bunter Sticker an sich überhaupt nichts. Die Frage ist, wofür er steht. Und ob er wirklich dafür steht, wofür er stehen soll. Wer konnte das schon sagen?

Ich war eben erst im Dorf angekommen. Hannah Mahoney konnte eine Fantastin sein, die sich ihre Karte mutterseelenallein im Schlafzimmer zusammengebastelt hatte. Aber das war unwahrscheinlich. Dann würde man fragen müssen, welche Krankheiten die Sticker darstellen sollten. Es hing davon ab, wie weit sie ihr Netz gespannt hatte. Vermutlich würden die Sticker, die Tote oder Sterbende in einem Dorf wie Marston Green zeigten, ziemlich düster aussehen. Wir stellen uns nicht gern vor, wie wir alle sterben.

Es gab so viele Was-wäre-wenn. Eins davon kam mir immer wieder in den Sinn: Was wäre, wenn Hannah Mahoney und Kevin Seeger Recht hatten? Was dann? Ich meinte nicht: Wie würde es sein, wenn wir wieder in den Konferenzraum bei Wortley kämen? Das war mit Sicherheit kein Problem. Denn eins war mir klar gewesen, als das Meeting bei der London Wall noch keine fünf Minuten im Gange gewesen war: Diese Leute in Marston Green würden ihre Vermutungen niemals beweisen können. Es gab zu viele Glieder in der Kette, die von Marshco und der Müllverbrennungsanlage bis zu den Kranken reichte. Da brauchte nur ein Glied zu brechen. Nicht mal zu brechen. Nur fragwürdig zu erscheinen. Ich hätte gern gesehen, wie Giles darauf reagierte, welche Fragen er dazu stellen würde. Es war schließlich nichts als eine Karte, die jemand von einer Interessengruppe gemacht hatte.

Hannah Mahoney bedankte sich jetzt bei allen und setzte sich hin. Sofort erhob sich ein Durcheinander von Fragen und Kommentaren aus dem Publikum. Leute standen auf und hoben die Hände. Dies war Charles Deanes Augenblick. Er trat vor, hob beide Hände, beruhigte die Leute, brachte sie zum Schweigen. Dann sah er auf die Uhr und erklärte, man habe an diesem Abend eine Menge geschafft, und es gebe für alle eine Menge zu verdauen. Ihm sei durchaus klar, dass es zahlreiche Aspekte zu diskutieren gebe und dass fast jeder im Saal Fragen habe. Aber statt die Versammlung jetzt fortzusetzen, schlage er vor, sich heute in einer Woche wiederzutreffen. Ob irgendjemand dagegen sei. Rufe der Zustimmung hallten durch den Saal. Ohne Gegenstimmen angenommen, stellte er fest. Eine weitere Versammlung. Und schon so bald. Er war glücklich.

Viele Leute spazierten lebhaft miteinander diskutierend hinaus, aber andere drifteten nach vorn, und ich folgte ihnen. Es war wie auf einer Party, wo jeder jeden kannte; ich schnappte Gesprächsfetzen über Leute und Orte auf, die mir nichts sagten. Vor allem fiel mir auf, dass die Leute mit Hannah Mahoney redeten. Mindestens zwei schienen die Namen weiterer Kranker zu kennen. Sie neigte sich ihnen entgegen, als könnten sie ihr ihren Schmerz zuflüstern. Weitere Sticker für ihre Karte. Und ich betrachtete die Karte. Hastig versuchte ich, die Sticker zusammenzuzählen, ohne allzu sehr auszusehen wie der Mann vom Ministerium. Plötzlich spürte ich jemanden hinter mir, der mir über die Schulter schaute. Ich drehte mich um. Es war Hannah Mahoney selbst. Ich fand es verstörend, ihre volle Aufmerksamkeit auf mir zu spüren.

»Das ist erstaunlich«, sagte ich.

»Wir kennen uns nicht«, sagte sie.

»Ich heiße Mark. Mark Foll.«

»Wohnen Sie hier?«

Ich holte tief Luft. Ich hatte das alles schon im Voraus entschieden, aber das machte es nicht leichter. Ich hatte mit Giles gesprochen, und wir waren uns einig gewesen – oder er hatte mir gesagt –, dass wir nicht mit Schlapphüten durch Marston Green schleichen würden. Wir hatten nichts zu verbergen, sagte er. Wir waren keine

Spezialeinheit für schmutzige Tricks. Wir hatten nicht vor, die Kampagne zu sabotieren. Soweit er die Sache übersehe, hätten wir überhaupt keine Befugnis zu irgendetwas. Wir sahen uns nur um. Also brauchten wir auch keine Täuschungsmanöver. Wir würden völlig offen sein.

»Ich wohne in London«, sagte ich. »Ich arbeite in einer sehr untergeordneten Position bei Wortley Insurance. Es ist ein bisschen kompliziert, aber Marshco ist bei Wortley versichert. Mehr oder weniger.«

Vor meinen Augen verschwanden Freundlichkeit und Interesse aus Hannah Mahoneys Gesicht, und Misstrauen trat an ihre Stelle. Als sie sprach, klang sie wachsam und schlecht gelaunt. »Sie sind also ein Spion von Marshco.«

»Ich habe noch nie im Leben irgendetwas mit jemandem von Marshco zu tun gehabt.«

»Und was machen Sie dann hier?«

»Ich wollte mich ein bisschen umsehen.«

»Sie sind nur für heute hier?«

»Ich werde ein Weilchen hier bleiben. Ich wohne in einer der Ferienwohnungen beim Pub.«

»Marshco sollte sich direkt an uns wenden.«

»Miss Mahoney …«

»Hannah genügt.«

»Hannah, um ehrlich zu sein, ich bin im Büro gerade mal fürs Teekochen zuständig. Man hat mich beauftragt, mich in Marston Green umzuschauen und zu sehen, was hier vorgeht.«

Hannahs Miene verhärtete sich weiter.

»Sehen, was hier vorgeht, hm? Sie haben meine Karte studiert. Was ist Ihr Fachgebeit? Epidemiologie?«

»Nein.«

»Statistische Analyse?«

»Nein.«

»Ökologie?«

»Nein.«

»Industrielle Chemie?«

»Wissen Sie, Sie können jetzt immer weiter fragen, und ich

werde immer weiter nein sagen. Ich prüfe Schadenersatzansprüche. In einer ziemlich niedrigen Position.«

»Das ist interessant. Sollen denn Schadenersatzansprüche gestellt werden? Will Marshco veranschlagen, wie viel sie uns zahlen müssen, damit wir still sind?«

Wir kamen auf ein ziemlich heikles Gelände.

»Nichts dergleichen«, sagte ich. »Die Leute bei Wortley haben von Ihrer Kampagne gehört und ich soll mir hier alles ansehen.«

»Und wir sollen dankbar für so viel Aufmerksamkeit sein, ja? Sollen Sie Berufserfahrung sammeln? Hier sind Leute gestorben, und andere Leute sterben eines schrecklichen Todes.«

»Ich weiß. Ich würde gern mehr über sie erfahren, sie kennen lernen.«

»Das glaube ich.« Jetzt war Hannah wütend. »Möchten Sie ihre Krankenakten haben, damit irgendein bezahlter Mediziner sie für Sie in der Luft zerreißt? Oder möchten Sie mit den Sterbenden sprechen und sie so lange bequatschen, bis sie eine Verzichtserklärung unterschreiben?«

Eine verlegene Pause trat ein. Ich wollte empört erklären, dass ich so was nicht machte, aber dann fiel mir ein, dass ich genau so was machte. Und dann fiel mir überhaupt nichts mehr ein. Hannahs Miene wurde ein ganz kleines bisschen sanfter.

»Versetzen Sie sich in meine Lage«, sagte sie. »Was können Sie tun, außer uns zu schaden?«

»Aber die wollen doch nur wissen, was hier los ist.«

Sie sah mich an, und in ihrem Blick lag Mitleid oder Verachtung. »Die? Arbeiten Sie denn nicht für die? Ich sage Ihnen, ich werde Sie nicht in die Nähe der Opfer lassen. Sie sollten mit Kevin sprechen. Er ist eine wandelnde Enzyklopädie, was Marshco und ihre Aktivitäten angeht. Hey, Kevin.«

Kevin war viel freundlicher. Er war anscheinend erpicht darauf, für mich zu tun, was er konnte. Am liebsten hätte ich ihm gesagt, er solle nicht so vertrauensselig sein. Er schlug ein richtiges Treffen vor.

»Ich unterrichte an der Gesamtschule drüben in Melwarth. Morgen komme ich gegen fünf nach Hause. Wäre Ihnen das recht?«

Ich überlegte eine Sekunde, und wie es aussah, hatte ich für den nächsten Tag noch keine andere Verabredung. Kevin riss ein Blatt aus einem Notizbuch und schrieb seine Adresse darauf, und dann fügte er noch seinen Namen und seine Telefonnummer hinzu. Er reichte mir den Zettel und fing an, mir eine ziemlich verworrene Wegbeschreibung zu geben. Nach ungefähr fünf Sekunden wusste ich, dass ich nichts davon behalten würde, aber ich nickte immer weiter. Das Dorf war ziemlich klein. Jemand würde mir den Weg erklären können.

Er packte zwei Akten zusammen, und wir gingen aus dem Saal. Ich fragte ihn, ob er noch Lust auf ein Bier hätte, aber er schüttelte den Kopf und machte ein düsteres Gesicht.

»Nein, Mark, vielen Dank. Aber meine Frau ist zu Hause. Ich habe mich in meiner Freizeit sehr ausgiebig mit dem Marshco-Kram beschäftigt, und deshalb hat Pam die Hauptlast im Haushalt tragen müssen, wissen Sie. Sie nimmt es ingesamt ganz lieb auf. Aber ich sollte jetzt doch lieber gehen.«

Wir gingen noch ein Stück in dieselbe Richtung. In Marston Green gab es nicht so viele verschiedene Richtungen, in die man gehen konnte. Eine Weile sprachen wir gar nicht miteinander. Dann erzählte Kevin mir plötzlich ohne ersichtlichen Grund, dass er bis vor ein paar Jahren in Colchester gewohnt habe.

»Aber ich musste aus der Stadt raus«, sagte er. »Ich hatte das üble Gefühl, dass die Stadt auf das Land gebaut worden war.«

»Und worauf ist das Land gebaut?«, fragte ich.

»Gute Frage«, sagte Kevin. »Ich weiß nicht genau, was Sie damit meinen, aber es ist eine gute Frage.«

Wir verabschiedeten uns vor dem Four Feathers. Kevin ging nach Hause, und ich ging hinein und bestellte mir ein Pint Suffolk Ale. Ich plauderte ein, zwei Minuten mit meinem Vermieter und neuen Freund Geoff Otley, aber dann entschuldigte ich mich und ging mit meinem Glas nach draußen. Als ich mit Kevin unterwegs gewesen war, hatte ich bemerkt, dass der Himmel im Westen, obwohl es fast zehn Uhr war, hinter den Bäumen auf der Höhe immer noch gelb und orange und rot war. Ich stand auf dem Parkplatz, sah zu, wie die Farben verblassten, und trank mein Bier.

FÜNFZEHN

Ich wollte nicht bloß der Typ sein, der das Zimmer für Giles gebucht hatte. Ich wollte ihm etwas Brauchbares berichten können. Dafür schien Kevin Seeger sich perfekt zu eignen. Die Kampagne war sein Hobby, er kannte die wissenschaftliche Seite, und er war Lehrer an der örtlichen Gesamtschule und daher an den Umgang mit Ignoranz gewöhnt.

Er wohnte in einer der neuen Siedlungen, die ich von der Höhe aus gesehen hatte. Es war eine Enklave namens »Hawthorns«, die winklig und gewunden von der High Street abzweigte. Noch vor zehn Jahren mussten hier grüne Felder gewesen sein. Sein Haus war also trotz allem, was er mir erzählt hatte, genauso auf das Land gebaut wie alles andere – wie jedes Haus eigentlich, das nicht auf Stelzen oder unter der Erde oder in einer Höhle stand. Aber von Kevins Arbeitszimmer aus hatte man einen Blick über die Felder, über blaue und gelbe und violette Felder. Oder auf Leinsaat und Raps, und das Violett war ein struppiges Brachfeld voller Disteln mit violetten Blüten, wie man sie auf Keksdosen sieht.

Das Obergeschoss bestand aus dem Schlafzimmer, das er mit seiner Frau teilte, aus dem kleinen Zimmer, das mit dem Etagenbett ihrer beiden Kinder fast völlig ausgefüllt war, und einem etwas größeren Zimmer an der Rückseite des Hauses, das er als Arbeitszimmer benutzte. Als seine Frau Pam mir die Tür öffnete, sagte sie, Kevin sei in seinem Arbeitszimmer. Sie sprach das Wort »Arbeitszimmer« in einem Tonfall aus, der es mit unglaublichem Geschick vermochte, gleichzeitig ein wenig amüsiert, ein bisschen verächtlich und leicht gekränkt zu klingen und zugleich zu vermitteln, dass dieses Arbeitszimmer eigentlich besser als zweites Schlafzimmer für die Kinder verwendet wäre, und dass Kevin überhaupt gelegentlich mal seinen Arsch da rausbewegen und ihr bei der Hausarbeit helfen könnte, denn sie habe schließlich auch einen Job. Das ist das Wunderbare an der Ehe. Man kann so viel mit einem einzigen Kürzel sagen. Wenn man Single ist, dauert immer alles so lange. So vieles von dem, was man kommuniziert, wird missverstanden.

Aber Pam gefiel mir. Sie war hübsch und müde und ein bisschen sarkastisch, und sie trug ein rotes T-Shirt, das nicht ganz bis zum Bund ihrer Jeans reichte, sodass ich ihren eingekniffenen rosa Bauch sehen konnte. Ich ging nicht sofort hinauf zu Kevin. Ich hatte nicht das Gefühl, dass es eilte. Vielleicht paßte ich mich schon an das langsamere Leben auf dem Lande an. Ich ging mit in die Küche, und sie machte uns Tee, während ich den Schrank durchstöberte und ein paar Mandelkekse fand, die sie am Vormittag gebacken hatte. Sie waren eigentlich für die Kinder, aber ich nahm auch nur einen. Pam erzählte, dass sie in einem Altenheim arbeite, aber nebenher eine Ausbildung zur Zahnhygienikerin mache. Das sei ein Beruf mit Zukunft, sagte sie. Die Nachfrage nach Zahnhygienikern werde immer größer. Ich trank ihren Tee, und sie redete, und ich sah, dass der Tee ihre Lippen glänzend machte und dass sie sie ab und zu mit der Zungenspitze ableckte.

Von der Treppe kam ein Rumpeln und Poltern, und dann erschien Kevin in der Tür.

»Mark«, sagte er, »ich wusste nicht, dass Sie hier sind.«

»Ich war gerade auf dem Weg nach oben.«

Wir warteten, bis Pam noch eine Kanne Tee aufgebrüht hatte, ich nahm mir noch einen halben Mandelkeks, und dann führte Kevin mich die Treppe hinauf. In seinem Arbeitszimmer gab es nicht den kleinsten Hinweis auf seine Arbeit in der Schule. Das Zimmer war voll gestopft bis unter die Decke mit Material über Marshco und umweltbedingte Krebserkrankungen und Entsorgungsverfahren und Müllverbrennung, drei Aktenschränke voll, und jede Fläche war mit Papierstapeln bedeckt. Aber es war ganz anders als Giles' Büro bei Wortley. Alles war geordnet und abgeheftet. Kevin zog nacheinander mehrere Schubladen an seinen Aktenschränken auf und zeigte mir die Reiter, teils nach Datum sortiert, teils nach

Interessengebieten, teils nach Erkrankungen. Anscheinend kam ihm plötzlich ein Gedanke, denn er hielt inne und sah mich an.

»Warum sind Sie hier?«, fragte er.

»Sie meinen, hier in diesem Zimmer?«

»In Marston Green.«

»Das ist nichts Kompliziertes«, sagte ich. »Ich arbeite für Wortley Insurance. Das Unternehmen, bei dem Marshco versichert ist. Mein Chef kommt in ein, zwei Tagen nach. Sie haben uns hergeschickt, um zu sehen, was hier passiert.«

Er grinste.

»Werden Sie die Kampagne sabotieren?«

»Nichts derart Interessantes, nein. Wir werden wahrscheinlich bloß einen Bericht schreiben.«

Er deutete mit weiter Geste durch das Zimmer.

»Die ganze Story ist hier drin«, sagte er. »Es kommt nur darauf an, sie zu finden.« Er klopfte sanft an einen der Aktenschränke, als wäre es die Motorhaube eines Oldtimers oder der Kopf eines seiner Kinder. »Wissen Sie, ich bin ganz gern Lehrer. Aber auf dem Level, auf dem ich unterrichte, vermittle ich ein vorgefertigtes Paket von ziemlich einfachem Wissen. Was ich mir immer gewünscht habe, ist ein wirklich aufregendes, eigenständiges Forschungsprojekt. Wissen Sie, wie in den Wissenschaftsgeschichten, die man als Kind liest – wo alle dem Wissenschaftler sagen, dass etwas nicht geht, und er lässt sich nicht beirren und tut es einfach trotzdem. Vielleicht möchte ein Teil meiner selbst auch Journalist sein. Was möchten Sie also wissen?«

»Ich möchte die Story hören«, sagte ich.

»Die ist lang.«

»Ich bin mitten auf dem Lande«, sagte ich. »Ich habe nichts außer Zeit.«

Kevin ließ mich auf seinem Stuhl Platz nehmen, während er auf und ab ging an und anscheinend seine Gedanken sammelte. Ich hatte das sichere Gefühl, dass ich an der richtigen Adresse war. Er war Lehrer. Außerdem würde es mir einen unfairen Vorteil gegenüber Giles verschaffen. Das war noch ein Bonus.

»Man hat den Marshco-Komplex schon immer mit Sorge betrachtet«, sagte er. »Wir – ich meine, wir alle – produzieren tonnenweise Müll, aber wir denken nicht gern darüber nach, wie er beseitigt wird. Viele Leute haben unbestimmte, von den Grünen geprägte Vorstellungen von Recycling. Was mich angeht, ist Recycling größtenteils Verarschung. All die Flaschen, die Sie zum Flaschencontainer schleppen? All die Zeitungen, die Sie bündeln und in den Papiercontainer werfen?«

»Dazu komme ich meistens gar nicht«, sagte ich. »Aber ich weiß, was Sie meinen.«

»Unter dem Gesichtspunkt des Ressourcenmanagements – oder wie immer Sie es sonst nennen wollen – wären Sie besser beraten, das Zeug in einem tiefen Loch zu vergraben.«

Das war ein grüner Aktivist nach meinem Herzen. Einer, der nichts davon hielt, irgendetwas zu tun.

»Aber was immer Ihre Ansicht dazu ist«, fuhr er fort, »niemand von uns möchte eine Müllkippe in seinem eigenen Garten haben. Deponien benötigen eine Menge Platz, und Verbrennungsöfen stoßen Gase aus. Ich habe mir die Entstehungsgeschichte angesehen. Marshco wurde in den fünfziger Jahren nach Marston Green gepflanzt, ohne jede wirkliche Abstimmung. Das alles ging schrittweise vonstatten. Marshco kaufte eine kleine Deponie und vergrößerte sie nach und nach. Sie kauften Land auf, wo sie konnten. Im Laufe der Jahre gab es immer wieder Gerüchte und Berichte über unsaubere Praktiken. Anfang der achtziger Jahre gab es ein Verfahren, weil sie ungenehmigten Müll abgekippt hatten. Als ich vor ein paar Jahren hierher kam, wusste ich von der Anlage, aber ich habe mir nicht viel dabei gedacht. Dann hörte ich von dem Cluster der Erkrankungen in dieser Gegend. Da gab es eine Frau namens Fiona Jopling. Sie war jahrelang die Kandidatin der Grünen für diesen Wahlkreis, und sie war die Erste, die einen Zusammenhang zwischen Marshco und den Krankheitsfällen herstellte. Das Problem war nur, dass sie auch noch eine Menge andere Zusammenhänge herstellte – alles, was Ihnen da einfällt: Treibhauseffekt, Pestizidbelastung durch die Landwirtschaft, saurer Regen, Kapitalismus, Hormone im Fleisch, Wasserverschmutzung, Salmonellen … hab ich was ausgelassen? Alles war verantwortlich. Sie war eine wunderbare Frau, diese Fiona, völlig durchgeknallt, aber wunderbar. Sie hatte sich ein bisschen mit Dioxinen beschäftigt, eher amateurhaft. Sie zeigte mir ihr Material, und ich sah es mir an, um ihr eine Freude zu machen, und plötzlich erkannte ich, dass sie tatsächlich etwas entdeckt hatte. Ein paar von uns hier in Marston Green fingen an, sich dafür zu interessieren. Einige gingen hauptsächlich von den Erkrankungen aus, wie Hannah Mahoney, die Sie auf der Versammlung gehört haben. Ich bin Naturwissenschaftler, und ich habe mich mit dem Bereich der industriellen Chemie befasst.« Noch einmal deutete er im Zimmer umher. »Das ist keine kleine Aufgabe. Also, wollen Sie das wirklich alles hören?«

»Wenn's Ihnen recht ist.«

»Soll das ein Witz sein? Ich verbringe mein Leben damit, Leute zu suchen, denen ich davon erzählen kann. Ich sollte mit einer sehr einfachen Feststellung anfangen. Industrielle und Politiker lieben Verbrennungsanlagen. Man tut großen, klobigen, schmutzigen Müll rein und macht ihn klein und sauber. Aber das ist keine Zauberei. Dieser Prozess bewirkt lediglich eine chemische Umwandlung. Manchmal tritt ein Techniker aus einer Müllverbrennungsanlage in einer öffentlichen Versammlung auf und zeigt den Leuten eine Plastikschachtel mit, sagen wir, acht Pfund einer ziemlich sauber aussehenden Asche, und dann erklärt er, dies sei das Produkt aus hundert Pfund Müll. Die Asche könne man auf einer kleinen Deponie vergraben, und die Sache sei erledigt. Die simple Antwort darauf lautet aber, dass zweiundneunzig Pfund Müll in die Luft geblasen worden sind.«

»Igitt«, sagte ich.

»Genau. Aus dem, was ich bisher gesagt habe, könnten Sie schließen, dass es sich hauptsächlich um ein physikalisches Problem handelt. Ich fürchte, ich muss Sie an dieser Stelle mit einer elementaren Chemielektion belästigen. Während des Verbrennungsprozesses, der notwendigerweise sowohl Erhitzen als auch Kühlen erfordert, bilden sich aus Kohlenstoff- und Chloratomen Dioxinmoleküle und die relativ ähnlichen Moleküle der Furane. Es gibt verschiedene Typen von Dioxin- und Furanmolekülen, aber sie alle haben ein paar entscheidende Eigenschaften gemeinsam.«

Ehe ich London verlassen hatte und nach Marston Green gefahren war, hatte ich mir vorgenommen, nach besten Kräften alles zu verstehen, was im Zusammenhang mit diesem Fall verstanden werden musste. Ich war nicht wie Giles. Ich kannte mich nicht aus, wie er sich auskannte. Aber im Laufe der Monate meiner Zusammenarbeit mit ihm hatte ich festgestellt, dass ich in der Lage war, mehr oder minder alles zu lernen, was ich für einen bestimmten Fall wissen musste, auch wenn dazu gelegentlich eine Nachtschicht notwendig war. Dabei konnte es um Baukonstruktionen oder um Autotechnik gehen. Ich brauchte nicht zu wissen, wie man ein Auto reparierte. Wenn ich unterscheiden konnte, was für die Versicherungspolice relevant war und was nicht, und wenn ich meine Schlüsse daraus ziehen konnte, genügte das. Manchmal war das so anstrengend, dass ich davon Kopfschmerzen bekam, aber ich schaffte es immer.

Als Kevin anfing, von seinen Dioxinen und Furanen zu reden, sah die Sache anders aus. Er fing an mit einer, wie er sagte, »stark vereinfachten« Darstellung eines der giftigsten Dioxinmoleküle. Er erwähnte Benzol; ich hielt es für eine Art Benzin, und als ich begriff, dass es das nicht sein konnte, war es zu spät, denn inzwischen sprach er schon von Enzymen und dem Nukleus der menschlichen Körperzellen.

Allmählich hatte ich das Gefühl, den Boden unter den Füßen zu verlieren. Und was noch schlimmer – oder besser? – war: Ich fragte mich, ob er vielleicht auch in gewisser Weise den Boden unter den Füßen verloren hatte. Ich wusste zu wenig. Er wusste zu viel. Während er etwas sagte, war ihm ständig bewusst, dass noch etwas anderes erwähnt werden musste, um das, was er da sagte, zu erklären, und manchmal kam er dann nicht mehr auf das zurück, womit er angefangen hatte. Er verlor sich auf einem anderen Gebiet und sprach von den Problemen beim Aufspüren von Dioxinen im Boden oder im menschlichen Gewebe. Er unternahm einen ausgedehnten Exkurs über einen »sehr komplizierten, in mancher Hinsicht konfusen und ziemlich fachchinesischen Bericht« über Dioxine aus der Müllverbrennung, den jemand von Greenpeace ein paar Jahre zuvor verfasst hatte. Dies führte zu einem zweiten Mini-Exkurs, in dem er mir erläuterte, dass es in diesem Bericht genau genommen um Verbrennungsanlagen einer anderen Generation gegangen sei, dass aber die Ergebnisse im Wesentlichen immer noch galten – bis zu einem gewissen Grad.

Immer wieder blätterte er in einem seiner Aktenordner und suchte bestimmte Zahlen. Seine Erzählung zerfaserte weiter, weil sie geringfügig, aber folgewidrig umgemodelt worden war, je nach der Reihenfolge, in der er bestimmte Informationen entdeckt hatte. Denn diese Geschichte handelte, auch wenn er es nie sagte, nicht nur von einem umweltverschmutzenden Unternehmen oder von Leuten mit Krebs. Es war die Geschichte eines Lehrers, der etwas aus seinem Leben machte.

Zu Anfang fühlte ich mich wie bei unserer vorigen Begegnung, als er mir eine verwickelte Beschreibung des Weges zu seinem Haus gegeben hatte und mir nach und nach klar geworden war, dass ich keine Chance hatte, mir das alles zu merken. Ich hatte einfach dagestanden und mit dem Kopf genickt. Jetzt unternahm ich irgendwann nach den ersten Sätzen den Versuch, Schritt zu halten, indem ich eine Frage stellte.

»Ein Enzym?«, sagte ich. Ich sagte es so, dass es kaum wie eine Frage klang – so, als sei mir dieser Begriff gerade entfallen und als müsse er mir kurz auf die Sprünge helfen. Er stockte und sah, wie ich fand, ein bisschen beunruhigt aus. Es war, als habe Einstein jemandem eine höchst spezialisierte Darstellung der Relativitätstheorie gegeben und sei plötzlich mit der Frage unterbrochen worden: »Ach, übrigens – das Wort ›multipliziert‹ – was genau bedeutet das?« Kevin überlegte kurz.

»Ein Enzym ist ein komplexes Protein«, sagte er, »produziert von lebenden Zellen. Es befördert spezifische biochemische Reaktionen, ohne sich dabei selbst zu verändern. Der springende Punkt in diesem Kontext ist der, dass die Dioxinmoleküle außergewöhnlich stabil sind und von Enzymen nicht aufgespalten werden können.«

»Ah ja«, sagte ich und nickte.

Das half mir überhaupt nicht weiter, und das Wort »Enzyme« hatte ich sowieso fast beliebig ausgesucht. Während seine Dioxingeschichte über mich hinwegflutete, mit kleinen Wirbeln und Strudeln und Stromschnellen hier und da, begann ich mir vorzustellen, wie es sein musste, zu ertrinken. Du ringst und ringst nach Atem, die Wellen schwappen dir übers Gesicht, und du ermüdest immer mehr. Vielleicht beschließt du, aufzugeben, oder die Anstrengung ist plötzlich zu viel, aber dann kommt die Erleichterung: Du versinkst im Wasser, das Wasser füllt deine Lunge, und dann kommt der Abstieg in Dunkelheit und Tod. So ging es mir mit Kevin in seinem Arbeitszimmer voller Papiere und Dokumente und Aktenschränke. Mit einem Gefühl der Ruhe gab ich jeden Versuch auf, seinen Ausführungen zu folgen.

Er muss bemerkt haben, dass etwas nicht stimmte – ganz so, wie Leute im Film merken, dass jemand tot ist. Sie schieben das Augenlid hoch und betrachten den Augapfel. Ich wusste nie genau, wonach sie da suchen. Als ich klein war, hat mir mal – ich glaube, auf dem Schulhof – jemand erzählt, dass die Augäpfel sich nach hinten drehen, wenn man tot ist. Ich war um die Zwanzig, als ich plötzlich zu dem Schluss kam, dass das nicht stimmen konnte. Es gibt Muskeln, die das Auge an seinem Platz halten. Es muss sie geben, aber sicher bin ich immer noch nicht. Vermutlich gibt es ganz ähnliche Anzeichen – etwas Totes im Blick –, an dem erfahrene Lehrer erkennen, dass sie ihre Klasse verloren haben.

»Ist das alles zu technisch?«, fragte er.

Ungefähr eine Viertelsekunde lang erwog ich, einfach zu sagen, nein, reden Sie nur weiter, es wird ja gerade erst interessant. Aber dann dachte ich: *Fuck*, was soll das?

»Kevin«, sagte ich, »es tut mir Leid. Ich hab mein Bestes getan. Aber ich komme nicht mehr mit.«

»An welcher Stelle?«

»Nicht mal das kann ich Ihnen sagen.«

Er sah geknickt aus.

»Soll ich noch mal von vorn anfangen?«

»Es liegt nicht an Ihnen«, sagte ich. »Es liegt an mir. Ich hätte Ihnen gleich von vornherein sagen sollen, dass ich keine Ahnung habe. Zwei Dinge: Erstens kommt morgen mein Kollege, genauer gesagt, mein Chef, und abgesehen davon, dass er intelligenter ist als ich, ist er auch Naturwissenschaftler. Ich werde Sie beide miteinander bekannt machen, und Sie werden dieselbe Sprache sprechen. Zu meiner Verteidigung kann ich nur eins sagen: Irgendwann in naher Zukunft werden Sie Ihre Geschichte einem Idioten wie mir erzählen müssen. Es wird ein Rechtsanwalt sein oder jemand von einer Versicherung oder der Vorsitzende eines Untersuchungsausschusses, und solche Leute haben in der Schule Latein gelernt und sonst nichts. Wenn das alles vorbei ist, können Sie ein Buch über den Fall schreiben und alles richtig erläutern. Aber bis dahin müssen Sie Ihre Geschichte in eine Version für Lernschwache fassen.«

Er führte mich die Treppe hinunter zur Haustür. Wir gaben uns die Hand.

»Sie haben wahrscheinlich Recht«, sagte er. »Wahrscheinlich ist es zu kompliziert. Ich frage mich manchmal, ob man echte Wissenschaft auf die Art von Beweismaterial reduzieren kann, die man vor Gericht präsentiert. Wahrscheinlich finden Sie, ich habe meine Zeit verplempert. Wahrscheinlich sieht das alles verrückt aus. All die Akten.«

»Das kann ich nicht sagen.«

Sein Blick wurde ernst.

»Vielleicht werden wir verlieren«, sagte er. »Aber die Tatsache bleibt bestehen, dass ich auf der richtigen Seite stehe und Sie auf der falschen.«

»Ich stehe auf keiner Seite«, sagte ich. »Dazu bin ich zu unbedeutend.«

»Dahinter können Sie sich nicht verstecken.«

Als er das sagte, war ich sicher, dass er Unrecht hatte. Wie ich die Sache sah, wollte ich gern in Marston Green sein, ich wollte die verschiedenen Seiten beobachten, wollte Giles bei der Arbeit sehen. Aber ich hatte die Vorstellung, ich könnte dabei irgendwie unsichtbar bleiben.

Es war eine große Erleichterung, wieder im Freien zu sein. Bis man zu seinem Haus kam, musste man ungefähr vier Windungen der geschlängelten Straße von Hawthorns hinter sich bringen, und so erforderte es jetzt einen Fußweg von mindestens fünf Minuten, bis ich das Gefühl hatte, wieder wirklich im Dorf zu sein. Es war ein warmer, heller Abend; nur wenige Wolkenstreifen waren am

Himmel zu sehen, und hoch oben kreisten ein paar Vögel. Vom der Marshco-Anlage her wehte ein leichter Wind, der – wenn ich Kevins Ausführungen wenigstens teilweise richtig verstanden hatte – eine ungesunde Dosis von Dioxinen und sicher auch Furanen enthalten musste.

Als ich auf der High Street war, sah ich schon von weitem Hannah Mahoney, die mir mit einem kleinen Jungen entgegenkam. Sie erkannte mich nicht gleich, denn ich kam vom westlichen Ende der High Street, und die Abendsonne beleuchtete mich von hinten. Deshalb konnte ich beobachten, wie sie sich mit dem Jungen unterhielt. Der Junge hatte einen kleinen Ball, den er in die Höhe warf und wieder auffing. Nicht besonders geschickt, denn er ließ ihn zwei Mal fallen, während ich ihn beobachtete. Einmal kullerte der Ball auf die Straße hinaus, und sie schob den Jungen zurück auf den Gehweg und wagte sich selbst hinaus in den gefährlichen Verkehrsstrom, um ihn zurückzuholen. Dagegen zu protestieren, das wäre besser gewesen. Den ganzen Tag und die ganze Nacht fuhren schwere Lastwagen über die schmale High Street, denn hier verlief die Route zu den Containerhäfen unten im Süden. Sie hätten eine Kampagne für eine Umgehungsstraße starten sollen. Bloß, dass Leute wie Hannah Mahoney im Allgemeinen auch gegen Umgehungsstraßen sind, nicht wahr?

Sie erkannte mich, als noch ein ungemütlich großer Abstand zwischen uns war. Ungemütlich für sie, meine ich. Mir machte es nichts aus. Sie sah mich, und ich glaube, dann tat sie einfach so, als habe sie mich nicht gesehen, sie redete geschäftig mit dem Jungen und beugte sich über ihn. Sie trug eine enge Jeans, die bis auf die halbe Wade reichte, und einen weißen Pullover mit grünen und blauen Kringeln. Sie tat, als erkenne sie mich erst, als wir nur noch wenige Schritte voneinander entfernt waren.

»Oh«, sagte sie, »Sie sind … äh …«

»Mark. Mark Foll. Wir haben auf der Versammlung miteinander gesprochen.«

Erst jetzt merkte ich, dass ich selbst auch ein bisschen verlegen war. Ich hatte bei unserer ersten Begegnung nicht gerade einen glänzenden Eindruck gemacht. Sie war die beeindruckendste Person bei der ganzen Kampagne, und mit ihr würden Giles oder ich ganz sicher noch zu tun haben.

»Ich erinnere mich.«

»Ist das Ihr kleiner Bruder?«

Sie sah mich verständnislos an.

»Soll das ein Witz sein? Das ist mein Sohn.«

»Ich wollte nur nett sein.«

Ein sarkastischer Ausdruck trat in ihren Blick. »Oh, ich verstehe. Sie sind sicher noch zu jung, um schon Kinder zu haben. Ein wirklich cooler Spruch.«

»Es war kein Spruch.«

»Das ist Bruce.«

»Hallo«, sagte ich. Bruce schien meine Existenz nicht zur Kenntnis zu nehmen. Er versuchte ein Fädchen aus seinem Tennisball zu ziehen. Ich wandte mich wieder Hannah zu. »Ich war eben bei Kevin.«

»Und?«

»Er hat mir seinen Vortrag gehalten. Na ja, einen Teil jedenfalls.«

»Und?«

»Ich fand es ein bisschen schwierig, ihm zu folgen.«

»Nur ein bisschen?«

»Ich habe überhaupt nichts kapiert.«

Sie spähte schon über meine Schulter hinweg und überlegte, ob sie einfach weitergehen sollte.

»Was haben Sie erwartet?«, fragte sie. »Dachten Sie, Sie könnten hier angerauscht kommen und alles, was man über dieses komplexe und kontroverse Thema wissen muss, an einem Abend kapieren?«

»Verstehen Sie denn den ganzen wissenschaftlichen Hintergrund?«

»Ich weiß, was ich wissen muss.«

»Okay«, sagte ich, und mein Gehirn arbeitete verzweifelt. »Was ist der Unterschied zwischen einem Dioxin und, äh, einem Furan?«

Sie lachte schlecht gelaunt.

»Ich werde doch nicht auf der Straße herumstehen und mit jemandem von einer Versicherung ein halbgares Pub-Quiz spielen.«

»Ich bin nicht ›jemand von einer Versicherung‹.«

»Nicht?«

»Zufällig doch, aber wie Sie es sagen, klingt es, als wäre ich nichts anderes.«

Bruce zerrte an ihrem Ärmel.

»Ich muss weiter.«

»Hannah, glauben Sie, Kevin wird irgendjemanden überzeugen?«

»Es geht nicht darum, jemanden zu überzeugen. Kevin sammelt Daten, weiter nichts. Das ist Expertenarbeit. Das muss es sein. Es muss wissenschaftlich stichhaltig sein.«

»Die Daten hat er, das kann man wohl sagen. Ich frage mich nur, ob irgendjemand außer Kevin je einen Blick darauf werfen wird.«

»Es ist eine Menge, das gebe ich zu«, sagte Hannah.

»Von Ihrem Standpunkt aus gesehen muss es einfach sein«, sagte ich. »Sind diese Dioxine gefährlich? Verursachen sie die Erkrankungen? Das sind einfache Fragen. Ich denke mir, es ist Marshcos Aufgabe, alle Welt mit Daten zu überschwemmen, nicht Ihre.«

Hannah sah mich scharf an.

»Auf welcher Seite stehen Sie, Mark?«

»Ich amüsiere mich nur ein bisschen auf dem Lande.«

Ihr Gesicht verhärtete sich wieder.

»Hier in diesem Dorf sterben Menschen.«

Fuck. Falsche Richtung.

»Sorry, so hab ich's nicht gemeint. Aber fällen Sie kein Urteil aufgrund meiner Person. Mein Chef kommt morgen. Er ist gescheit. Er ist Naturwissenschaftler.«

Wieder der sarkastische Blick.

»Dann sind Sie also nur das hübsche Gesicht des Unternehmens«, sagte sie und brach dann verlegen ab. »Ich meinte, das öffentliche Gesicht des Unternehmens.« Bruce' Gezerre war jetzt nicht mehr zu bändigen. »Wir sehen uns. Auf der High Street, wenn sonst nirgendwo.«

Ich fragte mich, ob ich in Marston Green irgendjemanden kennen gelernt hatte, vor dem ich mich nicht zum Narren gemacht hatte. Geoff Otley vielleicht, und dann noch dieser Schweinebauer.

SECHZEHN

Am nächsten Abend kam Giles' BMW schnurrend auf den Parkplatz vor dem Four Feathers gerollt. Er hatte mich kurz vorher angerufen, sodass ich jetzt dastehen und ihn erwarten konnte wie ein Butler. Als er ausstieg, sah ich, dass er Jeans, ein kariertes Hemd und ausgetretene braune Schuhe trug.

»Sie sehen, ich bin für das Land gekleidet«, erklärte er. »Kein Gentleman trägt in London braune Schuhe. So hieß es jedenfalls immer.«

Er öffnete die hintere Tür und nahm eine lederne Reisetasche und ein Paar nagelneue Gummistiefel vom Rücksitz.

»Vielleicht hätte ich noch eine Tweedjacke und eine Krawatte mitbringen sollen«, sagte er. »Zum Sherry beim Pastor.«

»Ich bin nicht sicher, ob es hier einen Pastor gibt«, sagte ich.

Ich führte ihn zu seinem Apartment »Dobbin«, und er schien halbwegs zufrieden zu sein. Ich berichtete ihm von der Versammlung, und dann ging ich mit ihm zu Kevin Seeger. Wegen meines schlechten Gewissens hatte ich mit Kevin vereinbart, dass ich jemanden zu ihm bringen würde, der in der Lage sei, seine Forschungsarbeit zu verstehen. Ich hatte vorgehabt, gleich wieder zu flüchten, aber Pam machte mir Tee, und ich stand in der Küche und unterhielt mich mit ihr, während sie in einer Ecke bügelte. Ich fragte sie, was sie von dieser Cluster-Kampagne hielt. Sie sah einfach müde aus.

»Ich weiß es nicht«, sagte sie.

Ich fragte sie, ob sie Hannah Mahoney kenne.

»Sie ist Daniels Lehrerin.«

»Daniel?«

»Unser Neunjähriger.«

»Sie schien mir eine gute Lehrerin zu sein«, sagte ich. »Ich meine, auf der Versammlung.«

»Die Leute finden sie gut.«

»Was macht ihr Mann?«

»Sie ist nicht verheiratet«, sagte Pam. »Ich habe sie noch nie mit jemandem gesehen.«

Ich hatte zwei Tassen Tee getrunken, bevor Kevin und Giles die Treppe herunterkamen. Es war, als kämen die Erwachsenen zurück zu den Kindern. Giles' Lächeln war von grimmiger Höflichkeit, als er sich verabschiedete und ich ihn zum Four Feathers zurückbrachte. Ich würde gelegentlich im Supermarkt einkaufen, versprach ich ihm, aber einstweilen könnten wir Geoffs und Jans Essen probieren.

Giles bestellte sich Kabeljau mit Pommes frites, ich eine Steak-and-Kidney-Pie und zwei Bier. Als Giles' Fisch kam, hellte sich seine Miene ein wenig auf.

»Als wäre man wieder Junggeselle«, sagte er.

»Das ist doch gut, oder?«, sagte ich. »Ich meine, für ein Weilchen.«

Er brummte etwas. Mit Sue war es nach meinem Besuch anscheinend nicht gut gelaufen. Er stocherte mit der Gabel in seinem Essen herum und kostete einen Bissen. »Ich wollte schon mit meiner Tirade über das schändliche Essen in englischen Pubs anfangen«, sagte er. »Aber es ist gar nicht übel.«

»Es ist okay«, sagte ich. »Ich hab mich mit Geoff darüber unterhalten. Jeden Morgen kommt ein Lieferwagen von der Küste. Und seine Frau, Jan, bereitet den Fisch im thailändischen Stil zu.«

Giles stocherte wieder in seinem Fisch.

»Irgendetwas kam mir schon merkwürdig vor«, sagte er. »Aber zumindest ist er frisch. Vor ein paar Jahren hab ich mal einen Spaziergang mit Sue gemacht. Das war damals, als ich noch Spaziergänge mit Sue machte, und ...«

»Giles«, sagte ich, »ich will mich ja nicht einmischen, und Sie können mir auch sagen, ich soll mich verpissen – aber ist alles in Ordnung? Mit Ihnen. Mit Sue. Allgemein.«

Giles sah mich verdutzt an, als habe er darüber noch nie nachgedacht.

»Ich gebe Ihnen die kurze Antwort«, sagte er. »Die wirklich kurze Fassung, das Haiku meiner Ehe. Sie kennen das, wenn Sie einen Anzug kaufen, der nicht ganz richtig passt: Sie nehmen sich vor, ihn ändern zu lassen, und dann ist alles prima. Und ungefähr ein Jahr später stolpern Sie über das Hosenbein, weil es immer über Ihren Absatz hängt, und Sie denken, *oh fuck*, jetzt bin ich nie dazu gekommen, und in diesem Augenblick haben Sie die Wahl: Entweder finden Sie sich damit ab, dass Ihre Hosenbeine über den Boden schleifen, oder Sie schmeißen den Anzug weg. Aber Sie müssen sich entscheiden.«

»Warum kann ich ihn nicht immer noch ändern lassen?«

»Weil es zu spät ist. Der Stoff ist verschossen, und Sie kriegen die Falten nicht mehr raus.«

»Da bin ich nicht so sicher. Ich hab vor ein paar Monaten einen Anzug gefunden, den ich seit über einem Jahr nicht getragen hatte. Ich bin damit zu diesem kleinen Typen an der Ecke gegangen, und er hat erstaunliche Arbeit geleistet.«

»Dies ist keine Unterhaltung über Änderungsschneidereien, Mark«, sagte Giles. »In dieser Geschichte bin ich der Anzug, und Sue ist der Mann, dem er gehört.«

»Das weiß ich«, sagte ich. »Ich wollte nur darauf hinweisen, dass man die Geschichte unter verschiedenen Aspekten betrachten kann. Es gibt unterschiedliche Optionen.«

»Um mal für einen Augenblick von diesem bescheuerten Anzug wegzukommen«, sagte er, »wir haben da also einen Spaziergang gemacht, an der Küste auf der anderen Seite von London, in Kent. Das ist echtes Charles-Dickens-Land da: Hummerfallen und Kähne und alte Austernbänke. Es war ein sehr kalter, sehr sonniger Winternachmittag. Wir spazierten am Rand des Kieselsteinstrandes entlang und plauderten, und dann kamen wir zu einem Pub auf der Spitze einer Landzunge. Er war alt und verwittert, und der Name hatte irgendetwas mit Schmugglern oder Fischern zu tun. Im Reiseführer stand, an dieser Stelle hätten vor ein paar hundert Jahren die Boote ihre illegalen Brandyladungen an Land gebracht.

Da fragt man sich, ob in zweihundert Jahren Familien an irgendwelchen malerischen Fleckchen an der Südküste sitzen und auf Informationstafeln und Broschüren lesen werden, dass an dieser Stelle die Boote gelandet sind, die sackweise Heroin aus dem fernen Afghanistan brachten.

Wir setzten uns draußen auf die Terrasse und bestellten Fisch. Fast hätten wir uns vom Tisch übers Wasser beugen und den Fisch mit der Hand herausfangen können. Und da sah ich, dass die Frau hinter der Bar einen Kühlschrank öffnete, zwei Plastikpackungen aufriss und in die Mikrowelle legte – und das war unsere Fish-and-Chips-Mahlzeit. Ich wollte ihr einen wütenden Vortrag darüber halten, dass sie Verrat an ihrer Kultur übte, aber Sue zupfte mich am Ärmel und sagte, ich solle nicht alles verderben. Also hielt ich den Mund.«

»Wahrscheinlich konnte die Frau gar nichts dazu«, sagte ich. »Viele Pubs gehören irgendwelchen Ketten. Die einzelnen Wirte haben da oft keine Wahl.«

»Einen Grund gibt es immer«, sagte Giles. »Anscheinend hat niemand eine Wahl. Der springende Punkt ist, dass dies ein einschneidender, symbolischer Augenblick war, der meine Haltung gegenüber England und seinen ländlichen Gegenden geprägt hat. Unfair und irrelevant, natürlich, denn das hier ist ziemlich gut. Andererseits weiß ich nicht, was das mit diesem thailändischen Kram soll. Die Leute sollten ihre Traditionen wieder entdecken. Beef-and-Oyster-Pie. Kutteln. Wie ist Ihre Pastete?«

»Großartig«, sagte ich. »Äußerst traditionell. Bitte beschweren Sie sich nicht. Wir werden in den nächsten Tagen sehr auf Geoff angewiesen sein. Wie war's denn bei Kevin? Sie sind beide Naturwissenschaftler; also sprechen Sie wohl eine gemeinsame Sprache.«

»Wenn ich überhaupt etwas bin, dann Biologe. Es war also eigentlich nicht mein Fachgebiet.«

»Aber Sie wissen, was ein Enzym ist.«

»Ja, von Ihnen und den Enzymen hab ich gehört«, sagte Giles. »Ich glaube, Kevin war ziemlich gerührt von Ihren Bemühungen, das Thema trotz Ihrer diversen Unzulänglichkeiten zu verstehen. Was hielten Sie übrigens von Mrs. Seeger?«

»Sie meinen Pam?«

»Wir sind also schon bei Pam, ja?«

»Sie heißt so.«

»Man sieht, dass sie ein Auge auf Sie geworfen hat.«

»Seien Sie nicht albern, Giles«, sagte ich. »Sie ist verheiratet und hat zwei Kinder.«

»Was hat das damit zu tun? Jemanden wie Mrs. Seeger kennen zu lernen, das kommt meinen Fantasien über das Leben in der Provinz entgegen. Die Leute glauben, hier draußen geht alles höchst respektierlich und schicklich zu, aber das Gegenteil ist der Fall. Überall Frauentausch und Unzucht.«

»Frauentausch?«

»Sie wissen schon – die Männer werfen die Autoschlüssel in die Mitte des Zimmers, und die Frauen ...«

»Ja, ja, ich weiß, was Frauentausch ist. Aber woher haben Sie diese Informationen?«

»Man hört davon«, sagte er. »Man liest darüber. Ist Ihnen noch nicht aufgefallen, dass wir jetzt hier sitzen, zwei Männer, fern von Zuhause, an einem fremden Ort, amüsant, intelligent, nicht unattraktiv. Sehen Sie sich zum Beispiel die beiden jungen Frauen da drüben an.« Tatsächlich saßen zwei gut aussehende Frauen um die Zwanzig, die eine blond, die andere braunhaarig, am anderen Ende der Theke. »Wenn wir richtige Männer wären, würden wir jetzt da rüberspazieren und den beiden einen Drink spendieren.«

Allmählich wurde die Sache lächerlich.

»Giles, ich möchte Sie nicht an Ihrer Entfaltung hindern, aber ich nehme an, Mrs. Seeger hat in mir lediglich eine einsame, ein wenig klägliche Gestalt gesehen, die allein in einer neuen Umgebung festsaß. Und sie dachte, vielleicht möchte ich gern eine Tasse Tee.«

»So kann man es auch ausdrücken«, sagte er.

Giles kam mir vor wie ein Mann, der nur einen sehr geringen Teil seines Lebens in Pubs verbrachte, und jetzt, da er in einem saß, hatte er vor, zu reden, wie er sich vorstellte, dass Männer redeten.

»Sie wollten mir von Ihrem Gespräch mit Kevin erzählen«, sagte ich.

»Ach, das«, sagte er widerstrebend. »Männer sind komisch, nicht? Manche bauen Gewächshäuser, andere fliegen auf den Mond, und manche kleben aus Streichhölzern Kathedralen zusammen. Und Kevin hat zweieinhalb Jahre lang seine Abende und Wochenende damit verbracht, eine inoffizielle Doktorarbeit über Müllverbrennung zu schreiben. Und wissen Sie, was das Komische ist? Er hat noch nie wirklich eine Müllverbrennungsanlage gesehen. Man sollte doch meinen, dass er da am Tag der Offenen Tür mal rumspaziert ist und sich die Sache angesehen hat. Aber wahrscheinlich gibt's in Müllverbrennungsanlagen keinen Tag der Offenen Tür. Kevin erinnert mich ein bisschen an diese mittelalterlichen Päpste, die über Sex geschrieben haben – dass er selbst zwischen Verheirateten besudelt ist vom Gestank der Wollust und beschmutzt von der Hitze der Leidenschaft und dem Jucken des Fleisches. Ich meine, wenn sie es doch bloß selbst mal ausprobiert hätten, dann hätten sie schon gemerkt, dass nicht allzu viel dahintersteckt. Wenn Marshco eine Spur von Verstand hätte, dann würden sie den alten Kev mal anrufen und ihn einladen, mit dem technischen Leiter durch die Anlage zu spazieren. Kevin käme endlich mit jemandem zusammen, der verstehen würde, wovon zum Teufel er redet. Außerdem würde er sie mal sehen, diese seltsamen Brennöfen, die durch seine nächtlichen Fantasien spuken, und er würde erkennen, dass es ein ziemlich gewöhnlicher Industriekomplex ist, der wahrscheinlich hier und da ein kleines bisschen aufgepeppt werden könnte. Und dann würde er zufrieden nach Hause gehen und aufhören, sie zu behelligen.«

»Glauben Sie?«

»Sollen wir jetzt einen Kaffee bestellen? Ich bin nicht sicher, was den armen alten Kevin angeht. Ist er glücklich mit seinem Job als Chemielehrer an der Melwarth High? Ich glaube es nicht. Ist er jemand, der Anerkennung haben und beachtet werden möchte? Ich glaube ja.«

»Ja, aber hat er Recht? Kriegen die Leute Krebs von den Dioxinen in der Luft?«

Giles schob seinen Teller beiseite.

»Ich hab keine Ahnung.«

»Aber beschissen unangenehm sind sie schon, oder?«

Er verzog abschätzig das Gesicht.

»Ich bin nicht sicher. Ich hab nicht die ganze Zeit weinend in meinem Büro gesessen, während Sie weg waren. Ich hab ein bisschen rumgestöbert, und über ihre Schädlichkeit wird zumindest diskutiert. In einem Punkt scheint man sich allgemein einig zu sein: Wenn man einem Meerschweinchen einen Klumpen davon in den Arsch schiebt, sind dessen Aussichten nicht besonders gut, aber darüber hinaus ist die Sache umstritten.«

»Haben Sie das Kevin gegenüber erwähnt?«

»Ich habe angenommen, dass er es bereits weiß. Wenn nicht, ist es nicht meine Aufgabe, ihm die Recherchearbeit abzunehmen.«

»Damit man ihn vor Gericht in die Falle laufen lassen kann?«

»In einem bin ich mir völlig sicher, Mark: Wie immer diese Sache läuft, sie wird niemals vor Gericht landen.«

»Dann war es Zeitverschwendung, Kevin zu besuchen?«

»Überhaupt nicht. Ich habe eine Menge Grundlageninformationen erhalten, und es ist gut, wenn wir auf freundschaftlichem Fuße mit ihm stehen.«

»Sie meinen, es ist gut, wenn er glaubt, dass wir auf freundschaftlichem Fuße mit ihm stehen.«

»Nein, Mark. Ich mag den Typen. Wir werden ihn nicht anschmieren. Wie dem auch sei, seine Arbeit ist noch lange nicht fertig. Die arme alte Pam wird noch lange Zeit sehr wenig von ihm zu sehen bekommen. Er hat angefangen, mit irgendwelchen Geographen über Bodenproben und Emissionslevel zu reden. Das wird kompliziert werden. Marshco wird ihm keinen Zutritt auf das Gelände gewähren. Und was die Bodenproben angeht, sind sich alle einig, dass der Dioxingehalt selbst in den betroffenen Gebieten sehr gering ist. Mindestens seit der industriellen Revolution sind wir alle damit verseucht. Wir werden sehen.«

»Und wie kann man es dann wissen – so oder so?«

»Was meinen Sie mit ›wissen‹?«

»Ich meine, wie kann man den Zusammenhang nachweisen. Oder beweisen, dass es einen Zusammenhang gibt.«

»Ach so. Sie gehen da von reiner Mathematik aus. Fast jede andere Wissenschaft ist im Grunde ein Saustall. Was Sie hier haben, ist eine Riesenmenge unterschiedlicher Daten. Manche sind widersprüchlich, manche unsauber oder unzuverlässig, die meisten umstritten. Außerdem haben Sie verschiedene Arten von Daten, und manche sind relevanter als andere. Manche können regelrecht irreführend sein. Da können Sie nur versuchen, sie auf eine Weise zusammenzufügen, die irgendeinen Sinn ergibt, mit dem wir leben können.«

»Und was werden wir konkret tun?«

Wir hatten unseren Kaffee bekommen, und Giles trank seine Tasse leer und wischte sich mit der Papierserviette den Mund ab.

»Mittelfristig«, sagte er, »habe ich vor, praktisch nichts zu tun. Wir verfassen einen Interimsbericht. ›Interim‹ bedeutet, dass wir es schnell tun und keine Schlüsse ziehen. Wir geben ihn Donna, und dann kehren wir zu dem zurück, was wir wirklich gut können: Wir schauen uns Teppiche an, die jemand mit irgendetwas bekleckert hat.«

Ich trank meinen Kaffee aus.

»Es wundert mich immer noch, dass Sie hier nicht eine unglaubliche Gelegenheit sehen, sich einen Namen zu machen.«

»Da haben Sie Recht«, sagte Giles. »Daran hab ich noch nie gedacht. Und warum hab ich noch nie daran gedacht? Weil das hier eigentlich eine unglaubliche Gelegenheit für uns ist, einen Riesenscheiß zu bauen und rauszufliegen. Unsere eigentliche Aufgabe besteht darin, nach London zurückzukommen, ohne dass jemand richtig begreift, dass wir weg waren.«

»Und was werden wir tun?«

»Im Grunde haben wir nur einen einzigen wirklichen Auftrag von Donna: Wir sollen uns die Anlage von Marshco ansehen. Sie wissen schon – Verletzung der Sorgfaltspflicht, Fahrlässigkeit und all das. Aber wir werden nicht nachts über den Sicherheitszaun klettern und heimlich Bodenproben klauen. Kevin Seeger kommt vielleicht nicht durch das Tor, aber wir schon. Wir gehen morgen früh um neun hin, und wir werden die komplette Führung kriegen. Sind Sie dabei?«

»Na klar«, sagte ich. »Obwohl ich nicht glaube, dass ich in der

Lage bin, mir einen Verbrennungsofen anzusehen und ein kaputtes Ventil oder sonst etwas Relevantes zu entdecken.«

Giles lachte – eine willkommene Abwechslung.

»So ist es nie«, sagte er. »Was hat mal jemand über wissenschaftliche Theorien gesagt? Eine neue Theorie setzt sich nicht durch, weil man sie beweist, sondern weil alte Wissenschaftler sterben und durch junge ersetzt werden. Wir werden hier niemanden umstimmen. Und jetzt gehe ich ins Bett, und wir lassen diese entzückenden jungen Frauen da drüben sitzen, ohne mit ihnen zu reden.«

»Wo liegt das Problem?«, fragte ich. »Wenn Sie mit ihnen reden wollen, gehen wir hin und reden mit ihnen.«

»Im Ernst?«

»Natürlich.«

»Nein, das wäre widerlich. Haben Frauen nicht das Recht, an einem öffentlichen Ort zusammenzusitzen und zu plaudern, ohne dass gleich zwei räuberische Männer über sie herfallen?«

»Sie reden, als ginge es um zwei Stücke Fleisch. Vielleicht möchten sie, dass wir zu ihnen rüberkommen.«

»Nein, auf keinen Fall. Ich bin körperlich und seelisch außerstande. Ich habe eine Frau zu Hause in Kilburn. Überhaupt, ich habe schon die unterschiedlichsten Freundinnen und Beziehungen gehabt, und in keinem einzigen Fall sind sie zustande gekommen, weil ich eine fremde Frau angesprochen habe. Das hab ich noch nie getan.«

»Irgendwann müssen Sie es doch getan haben.«

»Niemals.«

»Wie haben Sie sie dann kennen gelernt?«

»Ich habe mit ihnen zusammengearbeitet. Oder ich war im selben Seminar auf dem College. Sie waren die Freundinnen von Freundinnen. Es gab immer eine Möglichkeit, sie kennen zu lernen, ohne dass dabei etwas Sexuelles im Spiel war – das kam dann als Bonus hinzu. Ich hatte immer schon Mitleid mit Frauen, besonders mit attraktiven Frauen, die dauernd angestarrt und belästigt werden, denen man nachpfeift, die man bedrängt. Ich dachte immer, sie können gut darauf verzichten, dass ich ihnen auch noch nachstelle.«

»Quatsch«, sagte ich. »Das ist eine faule Ausrede. Hab ich Ihnen von meiner Schwester erzählt?«

»Nein. Ich dachte, Sie wären ein Findelkind.«

»Meine Schwester arbeitet heute bei einer Bank. Es ist komisch, wenn ich daran denke, wie wir Teenager waren. Damals dachte ich, sie wird mal Filmstar oder Künstlerin. Jetzt arbeitet sie bei einer Bank, und ich bin bei einer Versicherung. Sie ist ein Jahr älter als ich, und am besten erinnere ich mich daran, wie sie, als sie fünfzehn war und ich vierzehn, zu mir sagte, ich sollte mit einem Mädchen ausgehen. Ein tolles Mädchen. Sie hieß Fiona Seaton, und ihre Haare waren so blond, dass sie im Dunkeln fast leuchteten. Ich reagierte genauso wie Sie jetzt. Ich sagte, auf keinen Fall, sie wird bloß lachen, sie interessiert sich doch überhaupt nicht für mich. Val sagte, sie gehört doch nicht zu einer anderen Spezies als du. Sie ist ein Mädchen, sie ist ein bisschen schüchtern, sie hat keinen Freund, aber sie hätte gern einen, sie steht auf dich, und es ist doch keine große Sache. Als sie das sagte, war es, als ginge plötzlich ein Fenster auf.«

»Und haben Sie sie gefragt?«

»Ja. Wie sich rausstellte, hatte sie doch einen Freund. Aber das war egal. Den schwierigen Teil hatte ich geschafft. Dann fragte ich Samantha Mitton, ob sie mit mir ausgehen wollte, und sie sagte ja. Und deshalb werde ich in dreißig Sekunden zu den beiden Frauen rübergehen und sie ansprechen.«

Giles hob den Arm, als wolle er mich mit körperlicher Gewalt daran hindern, unseren Tisch zu verlassen.

»Da wäre noch Punkt zwei«, sagte er. »Ich möchte zu dieser späten Stunde nicht wie der Herr Pfarrer klingen, aber ich bin verheiratet. Vermutlich könnte ich ja ein Heftpflaster über meinen Trauring kleben, aber stattdessen gehe ich jetzt in mein Bett in einer Behausung, von der ich immer noch nicht glauben kann, dass sie ›Dobbin‹ heißt.« Er versuchte noch einen letzten Schluck Kaffee zu nehmen, aber seine Tasse war leer. »Wir sehen uns beim Frühstück«, sagte er. »Oder so.« Damit ging er hinaus.

Ich schaute quer durch das Lokal zu den beiden jungen Frauen an der Bar hinüber. Die eine – die Blonde – bemerkte es, und sie sagte etwas zu ihrer Freundin und lachte dann. Entweder tat ich jetzt etwas, oder ich ging zu Bett, oder ich blieb hier sitzen wie ein Idiot. Ich stand auf und ging zu ihnen hinüber. Ich hatte nicht die leiseste Ahnung, was ich sagen würde. Sie drehten sich um und sahen mich überrascht an.

»Hi«, sagte ich. »Das wird sich jetzt ziemlich dämlich anhören, aber ich bin beruflich in Marston Green, um etwas zu recherchieren. Ich muss mit ein paar typischen Einwohnern des Dorfes sprechen. Wäre es Ihnen recht, wenn ich Ihnen ein paar Fragen stelle?«

»Zum Beispiel?«, fragte die Blonde.

»Darf ich mich setzen?« Sie zuckten die Achseln. »Kann ich Sie zu einem Drink einladen? Keine Sorge, das geht auf Spesen. Gehört zu meiner Recherche.«

»Wirklich?«, sagte die Brünette.

»Absolut«, sagte ich. »Es ist wichtig, dass Sie sich entspannt fühlen, wenn sie meine Fragen beantworten.«

Beide bestellten sich einen Bacardi Breezer, und ich orderte eine Flasche Bier, die ich im Kühlschrank sehen konnte.

»Sind Sie entspannt?«, fragte ich. Die beiden sahen einander an und kicherten. »Heißt das ja?« Sie kicherten wieder. »Gut. Für meine Untersuchung brauche ich Ihre Namen und Ihren Beruf.«

Die Blonde hieß Sandra Yates, die Brünette Linda Perry. Beide waren in der Gastronomieausbildung an der Fachschule in Worsham, aber sie wohnten in Marston Green bei ihren Eltern. Sie waren von Kindheit an miteinander befreundet; beide hatten die kirchliche Schule in Marston Green und die High School in Worsham besucht.

»Perfekt«, sagte ich und erklärte, dass es bei meinen Recherchen um die Marshco-Müllverbrennungsanlage gehe.

»Da arbeitet mein Dad«, sagte Sandy.

»Interessant«, sagte ich. »Was tut er da?«

Sie zuckte die Achseln.

»Keine Ahnung. Er arbeitet da schon seit Jahren. Er arbeitet einfach da, an den Brennöfen. Er ist Techniker.«

»Was ich eigentlich wissen möchte: Wie denken Sie darüber?«

Wie sich herausstellte, dachten sie eigentlich so gut wie gar nichts darüber. Von der Protestbewegung hatten sie noch nichts gehört. Das heißt, wenn sie es sich recht überlegte, hatte Linda doch etwas gehört, aber sie wusste nicht genau, was. Ich fragte sie, ob sie davon gehört hätten, dass Leute im Dorf krank wurden. Sie sahen einander an.

»Leute werden immer krank«, meinte Sandy. »Das muss nichts mit irgendwas zu tun haben.«

Ob sie gern in Marston Green wohnten, fragte ich. Darüber mussten sie lachen.

»Es ist ein echtes Kaff«, sagte Linda. »Hier gibt's absolut nichts zu tun. Sie sollten es mal an einem Samstagabend im Sommer sehen. Die Kids hängen einfach an der Bushaltestelle rum. Samstags spät abends können Sie auf den Parkplatz gehen, und da kommen sie aus Hyland und Worsham hierher zum Dealen.«

»Wirklich?«

»Ja. Drogen, wissen Sie.«

»Ja«, sagte ich. »Ich weiß, wovon Sie reden.« Verdammt, ich bin auch erst sechsundzwanzig. Die sprachen mit mir, als wäre ich ihr Erdkundelehrer.

Sie sahen einander an. Linda sagte, sie müsse jetzt gehen. Sie wolle sich noch mit ihrem Freund treffen. Ich glaube, sie erwartete, dass Sandra mitging, aber die blieb sitzen und sagte, sie würde Linda morgen anrufen. Das sei schön, sagte ich, denn ich hätte noch ein paar Fragen. Ihr sei es recht, sagte sie. Linda zog misstrauisch eine Braue hoch und ließ uns allein.

Ich spendierte Sandy noch einen Bacardi Breezer und bestellte mir noch ein Bier. Jetzt, da Linda weg war, drehte sie sich zu mir um und sah mir in die Augen. Sie lächelte. Sie trug mehr Make-up, als ihr sehr hübsches, rundes, rosafarbenes Gesicht nötig hatte. In ihren blonden Haaren waren gefärbte Strähnen. Sie trug ein rotes T-Shirt mit sehr kurzen, aufgerüschten Ärmeln. Das Hemd war so eng, dass das Muster auf ihrem BH deutlich durchschimmerte. Ich fragte sie, warum sie noch zu Hause bei ihren Eltern wohnte. Sie müsse doch achtzehn sein. Neunzehn, sagte sie. Aber wenn sie zu Hause auszöge und sich eine Wohnung nähme, würde sie sich wahrscheinlich fest einrichten, und sie wolle sich in Marston Green und Umgebung nicht fest einrichten. Sie wolle ihren Kurs abschließen und sich dann einen Job in London suchen. Der Vorwand, dass ich die Absicht hatte, ihr Fragen zu stellen, war schnell vergessen.

»Und was machen Sie hier oben?«, fragte sie.

»Das hab ich doch schon gesagt. Hier in Marston Green gibt es Krankheitsfälle. Manche Leute behaupten, das kommt von der Müllverbrennungsanlage. Wir sind hier, um zu sehen, ob da was dran ist.«

»Wollen Sie die Anlage schließen?«

»Wir sind nur von der Versicherung.«

Sie nahm einen Schluck von ihrem Drink und sah mich boshaft an. »Ich dachte immer, Versicherungen sind langweilig. Lauter Zeug, das man nicht wissen will. Formulare ausfüllen. Leute, die an der Haustür klingeln und einem Lebensversicherungen andrehen wollen. Da kam immer einer und saß stundenlang mit meiner Mum und meinem Dad am Tisch. Sind Sie so jemand? Möchten Sie mir eine Lebensversicherung verkaufen?«

»So was mache ich nicht. Ich bin Schadeninspektor.«

»Was ist denn das?«

Ich war zutiefst dankbar dafür, dass Giles schon zu Bett gegangen war und nicht hören würde, was ich jetzt sagen würde. »Das ist schwer zu erklären. Es ist ein bisschen so was wie ein Privatdetektiv. Bei Versicherungen ist eine Menge Geld im Spiel, und manchmal täuschen Kunden Brände oder Einbrüche oder Unfälle vor. Wenn eine Schadensmeldung verdächtig aussieht, gehen wir hin und sehen uns die Sache an.«

Sie machte große Augen.

»Ist das nicht gefährlich?«

Ich zuckte die Achseln.

»Man muss ein Gefühl für die Situation entwickeln«, sagte ich. »Einen Instinkt.«

»Und was ist Ihr Gefühl bei Marston Green?«

»Wir haben gerade erst angefangen.«

»Mein Dad findet die Proteste dumm.«

»Wirklich?«

»Vielleicht sollten Sie sich mit ihm unterhalten.«

»Vielleicht werde ich es auch tun. Wir gehen morgen in den Betrieb.«

»Er heißt Steven Yates. Alle nennen ihn Steve.«

»Ich werde sehen, ob ich ihn finde.«

Es war elf Uhr, und Geoff fing an, aufzuräumen. Alle anderen Gäste waren schon gegangen.

»Wo wohnen Sie denn?«, fragte sie.

»Ich hab's nicht weit. Ich wohne in einem der Ferienapartments. Hinten in den ehemaligen Stallungen.«

»In den Stallungen? Davon hab ich gehört. Kann ich mitkommen und mir das mal ansehen?«

»Natürlich«, sagte ich.

Wir gingen durch den Hinterausgang des Pubs hinaus. Irgendwo klapperte etwas. Vielleicht war es Jan, die leere Flaschen hinausstellte Ich öffnete die Tür von »Clover«, und wir traten ein.

»Da sind wir.« Ich knipste das Licht an und schloss die Tür hinter uns. »Ein wunderschöner Umbau.«

Oft ergibt sich in dieser Situation ein unbeholfener Augenblick, in dem ich mich vorbeuge und ihr mit den Fingern übers Haar streiche. Dann berühre ich ihren Hals und mache einen Schritt auf sie zu. Oder ich berühre ihre Schulter, oder ich mache einfach nur den Schritt auf sie zu und küsse sie. Aber Sandy lehnte sich an mich und schaute zu mir auf, und deshalb gab ich eigentlich nur der Schwerkraft nach, als ich mein Gesicht auf ihres sinken ließ und sie küsste. Sie schlang die Arme um mich, und ich umfasste erst ihr Gesicht und schob die Hände dann um ihren Kopf in ihren Nacken, der sich kühl anfühlte. Ich strich mit der rechten Hand über ihren Rücken herunter, an der Wirbelsäule entlang, und ich fühlte, wie sie erschauerte. Ich dachte: Wie gut, dass ich nicht verheiratet bin wie Giles. Wie gut, hier draußen auf dem Land zu sein, weg von allem andern.

Nachher dösten wir ein. Ich hatte den Vorhang nicht zugezogen, und wir erwachten schon vor fünf von der Sonne, die durch das

Fenster warm auf das Bett und auf uns schien. Sie lag dicht an mich geschmiegt, und ihre Haut fühlte sich klebrig an. Aber vielleicht war es auch meine.

»Mark«, sagte sie.

»Ja?«

»Hast du eine Freundin? In London?«

»Nein.«

»Suchst du eine?«

Am Abend zuvor hatte alles ganz einfach ausgesehen, und im hellen Morgenlicht war es noch klarer und schärfer konturiert.

»Nein«, sagte ich.

»Oh«, sagte sie. »Okay.«

Sie legte mir eine Hand auf die Brust und stützte sich ab, um aufzustehen. Sie rutschte aus dem Bett, lief nackt durch das Zimmer ins Bad, und ich hörte sie pissen. Dann rauschte der Wasserhahn. Sie kam zurück ins Schlafzimmer und fing an, ihre Kleider einzusammeln. Aus irgendeinem Grund machte mich das traurig – wie sie auf dem Boden herumsuchte, wo ihre Socken und ihr Slip hingefallen waren. Beim Anziehen wandte sie mir die Seite zu und sah mich nicht an. Sie sah hübscher aus als am Abend; die Sonne beschien sie schräg von der Seite, und ihre Gesichtszüge sahen aus wie bei einer Skulptur. Als sie fertig war, kam sie zu mir und setzte sich auf das Bett. Sie legte mir eine Hand auf die Schulter.

»Wir hätten was unternehmen können«, sagte sie. »Während du hier bist.«

»Ich werde beschäftigt sein«, sagte ich.

»Yeah«, sagte sie.

Bevor sie ging, sah ich, wie sie etwas von der Fensterbank sammelte.

»Was machst du da?«

»Tote Fliegen«, sagte sie. »Draußen sind Schwalben. Sie wohnen unter dem alten Stalldach. Sie laufen im Hof herum. Ich werfe ihnen die Fliegen hin. Das wird ihnen gefallen.«

»Das ist nett.«

»Was kümmert dich das?«

Und damit war sie weg.

SIEBZEHN

Giles lächelte fröhlich, als ich zu ihm in den Wagen stieg.

»Und – sind Sie rübergegangen und haben mit den beiden Mädels gesprochen?«

»Ja.«

»Wie ging's?«

»Gut.«

»Wie lange haben Sie sich unterhalten?«

»Ziemlich lange. Die eine, Linda, die mit den braunen Haaren, musste dann gehen.«

»Und da haben Sie sich mit der Blonden unterhalten.«

»Genau.«

»Worüber?«

»Über nichts Besonderes. Sie möchte nach London ziehen. Sie hat sich ein bisschen erkundigt, was ich da so mache und wo ich wohne. Ich hab ihr erzählt, warum wir in Marston Green sind. Ihr Dad arbeitet in der Müllverbrennungsanlage.«

»Tatsächlich?« Das schien ihn nicht besonders zu interessieren. »Aber ich möchte wissen, was Sie tatsächlich getan haben. Wann ist sie gegangen?«

Ich zuckte beiläufig die Achseln, um zu zeigen, dass das alles eigentlich nicht wichtig war und dass wir uns um unsere Arbeit kümmern sollten.

»O nein«, sagte er. »Sie haben's nicht getan.« Er drehte den Kopf und sah mich an. »Doch, Sie haben's getan. Verdammt, Sie haben's getan. Mit der Blonden? O nein. Während ich jämmerlich in meinem Bett gelegen und Schafe gezählt und an Dioxine gedacht habe. Und wie war's?«

»Giles, ich werde nichts dazu sagen.«

»Sie müssen es mir erzählen. Ich lebe in einem Zustand sexueller Entbehrung. Schon davon zu hören, wäre was.«

»Sie sind verheiratet.«

»Ja.« Er schlug mit beiden Handflächen auf das Lenkrad. »Okay. Keine Fragen über Sex. Nur eine Frage. Völlig harmlos. Etwas, das ich wissen möchte für den Fall, dass Susan – was Gott verhüten möge – von einem Lastwagen überfahren wird und ich plötzlich wieder ledig bin. Ich brauche alles, was ich bekommen kann, zum Überleben, genau wie Robinson Crusoe. Erzählen Sie mir nur, was Sie als Allerserstes gesagt haben. Irgendwo hab ich gehört – oder hab ich's im Fernsehen gesehen? –, dass Psychologen sagen, der wichtigste Teil jeder Beziehung sind die ersten dreißig Sekunden, nachdem man sich begegnet ist. Was also haben Sie gesagt, das die Blonde dazu gebracht hat, mitzukommen und mit Ihnen ins Bett zu gehen? Sie bemerken vielleicht, dass ich die Worte kaum aussprechen kann. Es verursacht mir körperliche Schmerzen. Aber was war es? Was war der erste magische Satz?«

»Ist das eine gute Idee?«

»Das haben Sie gesagt?«

»Das sage ich jetzt.«

»Ich muss es wissen«, sagte Giles. »Sie müssen es mir erzählen. Ja, solange Sie es mir nicht sagen, fahren wir nirgendwo hin.«

»Wir haben doch gestern Abend darüber gesprochen«, sagte ich. »Ich fand, es war offensichtlich, dass sie uns kennen lernen wollten. Also bin ich hingegangen und hab irgendetwas Dämliches gesagt – dass ich in der Gegend arbeite und ihnen deshalb ein paar Fragen stellen wollte.«

»Das war alles?«, sagte Giles. »Das wäre mir auch eingefallen. Daran ist nichts Cleveres. Das hätte ich auch geschafft. Sie finden also, das ist eine gute Masche. Funktioniert die bei Ihnen immer?«

»Ich habe keine Masche. Sie wollten sich unterhalten. Ich hab mich mit ihnen unterhalten.«

»Mit anderen Worten, die beste Masche ist die Masche, die nicht aussieht wie eine Masche.«

»Nein. Ich will damit sagen, es gibt keine Masche.«

»Das klingt nach Zen. Die einzige Masche ist, keine Masche zu haben.«

»Vielleicht besteht die Masche darin, nicht mit den Frauen schlafen zu wollen. Sondern mit ihnen reden zu wollen.«

»Sie meinen, Reden als eine Art von Sex?«

Ich sah auf die Uhr.

»Ich glaube, wir sind hier in einer Sackgasse.«

»Aber in einer interessanten Sackgasse«, sagte Giles. »In die wir zurückkehren werden. Ich glaube, wir sollten jetzt losfahren.«

Wir fuhren aus Marston Green hinaus und bogen nach ein paar Meilen in eine Nebenstraße ein. Mehr als eine halbe Meile weit fuhren wir an einem Zaun entlang, bis wir zum Haupttor kamen. Genau genommen waren es zwei Tore, eins für Personenwagen und eins für die Lastwagen, die hier ein und aus fuhren. Ich sagte zu Giles, dass ich noch nie eine Müllkippe mit solchen Sicherheitsvorkehrungen gesehen hätte.

»Wie viele Müllkippen haben Sie denn schon gesehen?«

»Schon ein paar.«

»Das hier ist eine große Entsorgungsanlage. Hier geht's nicht um ein paar voll gestopfte Müllsäcke, die von einem Bulldozer in ein Loch geschoben werden. Hier gibt es toxische Abfälle verschiedenster Art, industrielle und medizinische. Da will man doch nicht, dass Leute mit Picknickkörben hier reinspazieren.«

Wir nannten am Tor unsere Namen und bekamen einen Zettel und die Anweisung, den Wagen bei Block D zu parken. Es war eine komplizierte Fahrt; wir mussten Wegweisern folgen und auf einer gewundenen Strecke an etlichen schmutzig grauen Gebäuden vorbeifahren. Als wir auf dem Parkplatz ankamen, erwarteten uns dort zwei Männer in Hemd und Krawatte und ohne Jackett. Paul Creek war der technische Leiter – im Grunde der Chef des ganzen Ladens, ein großer, breitschultriger Mann mit grauen, säuberlich gescheitelten Haaren. Graham Bittles war der Betriebsleiter, untersetzt, mit großen, rauen Händen. Die meiste Zeit redete Creek. Er begrüßte uns und sagte, sie seien erfreut, uns kennen zu lernen, und sie hätten nur Gutes über uns gehört. Wir könnten auf einen Kaffee hereinkommen und dann den Rundgang machen.

Sie führten uns in einem modernen Bürogebäude die Treppe hinauf und in ein leeres Zimmer. Auf dem Tisch standen eine Thermoskanne Kaffee, ein Milchkännchen und eine Dose Kekse. Creek holte Tassen von einem Sideboard und bediente uns alle. Ich suchte mir einen Stuhl aus, von dem ich durch das Fenster auf etwas blicken konnte, was unzweifelhaft eine Müllkippe war. Aus dieser Entfernung sah es aus, als habe der Müllberg Schuppen, aber dann erhoben sich die Schuppen in die Luft, und ich sah, dass es ein Schwarm Möwen war, die davonflatterten, wenn ein Lastwagen in ihre Nähe kam.

»Das ist die größte Müllkippe, die ich je gesehen habe«, sagte ich.

Paul Creek lächelte.

»Das ist nur ein Teil davon«, sagte er. »Wir haben zurzeit knapp dreißig Hektar Deponiefläche in Betrieb. Und wie Sie wissen, hoffen wir, dass das erst der Anfang ist.« Er nahm einen großen Schluck Kaffee. »Tja, meine Herren, wie gesagt, wir sind erfreut, Sie hier bei uns zu haben. Sie haben absolut freien Zugang überall. Wir würden sagen, Sie können hier nach Lust und Laune herumspazieren, aber offen gestanden gibt es hier auch ziemlich unangenehmes Zeug, und das meiste wird Ihnen sowieso nichts sagen, wenn Sie nicht jemanden wie Graham bei sich haben. Ist Ihnen das recht?«

»Durchaus«, sagte Giles. Ich sah schon aus dem Augenwinkel, dass sein Benehmen hier völlig anders war als vorher im Auto, wo er mir all die lächerlichen und ein bisschen irren Fragen über mich und Sandy gestellt hatte. »Ich weiß, dass Sie mit unserer Geschäftsleitung gesprochen haben. Mit Donna Kiely?«

»Stimmt«, sagte Creek. »Nette Frau.«

»Ja«, sagte Giles. »Sie hat Ihnen sicher gesagt, dass das alles hier Routine sein sollte. Wir sind hier, um uns einen Eindruck von den Vorgängen hier zu verschaffen, und wir werden Donna Bericht darüber erstatten. Ich hoffe, wir sind in ein paar Tagen wieder in London. Aber eins möchte ich Ihnen sagen: Betrachten Sie uns nicht als Inspektoren. Wir sind eher so was wie Ihr Arzt oder Ihr Priester. Damit will ich sagen: Wir sind auf Ihrer Seite, und wir wollen keine Überraschungen. Wenn es ein Problem gibt, von dem Sie wissen, irgendetwas Heikles, oder ein Problem, das Sie inzwischen gelöst haben, dann lassen Sie es uns bitte wissen.«

Creek und Bittles machten verblüffte Gesichter.

»Ich weiß nicht, was ich sagen soll, Giles«, sagte Creek. »Wir sind ein Entsorgungsunternehmen. Wir hantieren mit gefährlichen Stoffen, und es gibt immer wieder technische Herausforderungen. Das ist unser Job. Aber mein Anliegen ist es, Ihnen in aller Aufrichtigkeit zu sagen, dass wir alle angesichts der Proteste in Marston Green ehrlich verblüfft sind. Sie sprachen davon, dass wir auf derselben Seite sind. Wir sollten auch auf der Seite der Protestierer sein. Wenn Graham Sie herumführt, wird er Ihnen hoffentlich zeigen können, wie hoch entwickelt unsere Verbrennungsverfahren inzwischen sind. Eines der großen Probleme, denen die Welt gegenübersteht, ist die Entsorgung des Abfalls, und ich glaube, wir gehen damit – darf ich sagen, im grünen Sinne? – so verantwortungsbewusst um wie sonst fast niemand in Westeuropa.«

Es war ziemlich unfair, aber ich fing an, mich ein kleines bisschen über Paul Creek zu ärgern. Ich hatte das Gefühl, er wollte mir etwas verkaufen. Er hörte sich an wie die Kommentarstimme in den Industriefilmen, die man uns im Chemieunterricht zeigte und die in mir den Wunsch weckten, Chemie abzuwählen.

»Außerdem«, fuhr er fort, »wäre da noch die Kleinigkeit der Arbeitsplätze zu bedenken. Wir sind ein personalintensiver Betrieb, und wir sind schon jetzt einer der größten Arbeitgeber in der Region. Wenn wir die nächste Phase unseres Expansionsprogramms hinter uns haben, werden wir noch einmal fast zweihundert weitere Leute beschäftigen. Mehr, wenn Sie die Zulieferer mitrechnen.«

»Ich glaub's Ihnen«, sagte Giles. »Aber Sie müssen nicht mich und Mark überzeugen. Wollen wir nicht einfach mit dem Rundgang anfangen?«

»Aber gern.« Creek sah ein wenig unbefriedigt aus. Wahrscheinlich war der Vortrag, den er vorbereitet hatte, noch nicht zu Ende. »Dann gehen wir jetzt hinunter. Wir müssen eine kurze Fahrt machen.«

Auf dem Weg nach unten führten sie uns in einen Umkleideraum. Wir bekamen nagelneue orangegelbe Overalls, die wir über unsere Sachen anzogen, und gelbe Schutzhelme.

»Toll sehen Sie aus«, sagte Paul Creek. Es klang wie ein Witz, den er schon öfter gemacht hatte.

Auf dem Parkplatz erwartete uns ein Minibus mit Fahrer. Wir stiegen ein und fuhren los, vorbei an den stinkenden, faulenden Überresten dessen, was ein guter Teil von Südwestengland in den letzten paar Wochen abgesondert und weggeworfen hatte. Paul Creek betrachtete es mit einer gewissen Faszination.

»Es hört sich albern an«, sagte er, »aber ich liebe Müll. Immer schon. Klingt das, als wäre ich verrückt? Ich kann's nicht ändern. Ich mache gern Feuer zu Hause. Wochenlang stapeln wir Äste und alte Pappkartons am Ende des Gartens. Ich tue so, als wäre es für die Kinder, aber in Wirklichkeit ist es für mich. Ich finde es wunderbar, wenn das erste Knistern sich in ein Inferno verwandelt.«

Ich konnte nicht widerstehen.

»Produziert Ihr Gartenfeuer Dioxine?«

Creek schüttelte den Kopf.

»Die Temperaturen sind zu niedrig. Dazu sind Hochofentemperaturen nötig. Ich zünde gern Dinge an, aber noch mehr liebe ich es, alles wiederzubenutzen, was sich irgendwie wiederbenutzen lässt. Ich betrachte es als persönliche Niederlage, einen Haushaltsgegenstand wegzuwerfen. Meine Frau treibt das die Wände hoch. Ich glaube, sie wirft alles weg, sowie ich ihr den Rücken zukehre. Aber mein eigentliches Hobby ist das Kompostieren. Kompostieren Sie auch?« Ich verneinte. Giles sagte gar nichts. Er schaute aus dem Fenster wie ein Tourist. »Das ist eine der großen Freuden des Lebens. Ein guter Komposthaufen ist ein lebender Organismus. Er fühlt sich warm an, und nach ein paar Monaten verwandeln sich Ihre alten Teebeutel und Gras und Eierschalen in einen lehmigen, schokoladigen Kompost, den man fast essen möchte. Da wären wir.«

Wir hielten vor einem Industriegebäude, das ich für einen Hochofen gehalten hätte. Es war riesengroß – wie ein Ozeandampfer. Die Außenwand bestand aus Mauerwerk und gefurchtem

Metall, aber obendrauf erhob sich ein gewaltiger Metallbehälter, und rechts daneben stand ein hoher Schlot, ebenfalls aus Metall. Am anderen Ende, dem Kamin gegenüber, war das Gebäude offen. Gabelstapler, Lastwagen und Lieferwagen fuhren ein und aus. Fünfzehn Meter darüber bewegte sich ein Kran auf Laufschienen hin und her.

»Helme auf«, sagte Graham Bittles.

Er war anders als sein Kollege. Paul Creek kam mir vor wie jemand, der einen Messestand leitete. Da verschenkte er T-Shirts und Kugelschreiber, und man versuchte dauernd, ihn wegzuwedeln wie eine Fliege. Graham Bittles war eher wie ein Mann, der seinen Job machte. Er sah aus, als würde er ihn lieber weiter machen, statt sich mit Besuchern abzugeben. Das gefiel mir. Er zeigte auf das Gebäude.

»Das ist die eigentliche Verbrennungsanlage.«

Giles lehnte sich zu mir und flüsterte mir ins Ohr. »Ist Ihnen schon mal aufgefallen, dass alles auf der Welt zu einer Anlage geworden ist? Es kann nicht einfach ein Ofen sein.«

Graham hörte ihn nicht und fuhr mit seinen Erklärungen fort. »An dem Ende dort ist das Lager. Wir können den Feststoffmüll von drei Tagen dort lagern. Sie sehen die Kranbrücke dort. Der Kran befördert den Müll in den Fülltrichter. Wir gehen gleich hinein. Warten Sie nur eine Sekunde.«

Er ging zu einem Mann, der eine Winde bediente, und sagte etwas zu ihm. Ein paar Schritte weiter kämpften zwei Männer mit der hydraulischen Hebevorrichtung hinter dem Führerhaus eines Lastwagens. Ich schlenderte zu ihnen hinüber.

»Wie läuft's?«, fragte ich. Sie drehten sich um und nickten mir zu. »Ich bin hier gerade bei einer Führung. Wir machen eine Untersuchung über Umweltverschmutzung.«

Einer der beiden lachte.

»Umweltverschmutzung? Hier? Hier gibt's nichts anderes als das, Kollege.«

»Ja, das stimmt«, sagte ich. »Sie wohnen in Marston Green?«

»Nein, unten an der Küste.«

»Ich wohne da«, sagte der andere Mann.

»Vielleicht sehen wir uns ja mal«, sagte ich. »Gehen Sie manchmal ins Four Feathers?«

»Manchmal.«

»Ich wohne da praktisch. Kennt einer von Ihnen Steve Yates?«

Sie sahen einander an.

»Steve«, sagte der Mann aus Marston Green. »Der fährt Laster. Wollen Sie ihn sprechen?«

»Nein, ich werde ihn früher oder später treffen«, sagte ich. »Er ist sowas wie ein Freund. Der Freund eines Freundes.« Ich sah, dass Bittles zurückgekommen war. »Bis später mal.«

Bittles führte uns eine Stahltreppe hinauf und durch eine Tür. Wir gelangten in einen großen Korridor. Dort war nichts zu sehen außer der Decke. Sie sah aus, als hingen dort Güterwagen umgekehrt aufgehängt, über die ganze Länge dieses sehr langen Raums. Ich sah Bittles an.

»Gleich darüber«, sagte er, »liegt der Verbrennungsraum, und das da sind die Aschecontainer. Es ist ein einfacher Prozess. Den Anfang haben Sie draußen gesehen. Der Feststoffmüll wird an einem Ende eingespeist und rutscht in den Verbrennungsraum. Dann in die Nachbrennkammer, in die Aschekollektoren und schließlich durch den Schlot.«

Paul Creek scharwenzelte eifrig um uns herum.

»Aber Graham, sagen Sie ihnen auch, wie sehr das Verfahren verbessert worden ist. Wir müssen klarmachen, dass wir hier nicht über ein Gartenfeuer reden.«

»Richtig«, sagte Graham. Er dachte kurz nach; zweifellos überlegte er, wie er es so einfältig formulieren könnte, dass wir es auch verstanden. »Die Leute könnten glauben, dass eine Müllverbrennungsanlage wie ein Krematoriumsofen funktioniert.« Giles verzog das Gesicht. »Man schiebt hinein, was immer man verbrennen will, und der Rauch steigt durch den Kamin nach oben, und am Ende schaufelt man die Asche heraus. Aber wenn Sie das mit diesen Mengen von Feststoffmüll tun, verstopft die Asche die Anlage, der Schlot füllt sich, und dann gelangen Giftstoffe in die Umwelt, und was weiß ich. Ein neues Modell wie unseres hier trennt die Asche, verbrennt die Rauchgase, und gleichzeitig trennen Nassfilter die Flugasche von den Rauchgasen. Was am Ende durch den Schlot geht, ist fast nichts.«

»Wann wurde dieses neue Modell gebaut?«

»Vor ungefähr zehn Jahren, um 1990 herum.«

Giles vertiefte sich in ein intensives Gespräch mit Bittles über einen Apparat namens Drehrohrofen, der Bittles mit großer Begeisterung erfüllte, und so spazierte ich davon. Ich ging durch den Korridor und durch eine offene Tür hinaus in den Sonnenschein. Der Geruch war abscheulich – wie bei einem Barbecue, bei dem etwas auf tragische Weise schief gegangen war. Ein paar Minuten später kamen die andern nach. Creek redete eindringlich und fuchtelte mit dem Finger herum.

»Aber das wirklich Gute ist, dass wir noch weiter gehen. In der nächsten Phase – und das ist Bestandteil unserer geplanten Expansion – werden wir die Rauchgase zur Elektrizizätserzeugung nutzen. Wir emittieren immer weniger Schadstoffe, wir schaffen Energie aus dem, was bisher einfach durch den Schornstein geht, und es gibt neue Arbeitsplätze. Wer könnte dagegen etwas einwenden?«

»Das hört sich alles so hübsch an«, sagte Giles.

»Es ist nichts als die Wahrheit«, sagte Creek.

»Haben Sie nie daran gedacht, sich der regionalen Bevölkerung zuzuwenden?«, fragte Giles.

»Wie meinen Sie das?«

»Tage der Offenen Tür. Führungen für Schulklassen. Einladungen an Ihre Kritiker, um über deren Sorgen zu sprechen.«

Creek schüttelte den Kopf.

»Da gibt's Gesundheits- und Sicherheitsprobleme. Sie sind doch ein Versicherungsmann. Könnten wir eine Klasse von ABC-Schützen versichern, die hier herumtollen?«

»Sie können alles versichern«, sagte Giles.

Plötzlich wurde Creek ernst.

»Giles. Wir betreiben hier ein Unternehmen. Die Abfallwirtschaft ist eine der wachstumsstärksten Branchen in der westlichen Welt, und wir gehören dabei zur Avantgarde. Wir sind kein Freizeitpark. Dieser Protest ist Quark. Das sind ein paar Leute, die meckern wollen. Was wir brauchen – was die Leute von Marston Green brauchen –, ist nur eins: Die sollen verschwinden. Sie haben gesagt, Sie sind auf unserer Seite. Können Sie nicht dafür sorgen, dass das geschieht?«

Als wir wegfuhren, sah Giles wieder fröhlich aus.

»Wie fanden Sie's?«, fragte ich. »Glauben Sie, die verschmutzen die Umwelt?«

»Wen interessiert das?«, sagte er. »Dieser Graham Bittles gefällt mir. Ein Mann nach meinem Herzen. Ein armer Hund. Aber glücklich, wenn Sie verstehen, was ich meine.«

»Nein, versteh ich nicht.«

»Ich hätte Ingenieur werden sollen. Es geht immer nur darum, die Mausefalle ein kleines bisschen zu verbessern. Das Verfahren kann immer noch ein bisschen feiner abgestimmt, ein bisschen schneller gemacht werden.«

»Billiger«, sagte ich.

Giles schien mich nicht zu hören.

»Interessantes Problem, die Verbrennung. Sie haben ein paar fantasievolle Fortschritte gemacht. Wissen Sie, Mark, es gibt da eine wahre Geschichte über einen amerikanischen Ingenieur am Ende des Ersten Weltkriegs, der einem deutschen Ingenieur zeigen wollte, wie fortgeschritten Amerika inzwischen war. Er schickte ihm einen mikroskopisch dünnen Faden. Und der Deutsche schickte dem amerikanischen Ingenieur den Faden zurück – mit einem perfekten, wunderschönen Loch, das er hineingebohrt hatte. Ist das nicht eine fröhliche Geschichte? Hat Ihnen Marshco nicht gefallen? All die Maschinen, das ganze Treiben?«

»Ich hatte ein Problem mit dem Geruch.«

»Das sind nicht sie«, sagte Giles. »Sie stellen den Müll nicht her. Das tun wir. Was sollten wir sonst damit anfangen?«

»Ihn recyceln?«

»Wann sind Sie das letzte Mal auch nur zum Flaschencontainer gegangen?«

»Also wollen Sie sie vom Haken lassen?«

»Ich weiß nicht, ob sie je am Haken gehangen haben. Aber das ist nicht unsere Sache. Wir schnuppern ein bisschen herum und fahren dann zurück nach London. Aber nett ist es hier.«

»In Marston Green?«

»Marston Green ist ein Müllhaufen. Das meine ich metaphorisch. Ich sprach von der Entsorgungsanlage.«

Und so fuhren wir zurück nach Marston Green, und der Geruch folgte uns mit dem Wind, und Giles redete darüber mit einer Begeisterung, wie ich sie bei ihm noch nie erlebt hatte.

ACHTZEHN

Ich wollte Hannah Mahoneys Nummer heraussuchen, aber sie stand nicht im Telefonbuch. Das ist wahrscheinlich eine notwendige Schutzmaßnahme schon für eine Grundschullehrerin, wenn sie nicht will, dass durchgeknallte Eltern vorbeikommen und sie umbringen. Aber es hat auch seine Vorteile, in einem kleinen Dorf zu sein. Ich ging zur High Street. Dort würde es jemanden geben, der mir weiterhelfen könnte. Das Postauto stand vor dem Dorfladen; ich ging hinein und fand Dave, den Postboten, der mit der Frau hinter der Ladentheke eine Tasse Tee trank. Sehen Sie? Dave, der Postbote. In meinem ganzen Leben hatte ich noch nie gewusst, wie der Postbote heißt, und kein Postbote hatte je meinen Namen gekannt. Jetzt plauderte ich morgens mit Dave, und dabei hatte ich erst zweimal Post gekriegt, seit ich in Marston Green war, und in beiden Fällen war sie von Wortley gekommen. Nicht gerade die Sorte Briefe, die von einem Hauch Parfüm umgeben sind.

Ich erzählte Dave, dass ich Hannah Mahoney etwas vorbeibringen wollte. Ob er mir wohl sagen könnte, wo sie wohnte.

»Kein Problem«, sagte Dave. »Ich kann's auf dem Heimweg bei ihr abliefern.«

»Ich muss aber auch mit ihr reden.«

Dave zuckte die Achseln. Auch das war kein Problem. Er zog sogar einen alten Umschlag aus der Tasche und zeichnete mir eine Karte.

Es war halb fünf, die Schule war aus, und ich ging die High Street hinunter und bog rechts in eine schmale Gasse ein. Eine Reihe von Cottages stand auf einer Böschung, und im dritten wohnte Hannah Mahoney. Es war ein weißgestrichenes Steinhaus mit einem Reetdach und so klein, dass man durch das vordere Fenster in den Garten blicken konnte, der anscheinend nur ein paar Schritte weit entfernt war. Ich sah und hörte, dass sich drinnen etwas bewegte; also klopfte ich an die Tür. Sie öffnete und sah mich erstaunt und nicht besonders erfreut an. Ich gewöhnte mich allmählich an diesen leicht sarkastischen, leicht amüsierten Gesichtsausdruck, den sie anscheinend speziell für mich reserviert hatte. Sie trug Jeans und ein Männerhemd, das ihr viel zu groß war. Die Ärmel waren bis unter die Ellenbogen hochgekrempelt.

»Entschuldigen Sie, dass ich so einfach vor Ihrer Tür stehe«, sagte ich. »Ihre Nummer steht nicht im Telefonbuch.«

»Damit nicht jeder hier einfach aufkreuzt«, sagte sie.

»Ich wollte Sie nur rasch etwas fragen. Dann bin ich gleich wieder weg. Dauert nur eine Minute.«

Sie seufzte.

»Was?«

»Mein Chef, Giles Buckland, ist gekommen.«

»Ja, das habe ich gehört.«

»Wo?«

»Das Dorf ist klein.«

»Macht Ihnen das nichts aus?«, fragte ich. »Dass jeder weiß, was Sie tun, und es kommentiert?«

»Manchmal schon«, sagte sie. »Und manchmal ist es nett. Die Leute helfen einander.«

»Wie auch immer«, sagte ich. »Wir sind in der Müllverbrennungsanlage gewesen und haben uns umgesehen.«

»Und was hielten Sie davon?«

»Ich weiß es nicht«, sagte ich. »Ich glaube nicht, dass ich eine gute Müllkippe von einer schlechten unterscheiden kann. Und man bekommt dort auch nur teilweise einen Einblick in das, was hier vorgeht. Ich dachte, ich könnte mal mit Giles vorbeikommen, und wir könnten uns richtig unterhalten. Er ist ein richtiger Naturwissenschaftler. Na ja, er war mal einer.«

Drinnen erhob sich Geheul, und dann kam Bruce heraus. Er sah zu mir auf und verstummte. Sie nahm seine Hand, ohne hinzuschauen. Sie wusste einfach, wo er war.

»Wissen Sie, was ich gern wüsste?«, fragte sie.

»Was denn?«

»Was kann für meine Interessen anderes als Schlechtes herauskommen, wenn ich mit Ihnen und Ihrem Chef darüber spreche? Ihre Firma will nur eins: dass diese Kampagne aufhört. Warum sollte ich Ihnen auch nur einen Hinweis darauf geben, was ich vorhabe? Ich weiß nicht, warum Sie nicht einfach in unsere Versammlungen kommen. Nächste Woche findet wieder eine statt.«

»Ich bin erst seit zwei Tagen hier«, sagte ich. »Ich habe mit Kevin gesprochen, ich habe mir die Anlage angesehen, und ich habe mir den Vortrag der Betriebsleitung angehört, und das einzige wirklich Beeindruckende, was ich bisher gesehen habe, war Ihre Karte. Meine Vorgesetzten haben mir klar und deutlich gesagt, dass ich hier keinerlei Befugnisse habe. Ich weiß nicht viel über Ihre Kampagne. Ich kann Ihnen nur sagen: Wenn es jemanden gibt, der Marshco unter Druck setzen kann, dann ist es Wortley.«

Sie sah unentschlossen aus. Schon besser.

»Ich kann Giles allein zu Ihnen schicken«, sagte ich. »Wenn Ihnen das lieber ist.«

»Ich kann schon auf mich aufpassen«, sagte sie. »Selbst wenn ich in der Minderzahl bin.« Langsam erschien ein Lächeln auf ihrem Gesicht. »Ich höre, dass Sandy sauer auf Sie ist.«

Einen Augenblick lang war ich völlig verdattert. Ich brachte kein Wort hervor.

»Was?«, sagte ich dann.

»Ihre Schwester arbeitet halbtags in meiner Schule. Was ist das hier? Eine Art Club-Med-Urlaub? Glauben Sie, Sie sind auf Ibiza?«

Ich holte tief Luft. Mir war bewusst, dass ich puterrot geworden war. »Sandy schien ziemlich nett zu sein«, sagte ich. »Ich möchte nichts dazu sagen.«

»Es gibt nicht viele junge Frauen in Marston Green. Sie sollten vorsichtig mit ihnen umgehen. Ich habe nichts dagegen, wenn Sie beide kommen. An welche Zeit hatten Sie gedacht?«

»In einer halben Stunde?«

»Nein. Kommen Sie um sieben. Dann hat Bruce gegessen und geht bald ins Bett.«

»Ich möchte Ihnen nicht im Weg sein, wenn Sie ausgehen wollen.«

Sie sah mich misstrauisch an.

»Sind Sie jetzt sarkastisch?«

»Überhaupt nicht.«

»Halten Sie es für unwahrscheinlich, dass es irgendetwas geben könnte, wo ich hingehe? Reden Sie unhöflich über mich, oder reden Sie unhöflich über Marston Green?«

»Also, das müssen Sie jetzt noch mal wiederholen«, sagte ich. »Ich kann Ihnen nicht folgen.«

»Es ist nichts weiter. Ich gehe nur zufällig heute Abend nicht aus.«

»Was ich toll finde«, sagte ich. »Ich meine, für uns.«

Sie schüttelte den Kopf.

»Dann bis später.«

Als wir um sieben kamen, hatte Bruce gerade erst zu Abend gegessen und rannte im Wohnzimmer herum. Das war eine gefährliche Beschäftigung, denn der Fußboden bestand aus blanken Dielen, auf denen Teppiche verteilt waren. Immer wenn Bruce auf einen Teppich trat, folgte der Teppich ihm. Giles und ich saßen verlegen herum und hielten uns an Kaffeebechern fest. Hannah räumte das Geschirr ab und wischte über Tisch und Anrichte. Plötzlich blieb Bruce vor uns stehen, wischte sich mit dem Ärmel über die Nase und sagte:

»Wieso trägt Davy Crockett eine Waschbärmütze?«

»Keine Ahnung«, sagte Giles in gespielter Ratlosigkeit.

»Weil der Waschbär verloren hat. Wenn der Waschbär gewonnen hätte, würde er eine Davy-Crockett-Mütze tragen. Warum heißt der Waschbär eigentlich so?«

»Schwer zu sagen«, antwortete Giles. »Die Leute glauben, dass er alles, was er frisst, vorher mit Wasser abwäscht. Tatsächlich pflegen Waschbären aber …«

Giles merkte, dass Bruce nicht mehr zuhörte, weil es ihn offenbar an einer irrsinnig entlegenen Stelle an seinem Rücken juckte. Er hatte die Hand unter die Pyjamajacke geschoben und versuchte sie zu erreichen, und dazu musste er sich rückwärts verrenken.

»Ich weiß auch eine Frage über Davy Crocket«, sagte Giles. »Was war Davy Crockets Leibspeise?«

Hannah war inzwischen wieder hereingekommen.

»Ist das ein Rätsel?«, fragte sie.

»Nein«, sagte Giles. »Kein Rätsel. Es ist wahr. Was war sein Lieblingsessen?«

»Woher sollen wir das wissen? Was hat man denn im Westen gegessen? Wahrscheinlich Schweinefleisch mit Bohnen oder so was.«

»Schlangen«, sagte Bruce.

»Nein.«

»Wir geben auf«, sagte Bruce.

»Davy Crocket sagte, das beste Essen seien die Kartoffeln aus einem abgebrannten Haus, geröstet im Fett der Indianer, die er dort bei lebendigem Leibe verbrannt hätte.«

»Was?«, fragte Bruce. »Hat er die gegessen?«

»Die Kartoffeln hat er gegessen«, sagte Giles.

Hannah zog ein Gesicht, das aussah, als werde sie sich sofort übergeben oder uns rauswerfen. »Schlafenszeit«, sagte sie. »Sag gute Nacht, Bruce.«

»Das war so eklig«, sagte Bruce.

Hannah nahm ihn bei der Hand und ging mit ihm die schmale Treppe hinauf. Er plapperte, bis sie oben waren, aber ich verstand nur das Wort »Kartoffeln«.

»Ist es richtig, einem kleinen Jungen so was zu erzählen?«, fragte ich. »Ich kriege davon Alpträume.«

»Kindern macht das nichts aus«, sagte Giles zuversichtlich. »Die finden das lustig.«

»Wahrscheinlich weint er jetzt in sein Kopfkissen«, sagte ich.

Giles sah nicht beunruhigt aus. Ich war aufgeregt; also stand ich auf und sah mich im Zimmer um. Viel war nicht da, abgesehen von Unmengen von Taschenbüchern in einem Regal. Ich hoffte ein paar Fotos zu finden, aber ich fand nur eins: Hannah mit längeren Haaren und einem sehr viel kleineren Bruce am Strand im hellen Sonnenschein. Sie hielt ihn auf dem Knie und lächelte geblendet in die Kamera. Ihre Augen waren schmal in der grellen Sonne. Der

Fotograf warf einen ziemlich formlosen Schatten auf den Sand. Ich fragte mich, wer es gewesen war. Ich nahm das Foto in die Hand und schaute es mir genauer an.

»Sie ist nicht verheiratet«, stellte ich fest. »Und man sieht nirgends im Haus eine Spur von einem Mann. Ich frag mich, ob sie lesbisch ist.«

»Warum fragen Sie da nicht mich?«, sagte Hannah.

Mit erstaunlicher Selbstbeherrschung stellte ich das Bild zurück ins Regal. Ich hätte es leicht auf den Boden fallen lassen können, und das hätte die Situation noch ein kleines bisschen schlimmer gemacht.

»Ist schon in Ordnung«, sagte ich.

»Vielleicht können Sie es an der Einrichtung meines Hauses erkennen«, schlug Hannah vor. »Ist sie im Wesentlichen heterosexuell, oder ist da vielleicht doch ein leichter Lesben-Touch?«

»Ich überlege, was ich darauf sagen soll«, sagte ich.

»Das kann Mark normalerweise gut – sich überlegen, was er sagen soll«, sagte Giles. »Zu Frauen.«

»Vielen Dank, Giles.«

»Ich habe schon davon gehört«, sagte Hannah. »Nachdem Sie gerade mein Kind traumatisiert haben, kann es sein, dass ich ziemlich bald zu ihm gehen und ihm noch eine andere Geschichte erzählen muss. Also sollten wir vielleicht zur Sache kommen.«

»Giles behauptet, Kinder kann man mit solchen Dingen nicht erschrecken«, sagte ich. Das hatte er jetzt davon, dass er gesagt hatte, ich sei gut darin, mir auszudenken, was ich zu Frauen sagen sollte.

»Das werden wir sehen«, sagte sie. »Besser gesagt, das werde ich sehen. Wahrscheinlich morgen früh gegen drei.« Giles und ich setzten uns auf das Sofa. Sie zog sich einen Stuhl heran und setzte sich darauf. »Sie verstehen, dass ich ein bisschen vorsichtig sein werde, wenn ich mit Ihnen spreche. Ich bin unschlüssig, ob ich überhaupt etwas mit Ihnen zu tun haben sollte. Alles, was ich Ihnen zeigen kann, wird entweder eine Stärke oder eine Schwäche in unserer Kampagne offenbaren, und beides wird Ihnen helfen und unserer Kampagne schaden.«

»Aber möchten Sie denn, dass Ihre Kampagne auf falschen Informationen basiert?«

»Ich bitte Sie«, sagte sie. »Sie wissen, dass es in der wirklichen Welt so nicht läuft. Jede Argumentation hat ihre Schwächen, auf die der Gegner sich stürzen kann, um damit ein begründetes Anliegen zu Fall zu bringen.«

Giles rieb sich das Gesicht. Er sah aus, als wäre er müde und ziemlich gelangweilt. Inzwischen konnte ich seinen Gesichtsausdruck deuten. Der hier war ein Zeichen dafür, dass ihm die Sache Spaß machte.

»Das sehe ich ein«, sagte er. »Was mich interessiert, sind natürlich die Daten, die Sie gesammelt haben, und darüber können wir uns gleich unterhalten. Aber aus reiner Neugier: In einer idealen Welt, was würden Sie da wollen?«

»Wir leben nicht in einer idealen Welt«, sagte Hannah. »Wir leben in einer schmutzigen, widersprüchlichen Welt. Was wir wollen? Das versuchen wir zurzeit zu formulieren. Ich spreche nicht für die Kampagne, und ich spreche nicht für die Opfer. Aber was wir anstreben, ist vermutlich eine ordentliche Untersuchung der Schäden, die durch diese Verbrennungsanlage verursacht wurden, die Ermittlung der Verantwortlichen, eine Gesetzesreform, die verhindert, dass dergleichen noch einmal passiert, und am Ende irgendeine Form von Wiedergutmachung für die Opfer. Aber niemand glaubt, dass diese Wiedergutmachung für die Mehrheit der Geschädigten noch rechtzeitig kommen wird. Ich glaube, die meisten wünschen sich vor allem, dass jemand aufsteht und sagt: Es war unsere Schuld, und es tut uns Leid.«

Es war still. Hannah war auf einmal sehr blass im Gesicht; nur auf den Wangenknochen standen rote Flecken. Die weiße Haut ließ ihre dunklen Augen noch wütender funkeln. Ich hatte nur einen Gedanken: Wenn ich jemand von Marshco oder von Wortley gewesen wäre – okay, ich war jemand von Wortley, aber ich dachte an jemanden Wichtiges von Wortley –, dann wäre ich froh gewesen, dass sie diesen Vortrag in ihrem eigenen Wohnzimmer gehalten hatte und nicht vor Gericht oder in einem Untersuchungsausschuss. Andererseits – was hatte sie da eigentlich gesagt?

»Noch Kaffee?«, fragte sie.

»Ja, danke, das wäre nett«, sagte Giles. Ich nickte nur. Giles fragte nach der Toilette, und Hannah zeigte auf eine Tür am anderen Ende des Hauses. Beide kamen gleichzeitig zurück. Giles war ernst und voller Unbehagen.

»Ich kann nicht viel tun, um Ihre Besorgnis über uns zu vertreiben«, sagte er. »Natürlich sind wir nicht hier, um Ihnen bei Ihrer Kampagne zu helfen. Ich kann nur sagen, wir sind nicht hier, um eine Kampagne gegen Sie zu starten. Wir sind nicht hier, um irgendjemanden zu beeinflussen – mal abgesehen von dem, was Mark nach Feierabend treibt. Könnten Sie uns erzählen, was Sie getan haben?«

Sie schenkte uns und sich Kaffee ein. Auf meinem Becher war das Gesicht eines Teletubbys. Sie nahm einen kleinen Schluck Kaffee.

»Daran ist nichts Kompliziertes«, sagte sie. »Mark muss es Ihnen doch erzählt haben. Ich habe Informationen über Erkrankungen in dieser Gegend gesammelt und entschieden, welche relevant sein könnten. Dann habe ich sie auf eine Karte eingetragen, um zu sehen, ob es ein Muster geben könnte.«

»Es gibt aber ein Problem mit …«, begann Giles.

»Es gibt viele Probleme«, sagte sie. »Eins besteht darin, dass es schwer ist, ein Muster zu erkennen, wenn man nur einen Ort betrachtet. Wenn die Dioxine, die von der Verbrennungsanlage emittiert werden, die Krebserkrankungen verursachen, kommt es entscheidend darauf an, dass wir uns im Windschatten der Anlage befinden. Ich habe meine Untersuchung also auf ähnlich große Gemeinden ausgedehnt, die weiter entfernt und in der anderen Richtung liegen.«

»Das ist ausgezeichnet«, sagte Giles. »Ich verstehe noch nicht, wie Sie an Ihre Informationen kommen. Sie können ja nicht einfach zu den Ärzten in die Praxis spazieren und in ihren Unterlagen stöbern.«

»Wir haben Fragebögen verschickt, nicht nur in Marston Green, sondern wie gesagt in fünf anderen Gemeinden auf einer Achse, die von hier aus in nordöstlicher Richtung verläuft.«

»Wie ist Ihre Rücklaufquote?«

»Wir haben sie erst vor ein paar Wochen verschickt, aber sie scheint ziemlich hoch zu sein. Und die Quote ist anscheinend bei allen Gemeinden gleich; also dürften wir ein repräsentatives Ergebnis erhalten.«

»Vermutlich«, sagte Giles, »überwiegen bei den Antworten diejenigen, bei denen Krebsfälle vorliegen.«

»Da bin ich beinahe sicher«, sagte Hannah. »Aber das macht nichts. Allenfalls kann sich das auf unser Anliegen nachteilig auswirken. Uns interessiert nicht der Prozentsatz der Krebskranken unter den Rücksendern. Wir wollen nur wissen, wie viele es sind, an welcher Krankheit sie leiden, und wo sie wohnen.«

»Und dann?«

»Wir gehen Schritt für Schritt vor. Wir werden sie auf der Karte verzeichnen, wie ich es für Marston Green getan habe, und dann ergibt sich vielleicht ein überzeugendes Muster. Es gibt so viele Debatten über diesen oder jenen chemischen Prozess und diese oder jene angebliche Auswirkung. Ich will etwas haben, das man sich einfach anschauen kann. Etwas, das man so deutlich sehen kann wie die eigene Hand vor dem Gesicht.«

»Könnte ich eine Kopie der Karte mit den Krankheitsfällen in Marston Green bekommen?«

»Bedaure«, sagte Hannah. »Ich habe den Leuten, die geantwortet haben, versprochen, dass ihre Anonymität gewahrt bleibt. Letzten Endes möchte ich die Informationen veröffentlichen, aber ich muss mir noch überlegen, wie ich das am besten tun kann.«

»Sie haben sie doch schon bei einer öffentlichen Versammlung präsentiert.«

»Ich weiß. Das hat mir auch Kopfzerbrechen bereitet. Aber ich hielt es für wichtig, dass man sehen kann, wovon wir reden. Und ich habe darauf geachtet, dass alles anonym bleibt.«

»Kann ich es wenigstens mal ansehen?«

Sie zögerte nachdenklich.

»Warum nicht?«, sagte sie dann.

Sie stand auf und ging hinaus. Dann kam sie mit ihrer großen Karte zurück und lehnte sie ans Sofa. Giles betrachtete sie stumm und mit zusammengekniffenen Augen, die rechte Hand unter dem Kinn. Er hatte den Kopf schräg gelegt und sah aus wie ein Kunstexperte, der ein abstraktes Gemälde begutachtet: Dreißig Kleckse auf einem englischen Dorf.

»Und das ist … was?«, fragte er.

»Fälle von Leukämie, multiplem Myelom, Lungenkrebs, Brustkrebs, Knochenkrebs, Darmkrebs. Ein ganzes Spektrum.«

»Mark hatte Recht«, sagte er. »Ausnahmsweise. Das ist beunruhigend. Sie haben bemerkenswerte Arbeit geleistet, Hannah. Das hier ist etwas, über das wir alle nachdenken müssen. Es ist das Interessanteste, was ich gesehen habe, seit ich hier bin. Vielleicht das einzig Interessante, abgesehen von Marks außerdienstlichen Unternehmungen …«

»Giles …«, sagte ich.

»Was ist mit Kevin?«, fragte Hannah. »Mit den Unmengen von Informationen, die er zusammengetragen hat?«

»Ich weiß es nicht«, sagte Giles. »Ich weiß nicht, was die zu bedeuten haben. Das soll nicht heißen, dass ich sie nicht verstehe. Ich weiß nur nicht, was diese Massen von Informationen über Müllverbrennung und kranke Menschen in Marston Green aussagen.« Er rieb sich wieder das Gesicht, als sei das alles zu viel für ihn. »Ich nehme an, Mark hat Ihnen erzählt, dass ich mal so was wie ein Wissenschaftler war, vor Jahren. Einer der vielen Gründe, weshalb ich das aufgegeben habe … Na ja, der Hauptgrund war, dass ich morgens nicht mehr aus dem Bett kommen konnte. Das war das letzte Hindernis. Aber als ich anfing, dachte ich, dass wir, wenn wir Wissenschaft betreiben, etwas über die Wirklichkeit herausfinden. Immer mehr. Aber dann erkannte ich, dass es keineswegs so war. Was wir tatsächlich taten – wir bauten Brücken, und manchmal blieben diese Brücken stehen, und man konnte hinübergehen. Und manchmal stürzten die Brücken ein, und dann nahmen wir an, dass wir etwas falsch gemacht hatten. Dann bauten wir die nächste Brücke eben anders. Deshalb interessierte ich mich immer mehr für Wahrscheinlichkeiten und ging schließlich zu einer Versicherung. Das ist eine komische Wissenschaft. Ich kann Ihnen nicht sagen, ob Sie Kopf oder Zahl bekommen, wenn Sie eine Münze werfen.

Aber wenn ich die Münze hundert Millionen mal werfe, kann ich Ihnen mit absoluter Sicherheit sagen, in welchem Bereich die Häufigkeit von Kopf und Zahl auftreten wird.

Und das gefällt mir an Ihrer Karte. Sie ist nicht wie Kevin Seegers Zimmer voller Akten. Er versucht herauszufinden, wie die Welt funktioniert. Vielleicht hat er Recht, vielleicht nicht. Aber Sie haben uns Zahlen gegeben, mit denen wir arbeiten können.« Er rieb sich die Augen. Dann sah er Hannah an. »Wäre es möglich, die Krebskranken kennen zu lernen?«

Hannah sah ihn erschrocken an.

»Wozu?«, fragte sie. »Das widerspricht allem, was Sie bisher gesagt haben. Was können Sie bei einem Zusammentreffen mit zwei oder drei leidenden Menschen erfahren?«

»Wir würden gern die Stimmung der Leute kennen lernen«, sagte Giles. »Natürlich interessiere ich mich für Zahlen. Aber wir möchten uns auch ein Bild von den Gefühlen der Leute im Dorf machen.«

Hannah war die Sache sichtlich unbehaglich.

»Darüber muss ich nachdenken. Diese Menschen sind äußerst verwundbar.«

»Das ist uns bewusst.«

»Und es würde mich beunruhigen, wenn sie einzeln herausgepickt würden.«

»Hannah, ich versichere Ihnen, dass wir in keiner Weise befugt sind, im Namen von Marshco oder Wortley mit irgendjemandem zu verhandeln.«

Sie starrte ihn an.

»Was hat es dann für einen Zweck, dass Sie überhaupt hier sind?«, fragte sie. »Sie kommen hier rein und sind voller Empfindsamkeit und ›Ich konnte morgens nicht aus dem Bett kommen‹, und ›ich kann Ihren Schmerz nachfühlen‹ ...«

»Das habe ich nie gesagt.«

»Sie flirten mit uns, das ist alles. Sie platzen in unser Leben, und Mark hier glaubt, er sei auf Ibiza oder so was, und sowie sich tatsächlich etwas ergibt, sagen Sie, es tut Ihnen Leid, aber Sie sind nicht befugt.«

Jetzt trat eine Pause ein. Ich hatte jedenfalls nicht vor, irgendetwas zu sagen. Hannah machte mir Angst. Ich hatte noch nie eine Frau kennen gelernt, die mir so viel Angst machte. Ich schaute zu Boden.

»Ich habe niemals etwas so Plumpes gesagt wie ›Ich kann Ihren Schmerz nachfühlen‹. Denken Sie doch mal nach: Wie könnten wir denn hier aufkreuzen und anfangen, zu verhandeln? Welchen Sinn sollte das für irgendjemanden haben?«

Hannah war ein wenig atemlos, als sei es eine körperliche Anstrengung gewesen, Giles anzuschreien.

»Wahrscheinlich haben Sie recht«, sagte sie. »Ich bin bei diesem Thema einfach überempfindlich.«

»Wir gehen jetzt«, sagte Giles, und sie brachte uns zur Tür. Öffnete sie und zeigte uns einen goldenen Abend dort draußen.

»Und Sie glauben also, ich bin eine Lesbe, ja?«

»Ich hoffe nicht«, sagte ich.

»Was? Wie meinen Sie das?«

Mein Kopf war plötzlich entsetzlich leer. Schlimmer als leer. Er war ein schwarzes Loch, das Worte und Gedanken aufsaugte und auslöschte.

»Äh, na ja, Sie haben ein Kind.«

Das war ein dämlicher Anfang.

»Ein Kind? Ach so, ich verstehe.«

»Aber natürlich«, fügte ich hinzu, »hoffe ich, dass Sie glücklich sind, was immer Sie sein mögen.«

»Verpissen Sie sich«, sagte sie.

Das war eine sehr grobe Art, uns zu verabschieden, denn sie schloss die Tür ohne ein weiteres Wort.

NEUNZEHN

Giles und ich saßen mit Bier und Sandwiches im Garten hinter dem Four Feathers. Ich hatte es noch nicht geschafft, zum Supermarkt zu fahren, und so waren wir weiterhin auf Geoff Otley angewiesen. Ich beschloss, damit auch zu warten, bis es mal regnete. An einem Abend wie diesem hätte ich es als Zeitverschwendung empfunden, im Haus zu bleiben und mich am Herd zu plagen. Vom alten Stallhof aus war man in ein paar Sekunden im Garten. Picknicktische standen hier und da herum, und wir suchten uns einen aus, der abseits der anderen Leute stand. Vom Garten aus blickte man auf ein Stoppelfeld. Schwärme von winzigen Fliegen schwebten wie Rauchwolken in der Abendsonne. Schwalben schwirrten im Kreis auf und ab und fingen die Insekten. Für mich war das alles andere als eine friedliche, ländliche Szenerie. Die Schwalben waren wie Jagdflugzeuge, F-16s, die im Tiefflug herankamen, dicht über den Konturen des Geländes, und dann jäh abschwenkten und in steiler Seitenlage zurückkurvten. Es ging nicht bloß um Insekten. Eine Elster saß auf einem Zaunpfahl, und dann sah ich, dass die Schwalben sie mit hohem Tempo attackierten. Sie stießen auf sie herab und zogen wieder hoch, und dabei verfehlten sie sie oft nur um eine Handbreit. Die Elster schien sie eine Weile zu ignorieren, und dann flatterte sie geräuschvoll davon, immer noch drangsaliert von den Schwalben.

Giles nahm einen Schluck Bier.

»Kennen Sie die Redensart ›Wir sind hier nicht im Bärengarten‹?«

»Nein«, sagte ich.

»Lehrer sagen das in der Schule. Früher jedenfalls. Die Schüler machen Unsinn, und der Lehrer schreit: ›Was glaubt ihr, wo wir hier sind? Im Bärengarten?‹«

»Hab ich noch nie gehört.«

»Vielleicht meinten sie Biergarten. Ich hab ein Schild draußen gesehen. Das hier ist ein Biergarten.«

»Und was ist ein Bärengarten?«

»Na, Sie wissen schon – im elisabethanischen England, wo sie einen Bären an einen Pfosten banden und die Hunde auf ihn hetzten.«

»Das klingt nach Rummel.«

»Rummel?«

»Ich meine, mehr Rummel als in einem Biergarten. Ich meine, dieser Biergarten ist doch ziemlich friedlich.«

»War nur so ein Gedanke.« Giles nahm noch einen Schluck Bier. »Ihre Maschen werden schlechter.«

»Was meinen Sie damit?«

»Bei Hannah Mahoney. ›Ist sie lesbisch?‹ ›Ich hoffe, Sie sind glücklich, was immer Sie sein mögen.‹ Das hätte sogar ich besser gekonnt.«

Ich biss in mein Sandwich. Guter, kräftiger Käse und Gurken, eine ordentliche Schnitte frisches Weißbrot. Jan hatte hinten ihren eigenen Brotbackautomaten. Warum sollte ich je in den Supermarkt gehen?

»Zunächst mal, Giles, war das keine Masche. Ich habe keine Masche. Ich glaube nicht, dass es so was wie eine Masche gibt. Und zum Zweiten waren wir bei ihr, um mit ihr über Leute zu sprechen, die an Krebs sterben.«

»Das ist die beste Methode, Frauen kennen zu lernen«, sagte Giles. »Wenn Sie mit Ihren Gedanken eigentlich bei anderen Dingen sein sollen. Das ist gut für die Romantik. Wie finden Sie sie?«

Das war nicht das Gespräch, das ich erwartet hatte.

»Wie ich sie finde? Ich finde nicht, dass unser Zusammentreffen besonders gut verlaufen ist.«

»Ich finde sie wundervoll«, sagte Giles. »Sie ist wirklich mein Typ. Das heißt, sie wäre es, wenn ich nicht verheiratet wäre. Intelligent. Energisch, schön.«

»So schön ist sie auch nicht«, sagte ich.

»Nicht schön?«, sagte Giles. »Wer ist dann schön? Ach, Sie meinen Ihr Flittchen, Sandy?«

»Heilandssack, werden Sie wohl mal aufhören mit Sandy? Aber ja, Sandy ist auf den ersten Blick hübscher, nehme ich an.«

Giles nahm einen Schluck Bier und rülpste leise.

»Das gefällt mir«, sagte er. »Wir sitzen in einem Pub und vergleichen Frauen. So gehört es sich für Männer. Es ist fast, als wäre ich wieder ledig. Wie Michael Caine und Terence Stamp in den Sechzigern.«

»Terence Stamp?«

»Finden Sie nicht, dass eine Frau mit Kind etwas besonders Attraktives an sich hat?«

»Eigentlich nicht.«

»Die Forschung hat gezeigt, dass wir uns von den Brüsten und runden Hüften der Frauen angezogen fühlen, weil sie Fruchtbarkeit signalisieren. Ein Kind ist bloß eine Variante davon.«

»Ich glaube, das ist nicht dasselbe.«

»Ich hab sie übrigens nicht angelogen. Ich bin ehrlich beeindruckt von dem, was sie da macht. Von dieser Karte.«

»Sie sieht erstaunlich aus.«

»Das ist es nicht allein. Solche Informationen sind schwer zu beschaffen. Ich hoffe, sie sind so zuverlässig, wie sie sagt, aber das lässt sich beizeiten überprüfen.«

»Das klingt sehr geschäftsmäßig.«

»Sie hat Brustkrebs, wissen Sie.«

Mir war, als würde ich gleich vom Stuhl fallen. Ich musste mich am Tisch festhalten.

»Was?«

»Zumindest wird sie deshalb behandelt.«

»Woher wissen Sie das?«

»Im Bad standen Fläschchen mit Tamoxifen. Nach bestimmten Formen der Krebsbehandlung muss man das ein paar Jahre nehmen.«

»Giles, Sie können nicht dauernd in den Badezimmern fremder Leute herumschnüffeln. Das ist nicht in Ordnung.«

Er trank noch einen Schluck Bier.

»Ich habe nicht herumgeschnüffelt. Ich habe gefragt, ob ich die Toilette benutzen kann. Sie hat mir das einzige Bad im Haus gezeigt. Die Fläschchen standen offen herum, und ich habe sie gesehen. Ich kann mich nicht zwingen, etwas nicht zu sehen, wenn es vor meinen Augen steht. Ich kann nicht aufhören, etwas zu wissen, das ich weiß. Und dass wir es wissen, schadet ihr ja nicht – es sei denn, wir erzählen es überall herum.«

»Das stimmt nicht.«

»Warum nicht?«

»Weil Sie sie jetzt auf eine ganz bestimmte Art beurteilen werden.«

»Nein.«

»Doch. Jetzt werden Sie ihre Kampagne mit anderen Augen sehen. Bis jetzt dachten wir, sie kämpft für die Interessen anderer Leute, aber jetzt wissen wir, dass sie es für sich selbst tut.«

»Möchten Sie noch ein Bier, Mark?«

»*Fuck*, ja. Ich würde gern den Kopf reintauchen.«

Giles ging in den Pub, und ich ließ mir unseren Besuch bei Hannah noch einmal durch den Kopf gehen. Im Grunde bedeutete das, eine schlechte Erinnerung nach der anderen Revue passieren zu lassen. Zum Beispiel, ist sie eine Lesbe? Ich dachte an den übellaunigen Abschied. Wie sie mir gesagt hatte, ich solle mich verpissen, und dann die Tür zugemacht hatte. Dann versuchte ich mich an unsere genauen Worte zu erinnern, als wir davon gesprochen hatten, dass wir ein paar Opfer kennen lernen wollten. Hatte einer von uns irgendwelche leichtfertigen Bemerkungen darüber gemacht? Ich erinnerte mich nicht, aber sicher war ich nicht. Wenn nicht, war es reine Glückssache gewesen. Giles kam mit seinen beiden großen Gläsern zurück. Er hatte zwei Tüten Chips zwischen den Zähnen. Er beugte sich vor und ließ sie auf den Tisch fallen wie ein dressierter Vogel. Das Bier war übergeschwappt und hatte ihm die Finger nassgemacht. Er zog ein Papiertaschentuch aus der Tasche und trocknete sie ab. Ich nahm einen großen Schluck Bier.

»Haben Sie nie ein schlechtes Gewissen, wenn Sie Leute bespitzeln?«

Gelassen riss Giles eine Tüte Chips mit Salz-und-Essig-Geschmack auf, steckte ein paar in den Mund und knirschte widerlich laut darauf herum.

»Ich dachte, die essen wir zum Nachtisch«, sagte er. »Wir sollten es ausnutzen, dass niemand da ist, der uns sagt, was wir tun sollen.« Er redete wie ein Sechsjähriger, dessen Mutter das Zimmer verlassen hatte. »Sie meinen, ob ich ein schlechtes Gewissen habe, wenn ich Leute ansehe, über sie nachdenke und ein Urteil über sie fälle? Was soll man denn sonst mit den Leuten anfangen?«

»Einfach mit ihnen zusammen sein. Sie ihr Leben leben lassen.«

»Aber zufällig irren Sie sich. Ich denke nicht schlechter über Hannah Mahoney. Ich denke besser über sie. Noch besser als vorher. Sie meinten, wir würden denken, dass sie nur dabei ist, weil sie selbst Krebs hatte. Was mich beeindruckt, ist der Umstand, dass sie nicht darüber spricht. Es wäre so einfach für sie, die moralische Autorität des Opfers in Anspruch zu nehmen. Aber sie hat mit keinem Wort darüber gesprochen. Erstaunlich.«

»Wir wissen es doch jetzt.«

»Ich an ihrer Stelle«, sagte Giles, »ich würde dauernd darüber reden. Ich wäre besessen davon, zu jeder Sekunde des Tages. Ich bin jetzt schon besessen davon, und dabei denke ich bloß daran. Ich weiß nicht, was das Schlimmste dabei wäre. Zu erfahren, dass man es hat. Ich würde die ganze Zeit an diese Zellen in meinem Körper denken, wie sie wachsen und sich verdoppeln. Ich habe mich auf der Universität für kurze Zeit mit Onkologie beschäftigt, und ich konnte sie fast fühlen, fast spüren, die Tumore, die da in verschiedenen Teilen meines Körpers wuchsen. Wissen Sie, Mark, eine Krebszelle, überhaupt jede Zelle, ist so winzig, dass man sie unter dem Mikroskop kaum sehen kann. Wenn Sie eine einzige Krebszelle hätten, die sich einmal im Monat teilt, wie lange würde es dauern, bis Sie einen zwei Kilo schweren Tumor hätten, den Ihr Körper nicht mehr verkraften kann, sodass Sie sterben?«

»Ich weiß es nicht.«

»Raten Sie. Ich meine, schätzen Sie.«

»Einmal im Monat?«

»Ja.«

»Keine Ahnung. Fünfundzwanzig Jahre?«

»Wenn wir wieder in London sind – falls das je der Fall ist –, werde ich Wortley veranlassen, Sie auf einen Mathematikkurs zu schicken. Leute wie Sie, Mark, laufen in einem Nebel der Ratlosigkeit herum. Die Welt benimmt sich sonderbar. Sie staunen über Zufälle. Bloß weil Sie nicht wissen, wie große Zahlen funktionieren. Ein französischer Mathematiker hat einmal gesagt, die wichtigsten Fragen des Lebens sind zum größten Teil eigentlich nur Probleme der Wahrscheinlichkeit, und ich stimme ihm zu. Die Antwort ist: weniger als dreieinhalb Jahre.«

»Oh.«

»Wo war ich? Ach ja. Als Nächstes wäre ich besessen vom Tod. Und wiederum bin ich es schon jetzt. Manche Leute liegen nachts wach und machen sich Sorgen wegen des Sterbens. Das tu ich nicht. Ich beschäftige mich mit pfiffigen Gründen, weshalb man sich keine Sorgen wegen des Sterbens machen soll. Möchten Sie sie hören?«

»Na ja …«

»Macht es Ihnen Angst, dass Sie nicht existiert haben, bevor Sie geboren wurden?«

»Darüber hab ich noch nie nachgedacht.«

»Aber es macht Ihnen keine Angst, oder? Wenn sie von der Schlacht bei Hastings hören oder den Zauberer von Oz im Fernsehen sehen, dann fangen Sie nicht an zu weinen, weil Sie damals noch nicht gelebt haben.«

»Nein.«

»Warum also soll man Angst davor haben, nach dem Tod nicht mehr zu existieren?« Giles nahm einen Schluck Bier und machte ein düsteres Gesicht. »Das Problem ist bloß, ich habe Angst davor, dass ich nicht existiert habe, bevor ich sterbe. Manchmal sehe ich mir Fotos an, die aufgenommen wurden, bevor ich auf der Welt war, und dann durchzuckt mich ein leises Grauen, weil darin eine Andeutung dessen liegt, wie es sein wird, wenn ich tot bin. Nicht da zu sein. Nicht überall zu sein. Und tot zu sein, nachdem man gestorben ist, ist tasächlich ein kleines bisschen schlimmer, als tot zu sein, bevor man geboren wird. Wissen Sie, warum?«

»Na ja …«

»Bevor Sie geboren wurden, waren Sie für eine begrenzte Zeit tot. Diese Zeit muss einen Anfang und ein Ende gehabt haben.«

»Was denn für einen Anfang?«

»Wenn das Universum schon ewig existiert hätte, könnte der Augenblick Ihrer Geburt niemals kommen, denn eine endlose Menge Zeit müsste verstrichen sein, ehe er kommen könnte. Also muss das Universum einen Anfang gehabt haben.«

»Ich bin nicht sicher, dass ich Ihnen noch folgen kann.«

»Das macht nichts. Der springende Punkt ist: Wenn Sie sterben, könnten Sie wirklich in Ewigkeit tot sein. Und dann wäre da die Behandlung der Krebserkrankung. Zu wissen, dass Sie Ihren Körper beschädigen, so weit es geht, in der Hoffnung, damit den Krebs abzutöten, bevor er Sie tötet. Übelkeit, die ganze Zeit. Wenn ich Krebs hätte, wäre ich sicher versucht, eine Kampagne zu starten und jemand anderem die Schuld zu geben.«

»Ist das Ihre Ansicht? Ich dachte, Sie mögen sie.«

»Ich weiß nicht, was meine Ansicht ist«, sagte Giles. »Aber ich bete sie an.«

»Und Sie sind natürlich verheiratet.«

»Wissen Sie, was eins der Probleme mit dem Älterwerden ist?«

»Hat das jetzt wieder mit dem Sterben zu tun?«

»Nein, ich rede vom Verheiratetsein. Ein Problem dabei ist nicht, alt zu werden, sondern mit einer alten Frau verheiratet zu sein. Klingt das grausam?«

»Ich weiß nicht.« Natürlich klang es grausam.

»Ich empfinde Susan eigentlich nicht als alt. Ich sehe sie nicht als alte Frau. Aber manchmal sehe ich eine Frau im mittleren Alter, und dann denke ich, sie ist so alt wie Sue. Wie denken Sie darüber?«

Ich war gedankenverloren.

»Ich glaube nicht, dass Sie wirklich Angst vor Krebs haben«, sagte ich schließlich.

»Warum nicht?«

»Sie sprechen darüber. Sie spielen mit Ideen. Aber wenn Sie tatsächlich Krebs hätten, wäre es völlig anders.«

»Sie glauben, ich würde mich plötzlich als tapfer erweisen?«

»Ich meine nur, es wäre völlig anders. Es hätte nicht das Geringste mit dem zu tun, was Sie darüber gesagt oder gedacht haben. Und ich finde es falsch, wenn Sie sagen, sie könnte diese Kampagne gestartet haben, weil sie Krebs hat. Wir wissen nichts über ihre Einstellung zum Krebs. Wir wissen nicht, wie die Kampagne angefangen hat. Sie haben nur irgendein Fläschchen in ihrem Badezimmer gesehen. Vielleicht hat sie eine Untermieterin mit Brustkrebs.«

»Da stand ihr Name drauf.«

»Ach, Scheiße. Sie haben die Fläschchen also in die Hand genommen und untersucht.«

»Ist das nicht großartig?«

»Was?«

»Diese ländliche Idylle.«

»Was?«

»Sie haben gesagt, dies sei eine Chance, unsere Karriere zu befördern. Zum Teufel damit. Diese Chance besteht nicht. Aber wir sind dem Lärm und dem Schmutz und den Machenschaften der Großstadt entkommen und sitzen hier in der Natur, und wir können uns unterhalten und uns entspannen und unser Leben unter die Lupe nehmen.«

»Dem Schmutz entkommen?«, wiederholte ich. »Wir waren heute auf einer Müllkippe.«

Es war fast, als wäre ich eingeschlafen und plötzlich aufgewacht, denn als ich mich umsah, stellte ich fest, dass der Garten jetzt voller Leute war. Giles schaute sich um und lächelte.

»Anscheinend ist jeder, der in Marston Green jemand ist, heute Abend hier«, sagte er.

»Ich glaube, Sie haben Recht«, sagte ich. Ob Sandy wohl auch da war? War sie wirklich gekränkt? Ich entdeckte ein bekanntes Gesicht. »Da ist ein Typ von Marshco.«

»Wo?«

Ich zeigte auf den Mann.

»Ich hab kurz mit ihm geplaudert. Bei den Lastwagen, die den Müll in die Anlage bringen. Er hat mir erzählt, dass er in Marston Green wohnt. War zu erwarten, dass man ihn trifft.«

»Kommen Sie, wir sagen ihm guten Tag.«

»Ach nein«, sagte ich. »Das können wir nicht machen. Lassen Sie den armen Hund in Ruhe.«

»Nehmen Sie Ihr Bier, Foll. Das ist ein Befehl. Wir sind zum Arbeiten hier. Los, stellen Sie mich vor.«

ZWANZIG

Der Mann lehnte am Zaun und unterhielt sich mit einem Freund. Er sah uns kommen und ließ erkennen, dass wir ihm bekannt vorkamen.

»Hallo«, sagte ich. »Wir haben uns bei der Verbrennungsanlage gesehen.«

»Ja, genau.«

Ich stellte Giles und mich vor, und der Mann sagte, er heiße Tony Thorn, und der andere Mann sei sein Schwager Ewan. Dann zögerte er und schien darauf zu warten, dass wir wieder gingen, aber beide wurden hellhörig, als Giles sie fragte, was sie trinken wollten. Sie blickten fröhlich in ihre Gläser, die fast leer waren.

»Ein Pint County, und herzlichen Dank auch«, sagte Tony.

Giles verschwand im Pub, um das Bier zu holen, und ich begann mit dem rituellen Gespräch, an das ich mich in meiner kurzen Zeit in Marston Green schon gewöhnt hatte. Wir kämen aus London, sagte ich, und beide brachten in ausführlicher Weise ihr Entsetzen zum Ausdruck, als handele es sich dabei um eine Kombination aus Sodom und der Westfront. Sie könnten dort nicht leben. Der Verkehr. Die Menschenmassen. Die Kriminalität. Dem Freund eines Freundes von Ewan war in der Oxford Street das Handy geklaut worden. Er war einfach so daherspaziert und hatte telefoniert, und man hatte es ihm vom Ohr gerissen. War das zu fassen?

Giles kam mit dem Bier zurück, und die Stimmung wurde leutselig. Wie sich herausstellte, gingen Tony und Ewan in ihrer Freizeit angeln, und merkwürdigerweise zeigte sich, dass Giles eine Menge vom Angeln verstand. Sie führten ein weitgehend unverständliches Gespräch über Wels und Plötze und Barsch und Hecht und die verschiedenen Methoden, sie zu fangen. Gleich zu Anfang wandte Tony sich an mich und wollte wissen, ob ich auch angelte. Ich sagte nein. Wenn ich den leisesten Hauch der Versuchung verspürt hatte, zu lügen und zu sagen, na ja, gelegentlich, wenn ich die Chance bekomme, dann machte ihr ein schrecklicher Gedanke den Garaus: Ich stellte mir vor, dass ich so etwas sagte und umgehend die Einladung bekam, einen Tag mit Tony und Ewan angeln zu gehen. Das bisschen, das ich ihrer Unterhaltung entnehmen konnte, gab mir die finstere Gewissheit, dass sie jeden Samstagmorgen in aller Frühe mit Anoraks und Angelzeug loszogen und erst sehr spät zurückkamen.

»Übrigens«, sagte Tony, »der Kollege, von dem Sie gesprochen haben. Steve Yates. Der kommt nachher auch noch.«

»Ach ja?«, sagte ich.

»Wer ist das?«, fragte Giles.

»Jemand, den Tony kennt.«

»Ja«, sagte Tony. »Und Mark kennt ihn auch.«

»Mark?«

»Ich kenne ihn nicht«, sagte ich. »Ich hab nur von ihm gehört. Er ist der Vater von ... na, Sie wissen schon.«

»Tatsächlich?« Jetzt war Giles interessiert. »Na, wenn er da ist, muss er zu uns kommen. Ich würde ihn gern kennen lernen.«

»Toll«, sagte ich.

»Sie arbeiten bei Marshco?«, fragte Giles.

»Ja«, sagte Tony.

»Sie auch?« Er sah Ewan an.

»Fünf Jahre«, sagte Ewan.

»Wie Sie das sagen, klingt es wie eine Knaststrafe«, sagte Giles, und wir alle lachten. Lauter Kumpels.

»Nein, es ist ein guter Job«, sagte Ewan. »Ich bin Wartungstechniker.«

»Schön, dass man sich mal trifft«, sagte Giles. »Wir arbeiten in gewisser Weise auch für Marshco.«

»Im Büro?«

»Nein, wir arbeiten für ihre Versicherung. Wir haben gehört, dass es ein Problem mit Krankheiten in der Umgebung gibt und dass die Leute sagen, es besteht ein Zusammenhang mit dem Betrieb. Haben Sie davon gehört?«

Die beiden Männer wechselten einen Blick. Tony zuckte die Achseln, als sei das nicht weiter von Bedeutung.

»Was halten Sie davon?«, fragte Giles, als finde er es auch nicht weiter wichtig.

»Verdammte Unruhestifter«, sagte Tony und trank einen großen Schluck Bier, als wolle er sich abkühlen, ohne dass es ihm gelang. »Ich meine, was wollen die denn? Wollen sie, dass Marshco den Laden dichtmacht und mit dem ganzen Geld und den Expansionsplänen und den Jobs woanders hingeht? Dann geht der Ort hier den Bach runter.«

»Wohl wahr.« Giles hatte die merkwürdige, beinahe unheimliche Begabung, bei jedem, mit dem er sprach, das Echo zu spielen. An diesem Tag hatte er es schon mindestens dreimal getan. Oben bei Marshco, als er sich mit dem technischen Leiter unterhaltem hatte, hatten zwei Ingenieure sich unterhalten – über Ventile oder was weiß ich, ganz allein auf ihrem Spezialgebiet. Bei Hannah hatte er sich dann bekenntnisfreudig und verletzlich gezeigt und erzählt, wie er morgens nicht hatte aus dem Bett kommen können. Und jetzt, bei diesen Müllwerkern von Marshco, hatte sich sogar sein Akzent ein wenig verändert. Jetzt war er ein Kumpel, der sich über die ahnungslosen Gutmenschen und Aktivisten aufregte. War es das, was er auch mit mir machte – mit seinem bescheuerten Pubgeschwätz über Frauen? Wenn er das beabsichtigte, machte er seine Sache nicht besonders gut.

Giles nickte mir zu, und ich zog ab und kam mit einem Tablett mit vier Pints und einer Auswahl an Chips und Erdnüssen und Schweinekrusten zurück. Wir ließen uns an einem der Tische nieder, was eine Erleichterung war, weil ich mich allmählich ein bisschen wacklig auf den Beinen fühlte.

»So«, sagte Giles. »Wenn Sie eine wirklich toxische Substanz finden möchten, die eine beträchtliche Gefahr für die menschliche Gesundheit darstellt, dann empfehle ich Ihnen diese Schweinekrusten.« Er wollte die Tüte aufreißen, aber sie widerstand seinen Versuchen. Er zerrte heftig mit den Zähnen daran, bis sie aufplatzte und ihren Inhalt auf dem Tisch verstreute. Wir alle bedienten uns, und ein zufriedenes Krachen ging rund um den Tisch.

»Schweinekrusten«, fuhr Giles fort, »sind rund um die Welt verboten. Es ist überall bekannt, dass ihre Grundzutat aus dem besteht, was im Schlachthaus noch auf dem Boden herumliegt, wenn der Abfall in die Katzenfutterproduktion gegangen ist. Diese Reste werden in der Sonne gedörrt, bis sie hart sind, und dann im recycelten Öl aus den Fish-and-Chip-Shops in Nordengland frittiert. Gesalzen werden sie schließlich mit dem Salz, das aus den Popcorn-Bechern gewonnen wird, die unter Kinositzen aufgelesen wurden.«

Ein Stöhnen ging um den Tisch, und wie durch Zauberei erschien wieder ein Pint Bier vor mir. Seit dem letzten Glas schien mir nicht genug Zeit vergangen zu sein. Ich dachte schon, ich sei vielleicht betrunken weggedämmert, aber dann fiel mir ein, dass ich einen detaillierten Vortrag über meinen Vergleich zwischen Schwalben und Jagdflugzeugen gehalten hatte, der ziemlich lange gedauert hatte, weil ich die verschiedenen Manöver beschrieben hatte. Tony und Ewan waren ziemlich beeindruckt und fingen dann tatsächlich an, die Tiefflugattacke einer speziellen Schwalbe zu bejubeln, die eine spektakuläre Steilkurve mit nachfolgender Rolle flog, während sie sich eine Mücke schnappte und davonschwirrte. »Die muss in den Irak«, schrie jemand. Vielleicht war ich es. An den Nachbartischen wurde mahnend gezischt. Dann rief jemand: »Steve, Steve, hier drüben, Alter«, und ein großer, stabiler Mann mit Sommersprossen und sehr hellem braunen Haar setzte sich zu uns.

»Die Herren haben nach dir gefragt«, sagte Tony.

»Wir haben Ihre Tochter kennen gelernt«, verkündete Giles vom anderen Ende des Tisches her.

Ich trank einen kräftigen Schluck Bier.

»Ach ja?«

»Wir haben oben bei Marshco gearbeitet«, sagte ich.

»Nicht bei den Lastern«, sagte Ewan. »Die beiden sind Versicherungsvertreter.«

»Nicht ganz …«, fing ich an. Meine Umgebung fing an, sich zu vernebeln, und ich konzentrierte mich darauf, meine Gedankenprozesse sehr präzise und logisch zu halten, damit niemand auf die Idee kam, ich sei betrunken, und damit ich nichts Dummes sagte. Außerdem dachte ich über Steve Yates nach, der mir gegenüber saß, und ich schmiedete einen sehr sorgfältig konstruierten Plan, wie ich mit ihm umgehen wollte. Alles hing davon ab, was er gehört hatte. Nach allem, was ich wusste, konnte es in East Anglia zugehen wie in Sizilien, und er würde mit einer abgesägten Schrotflinte und zwei riesigen Brüdern in der Ferienwohnung »Clover« auftauchen. Sie würden mich mitschleppen, und ich würde Sandy heiraten müssen. Ich würde mich in Marston Green niederlassen und mir hier einen Job suchen. Wahrscheinlich bei Marshco. Da könnte ich zum Beispiel den Müll in die Verbrennungsanlage schaufeln. Das wäre ein einfacher, guter Job. Dann würde ich vielleicht von den Dioxinen Krebs bekommen, und Hannah könnte mich auf ihren Versammlungen als Beispiel vorführen. Sie könnte mich mit einer Wolldecke über dem Kopf auf die Bühne führen, und im entscheidenden Augenblick würde sie sie herunterreißen, und dann stände ich da wie der Elephant Man. Das alles wäre hübsch passend.

Aber vielleicht wusste er nichts. Alle andern im Dorf schienen Bescheid zu wissen, aber er vielleicht nicht. Also bestand mein Plan für die unmittelbar nächste Zeit darin, nichts mehr zu trinken, abgesehen von einem gelegentlichen Nippen, damit nicht der Eindruck entstand, ich fiele hinter den Jungs zurück. Der zweite Plan – beziehungsweise der zweite Teil des ersten Plans – war der, fast nur noch zu schweigen. Damit konnte ich den Eindruck großer Gedankenfülle und tiefer Nachdenklichkeit erwecken. Ich konnte mir vorstellen, wie die Leute am Tisch mir Blicke zuwarfen und einander zumurmelten: »Ist ‘n heller Kopf, der da.« Gelegentlich erschienen neue Biergläser auf dem Tisch, aber ich hielt mein halb volles entschlossen fest. Niemand bekam Gelegenheit, es zu nehmen und gegen ein volles auszutauschen. Ich fühlte mich heiter und gelassen und hatte alles im Griff. Ruhig saß ich da und hörte der Unterhaltung zu, obwohl ich manchmal Mühe hatte, zu folgen, genau wie bei Kevins Vortrag über Dioxine. Eine Pause trat ein, und die Leute starrten versonnen in ihre Biergläser. Es war so ein Augenblick, in dem jemand das Schweigen brechen und ein neues Gesprächsthema anfangen muss. Aber ich würde das nicht tun. Mich würden sie nicht erwischen. Der Erste, der wieder sprach, war Giles.

»Ich arbeite jetzt für die Versicherung, aber diesen Auftrag hier hat man mir gegeben, weil ich ein bisschen Erfahrung mit Abfallwirtschaft habe.«

Überraschtes Gemurmel machte die Runde. Ich war völlig verdattert, aber andererseits auch zutiefst dankbar dafür, dass Giles keine Diskussion über Sex, über junge Frauen, über das Sexualverhalten in Marston Green angefangen hatte, denn dazu wäre er durchaus fähig gewesen. Außerdem interessierte es mich doch sehr, was Giles über seine nicht vorhandenen Erfahrungen in der Abfallwirtschaft erzählen würde.

»Wohlgemerkt, ich war ganz unten. Ich kam frisch vom College und hab eine Zeit lang nur versucht, Geld zu verdienen. Ich kriegte einen Job bei einem Typen namens Don Kiely im Black Country. Das war ein alter Cowboy. Er hatte ein paar Lastwagen und ein paar Verträge, und er hatte außerdem – wie soll man sagen? – Cashflow-Probleme. Zum Piepen, was diese Typen sich einfallen ließen. Wir räumten irgendeinen Komplex aus, machten alles ab, was auf die Herkunft hätte schließen lassen, und kippten das Zeug irgendwo hin. In fremde Container, auf andere Bauplätze – wobei man aufpassen musste, weil man sich damit böse Feinde machen konnte. Wir kippten ganze Müllladungen von der Brücke in den Kanal oder auf andere Müllberge, die abholbereit dalagen.«

Am Tisch wurde gegluckst.

»Auch so was muss man in dem Job können, nicht wahr?«, sagte Giles.

»Ich weiß, was Sie meinen«, sagte Tony. »Kennen wir alle. Manchmal sind da so viele verdammte Vorschriften und Verordnungen aus Brüssel, dass du am Ende denkst: Scheiß drauf. Und dann kippst du den ganzen Dreck einfach am Straßenrand ab.«

»Marshco arbeitet aber nicht so, schätze ich.«

»Sie würden sich wundern«, sagte Ewan. »Verdammt, Sie würden sich wundern.«

»Aber die haben doch so viel Platz«, sagte Giles.

»Ja«, sagte Ewan. »Die Frage ist bloß: Was nimmst du an, und wo steckst du es hin? Ich kann Ihnen sagen, wenn Sie einen neuen Abfallentsorgungsbetrieb aufmachen, werden Sie nicht wachsen wie Marshco, wenn Sie sagen: Oh, ich bin aber nicht sicher, ob wir das annehmen können, und: Du liebe Güte, habt ihr das denn auch alles hübsch getrennt? Jetzt quatschen sie über die Leute im Dorf, die vielleicht krank geworden sind und vielleicht nicht. Sie sollten über die armen Hunde reden, die damals in den Achtzigern mit dem ganzen Mist umgehen mussten.«

»Das war, als sie das Verfahren an den Hals kriegten, nicht wahr?«

»Genau«, sagte Tony. »Damals wurde 'ne Menge in Ordnung gebracht. Zwangsläufig, denn sonst wäre der Laden geschlossen worden. Heutzutage geht's um was anderes – um Tempo, Wachstum, Durchsatz, so und so viel Geld pro Kubikmeter. Wir hier am Tisch, wir arbeiten für die Firma, aber ein großer Teil der Fahrer ist bei Subunternehmern angestellt, und denen sitzt jede Sekunde jemand im Nacken: auf der einen Seite unsere Betriebsleitung und auf der anderen ihre eigenen Chefs. Woher deren Zeug kommt, weiß doch die halbe Zeit kein Mensch. Und dann war da die verdammte Maul-und-Klauen-Seuche.«

Das riss mich für einen Augenblick aus meiner Apathie.

»Hab ich im Fernsehen gesehen«, sagte ich. »Die Viecher kamen nicht auf den Müll. Man hat große Gruben gegraben und sie darin verbrannt.«

»Ich rede nicht von den Gruben«, sagte Tony. »Ich rede von den Lastwagen. Das Ministerium hat Hunderte gemietet – jeden, den sie kriegen konnten, und sie haben bezahlt, was die Unternehmen verlangt haben. Da wurden Blankorechnungen an die Depots gefaxt. Unfassbar, verdammt. Jeden Tag Weihnachten. Und für Marshco zahlte sich das natürlich auch aus. Wir haben Doppelschichten gefahren. Wir hätten Dreifachschichten fahren können, wenn wir genug Fahrzeuge gehabt hätten. Es war ein absolutes Chaos, verdammt. Wundert mich, dass sie den Laden nicht dichtgemacht haben. Einer der Chefs hat völlig die Kontrolle verloren. Wie hieß er gleich?«

»Preece«, sagte Steve.

»Der stand unter solchem Druck, dass er alles – Industrieabfälle, Medizinmüll, kontaminierte Stoffe, einfach alles – mit dem Hausmüll zusammengeworfen hat. Als man es merkte, war alles schon zu einem gottverdammten Brei zusammengerührt. Was für eine Sauerei.«

Es wurde still. Wieder starrten alle in ihr Bier.

»Preece«, sagte Giles.

Er lächelte kumpelhaft wie einer von der Truppe, aber plötzlich war die Atmosphäre frostig geworden. Die Leute wirkten plötzlich nüchtern, bloß ich nicht.

»So 'n großes Ding war's auch wieder nicht«, sagte Ewan. »Er wurde gefeuert, und damit hatte sich's. Ich glaube, das meiste haben sie noch regeln können.«

Tony und Steve nickten zustimmend.

»Einen gibt's immer, was?«, sagte Giles, und er klang wieder betrunken, als er eine lange, verwickelte und ganz und gar unwahre Geschichte über seine Zeit im Black Country erzählte – über einen Haufen Abfall, und wie sein Name darin gefunden wurde und er beinahe verhaftet worden wäre. Ich sah Steve an. Er hatte große Ähnlichkeit mit seiner Tochter, und das war ein bisschen komisch. Ich bemühte mich, nicht weiter darüber nachzudenken. Er strich sehr sanft mit der Fingerspitze auf dem Rand seines Glases herum. Als die Geschichte zu Ende war, lachten alle, aber der Funke war nicht mehr da. Murmelnd bedankten sie sich und redeten von Arbeit und Zuhause, und dann trollten sie sich.

Giles starrte sein derzeitiges Pint an. Das Glas war noch mehr als halb voll. Er schob es weg.

»Manchmal weiß ich nicht, ob ich Bier mag«, sagte er.

EINUNDZWANZIG

Am nächsten Vormittag um halb zehn saßen wir in Paul Creeks Büro. Creek rührte und rührte in seiner Kaffeetasse.

»Sie haben noch gar keinen Zucker reingetan«, sagte Giles.

Creek blickte auf seinen Löffel hinunter.

»Ich nehme keinen Zucker«, sagte er.

Ich kippte meinen Kaffee herunter, obwohl er noch viel zu heiß war. Ich verbrannte mit den Mund, aber das war Absicht. Ich war weit unter meiner Bestform, und ich brauchte alles, was mich voll zu Bewusstsein bringen konnte. Das Koffein allein würde nicht genügen. Creek zog die Nase hoch.

»Sein Name war James Preece. Er wurde vor vierzehn Monaten entlassen, weil er seinen Aufgaben nicht gewachsen war, und das hat absolut nichts mit dem Anlass Ihres Besuchs hier zu tun.«

Giles nahm ein Schlückchen Kaffee und verzog schmerzlich das Gesicht. Er war auch nicht in Bestform.

»Nichts?«

»Hier geht es um umweltbedingte Krebserkrankungen. Erkrankungen, die sich im Laufe von zehn, fünfzehn oder noch mehr Jahren entwickelt haben müssen. Das andere war ein Deponiefehler, der letztes Jahr begangen wurde.«

»Haben Sie mir deshalb nichts davon erzählt, als ich Sie gefragt habe?«

Creek holte tief und geräuschvoll Luft.

»Ich habe Ihnen nicht absichtlich nichts davon erzählt. Mr. Buckland, wir sind ein großes Unternehmen und Teil eines noch größeren internationalen Konzerns, und Tatsache ist, dass wir eine Firma wie andere Firmen sind. Wir haben gute Mitarbeiter und schlechte Mitarbeiter, gute Praktiken und schlechte Praktiken. Sie haben mich nach Problemen gefragt, und ich habe Ihnen leider nicht jedes einzelne Beispiel von Inkompetenz in der Unternehmensgeschichte vorgestellt.«

»Das sollten Sie aber vielleicht tun, Mr. Creek. Wenn dieser Fall, was Gott verhüten möge, vor Gericht kommen und Sie im Zeugenstand stehen sollten, dann würde ich nicht allzu viel Gewicht auf Ihr Argument legen, dass Sie nur eines von vielen Unternehmen mit guten und schlechten Mitarbeitern sind; das sollte ich wohl gleich sagen. Tatsächlich würde ich das keinem Unternehmen in einem Haftungsfall empfehlen. Sie hantieren mit gefährlichen Stoffen. Die Aussage, dass es bei Ihnen inkompetente Mitarbeiter und schlechte Verfahrenspraktiken gibt, wäre für ein Gericht die Erklärung dafür, wie Sie die guten Leute von Marston Green vergiftet haben, und keine Entlastung.

Zum Zweiten, Mr. Creek: Wenn wir hier in einem Universitätsseminar über Dioxinverseuchung säßen, wäre Ihre Äußerung über die Irrelevanz der Entlassung dieses Mannes Preece möglicherweise angebracht. Aber ich will Ihnen ein Beispiel geben. Bedenken Sie dabei, dass ich als jemand spreche, der seine Zeit damit verbringt, Geld an Anspruchsteller auszuzahlen. Stellen Sie sich vor, Sie waren in einem Restaurant und haben danach die ganze Nacht mit einer Lebensmittelvergiftung kämpfen müssen. Am nächsten Morgen gehen Sie in das Restaurant, um sich zu beschweren. Sie gehen in die Küche und finden ein Stück Rindfleisch, das von Maden wimmelt. Sie machen den Geschäftsführer darauf aufmerksam, und der winkt ab. Irrelevant, sagt er. Dieses Fleisch ist erst heute Morgen gekommen. Und überhaupt haben Sie doch Fisch gegessen, kein Fleisch; also besteht da überhaupt kein Zusammenhang.«

Paul Creek war sehr blass geworden, und er war sowieso schon blass genug. Er hatte aufgehört, in seinem Kaffee herumzurühren. Das war immerhin etwas, aber jetzt hielt er seinen Füller in der Linken und ließ die Kappe auf und zu schnappen, immer wieder. Das war noch schlimmer.

»Wo haben Sie von Preece gehört?«, fragte er.

»Was?«, fragte Giles.

Giles verstand es ausgezeichnet, einsilbige Worte wie »was« zu benutzen, wenn er wütend war.

»Ich wollte nur sagen, dass es ein paar unzufriedene Mitarbeiter in diesem Unternehmen gibt. Sie sollten mit meinen Worten keine Spielchen spielen, Mr. Buckland. Ich will mich ganz klar ausdrücken. Vor vier Jahren, als ich herkam, war dies kein gut geführter Betrieb. Was ich Stück für Stück vollzogen habe, ist die Einführung moderner Managementstrukturen, ich habe investiert, ich habe Maschinen und Prozesse modernisiert, und ich habe – dafür entschuldige ich mich nicht – eine neue Flexibilität geschaffen. Wenn es billiger war, einen Service zu kaufen, statt ihn selbst auszuführen, dann habe ich das getan. Wenn es effektiver war, Leute mit befristeten Verträgen zu beschäftigen, statt sie alle dauerhaft einzustellen, dann habe ich die Verträge entsprechend geändert. Manchmal habe ich Kopfnüsse verteilen müssen. Es gab zwei Dutzend Leute, die ich persönlich entlassen habe, von Angesicht zu Angesicht. Die saßen da, wo Sie jetzt sitzen. Es gibt mindestens fünfzig, denen das noch bevorsteht, und mindestens weitere fünfzig wissen, dass ihr Arbeitsplatz in Gefahr ist wegzufallen, oder dass ihnen eine Versetzung droht. Sind Sie sicher, dass Sie nicht mit einem von denen gesprochen haben? Wissen Sie, wie es ist, wenn man ein Unternehmen zu führen hat, Mr. Buckland?«

»Nein«, sagte Giles. »Das weiß ich nicht.«

Creek stand auf und ging zum Fenster. Er sah wieder zuversichtlich aus. Offensichtlich hatte er das Gefühl, das Ruder wieder in der Hand zu haben. Wir waren jetzt in seinem Büro, nicht in dem Besprechungszimmer, in dem wir beim letzten Mal gewesen waren, aber der Blick über die stinkenden Müllberge war so ziemlich der gleiche.

»Als wir hierher in den neuen Block zogen, hatte ich die Wahl. Ich hätte ein Büro auf der anderen Seite haben können, mit Blick nach Nordwesten. Da ist es schön. Die Leute haben die Vorstellung, East Anglia sei flach, und zu einem großen Teil ist es das auch, im Landesinneren. Aber auf der anderen Seite hat man einen Blick auf eine sanfte Hügellandschaft und einen uralten Eichenwald, der schon im Domesday Book erwähnt wird, und dahinter kann man Netherfield Hall erkennen. Waren Sie da schon mal? Es ist das am besten erhaltene elisabethanische Herrenhaus in East Anglia.

Aber ich habe mich für ein Büro auf dieser Seite entschieden, mit Blick nach innen. Teils ist das eine Frage der Unternehmensmoral; aus dem gleichen Grund essen wir alle in derselben Kantine. Aber es ist nicht nur das. Vor ein paar Jahren, als wir die Expansion planten, habe ich eine Reise durch Europa und die USA gemacht und verschiedene Entsorgungsbetriebe besichtigt. Ziemlich trist, finden Sie nicht auch? Aber das ist mein Beruf.

Wahrscheinlich würden Sie Ihren Urlaub lieber anders verbringen, aber mir hat es Spaß gemacht. Einer der Orte, die ich besucht habe, war eine große Deponie in Mittelschweden. Ich weiß nicht genau, wie groß sie war, aber ich schätze, mindestens fünf Mal so groß wie die Anlage von Marshco, vielleicht sogar zehn Mal. Und es ist ein wunderschöner Ort. Und wenn ich sage, schön, dann meine ich nicht schön für eine Müllkippe. Ich meine: schön, Punkt. Sie war umgeben von Kiefernwäldern. Man fuhr auf einer gewundenen Landstraße hin. Wenn man hineingefahren war, sah man Recycling- und Rückgewinnungsanlagen auf einem Level, den wir uns hier kaum vorstellen können. Und man konnte weiter hineinfahren, immer noch auf einer Landstraße, vorbei an einem See mit Schilf und Lilien, mit Gänsen und Schwänen und Enten.

Die Deponie lag versteckt zwischen Hügeln und war eher ein Prozeß als ein Endlager. Der Abfall wurde planiert und geformt und dann mit Erde zugeschüttet, und die Landschaft war wiederhergestellt. Beim Hinausfahren sah ich einen Golfplatz am Rande des Betriebs. Können Sie sich das vorstellen? Einen Golfplatz. So ekelhaft war die Deponie. So unerträglich war der Müllgestank.

Das ist der Hauptgrund, warum mein Büro hier ist. Eines Tages, in fünf oder zehn Jahren, wenn ich oder mein Nachfolger hier hinausschauen, werden wir eine Landschaft sehen, die genauso schön ist wie der Blick auf der anderen Seite.« Er drehte sich um und lächelte. »Das kommt von Herzen, was? Aber glauben Sie, dass ich das alles zustandebringen kann, indem ich nett zu den Leuten bin?

Sehen Sie sich die Landschaft auf der anderen Seite an, jenseits des Zauns. Die schöne englische Landschaft. Glauben Sie, diese Felder und Wälder wurden geschaffen, indem jemand nett war?

Und sind Sie der Ansicht, ich hätte die Umgestaltung des Unternehmens Marshco über Nacht bewerkstelligen müssen? Leider entstehen bei der Abfallverbrennung toxische Rückstände. Ich will gar nicht bestreiten, dass gelegentlich Abfälle an die falsche Stelle gekippt worden sind. Aber vor zwanzig jahren gab es ein Gerichtsverfahren gegen diesen Betrieb, und seit zehn Jahren haben wir nicht einmal mehr eine Verwarnung bekommen.

Ich sage Ihnen noch etwas. Liegt das vielleicht zum Teil daran, dass wir bei gewissen Verfahrensfehlern ein disziplinierteres Informationsmanagement betrieben? Jawohl, es liegt daran. Das hier ist Abfall, Herrgott. Müll, Dreck, Scheiße, Ausfluss, Abschaum. Lassen Sie uns reden wie Erwachsene. Die Leute schicken uns ihr Zeug, weil sie es zu gefährlich oder zu ekelhaft finden, um es in ihrem Haus oder in ihrer Fabrik zu behalten, und wir tun unser Bestes. Und seit ich hier bin, ist unser Bestes besser geworden.

Und schließlich, Mr. Buckland: Ich vermute, Sie wollten fragen, ob Sie einen Blick in die Akten über Mr. Preece werfen dürfen. Und die Antwort auf diese Frage ist nein, denn es gibt keine solchen Akten. Wir haben die missliche Situation, die durch Mr. Preece entstanden ist, genauso bewältigt, wie wir andere missliche Situationen bewältigt haben. Wir haben das Problem beseitigt, so gut wir konnten, und wir haben mit unserer Arbeit weitergemacht. Dies ist ein Abfallentsorgungsbetrieb, kein öffentliches Informationsbüro. Wenn der Name James Reece zur Sprache kommt, werden wir bestreiten, dass dieser Fall irgendeine Bedeutung hatte, und damit hat sich's.

Kann ich sonst noch etwas für Sie tun?«

Giles ging zur Anrichte und holte die Kaffeekanne. Er hielt sie Paul Creek entgegen, und dieser schüttelte den Kopf. Giles sah mich an.

»Ja, bitte«, sagte ich.

Er schenkte erst mir, dann sich selbst Kaffee ein und stellte die Kanne wieder zurück.

»Diese schwedische Deponie«, sagte er, »war da auch eine Verbrennungsanlage?«

»Was? Nein«, sagte Creek schroff. »Na und?«

Giles nahm mit gequälter Miene ein Schlückchen Kaffee.

»Wir könnten den ganzen Tag hier sitzen«, sagte er, »und uns über die Zukunft der Abfallwirtschaft unterhalten. Einer meiner Professoren hat einmal gesagt, eins der Kriterien zur Beurteilung jeder Kultur sollte sein, was sie mit ihrem Abfall tut. Das ist eins der letzten Tabus, nicht wahr? Scheiße und Asche und der Schmadder, der am Boden unseres Mülleimers klebt. Es wäre interessant, sich eine Gesellschaft vorzustellen, die überhaupt keinen Abfall produziert, die kein Wort für Müll hat. Aber das ist ein Thema für einen anderen Tag – wenn wir alle zusammen am Lagerfeuer sitzen und auf diese Episode zurückblicken und darüber lachen. Im Augenblick – Mr. Creek ... ich glaube, Ihnen ist nicht klar, wie ernst Ihre Lage ist. Es geht hier nicht bloß darum, keine Akten zu haben und Geschichten über landschaftlich schön gestaltete Müllkippen zu erzählen. Es besteht die sehr reale Möglichkeit, dass Ihre Explansionspläne auf Eis gelegt werden, bis wir alle tot sind. Eine andere Möglichkeit ist, dass der ganze Betrieb geschlossen wird. Ich habe alle Argumente über Arbeitsplätze gehört. Was waren die Zahlen? Fünfzig Jobs? Hundert? Das ist mir völlig gleichgültig. Ich wohne in London. Eines Tages wird vielleicht jemand, der Macht hat in diesem Teil des Landes, aufwachen und erkennen, dass sie hier keine hundert Jobs brauchen, bei denen toxisches Material von hier nach da geschaufelt wird, wenn junge Männer als Klempner oder Gärter das Doppelte verdienen können – und fünf Mal so viel, wenn sie zur Universität gehen.

Ich möchte Sie nur auf eins hinweisen, Mr. Creek: Es besteht die Gefahr, dass Ihnen der Blick auf das große Ganze verschlossen bleibt. Es hat keinen Sinn, diesen oder jenen Punkt zu erzielen, wenn Sie dabei das Unternehmen verlieren.«

Die ganze Zeit hatte Paul Creek gestanden, und Giles hatte gesessen. Es war ein merkwürdiger Anblick, wie dieser Vortrag schräg nach oben gehalten wurde. Creek schaute Giles die ganze Zeit über nur ausdruckslos an. Als Giles fertig war, schwieg Creek eine Weile. Er lehnte sich rückwärts an seinen Schreibtisch und spreizte die Hände auf der Kante.

»Wir reden über diese Gruppe, die zwei Versammlungen im Dorfzentrum abgehalten hat, ja?«

»So ist es.«

»Dann habe ich Ihnen nur noch eines zu sagen, Mr. Buckland.«

»Ja?«

»Lecken Sie mich am Arsch. Und Sie auch.« Das ging an mich. »Es gibt ein oder zwei Dinge, die Sie nicht verstehen. Sie sind nicht mein Berater oder mein Gewissen, oder was zum Teufel Sie sonst zu sein glauben. Sie sind ein sehr untergeordneter Mitarbeiter der Versicherung, deren Kunde wir sind. Wissen Sie, was ich heute Morgen getan habe, als ich hörte, dass Sie kommen? Ich habe mit Ihrem Chef gesprochen, mit Walt Broberg. Kennen Sie ihn?«

»Ich bin ihm schon begegnet.«

»Er ist ein alter Freund von mir. Er hat mir gesagt, was Ihr Auftrag ist. Und der besteht nicht darin, hierher zu kommen und mir meine Zeit zu stehlen. Und auch nicht darin, herumzuschnüffeln, in Marston Green nach Klatschgeschichten zu fischen und Staub aufzuwirbeln. Ich weiß, dass man Ihnen gesagt hat, Sie sollen herkommen, feststellen, was hier vorgeht – nämlich gar nichts –, und dann wieder in Ihr Büro zurückkehren. Tja, das können Sie jetzt tun. Ich verspreche Ihnen eins, mein Freund. Wenn Ihre Einmischungen dazu führen, dass hier etwas aufgerührt wird, dann reiße ich Ihnen den Arsch auf. Haben Sie das verstanden?«

Mit einer Ruhe, die ich bewundern musste, trank Giles seinen Kaffee aus und stellte die Tasse auf den Tisch.

»Ich glaube, Sie haben mich missverstanden«, sagte er. »Aber vielleicht habe ich mich auch nicht klar ausgedrückt.«

»Sie arbeiten für mich«, sagte Paul Creek. »Ist Ihnen das klar?«

»Was soll mir dabei klar sein?«, fragte Giles.

»Dass unsere Interessen dieselben sind.«

»Vielen Dank für den Kaffee«, sagte Giles.

»Dies war das letzte Mal, dass ich Sie hier sehen möchte«, sagte Creek. »Falls Sie noch weitere Fragen haben, richten Sie die bitte an meine Sekretärin. Ich rede von jetzt an nur noch mit London.«

Als wir wieder im Wagen saßen, war Giles genauso vergnügt wie nach unserer letzten Begegnung mit Creek. Man hätte glauben können, das Gespräch wäre gut verlaufen.

»Ein toller Typ, finden Sie nicht auch?«

»War das nicht eher eine totale Katastrophe?«, fragte ich.

»Wie meinen Sie das?«

»Zunächst mal – was, glauben Sie, hat er Broberg über uns erzählt? Und was hat Broberg, wie es sich anhört, über uns gesagt?«

»Ich weiß nicht. Es ist ja nicht so, dass man uns dabei erwischt hat, wie wir mit einer Schaufel über den Zaun geklettert sind.«

»Und was tun wir als Nächstes?«

»Ich weiß nicht«, sagte Giles. »Wahrscheinlich sollten wir noch ein, zwei Tage hier bleiben und dann nach Hause fahren. Ich glaube nicht, dass die Geschichte von vorhin noch zu toppen ist. Sie etwa?«

ZWEIUNDZWANZIG

Ich war tatsächlich dazu gekommen, eine Einkaufsliste zu schreiben, und ich schlug Giles vor, in den Supermarkt zu fahren und ein paar Grundnahrungsmittel zu kaufen. Er meinte, es habe jetzt keinen Sinn mehr, loszulaufen und paketeweise Butter und Zucker zu kaufen, um das Zeug dann hier zu lassen. Und so landeten wir um halb eins wieder im Four Feathers, wo Jan eine köstliche Lasagne zubereitet hatte, mit Schichten von Hackfleisch und Tomaten und einer Sauce aus geschmolzenem Käse. Dazu gab es ein Pint Abbott Ale. Allmählich erholten wir uns vom Abend zuvor.

Giles fühlte sich im Four Feathers inzwischen noch heimischer als ich. Mit großem Gekratze schabte er die letzten Reste Lasagne von seinem Teller.

»Was man in solchen Augenblicken wirklich braucht«, sagte er, »ist eine Zigarre oder eine Pfeife.«

»Sie könnten eine Zigarette rauchen.«

»Das ist nicht das Gleiche. Mir gefällt die Vorstellung, in diesem Augenblick an meiner Pfeife zu paffen. Vor zweihundert Jahren saßen Gentlemen in Kaffeehäusern und tätigten ihre Geschäfte. Wenn wir wieder in England sind … ich meine, in London, obwohl es praktisch dasselbe ist, dann sollten wir uns einen Pub mit einem Tisch in der Nähe des Telefons suchen, wo wir einen Laptop einstöpseln können, und dann ziehen wir bei Wortley aus.«

»So was heißt Internet Café.«

»Nein, nein, nein«, sagte Giles. »Ich will nirgendwo hin, wo sie Cappuccino und Mineralwasser servieren. Ich will ein Büro mit Sägemehl auf dem Fußboden, wo es Krüge mit Ale gibt und Steak-and-Kidney-Pie.«

Fast fühlte ich mich versucht, den Mund zu halten und Giles weiter seinen Monolog halten zu lassen. Bei der Arbeit bestand sein Lunch ausschließlich aus Salat und diesem Mineralwasser, das ihm plötzlich so sehr verhasst war. Wie er zu seinen Nachmittagsterminen fahren wollte, nachdem er Krüge mit schäumendem Ale geleert hatte, war eine Frage, der er anscheinend noch nicht restlos auf den Grund gegangen war.

»Giles?«

»Ja?«

»Ist es recht, wenn ich Ihnen eine Frage stelle?«

»Natürlich.«

»Wegen gestern Abend. Ohne mich vorzuwarnen, fangen Sie ein so kompliziertes Unternehmen an und reden mit diesen Typen von Marshco und machen uns alle betrunken – und speziell ich war wirklich breit wie eine Natter –, und dann kommen Sie da mit einem Haufen Scheiß über Ihre ›halbseidenen Abenteuer im Black Country‹. Und so unglaublich es ist, es funktioniert tatsächlich: Sie bringen sie dazu, über diesen Preece zu sprechen, der ganz offensichtlich einen gottserbärmlichen Bockmist gebaut hat, den sie ebenso offensichtlich irgendwo verbuddelt haben, statt ihn in Ordnung zu bringen. Und dann besuchen wir diesen Arsch, Paul Creek, und der schreit uns an, aber hauptsächlich Sie. Wir hören uns den ganzen Stuss an, über die schönste Müllkippe, die ich je gesehen habe, und diesen Blick aus meinem Fenster, und was so alles nötig ist, um einen Betrieb zu führen. Und nach all dem sagen Sie einfach: Ach, na ja, ich glaube, es wird Zeit, dass wir nach London zurückfahren.«

Pause. Giles nahm einen Schluck Bier.

»Was war die Frage?«

»Ich hab mehrere, aber eine könnte lauten: Welchen Sinn hatte das ganze Theater gestern Abend?«

Giles verzog das Gesicht.

»Ich weiß es nicht«, sagte er. »Zum Teil hat es Spaß gemacht. Manchmal ist es interessant, Leuten etwas vorzumachen und zu sehen, was sie dir alles erzählen, wenn sie glauben, du bist auf ihrer Seite. Außerdem war ich ein bisschen sauer, weil Paul Creek so selbstgefällig war, als er uns herumgeführt hat.«

»Aber Sie haben etwas rausgefunden. Etwas, das wirklich schädlich sein kann. Wieso wollen Sie es einfach auf sich beruhen lassen?«

»Wissen Sie, Mark, Creek hatte nicht völlig Unrecht. Marshco ist ein Abfallentsorgungsbetrieb. Was erwarten Sie von denen? Die werden keine Nobelpreisträger beschäftigen, um den Dreck zu sortieren. Deshalb überrascht es mich nicht, wenn manchmal etwas an den falschen Platz gekippt wird.«

»Ich hab noch eine Frage. Wenn das Ihre Einstellung ist, warum haben Sie es überhaupt getan? Es hat vielleicht einen Riesenspaß gemacht gestern Abend – wenn man nicht gerade an meiner Stelle war –, aber das Ergebnis ist: Sie hatten eine massive Auseinandersetzung mit Paul Creek, er ist Ihr Feind, er hat unseren Chef angerufen und sich über uns beschwert. Ich könnte es gerade noch verstehen, wenn Sie vorhätten, sich mit Marshco anzulegen, aber nach dem, was Sie gesagt haben, besteht Ihr Plan darin, sich nach London zu verdrücken und Donna zu erzählen, dass alles in Ordnung isr.«

»›Verdrücken‹ würde ich nicht gerade sagen. Und ich werde auch nicht erzählen, dass alles in Ordnung ist.«

»Aber wir werden keine Stellung beziehen.«

»Welche Stellung würden Sie denn vorschlagen?«

»Ich würde keine Stellung vorschlagen. Wir haben nicht genug Informationen.«

»Das ist in groben Zügen die Stellung, die ich in meinem Bericht beziehen werde. Und mein Bericht wird eine Seite eines A4-Blattes ausfüllen, denn das ist die maximale Textlänge, die Walt Broberg mit seiner notorisch begrenzten Aufmerksamkeitsspanne bewältigen kann.«

»Wir könnten aber auch noch weitere Informationen sammeln.«

Giles zog ein Papiertaschentuch hervor und wischte sich über den Mund.

»Es gibt unzählige Möglichkeiten, Informationen zu sammeln«, sagte er. »Wir könnten bei den Einwohnern von Marston Green Blutproben sammeln und sie mit unserem eigenen Blut vergleichen. Wir könnten mit einem Geigerzähler bei Marshco über den Zaun klettern und nach illegal gelagertem Sondermüll suchen. Wir können in ihr Büro einbrechen und nach belastenden Akten stöbern. Wir können uns in ihr Firmennetzwerk hacken und ihre E-Mails lesen. Ist es das, was Sie möchten?«

»Ich möchte nicht so klingen, als ob ich die komische Seite dieser Sache nicht sähe«, sagte ich. »Aber ich glaube nicht, dass sie wirklich eine komische Seite hat.«

»Ach, kommen Sie«, sagte Giles. »Wie Paul Creek uns heute Morgen angegiftet hat. Das war ziemlich komisch. Und unter gewissen Aspekten hat auch Kevin Seeger mit seiner erstaunlichen Kollektion von Aktenschränken eine amüsante Seite. Dabei fällt mir etwas ein.« Giles' Lächeln verblasste, und er sah wieder ernst aus. »Kevin Seeger trägt seit Jahren Informationen zusammen. Hannah Mahoney sammelt Daten, die wichtig sein könnten. Wir können ihr unsere Telefonnummer dalassen, und sie kann sich bei uns melden. Sonst fällt mir nichts ein, das realistisch wäre.«

Wir schwiegen eine Weile. Für mich war es, als sei alles plötzlich ein bisschen grau geworden. Ich wusste nicht genau, was ich von diesem Besuch in Marston Green erwartet hatte, aber langsam wurde mir etwas klar: Es bestand die sehr reale Möglichkeit, dass überhaupt nichts dabei herauskam und dass alles weitgehend so bleiben würde, wie es gewesen war, bevor wir kamen. Ich merkte außerdem, dass ich nicht imstande war, daran so viel Vergnügen zu haben wie Giles. Geoff brachte uns den Kaffee, wir spendierten ihm auch einen, und dann plauderten wir ein Weilchen. Geoff mochte uns sehr. Wir waren die besten Gäste, die er je gehabt hatte. Er hatte großes Interesse an dem, was wir taten, auch wenn ich vermute, dass es ihm großenteils darum ging, abzuschätzen, wie lange wir wohl noch bleiben würden. Gerade als er vom Tisch aufstand, um wieder an seine Arbeit zu gehen, kam Hannah Mahoney herein und sah sich um.

Sie sah uns und kam herüber.

»Müssen Sie nicht unterrichten?«, fragte Giles.

»Jetzt ist Mittagspause in der Schule«, sagte Hannah. »Ich dachte mir, dass ich Sie hier finde.«

»Das ist unser neues Büro«, sagte ich. »Vorläufig. Giles hat entschieden, dass es Zeit ist, nach London zurückzufahren.«

»Warum?«

»Weil er schlechte Laune hat«, sagte ich. »Heute Morgen hat ihn der Betriebsleiter von Marshco angeschrien.« Ich sah ihn an. »Wie hat er Sie genannt? Einen sehr untergeordneten Mitarbeiter der Versicherung, nicht wahr?«

»Genau«, sagte Giles vergnügt.

»Worum ging's?«

Was würde Giles jetzt sagen? Würde er es ihr erzählen?

»Er ist ein reizbarer Mann«, sagte Giles. »Ich glaube, es gefiel ihm nicht, dass jemand von der Versicherung sich hier einmischt.«

Ich sah ihn wieder an. Er klang entspannt und humorvoll, aber zugleich sehr beherrscht. Er würde nichts preisgeben, was er nicht preisgeben wollte.

»Ich wusste nicht, dass Sie abreisen«, sagte Hannah. »Vielleicht ist es dann nicht mehr wichtig. Ich wollte Ihnen sagen, dass es zwei Leute gibt, die Sie besuchen könnten, wenn sie wollen.«

»Sie meinen Leute mit Krebs?«

»Ja.«

»Das kann Mark tun«, sagte Giles. »Wenn es Ihnen recht ist.«

Hannah sah mich überrascht an.

»Okay«, sagte sie. »Ich hole Sie um sechs ab.«

Seit ich mit Giles zusammenarbeitete, hatte ich es mir zur Regel gemacht, ihm niemals in Gegenwart anderer zu widersprechen oder in Frage zu stellen, was er sagte. Ich bemühte mich sogar, niemals überrascht auszusehen, wenn er etwas Unerwartetes sagte, obwohl das manchmal große Mühe erforderte. Zum Ausgleich dafür gestattete ich mir allerdings unbegrenzte Freiheit, wenn wir allein waren. Als Hannah gegangen war, fragte ich: »Was war denn das plötzlich?«

»Frage ich mich auch. Wieso lässt sie uns plötzlich zu diesen Leuten gehen? Vielleicht befürchtet sie, uns zu verlieren.«

»Das habe ich nicht gemeint. Ich meine, wieso wollen Sie nicht mitkommen? Wieso ich allein? Was verstehe ich denn davon?«

»Ich bin fast sicher, dass es völlig sinnlos ist«, sagte Giles. »Ein großer Autor hat einmal gesagt, die Wahrscheinlichkeitsgesetze seien so wahr im Allgemeinen wie trügerisch im Besonderen. Ich kann mir nicht vorstellen, dass irgendwelche Erkenntnisse damit zu gewinnen sind, dass wir ein oder zwei oder drei bedauernswerte Krebsopfer besuchen.«

»Und wenn Sie sich irren?«

»Deshalb sollen Sie ja hingehen.«

»Sind Sie sicher, dass das der einzige Grund ist?«

»Wie meinen Sie das?«

»Wenn Sie tatsächlich mit einem dieser Leute zusammenträfen, wäre es vielleicht schwerer, irgendetwas komisch zu finden oder distanziert zu bleiben.«

»Sie unterschätzen mich. Aber Distanz ist nicht so schlecht. Ich könnte mitkommen und mit Ihnen weinen, wenn Sie wollen. Und wenn wir wieder in London sind, könnten Sie mit mir Susans Tante June besuchen, die einen metastasierenden Brustkrebs hat. Und dann könnten wir um sie weinen.«

»Ich werde nicht weinen. Ich weine nur im Kino. Zweite Frage: Warum haben Sie Hannah nichts von Preece erzählt? Das wäre eine große Hilfe für ihre Kampagne.«

»Wir sind nicht hier, um ihr eine große Hilfe bei ihrer Kampagne zu sein. Außerdem – ich möchte nicht leichtfertig Versicherungsinspektoren mit Ärzten oder Priestern oder Rechtsanwälten vergleichen, aber unsere Kunden wären vielleicht nicht sehr glücklich, wenn wir ihren Gegnern über vertrauliche Gespräche Bericht erstatten. Ich glaube, Paul Creek würde mir, wie er es nennt, den Arsch aufreißen.«

»Aber die Gruppe könnte in die Lage versetzt werden, Marshco zu besiegen, wenn sie die Informationen hätte, die wir haben.«

»Kann sein«, sagte Giles. »Aber jeder dürfte in der Lage sein, Marshco zu besiegen, wenn er nicht gerade ein hoffnungsloser Amateur ist. Ehrlich gesagt, manchmal denke ich, ich sollte aus dem Versicherungsgeschäft aussteigen und mich als professioneller Aktivist betätigen. Wie diese Schadeneratzanwälte in Amerika, die jeden Fall für – wie viel ist es? – schäbige vierzig Prozent der Entschädigungssumme übernehmen, nur um ihre Kosten zu decken.«

»Was werden Sie denn tun, während ich arbeite?«

»Das geht Sie nichts an«, sagte Giles. »Ich bin der Chef, Sie sind der ausgebeutete Werktätige. Aber ich sag's Ihnen trotzdem: Ich werde E-Mails schreiben und ein paar Unterlagen durchsehen, die Kevin Seeger mir geliehen hat. Einverstanden damit?«

»Vielleicht können wir nachher zusammen Steak-and-Kidney-Pie essen?«

»Ich werde mit Jan darüber reden.«

Liza Barry war eine Freundin von Hannah. Sie war achtundvierzig Jahre alt und hatte dunkles, rötlichbraunes Haar mit grauen Strähnen. Sie war so dünn, dass ihre Wangen eingefallen aussahen, und die Kleider schlotterten ihr am Körper. Sie wäre eine hinreißende Frau gewesen, aber es war fast, als habe die Strahlung von außen und von innen alle Farbe aus ihr herausgesaugt, sodass sie beinahe durchsichtig war. Ihre Augen waren grau und wässrig. Auf dem Weg zu ihr erzählte Hannah mir, dass Liza zu den Pionieren der Kampagne gehört habe, und dass sie unter einem fortgeschrittenen Lymphom leide. Sie erklärte Liza, wer ich war und woher ich kam. Dass ich für Marshcos Versicherung arbeitete. Es klang unerfreulich, wenn man es laut aussprach.

»Und Sie sind da gewesen?«, fragte Liza.

»Heute Morgen.«

»Mit uns sprechen sie nie«, sagte Liza. »Wir bemühen uns seit Jahren darum.«

Ich sagte nichts. Ich war verlegen. Ich wollte sagen, es tue mir Leid, aber das kam mir nicht zu. Und wenn es mir Leid tat, was würde ich dann dagegen tun?

»Es macht Ihnen nichts aus, dass ich zu Ihnen komme?«, fragte ich. »Es ist aufdringlich.«

»Im Moment habe ich nichts anderes zu tun, als meine Geschichte zu erzählen.«

Sie machte Tee und führte uns dann in ihren kleinen Garten. Vor der Tür wuchsen Kräuter: Rosmarin, Estragon, verschiedene Arten Thymian. Hinten beim Komposthaufen war ein kleines Gemüsebeet; ich erkannte Salat, Kohl, grüne Erdbeeren und ein paar unordentliche Reihen Rucola. Ich pflückte ein Blatt und kaute es. Scharf, pfeffrig.

»Ich habe mein Leben lang hier gewohnt«, sagte Liza. »Heutzutage ist es ein bisschen besser. Vor ungefähr zwanzig Jahren, wenn der Wind aus der richtigen Richtung kam – was er fast immer tut, nämlich vom Meer her –, sah er aus wie feines Schneetreiben. Da kam man morgens aus dem Haus, und es sah aus, als wäre die Welt grau geworden. Man hinterließ Fußspuren auf dem Rasen, und man musste die aufgehängte Wäsche noch einmal waschen. Wir bürsteten uns das Zeug aus den Haaren. Wir machten Witze darüber. Komisch, wie harmlos Dinge, mit denen wir uns früher umgeben haben, damals aussahen. Asbest zum Beispiel.«

»Haben Sie mit Asbest gearbeitet?« Sofort bereute ich meine Frage. Sie sah mich scharf an. Vielleicht dachte sie, ich wollte ihr ein Bein stellen und eine andere Ursache für ihre Krankheit verantwortlich machen.

Sie schüttelte den Kopf.

»Ich bin Angestellte bei der Gemeindeverwaltung. Die einzige giftige Substanz, der ich bei meiner Arbeit ausgesetzt war, ist Korrekturflüssigkeit. Ich meinte die Asbestuntersätze, die wir alle im Chemieunterricht in der Schule benutzt haben. Die Boilerverkleidungen. Das Komische ist, dass ich seit fünfundzwanzig Jahren Vegetarierin bin. Ich mache Yoga und lange Spaziergänge. Ich trinke jeden Tag zwei Liter gefiltertes Wasser. Ich habe nie im Leben geraucht. Ich habe nie Drogen genommen. Ich habe großen Aufwand betrieben, um toxische Substanzen von meinem Körper fern zu halten. Was hatte das für einen Sinn?« Sie lächelte betrübt. »Es kommt mir ein bisschen unfair vor. Aber das ist es vermutlich immer.«

Ich stellte keine Fragen. Ich fand, ich hatte nicht das Recht dazu. Ich stand einfach da, während mein Tee kalt wurde, und ließ sie sagen, was sie sagen musste.

»Ich bin kaum jemals krank gewesen«, sagte sie. »Bis vor zwei Jahren hatte ich nicht eine einzige Nacht im Krankenhaus verbracht. Ich entdeckte eine Schwellung am Hals und ging zum Arzt. Ich kam mir albern vor, aber sie war ziemlich groß. Ich hatte schon öfter geschwollene Drüsen gehabt, wenn ich erkältet war. Ich weiß noch, dass ich ihm sagte, auch diese dürfte kein Problem sein – sie tat nicht mal weh wie die anderen. Und das war der Augenblick, in dem ich es fast schon wusste. In seinem Blick flackerte nur leises Interesse. Aber natürlich konnte er es nicht wissen. Erst rückblickend sieht man die Dinge in einem Muster.

Nach ein paar Untersuchungen hatten sie festgestellt, dass ich ein Lymphom mittleren Grades hatte. Sie waren ziemlich überschwänglich. Man hätte fast glauben können, es sei eine gute Nachricht. Sie sagten, dass aggressive Therapie sehr oft erfolgreich sei. Möchten Sie das alles hören?«

»Wenn Sie es mir erzählen möchten«, sagte ich.

»Weil es so extrem interessant für mich ist, vergesse ich manchmal, dass es für andere langweilig oder sogar unangenehm sein kann, mir zuzuhören. Ich bekam die aggressive Therapie, aber die Knoten kamen wieder, und ich bekam eine noch aggressivere Therapie – Chemotherapie und Bestrahlung. Es ging mir so schlecht, so furchtbar schlecht. Und jetzt treten Symptome auf, die den Ärzten Sorgen und mir große Sorgen machen. Was man mir jetzt anbietet, ist eine Art radikale Knochenmarktransplantation. Die Chancen dabei sind interessant. Sie arbeiten bei einer Versicherung, also kennen Sie sich damit aus. Es besteht eine Wahrscheinlichkeit von eins zu drei, dass diese Behandlung mich umbringt, eine Wahrscheinlichkeit von eins zu drei, dass sie gar nichts bewirkt, und eine Wahrscheinlichkeit von eins zu drei, dass eine Rückbildung eintritt. Was würden Sie zu einer solchen Quote sagen?«

»Ich weiß es nicht.«

»Das Komische – oder vielleicht auch das Traurige – daran ist, dass es für mich, in diesem Augenblick, mit dem, was ich weiß, während ich hier in meinem Garten bei meinen Zucchini und meinen Erbsen stehe – dass es für mich wie eine gute Chance klingt. Das Problem ist bloß, dass ich mit Wahrscheinlichkeiten bisher ziemliches Pech gehabt habe. Bei meiner ersten Diagnose waren die Chancen sehr gut. Sie sagten, meine Heilungserwartung liege bei fünfundneunzig Prozent. Aber leider war ich bei den anderen fünf Prozent, und so ist es die ganze Zeit geblieben. Aber das ist der Trugschluss des Glücksspielers, nicht wahr?«

»Was?«, fragte ich.

»Bloß weil ich letztes Jahr Pech hatte und vorletztes Jahr Pech hatte, muss ich dieses Jahr noch lange kein Glück haben.«

Sie schwieg. Anscheinend war sie fertig.

»Liza«, fragte ich, »was wünschen Sie sich?«

Sie hustete kurz.

»Wenn Sie hier sind, um Wünsche zu erfüllen, dann möchte ich gesund werden. Wenn ich realistischer bin – vielleicht auch weniger realistisch, denke ich manchmal –, dann wünsche ich mir, dass man mir zuhört, dass alles hier ringsherum einen Sinn ergibt. Wissen Sie, als ich zum ersten Mal von den anderen Kranken hier in Marston Green hörte, da war das natürlich schrecklich, aber in gewisser Weise auch gut. Denn da hatte ich das Gefühl, wir sind Teil einer Geschichte.«

Ich drückte ihre schmale, magere Hand. Ich konnte die Knochen unter der Haut fühlen.

»Danke«, sagte ich.

»Tun Sie was«, sagte sie.

Die Fahrt zu unserem zweiten Ziel war nur kurz. Es war ein feineres Haus. Wir fuhren in eine gebogene Kieseinfahrt, und die Steinchen spritzten davon wie Wasser. Es war ein Anwesen, vor dem man Kutschen erwartet hätte, und Hannahs Fiat sah ziemlich schäbig aus neben dem blinkenden Range Rover und dem BMW, die schon dort parkten. Unsere Schritte knirschten auf dem Weg zur Haustür, und Hannah betätigte den schweren Türklopfer. Auf der kurzen Fahrt hierher hatten wir nicht miteinander gesprochen, und ich war gar nicht auf den Gedanken gekommen, dass ich die Person kennen könnte, die wir jetzt besuchten. Die Haustür öffnete sich, und da stand Charles Deane, der Vorsitzende des Aktionskomitees. Er trug einen braunen Pullover, eine Cordhose und braune Schuhe, und er sah aus, als sei ihm unbehaglich – ganz anders als der öde Golfclub-Typ, der die Versammlung geleitet hatte, in der ich gewesen war. Hannah stellte mich vor, und wir gaben uns die Hand.

»Die Sache ist mir unangenehm«, sagte Deane. »Ich möchte Ella nicht vorführen wie in einem Panoptikum. Vielleicht können wir einfach nur hallo sagen und uns dann woanders unterhalten.«

In diesem Augenblick empfand ich eiskalte Wut auf Giles, der mich das alles durchmachen ließ, während er im Pub hockte und E-Mails verschickte. Als wir die breite Treppe zu Ellas Schlafzimmer hinaufstiegen, spürte ich, dass meine Anwesenheit hier nur zeigte, wie verzweifelt und traurig sie waren. Charles Deane wusste genauso gut wie ich, dass ich weit, weit unten auf der Liste derjenigen stand, die irgendetwas für seine Tochter tun konnten. Ich war kein Arzt, ich war kein Repräsentant der Firma Marshco. Glaubte er vielleicht, ich würde es jemandem erzählen, der es jemandem erzählen würde, der es jemandem erzählen würde, der etwas tun konnte? Und was sollte der tun?

Wir klopften an die Tür und hörten ein mürrisches »Herein«. Vermutlich wurde ich erwartet. Wir traten ein, drei Erwachsene, verlegen und unbeholfen im Zimmer eines vierzehnjährigen Mädchens mit lauter Postern und seltsamen Draperien und Kristallen, die an den Bettpfosten hingen, und Stapeln von Büchern und Kollektionen von komischen, billigen kleinen Fläschchen auf den Regalen. Ella Deane saß an ihrem Schreibtisch. Es war ziemlich dunkel im Zimmer, sodass ich kaum erkennen konnte, was sie anhatte. Aber ich sah, dass sie eine lustige kleine Schädelkappe aus goldenen und schwarzen Seidendreiecken trug, die nicht verbergen konnte, dass sie fast keine Haare auf dem Kopf hatte.

»Ella, das ist Mark Foll.« Sie drehte sich um. »Er kommt von einer Versicherung.«

»Tag«, sagte sie.

»Tag«, sagte ich und hoffte, sie würde sehen, dass ich jung war wie sie und nicht bloß irgendein Mann im Anzug. Sie brauchte jemanden, der das alles aus der Welt schaffen konnte.

»Wie geht es dir?«

»Ganz gut.«

»Nein, im Ernst, Ella.«

Sie zog einen Schmollmund.

»Ich bin nur ein bisschen müde, okay?«

»Hast du dich heute übergeben müssen?«

»Herrgott, Dad.«

Meine Wangen glühten vor Verlegenheit, wegen ihrer, aber auch wegen meiner eigenen. Ich dachte an die Jahrmärkte vor hundert Jahren, wo man in eine Bude ging, um die bärtige Frau zu bestaunen, den Zwerg, den Mann ohne Beine. Wir zogen uns zurück und ließen sie weiter ihre Hausaufgaben machen. Das war's – das war die Rolle, die ich in Ella Deanes Leben gespielt hatte.

Charles führte uns durch den Korridor in ein geräumiges Wohnzimmer mit großen Sofas und einem Kronleuchter und Bücherschränken mit verschnörkelten Schnitzereien. Er fragte, ob wir etwas trinken wollten. Ich sah Hannah an; sie nickte kaum merklich, und daher sagte ich ja. Charles nahm eine Whiskykaraffe und drei geschliffene Kristallgläser von einem Sideboard. Wir setzten uns, und ich drehte mein Glas in den Händen, während Charles einen großen Schluck trank. Seine Frau sei leider nicht zu Hause, sagte er; sie sei beim Bridge. Es habe sie besonders schwer getroffen, und er ermutige sie dazu, auszugehen und eigene Interessen zu entwickeln. Ella sei ihr einziges Kind, und deshalb sei es manchmal ein bisschen ... Sie wissen schon.

Er stand auf, schenkte sich aus der Karaffe nach und setzte sich wieder. Wir saßen einander gegenüber auf zwei Sofas, zwischen denen ein niedriger Couchtisch stand. Hannah saß neben ihm. Die beiden sahen nicht aus wie zwei Leute, die unter normalen Umständen jemals zusammen im selben Zimmer gesessen hätten.

Er fing an zu erzählen. Er sprach von Ella, als sie noch kleiner gewesen war – wie sie Reiten und Gymnastik geliebt hatte, und wie gut sie Klavier spielte.

»Geht sie nach Hyland?«, fragte ich.

Es war das einzige Mal, dass ich Charles Deane lächeln sah.

»Nein«, sagte Hannah. »Sie geht nach Chalmers. Das ist eine berühmte Privatschule an der Küste.«

Wieder betrachtete ich den Kronleuchter und die Schnörkel an den Bücherschränken. Das war mein berühmter Auftritt als Idiot. Charles Deane berichtete, wie Ella lethargisch geworden war und wie sie zunächst befürchtet hatten, sie entwickele sich zu einem

Problemkind. Eine Zeit lang hatten sie sie angeschrien. Ella hatte in ihrem Zimmer geschmollt, sie hatte den ganzen Abend auf dem Bett gelegen. Sie bekam spontanes Nasenbluten. Auch das hatten sie ihrer Hysterie zugeschrieben. Dann hatte sie eine Halsentzündung. Als die nach vierzehn Tagen immer noch nicht abgeklungen war, gingen sie mit ihr zum Arzt. Er nahm ihr Blut ab. Akute lymphatische Leukämie. Die Ärzte seien sehr optimistisch, sagte er. Eine mehr als fünfzigprozentige Heilungschance. Deane und seine Frau begleiteten sie seit einem Jahr zu den Behandlungen. Es sei sehr intensiv, und es komme darauf an, sich streng an den Zeitplan zu halten. Und so saßen sie bei ihr, wenn sie Injektionen ins Rückenmark bekam, wenn sie sich übergab und wenn sie weinte.

Während er erzählte, hatte ich mehr und mehr das Gefühl, in der Dunkelheit zu versinken und zu frieren, obwohl im Kamin ein Feuer brannte, und ich dachte: Was ist eigentlich real, außer Angst und Schmerz? Ich fragte mich, ob Hannah vorhatte, mich noch zu weiteren dieser Leidenden zu bringen, und ich dachte, wenn ich noch mehr davon sehen müsste, würde ich vielleicht den Verstand verlieren. Oder ich würde nicht den Verstand verlieren, sondern mich daran gewöhnen. Ich stellte mir vor, wie es sein musste, Arzt zu sein. Bei den ersten wäre man schockiert und entsetzt, aber nach ein paar Wochen würde man heimlich auf die Uhr sehen und sich überlegen, welches Video man sich für den Abend ausleihen sollte. Ich dachte an Ella, die oben in ihrem Zimmer bei ihren Hausaufgaben saß.

»Was sagen die Ärzte im Moment?«, fragte ich.

Charles wollte etwas sagen, hustete dann, schüttelte den Kopf, schaute weg. Ich sah, dass ihm die Tränen übers Gesicht liefen. Unbeholfen wischte er sie weg. Ich wusste nicht, was ich tun sollte. Hannah legte ihm eine Hand aufs Knie. Wenn ich etwas tun wollte, hätte ich aufstehen, um den Tisch herumgehen und mich über ihn beugen müssen. Ich fand nicht, dass es eine gute Idee war.

»Entschuldigen Sie«, sagte er. »Ich möchte Sie nicht in Verlegenheit bringen. Sie möchten wahrscheinlich etwas über diese Kampagne wissen. Wie sie angefangen hat.«

»Nein, es ist schon gut.«

»Wir haben im Krankenhaus ein anderes Kind kennen gelernt. Ebenfalls aus Marston Green. Das machte uns nachdenklich. Das war der Anfang.« Er trank seinen Whisky aus und stand auf. Ich stellte mein unberührtes Glas neben seins. Er brachte uns zur Haustür. Als er sie öffnete, spürte ich, dass er nach den passenden Worten suchte.

»Wir finden, Mary und ich, dass dabei irgendetwas Gutes herauskommen muss.«

Ich gab ihm die Hand. Hannah umarmte ihn, und er schloss die Tür. Sie sah mich an.

»Keine Angst«, sagte sie. »Das war's für heute.«

DREIUNDZWANZIG

Im Wagen sagte Hannah, sie sei jetzt in Eile. Eine Freundin passe auf Bruce auf, aber sie müsse nach Hause und sie wieder ablösen. Es sei eine kurze Fahrt, und unterwegs könne sie mich am Four Feathers absetzen. Wir kamen ziemlich schnell durch Marston Green, und plötzlich hatte ich das Gefühl, das war's, das war alles gewesen, und wenn ich nichts täte, würde ich Marston Green hinter mir lassen, wie ich alles andere hinter mir gelassen hatte: ohne etwas zu berühren, ohne eine Spur zu hinterlassen – wenn ich nichts täte.

»Was denken Sie?«, fragte sie.

»Hannah, ich muss Ihnen etwas sagen.«

»Was?«

»Ich weiß von Ihrem Krebs.«

Sie hielt an. Wir waren noch nicht am Four Feathers. Um mich vor dem Pub abzusetzen, musste sie quer durch das Dorf fahren, und das hatte sie noch nicht getan. Wir standen vor ihrem Haus. Sie hatte den Kopf leicht abgewandt und schaute aus dem Fenster, sodass ich ihren Gesichtsausdruck nicht sehen konnte. Sie berührte ihre Lippen mit dem rechten Zeigefinger. Sie biss in den Finger.

»Entschuldigen Sie«, sagte ich. »Ich habe nicht … ich … « Anscheinend war sie völlig durcheinander. Ihr Gesicht war mir sehr viel näher als je zuvor; ich konnte den zarten Flaum an der Kante ihres Kiefers sehen.

»Ich sollte Gina jetzt wirklich ablösen. Möchten Sie noch für einen Augenblick hereinkommen?«

Ich folgte ihr. Sie stellte mich Gina als Mann von der Versicherung vor. Wie gewöhnlich war das eine Möglichkeit, jemanden schnell loszuwerden. Niemand sieht den Mann von der Versicherung an, wie auch niemand den Briefträger ansieht. Hannah hatte anscheinend Mühe, zusammenhängend zu sprechen. Sie wirkte verwirrt.

»Ich muss nach Bruce sehen«, sagte sie. »Gießen Sie sich was ein, wenn Sie möchten.«

Mir war nicht recht klar, was ich mir eingießen oder wo ich es finden sollte. Also blieb ich stehen und wartete. Als sie herunterkam, stand ich immer noch an derselben Stelle. Ich dachte plötzlich, dass sie völlig anders war als ihre Freundin Liza. Hannah hatte etwas Kämpferisches an sich. Das Licht, das sich in ihren Augen fing, ließ sie aussehen, als glühten sie.

»Schläft er?«, fragte ich.

Die Antwort kostete sie Anstrengung; es war, als lenke sie sie von etwas anderem ab.

»So ziemlich«, sagte sie. »Er hat etwas gemurmelt, ich habe ihn umarmt, und er hat sich umgedreht. Aber er hätte gemerkt, wenn ich nicht noch zu ihm gekommen wäre. Was war es? War es die Karte?«

»Was?«

»Mein Krebs.«

»Oh«, sagte ich. »Nein, es war nicht die Karte. Giles ist ein zwanghafter Spitzel. Darum ist er so gut in seinem Job. Als er in Ihrem Bad war, hat er irgendein Medikament gesehen, das Sie nehmen müssen, weil Sie ... Sie wissen schon.«

»Weil ich Brustkrebs habe«, sagte Hannah. »Sie dürfen es ruhig laut sagen. Ich falle nicht in Ohnmacht.«

»Aber ich vielleicht.«

»Dann setzen Sie sich da hin«, sagte sie. »Auf das Sofa.«

Sie ging zu einem Schrank und holte eine Flasche Scotch und zwei Gläser heraus. Das eine war bunt wie ein Kinderglas, aus dem man Limonade trinkt. Sie goss einen guten Schuss Scotch in beide. Dann kam sie zu mir, setzte sich neben mich auf das Sofa und reichte mir ein Glas – nicht das Kinderglas. Wir nahmen beide einen kleinen Schluck. Wie immer musste ich einen Hustenanfall unterdrücken.

»Und was hat Giles gesagt, nachdem er in meinem Badezimmer herumgeschnüffelt hatte? Vermutlich sah er mich als hysterisches Weibsbild, das aus Wut über den Krebs eine Kampagne angezettelt hat.«

Ich verspürte einen seltsamen Stich der Enttäuschung, weil sie sich so sehr auf Giles konzentrierte. Natürlich, Giles betete sie an.

»Das hat er nicht gesagt. Er war beeindruckt, weil Sie das alles getan haben, ohne Ihre Krankheit in den Mittelpunkt zu stellen.«

Hannah nahm noch einen Schluck Whisky. Fast kippte sie ihn herunter.

»Und was denken Sie, Mark?«

Ich sah sie an.

»Ich weiß nicht«, sagte ich. »Sie haben so eine Fantasievorstellung: Sie sind sehr krank und sehr würdevoll, und alle bewundern Ihre Tapferkeit. Aber vielleicht würde es nach einer Weile wirklich wehtun, wenn alle sich dauernd danach erkundigen.«

»Wirklich wehtun?«

»Sehen Sie, das meine ich. Ich weiß, Sie haben es schon erlebt, dass etwas wirklich wehtut. Ich glaube, wenn jemand Krebs hat, fangen die andern an, sich Sorgen zu machen, sie könnten etwas Falsches sagen. Soll man es erwähnen, wissen Sie? Will die Person darüber reden, oder will sie es nicht? Will sie dem Milchmann ihre Therapie schildern? Und dann geht man Ihnen vielleicht ganz aus dem Weg.«

Wir sahen einander an. Unwillkürlich schaute ich auf ihre Brust. Ich konnte nicht anders.

»Es war vor zwei Jahren«, sagte sie. »Ein Knoten in der rechten Brust. Ich nehme an, Sie haben inzwischen genug davon. Wollen Sie es hören?«

Ich schluckte heftig.

»Natürlich.«

Sie schob sich eine Haarsträhne hinter das Ohr.

»Ich habe ihn nicht bemerkt. Mein Freund hat ihn entdeckt. Don. Anscheinend kommt das oft vor.«

»Ich wusste nicht …«

»Dass so etwas oft vorkommt?«

»Nein. Dass Sie einen Freund haben.«

»Wir haben uns getrennt. Er fand es schwierig. Möchten Sie es hören?«

Warum sollte ich es nicht hören wollen? Was würde sie denn sagen?

»Er war voller Bedauern. Er hat geweint. Er hat mehr geweint als ich. Und dann konnte er mich nicht mehr berühren. Er hat es versucht, aber es war unmöglich. Er sagte, er könne einfach nicht mehr in dieser Weise an mich denken.«

Während sie erzählte, war mir die ganze Zeit, als lege sie etwas Seltsames und Unerwartetes vor uns auf den Tisch und beobachte, wie ich reagierte und ob ich schockiert war.

»Fällt mir schwer, das zu glauben«, sagte ich.

»Der Knoten schmerzte ein wenig, aber mein Arzt sagte, er sei mit an Sicherheit grenzender Wahrscheinlichkeit gutartig. Sie erinnern sich, wie Liza erzählt hat, dass die Chancen so gut waren. Ich glaube, Ärzte machen das so. Außer in Fällen, bei denen nicht die geringste Hoffnung besteht, tun sie so, als sei alles in Ordnung. Sie sagen, die Chancen sind günstig, der Knoten ist sicher gutartig. Wahrscheinlich wollen sie einen nur aus der Praxis haben. Die Gewebeuntersuchung ergab, dass ich Brustkrebs hatte. Der Arzt sagte, es sei so gut wie sicher, dass da nur eine kleine Operation nötig wäre. Man werde ein paar Scans machen, Röntgenaufnahmen, Blutuntersuchungen. Dabei stellte man fest, dass ich einen invasiven Tumor hatte. Er war größer, als sie gedacht hatten, und er hatte sich ausgebreitet, sodass eine große Operation nötig war. Man nennt so etwas modifizierte radikale Mastektomie. Sie entfernten die ganze Brust und ein paar Lymphknoten unter der Achsel. Das war eine große Sache.«

Ja, dachte ich. Zu viele Details. Ich nahm einen großen Schluck Whisky und hustete. Sie fuhr fort.

»Don war inzwischen aus dem Spiel. Meine Mutter kam her und wohnte ein Jahr lang immer wieder hier. Es war ja nicht nur die Operation. Ich bekam mehrere Chemotherapien und musste mich tagelang übergeben. Das Komische war, dass mir nach einer Weile nicht erst schlecht wurde, nachdem ich die Tabletten genommen hatte. Mir wurde schon in den Tagen vorher schlecht. Einmal fuhr ich am Krankenhaus vorbei, und schon der Anblick genügte. Ich musste anhalten und mich in der Gosse übergeben. Ich hatte gedacht, ich würde so stark sein, für Bruce und aus anderen Gründen. Aber ich war es nicht. Ich lag tagelang im Bett und hatte einen Eimer neben mir stehen. Und dann fielen mir natürlich die Haare aus, und ein paar Monate lang trug ich alle möglichen Kopftücher und kleinen Mützen und Kaffeewärmer. Die Tatsache, dass ich Krebs hatte, war nicht eben das bestgehütete Gehimnis in Marston Green. Ich denke, in den nächsten paar Tagen würde es Ihnen schon irgendjemand erzählt haben.«

Ich sah Hannah an. Sie trug eine braune Strickjacke mit kleinen, viereckigen Knöpfen. Man sah nichts. Da waren anscheinend ihre beiden mittelgroßen Brüste. Ihre rechte Brust. Für sie die rechte, für mich die linke. Vielleicht trug sie einen normalen Büstenhalter, der rechts mit irgendetwas ausgestopft war. Oder eine Brustprothese? Und ich stellte mir vor, wie sie sich in der Gosse übergab – wie eine Pennerin. Komisch, was die Leute so alles getan haben. Wir versuchen so zu tun, als hätten wir immer alles im Griff, wie Politiker, aber wir alle haben Augenblicke wie aus einer wüsten Komödie oder einem Horrorfilm hinter uns – hoffnungslos kotzend, Blut überall, weinend, schreiend.

»Wie geht's Ihnen jetzt?«, fragte ich.

»Ich warte«, sagte Hannah.

»Worauf?«

»Dass nichts passiert. Wenn ich fünf Jahre warte und nichts passiert, ist das gut. Inzwischen kümmere ich mich um Bruce und tue meine Arbeit und beteilige mich an dieser Kampagne.«

Wieder eine lange Lücke. Immer wieder dieses peinliche Schweigen.

»Glauben Sie, daraus wird etwas?«

Hannah trank ihren Whisky aus und stand auf. Vielleicht war es Zeit für mich, zu gehen.

»Was ich will«, sagte sie, »was wir alle wollen, ist irgendeine Art von Anerkennung. In diesem Dorf sind viele Leute krank. Sie haben Liza und Ella kennen gelernt. Liza wird in ungefähr einem

Jahr tot sein. Ich habe eine Fifty-Fifty-Chance, in fünf Jahren noch zu leben, und bei Ella ist es ungefähr genauso. Ich will nicht, dass das alles nichts bedeutet. Sie haben die Leute bei Marshco kennen gelernt. Haben sie Ihnen gefallen?« Ich antwortete nicht. Eine Schweigeminute mehr – warum nicht? »Ich will, dass sie sich dem stellen, was sie in dieser Gegend getan haben. Ich will, dass sie es zugeben. Die Alternative ist, dass wir alle einfach verschwinden und die Welt sich weiter dreht wie bisher.«

»Aber die Welt wird sich weiterdrehen.«

Sie lächelte traurig.

»Manchmal vergesse ich, auf welcher Seite Sie stehen.«

Ich stand ebenfalls auf, und plötzlich war sie so nah, dass es mich fast verlegen machte.

»Ich weiß nicht, ob ich auf irgendeiner Seite stehe«, sagte ich. »Nicht mehr.«

»Ist nicht wichtig«, sagte sie. »Ich erwarte nichts von Ihnen. Ich will keine machtvollen Bekundungen des Mitgefühls.«

»Hab ich so was gesagt?«

»Ich will nicht, dass Sie es sagen. Ich habe genug vom Mitgefühl der Leute.«

Die Situation verwirrte mich. Ich wusste nicht, was ich hier zu suchen hatte. Ich wusste kaum, was ich sagen oder tun sollte.

»Und wann hat Ihr Freund Sie verlassen?«, fragte ich.

Was für eine dämliche Frage. Hannahs Blick verhärtete sich kaum merklich. Es wurde kühler im Zimmer.

»Das habe ich doch gesagt, oder? Er ist nicht einfach gegangen. Er fühlte sich zunehmend unbehaglich und kam nach und nach immer seltener. Am Ende war ich es, die sagte, wir sollten uns nicht mehr treffen. Noch nie habe ich jemand so erleichtert gesehen. Vielleicht dachte er, er könnte sich an meinem Krebs anstecken.«

»Das ist doch lächerlich«, sagte ich.

»Eigentlich geht es Sie nichts an.«

Wieder Schweigen. Sie war offen zu mir gewesen, und ich glaube, ich hatte mich noch nie im Leben so hilflos gefühlt. Genau wie dieser hoffnungslose Don würde ich gleich irgendetwas murmeln und dann weglaufen. Wir konnten ja nicht ewig dastehen und uns anstarren. Ich fühlte mich wie ein Dreizehnjähriger auf seiner ersten Party.

»Ich gehe jetzt besser«, sagte ich.

»Ja«, sagte sie.

Ich ging zur Tür, und sie kam mit. Ihre Schulter berührte meine. Sie war ziemlich groß – höchstens fünf Zentimeter kleiner als ich. Ich öffnete die Tür und drehte mich zu ihr um.

»Es tut mir Leid«, sagte ich.

Ich streckte die Hand aus und berührte ihre Schulter, als wollte ich ein bisschen Staub wegwischen. Sie wich einen Schritt zurück.

»Ich habe Ihnen doch gesagt, ich brauche das nicht.«

»Ich meinte es ganz allgemein.«

Ich ging hinaus und hörte, wie die Tür sich leise hinter mir schloss. Draußen war es kälter, als ich erwartet hatte. Die Nacht war wolkenlos, und ich hatte noch nie so viele Sterne gesehen. Ich schaute hoch, und in meinem Gesichtsfeld war nichts als Himmel. Plötzlich hatte ich das Gefühl, hoch zu den Sternen zu stürzen. Mir wurde schwindlig, und beinahe wäre ich gestolpert. Ich streckte die Hand aus und hielt mich an der Mauer neben dem Gartentor fest. Die Mauer war alt, aus rauen, unregelmäßig geformten Steinen. Ich streichelte die Steine, und plötzlich ballte ich die rechte Hand zur Faust und schlug hart gegen die Mauer, zwei Mal, drei Mal, vier Mal. Ich murmelte etwas und hatte das verrückte Empfinden, nicht hören zu können, was ich sagte.

Ich drehte mich um, lehnte mich an die Mauer und schaute zurück zu Hannahs Cottage. Ich wusste, dass der Abend still war, aber mir kam er ziemlich laut vor – als stände ich in einem Eisenbahntunnel, und ein Zug rauschte an mir vorbei, nur eine Handbreit von meinem Gesicht entfernt. Ich fühlte meinen Puls im Hals, in der Brust, im Kopf. Es hatte keinen Zweck zu denken. Ich ging den Weg zum Haus zurück und klopfte an die Tür. Sie öffnete sich sofort, und ich fragte mich, ob Hannah sich auf der anderen Seite dagegen gelehnt hatte. Sie sah mich fragend an, als warte sie darauf, dass ich noch etwas Dummes sagte.

Alles, was ich hätte sagen können, wäre eine weitere Katastrophe geworden. Also machte ich einfach einen Schritt auf sie zu und legte die Hände zu beiden Seiten an ihr Gesicht. Ich hielt einen Augenblick inne, um zum ersten Mal richtig daran zu denken, wie wundervoll es war, und dann küsste ich sie, erst sanft, dann heftig. Dann wich ich zurück und sah sie an. Ihr Mund war halb offen, und ihre Lippen glitzerten. Sie atmete aus, und es klang fast wie ein Schmerzenslaut. Sie sah benommen und passiv aus, aber sie lehnte sich mir entgegen, nur einen Millimeter weit, aber ich sah, dass ich mich nicht geirrt hatte, und etwas durchrieselte mich, ein Gefühl fast wie ein Schmerz, und wir küssten uns wieder. Ich schlang die Arme um ihren Rücken, und sie umarmte mich auch. Ohne sie loszulassen, lehnte ich mich gegen die Tür und drückte sie ins Schloss. Ich schob Hannah zurück, bis sie innen an der Tür lehnte. Wir küssten uns, und als wir aufhörten, schnappten wir nach Luft, als sei die Luft im Haus sehr dünn.

Ich streichelte ihr die Wange und küsste sie und öffnete den obersten Knopf ihrer Strickjacke. Sie wich zurück.

»Nein«, sagte sie.

Ich schluckte heftig und konnte kaum sprechen.

»Ist es noch zu früh?«

»Nicht die Strickjacke«, sagte sie. »Den Rest.«

Ich war überrascht, weil ich darüber so ungeheuer erleichtert war.

»Wollen wir nach oben gehen?«

Sie schüttelte den Kopf.

»Bruce kommt manchmal in mein Bett.«

Ineinander verschlungen hoppelten wir durch das Zimmer und kippten auf das Sofa. Alles ging sehr schnell und mit einem verzweifelten Gefuchtel, an das ich nicht gewöhnt war. Ich zog ihr die Turnschuhe aus. Ihre Hose hatte eine Kordel am Bund. Ich nestelte den Knoten auf, und sie rutschte vom Sofa herunter, damit ich ihr die Hose und den blauen Slip herunter und über die Füße ziehen konnte. Ihr Schamhaar war heller und weicher als das braune Haar auf ihrem Kopf, das immer noch lose hoch gesteckt war. Es war fast golden. Ihre Füße lagen auf meinen Schultern, und ich schaute an ihrem Körper hinauf zu ihrem Gesicht. Sie hatte den linken Unterarm vor das Gesicht gelegt, als wolle sie jedes Geräusch ersticken. Ihre rechte Hand streichelte meinen Kopf. Dann zuckte sie zusammen, und ich spürte, wie sie erschauerte. Ihre Finger wühlten sich in mein Haar. Ich richtete mich auf. Ich war immer noch vollständig angezogen. Sie war von der Hüfte abwärts nackt. Ihr Kopf bewegte sich hin und her. Ich zog meine Jacke aus, ließ Hose und Boxershorts über meine Knie rutschen, und dann war ich auf ihr und in ihr, und mein Mund war an ihrem, und ich küsste sie sanft und sah sie dabei die ganze Zeit an. Ich fühlte, wie sie kam; sie presste das Gesicht an meinem Hals, um nicht aufzuschreien, und ihre Finger bohrten sich in meinen Rücken, sodass ich beinahe selbst geschrien hätte, und dann kam ich, und wir lagen da, ineinander verschlungen. Es war ein bisschen absurd; meine Hose hing, von außen nach innen gestülpt, an meinen Schuhen.

»Ich weiß nicht, soll ich mich jetzt anziehen oder ausziehen«, sagte ich.

»Zieh dich aus«, sagte Hannah. »Ich möchte dich anschauen.«

Ein bisschen ungelenk zerrte ich meine Hose über die Schuhe, und dann streifte ich die Schuhe ab, knöpfte mein Hemd auf und zog es mir über den Kopf.

»Irgendwie unfair«, sagte ich.

»Was?«

»Du bist noch halb angezogen.«

»Entschuldige«, sagte sie. »Ich kann nicht.«

»Schon okay«, sagte ich und legte mich zu ihr auf das Sofa, wo ich ungefähr eine halbe Stunde vorher gesessen und ihr zugehört hatte, wie sie mir von ihrem Krebs erzählte. Ich streichelte ihren Bauch und ihre warmen, feuchten Schamhaare. »Ich kann's nicht glauben«, sagte ich.

»Warum nicht?«

»Ich dachte, du magst Giles.«

Sie lächelte schläfrig.

»Giles?«

»Er ist der gescheite, interessante von uns beiden. Er ist verheiratet, aber er findet dich wundervoll. Er redet dauernd von dir.«

Sie strich mir übers Haar.

»Erinnerst du dich, wie wir uns auf der High Street getroffen haben? Ich hab so schreckliches Zeug dahergeredet und gesagt, du seist das hübsche Gesicht der Firma, und meinte das öffentliche Gesicht.«

»Ich dachte, du kannst mich nicht ausstehen.«

»Na ja«, sagte Hannah. »Das Problem war, dass du zum Feind gehörtest. Gehörst.«

»Ich sage dir immer wieder, dass es nicht stimmt.«

Sie schaute mich mit einem müden, liebevollen Lächeln an, das ich noch nie gesehen hatte.

»Wenn du mit einer Killerinformation nach London zurückgehen könntest, mit der Marshco aus dem Schneider wäre, dann wärest du ein Held, oder?«

»Giles sagt, darum geht es nicht. Das Ganze ist zu unübersichtlich, und es ist schwer, irgendeinen Zusammenhang schlüssig nachzuweisen. Das ist euer Problem.«

»Tatsächlich?«, sagte sie.

Sie drückte mich auf den Rücken, lächelte auf mich herab und küsste dann mein Kinn, meine Brust und meinen Bauch, und dann nahm sie mich in den Mund. Ich ließ den Kopf zurücksinken und spürte, wie ich hart wurde, und plötzlich kam mir der kuriose Gedanke, dass ich gerade zum ersten Mal in meinem Leben mit einer erwachsenen Frau schlief.

Danach lagen wir beieinander. Ich fühlte sie, war in sie verschlungen, aber ich sah sie nicht. Ich schaute zur niedrigen Decke hinauf. Sie war weiß gestrichen und wurde von dicken, rissigen alten Balken getragen.

»Ich hätte es gern, wenn du über Nacht bleiben könntest«, sagte sie, und ich wollte eben zustimmen, als sie hinzufügte: »Aber das geht nicht. Wegen Bruce. Es macht dir nichts aus, oder?«

»Ich will mich nicht bewegen«, sagte ich.

»Wie spät ist es?«

Ich sah auf die Uhr.

»Halb zwei.«

»Bruce steht manchmal auf und läuft herum.«

»So Furcht erregend bin ich doch nicht«, sagte ich.

»Aber verwirrend«, sagte sie.

Ich stand auf und zog mich an. Hannah blieb auf dem Sofa liegen. Ich konnte nicht erkennen, ob sie resigniert oder traurig war. Zum zweiten Mal in dieser Nacht ging sie mit mir zur Tür. Dort küssten wir uns noch einmal. Ich überlegte, was ich sagen könnte, ohne dass wieder eine Katastrophe dabei herauskäme.

»Das war ...« Der Satz verlief im Sande.

»Ja«, sagte sie. »Und bitte sag jetzt nicht so was wie ›Ich rufe dich an‹.«

»Was meinst du damit?«

»Ich weiß nicht. Ich weiß nicht, was ich meine. Mein Leben ist durcheinander, und ich will es nicht noch schlimmer machen. Und wahrscheinlich werde ich jetzt jeden Augenblick anfangen zu weinen. Also geh lieber.«

Als ich unter dem Sternenhimmel nach Hause ging, ging mir durch den Kopf, dass dies so nicht gedacht gewesen war, und ich war verwirrt. Es war, als sei ich irgendwo unterwegs gewesen und von einem Taschendieb ausgeraubt worden. Bloß, dass es irgendwie genau das Gegenteil war. Jemand hatte mich im Vorbeigehen gestreift, und etwas Seltsames war passiert: Ich hatte die Hand in die Tasche geschoben und festgestellt, dass etwas hineingesteckt worden war, ohne dass ich es gemerkt hatte. Dazu kam die Frage, was ich Giles sagen sollte. Was ich überhaupt sagen sollte. Und schließlich die Frage, was es eigentlich genau war, worüber ich etwas sagen sollte, wenn ich etwas sagte.

Bis zum Four Feathers war es nicht weit, und als ich in meinem Apartment ankam, hatte ich immer noch nichts von all dem kapiert. Ich öffnete die Tür, und etwas fiel mir auf die Füße. Ich knipste das Licht an und sah, dass ein Zettel zwischen Tür und Rahmen geklemmt hatte. Darauf stand: »Kommen Sie zu mir. Egal, wann Sie nach Hause kommen. Geoff.«

Für weitere Verwirrung hatte ich keinen Platz mehr; also ging ich wie betäubt zur Hintertür des Pubs und klingelte. Ich musste ein paar Mal klingeln, ehe sich im ersten Stock etwas rührte und Schritte die Treppe herunterkamen. Geoff öffnete im Bademantel. Er sah furchtbar aus. Ich fing an, mich zu entschuldigen, aber er unterbrach mich und sagte, Giles sei im Krankenhaus.

VIERUNDZWANZIG

Geoff bot mir an, mich zu fahren, aber ich stöberte Giles' Autoschlüssel in seinem Zimmer auf und fuhr selbst über gewundene dunkle Landstraßen zum Krankenhaus nach Melwarth.

Das Krankenhaus sah verlassen aus; der Zeitungsladen und die Cafeteria in der Eingangshalle waren mit Rolläden verschlossen. Am Empfang saß ein Mann in Uniform, der mir den Namen der Station nannte, aber von ihm abgesehen sah ich keinen Menschen, als ich durch einen endlos langen Korridor in einen Flügel ging, der aussah, als sei er irgendwie aus dem Krieg übrig geblieben. Auf der Station »Martin Guy« saß eine Krankenschwester in einem Lichtkegel gleich hinter dem Eingang. Sie schickte mich durch die halbe Station. Das alles war falsch. Zehn Stunden zuvor hatte ich mit ihm im Four Feathers gesessen, und jetzt war er hier eingewiesen, sein Name war im System, und eine Krankenschwester wusste, wie er hieß. Ich tappte durch die Station und sah zur Linken und zur Rechten Leute in verschiedenen Stadien der Beschädigung, und dann kam Giles in Sicht. Obwohl ich vorbereitet war, versetzte es mir einen Schock.

Ich hätte ihn kaum erkannt, wenn sein Name nicht auf einem Etikett am Fußende des Bettes gestanden hätte. Ein Plastikschlauch steckte in seiner Nase, und ein Kabel verband ihn mit einem Apparat, aber es war nicht nur das. Sein Gesicht sah aus, als wäre es mit einer Fahrradpumpe aufgeblasen worden, und es war rot und wund von violetten Schrammen und Blutergüssen. Seine Nase war unordentlich mit Pflastern und Mullkompressen verklebt. Ich sah, dass seine rechte Hand verbunden war, und zwei Finger waren mit Plastikstreifen geschient, die aussahen wie kleine

Lineale. Der Anblick war so schrecklich, dass ich genau hinsah, um festzustellen, ob sich irgendetwas an ihm bewegte. Das Laken über seiner Brust hob und senkte sich. Ich zog mir einen Stuhl heran und setzte mich. Plötzlich hörte ich ein rasselndes Geräusch von Giles, das alle Ähnlichkeit mit einem Todesröcheln hatte.

»Giles«, sagte ich. »Ich bin's, Mark.«

»Ark.«

»Genau.«

»Fähne.«

»Ich verstehe nicht.«

»*Fuck*, die Fähne. Hamsi mir die Fähne ausgefagen?«

»Die Zähne, meinen Sie?«

Er räusperte sich, langsam und stöhnend.

»Ja«, sagte er schließlich. »Meine Zähne.«

»Ich weiß es nicht«, sagte ich. »Ich frage die Schwester. Alles okay? Tut Ihnen was weh?«

»Asse.«

»Was?«

»Tasse«, sagte er mühsam.

Ich sah mich um. Auf dem Nachttisch stand eine kleine Plastiktasse.

»Möchten Sie was trinken?«

»Spucken.«

Ich hielt ihm die Tasse an den Mund, und er spuckte sabbrig aus. Der Speichel zog rote und gelbe Fäden. Ich wischte ihm den Mund ab.

»Die haben mir was gegeben«, sagte er. »Irgendein verdammt starkes Zeug. Heroin wahrscheinlich. Ich spreche aus weiter Ferne. Ich bin in der Ecke einer Wolke.«

Er sah mich nicht an. Ich glaube, er konnte sich nicht bewegen. Tatsächlich hörte er sich an, als spreche er aus weiter Ferne, aber seine Stimme wurde kräftiger und klarer. Ich verstand bloß nicht, was er meinte.

»Gibt es Wachen?«, fragte er.

»Was?«

»Die werden herkommen. Brauche Polizei an allen Eingängen.«

»Ich glaube, da ist niemand«, sagte ich. »Aber ich bin hier.

»Fuck«, sagte Giles.

»Wissen Sie, was passiert ist?«, fragte ich. »Geoff sagt, Sie wurden überfallen, als Sie aus dem Pub kamen.«

»Hab 'n Schlag bekommen«, sagte Giles. »Hab nichts gesehen. Nur was hinter mir gehört, wollte mich umdrehen, da wurde es hell, hat geblitzt. Bin gefallen. Haben mir auf die Hand getreten. Welche Hand ist es?«

»Die rechte.«

»Von Ihnen oder von mir aus?«

»Von Ihnen aus.«

»Fuck.«

»Das tut mir so leid, Giles.«

»Sieht es schlimm aus?«

»Ziemlich schlimm.«

Ich hörte ein seltsames Schniefen. Es kam von Giles.

»Und wie war Ihr Abend?«, fragte er.

»Ganz okay.«

»Deprimierend?«

»Halb und halb.«

»Haben Sie's ihr gesagt?«

»Was?«

»Dass wir es wissen.«

»Ja, hab ich.«

»Was hat sie gesagt?«

»Das wäre egal«, sagte ich. »Es wäre kein Geheimnis.«

Er schwieg. Ich hielt mir die Finger unter die Nase. Ich hatte keine Zeit gehabt, zu duschen, und jetzt war mir bewusst, dass Hannahs Geruch an mir hing. Ich fand es erregend, und zugleich hatte ich ein schlechtes Gewissen. Ich sah mich um. Es klang verrückt, aber vielleicht brauchte er wirklich eine Art Personenschutz. Das war nicht bloß eine Kneipenschlägerei gewesen. Jemand hatte es gezielt auf Giles abgesehen. Andererseits, wenn sie ihn hätten umbringen wollen, hätten sie es gleich an Ort und Stelle im Dunkeln getan. Sie hatten ihm bloß wehtun wollen. Aber das richtig. Als ich mir die klägliche Gestalt im Bett anschaute, sah ich, dass sie ihn nicht nur ein bisschen verprügelt hatten. Sie hatten ihn durch die Mangel gedreht.

»Piep«, sagte Giles.

»Was?«

»Diese Scheißmaschine.«

Ich sah das Ding an. Ich hatte angenommen, es habe etwas mit seinem Herzschlag zu tun, aber dafür waren die Pieptöne zu unregelmäßig.

»Hab so 'n elektrischen Kocher zu Hause«, sagte Giles. »Elektrisch. Hat 'ne Uhr. Timer. Hab nie rausgefunden, wie das geht. Was soll's auch? Man steckt was in den Herd und läßt es gar werden, verdammt. Brauch keinen Timer. Aber er hat diesen Piepser. Hab alle Knöpfe gedrückt, alles Mögliche programmiert, aber es hat nicht aufgehört. Alle fünfzehn, zwanzig Sekunden: Piep. Hat mich wahnsinnig gemacht. Wahnsinnig. Wo war ich?«

»Bei Ihrem Kocher«, sagte ich. »Er piept.«

»Hat mich wahnsinnig gemacht. Hab alles ausprobiert. Und komplett unregelmäßig, hab ich das gesagt? Hab's mit der Uhr gestoppt. Mal nach fünfzehn Sekunden, mal nach zwanzig, elf, siebzehn. Genau wie die Zahl Pi. Kein Muster zu erkennen.«

»Und was haben Sie getan?«

»Wollte ihn mit dem Vorschlaghammer zertrümmern. Ihn aufs Brachfeld tragen und vergraben. Aber ich hab nur die Küchentür zugemacht. Schlafzimmertür auch. Konnte nicht schlafen. Kann jetzt auch nicht schlafen. Dieses Piepen. Warte dauernd drauf. Wenn es aufhört, bin ich tot.«

»Ich gehe gleich«, sagte ich. »Dann können Sie schlafen.«

Wieder kam ein unidentifizierbares Geräusch von Giles, und dann sah ich, dass Tränen aus seinen Augen seitlich über sein Gesicht und auf das Kopfkissen liefen. Ich nahm ein Papiertaschentuch und betupfte sein Gesicht so behutsam, wie ich konnte. Dann streichelte ich eine unverfärbte Stelle an seiner linken Wange.

»Es tut mir so leid«, sagte ich. »Ich hätte da sein sollen.«

Wieder ein Schniefen.

»Ja«, sagte Giles. »Sie hätten es sein sollen.«

Ich beugte mich über ihn.

»Giles, wir können morgen darüber reden, aber haben Sie eine Ahnung, wer es gewesen ist?«

»Nichts gesehen.«

»Haben sie nichts gesagt?«

»Nichts gehört.«

»Aber was glauben Sie?«

»Weiß nicht. Kann nicht denken. Morgen. Nächstes Jahr.«

»Vielleicht Leute, die dachten, wir machen die Anlage dicht.«

»Weiß nicht.«

»Ich komme morgen früh wieder. Kann ich Ihnen etwas mitbringen?«

»Rufen Sie Donna an.«

»Mach ich.«

»Gleich morgen früh. Rufen Sie ...«

Sein Gesicht kippte zur Seite, und ich sah, dass Giles schlief, obwohl der Apparat immer noch piepte. So leise, wie ich konnte, ging ich zur Nachtschwester. Sie wusste nicht, ob Giles Zähne verloren hatte. Sie wusste nicht, was die Ärzte getan hatten oder was sie vorhatten. Sie kam von einer Agentur und war am Tag zuvor das erste Mal in diesem Krankenhaus gewesen. Als ich nach Polizeischutz fragte, war sie völlig verblüfft, und ich fragte nicht weiter. Ich spielte kurz mit dem Gedanken, die ganze Nacht bei Giles sitzen zu bleiben und ihn zu bewachen, aber ich nahm an, dass ich wahrscheinlich Recht hatte, was die Motive der Angreifer anging. Hätten sie ihn umbringen wollen, dann hätten sie es draußen auf der Straße getan. So oder so, mir war schwindlig vor Müdigkeit. Auf der Heimfahrt musste ich mich kneifen und schlagen, um wach zu bleiben.

Ich stellte mir den Wecker für acht Uhr, und als ich aufwachte, steckte ich noch immer in einem Nebel der Müdigkeit. Als Erstes rief ich Hannah an, die gerade mit Bruce beim Frühstück saß. Ich erzählte ihr von Giles, und zunächst zeigte sie sich eher fasziniert als mitfühlend. Sie fing an, Fragen zu stellen, und ich fragte mich, ob sie hier vielleicht eine Chance für ihre Kampagne sah.

»Ich hab ihn mitten in der Nacht im Krankenhaus besucht«, sagte ich. »Er ist schwerverletzt.«

»Das tut mir Leid. Was sagt die Polizei?«

»Das weiß ich nicht. Als ich kam, war sie nicht mehr da. Ich möchte dich gern sehen.«

»Ich möchte dich auch gern sehen.«

»Bist du tagsüber zu Hause?«

»Ich habe einen Job, Mark.«

»Dann heute Abend.«

»Komm um neun, wenn Bruce im Bett ist. Wenn du willst. Es ist keine Pflicht.«

»Ich will.«

Um neun rief ich Donna Kiely an und erfuhr, dass sie noch nicht da war. Nach einigem Löchern gab man mir ihre Handynummer. Als sie sich meldete, hörte es sich an, als säße sie im Auto.

»Mark Foll hier«, sagte ich. »Der, den Sie nach Marston Green geschickt haben.«

»Ja, ich weiß, welcher Mark Foll Sie sind.«

»Giles ist im Krankenhaus.«

»Das tut mir Leid. Was ist passiert?«

»Er wurde zusammengeschlagen. Und zwar übel.«

Trotz der schlechten Handyverbindung hörte ich, dass ihr Ton sich veränderte. Aus pflichtbewusster Anteilnahme wurde Beunruhigung.

»Was? Von wem?«

»Das weiß ich nicht. Es ist gestern Abend passiert, und er ist wirklich schlimm zugerichtet. Nach dem, was er sagt, wurde er hinterrücks überfallen. Er hat nichts gesehen.«

»O Gott.«

»Ms. Kiely ...«

»Seien Sie still.«

Ich wartete.

»Hat das etwas mit Marshco zu tun?«

»Wahrscheinlich.«

»Wie bin ich schneller da – mit dem Zug oder mit dem Auto?«

»Keine Ahnung. Ist ungefähr das Gleiche. Mit dem Auto geht's vielleicht ein bisschen schneller, vor allem, wenn Sie ins Krankenhaus wollen. Es ist ein bisschen umständlich, nach Melwarth zu kommen …«

»Dann nehme ich das Auto. Ich fahre sofort los. Wenn ich da bin, möchte ich Sie im Krankenhaus treffen.«

»Ms. Kiely?«

»Ja?«

»Jemand sollte seiner Frau Bescheid sagen. Haben Sie ihre Nummer?«

»Ich kümmere mich darum. Ich rufe Sie noch mal an, damit Sie mir den Weg beschreiben. Dürfen wir ihn besuchen?«

»Ich nehm's an.«

»Dann sehen wir uns, wenn ich da bin.«

Das würde lustig werden.

FÜNFUNDZWANZIG

Ich wusste nicht, was ich Giles mitbringen sollte. Ich sah mich im Dorfladen um, aber das einzige Obst, das sie hatten, waren ein paar sehr grüne Bananen, und die einzigen Zeitungen waren zwei Boulevardblätter, die ausschließlich über ein verschwundenes Kleinkind berichteten. Also tat ich auf der Fahrt zum Krankenhaus in Melwarth das, was ich schon seit ein paar Tagen hatte tun wollen, ohne je dazu zu kommen: Ich fuhr in den riesigen Supermarkt, der beinahe identisch mit dem in Camden war, wo ich manchmal spät abends nach der Arbeit noch vorbeiging. Ich kaufte ein paar Weintrauben und Nektarinen, eine Flasche frisch gepressten Orangensaft und einen Packen Zeitungen und Illustrierte, und für mich kaufte ich ein Sandwich. Ich hatte seit fast vierundzwanzig Stunden nichts mehr gegessen.

Als ich beim Krankenhaus ankam, sah es dort völlig anders aus. Ich musste auf dem riesigen Parkplatz herumfahren und eine Lücke suchen, und dann musste ich Münzen in einen Automaten werfen. Es erschien mir moralisch unrecht, dass die Verwandten verzweifelt kranker Menschen so viel Geld bezahlen mussten, um sie zu besuchen. Auf den Korridoren wimmelte es von Ärzten und Krankenschwestern. Wo waren sie in der Nacht gewesen? Wurden die Leute hier nur zwischen neun und fünf krank?

Auf der Station waren die Vorhänge aufgezogen, und Materialwagen wurden umhergeschoben, aber irgendwie sah jetzt alles schlimmer aus, als ich das rissige Linoleum und die scheußliche hellblaue Wandfarbe erkennen konnte. Die meisten Patienten saßen aufrecht im Bett, aber Giles lag immer noch da, wie ich ihn verlassen hatte, und schlief fest. Im Morgenlicht konnte ich deutlicher sehen, was man mit ihm gemacht hatte, und eine Zeit lang stand ich da und betrachtete die Schrammen und Blutergüsse und Nähte. Er hatte eine violett glänzende Schwellung an der Stirn, die aussah, als habe er die Beulenpest.

Er machte einen ganz friedlichen Eindruck. Also setzte ich mich auf den Stuhl neben dem Bett, las die Zeitung und aß ein paar Weintrauben und eine Nektarine. Den Orangensaft rührte ich aber nicht an.

»Mark«, sagte Giles mit seiner weit entfernt klingenden Stimme.

»Ja, ich bin hier. Ich hab Ihnen ein paar Sachen mitgebracht. Möchten Sie eine Nektarine oder ein Glas Orangensaft?«

»Geht nicht. Werde vielleicht operiert.«

»Glaub ich nicht«, sagte ich. »Ich hab mit der Schwester gesprochen.«

»Hä?«

»Ich gehe sie fragen.«

Ich fand eine zuständige Schwester und erfuhr, dass nach der morgendlichen Visite nicht geplant sei, Giles zu operieren. Sie ging mit mir zu ihm und nahm zwei Akten, die am Fußende seines Bettes hingen, in die Hand. Giles hatte Rippenbrüche, ein paar abgebrochene Zähne, zwei gebrochene Finger, eine Gehirnerschütterung und eine ganze Sammlung von oberflächlichen Blutergüssen und Schrammen. Im Laufe des Vormittags würde es weitere Untersuchungen geben, wegen des Verdachts auf Bänderrisse, eine mögliche Augenverletzung und ein paar andere Dinge. Aber er durfte essen und trinken. Also goss ich Orangensaft in einen Styroporbecher und hielt ihn an seinen Mund. Er jammerte ein bisschen und klagte, dass es brenne. Ich ließ ihm die Wahl zwischen Weintrauben und Nektarine, und er entschied sich für Nektarine. Ich schnitt eine in kleine Stücke und fütterte ihn damit. Es ging sehr langsam.

»*Fuck*«, sagte er, als wir fertig waren. »Hab nachgedacht. Vielleicht haben sie geglaubt, Sie wären es.«

»Das ist nicht sehr wahrscheinlich.«

»Das Mädchen. Sie haben sie verführt. Verlassen.«

»Sandy? Dass ich sie verlassen hab, kann man nun nicht gerade sagen. Sie meinen doch nicht, sie könnte …?«

»Ihr Vater. Hab ihn im Pub getroffen. Er und seine Freunde wollten sich rächen.«

»Giles, wir sind hier nicht in Sizilien.«

»Die mögen das nicht. Männer, die aus London kommen und ihre Frauen schänden.«

»Sie sind einen halben Kopf kleiner als ich. Wenn es geplant war, dann müssen sie Sie vorher gesehen haben und Ihnen gefolgt sein. Aber vielleicht war es nur ein Irrtum. Vielleicht tun sie so was in Marston Green zum Spaß, wenn der Pub schließt. Suchen sich irgendjemanden und schlagen ihn zusammen.«

Von Giles kam ein leises, muhendes Stöhnen.

»Nein«, sagte er. »Es hatte etwas mit Marshco zu tun. Es ging um mich. Die Leute dachten, wir könnten den Betrieb schließen.«

»Glauben Sie, man wollte Sie warnen?«

Giles atmete langsam und tief.

»Die Schmerzen sind heute ein bisschen schlimmer«, sagte er. »Haben die guten Drogen reduziert. Brauchen mich nicht zu warnen. Ist mir scheißegal. Hab ich Zähne verloren? Arzt war vorhin hier. Hat was von Zähnen gesagt.«

»Ich glaube, zwei. Vielleicht. Die Schwester sagte was von Gebissschaden.«

»*Oh fuck*«, stöhnte er, und ich dachte, er würde wieder anfangen zu weinen. »Was für eine Scheiße. Der Plan war … was war der Plan?«

»Rein und schnell wieder raus. Ein kurzer Bericht.«

»Das haben wir doch auch getan. Wir wollten doch abreisen. Ach, was soll's.«

»Tut mir Leid, Giles, aber ich verstehe Sie nicht. Sie waren derjenige, der herausgefunden hat, dass Marshco irgendwelchen Sondermüll am falschen Ort abgekippt hat. Sie waren derjenige, der Paul Creek gedroht hat. Ich begreife nicht, dass Sie jetzt einfach gehen wollen.«

Ein hustendes Geräusch. Ich beugte mich über ihn und kam zu dem Schluss, dass es ein grimmiges Lachen war.

»*Fuck*, ich kann überhaupt nicht gehen. Das ist die eine Sache. Zwei Sachen. Egal.«

Ich pflückte eine Weinbeere von Giles' Trauben. Ich schälte sie sorgfältig, Streifen für Streifen, und kaute sie dann langsam.

Zwanzig Minuten lang saß ich mit meinem Handy auf der Eingangstreppe des Krankenhauses und dirigierte Donna Kiel mit Hilfe einer Karte auf meinem Schoß über die kleinen Landstraßen nach Melwarth, bis wie durch Zauberei ihr blauer BMW auf den Parkplatz glitt. Sie sah mich und kam grußlos, ohne auch nur mit der Wimper zu zucken, zu mir herüber. Sie trug ihre Bürouniform, und sie benahm sich, als sei sie im Büro, als sei ich eben vom Kaffeeautomaten zurückgekommen. Mit zügigem Schritt gingen wir zu Giles' Station.

»Ist er irgendwie in Gefahr?«, fragte sie.

»Überhaupt nicht. Er ist übel zugerichtet, er hat Schmerzen, aber es liegt nichts wirklich Furcht erregendes vor.«

»Kann er sprechen?«

»Sie haben ihm die Zähne eingeschlagen, und deshalb tut es weh. Aber er ist physisch in der Lage, Wörter hervorzubringen. Ich glaube, die Medikamente lassen ihn manchmal den Faden verlieren.«

Donna sah mich zum ersten Mal richtig an.

»Was habt ihr Clowns hier getrieben?«

Nichts, wollte ich sagen, aber dann dachte ich, dass das nicht ganz zutreffend war. Ich begnügte mich mit einem Achselzucken, das mir hoffentlich ersparen würde, eine bestimmte Version der Ereignisse zum Besten zu geben.

Als Donna Giles erblickte, blieb sie stehen und zuckte sichtbar zusammen. Dann lächelte sie freundlich und trat näher. Sie setzte sich auf die Bettkante und umfasste Giles unverletzte Hand mit beiden Händen. Sie beugte sich vor und sprach ihm leise ins Ohr.

»Hier ist Donna. Wie geht's Ihnen, Giles?«

»Beschissen«, sagte Giles.

»Mark hat mich heute Morgen informiert, und ich bin sofort gekommen. Aber ich habe ein paar Telefonate geführt, und wir bringen alles in Ordnung. Wir lassen Susan herbringen; sie dürfte bis zum Mittag hier sein. Und wir sprechen mit den Ärzten; wir haben vor, Sie so bald wie möglich nach London ins Middleton verlegen zu lassen.« Sie schwieg; vielleicht wartete sie auf einen Ausdruck der Dankbarkeit, aber Giles schwieg. »Haben Sie Schmerzen, Giles?«

»Okay«, sagte er. »Nicht so schlimm.«

»Es tut mir so Leid, dass das passiert ist.«

»Mir auch.«

Abwesend streichelte sie seine Hand. Sie schien mit ihren Gedanken woanders zu sein. Seine Hand hätte ebenso gut eins dieser Managerspielzeuge sein können, die man in stressreichen Augenblicken kneten kann.

»Giles«, sagte sie, »mir ist klar, dass dies ein denkbar schlechter Moment ist. Aber können wir uns kurz über Marshco unterhalten? Wenn Sie das Gefühl haben, Sie können es nicht, ist das kein Problem. Es hat Zeit. Und was ich wissen muss, kann ich auch von Mark erfahren.«

Neuerliches Schnauben und Krächzen und Keuchen. Kann sein, dass er lachen musste bei der Vorstellung, ich könnte irgendwelche brauchbaren Informationen geben.

»Ich kann sprechen«, sagte er. »Bisschen langsam.«

»Himmel, Giles, vielleicht ist das eine völlig falsche Frage in einem solchen Augenblick, aber haben Sie irgendeine Ahnung, warum das passiert ist?«

Giles berichtete ihr langsam, stockend und keuchend von unseren Aktivitäten in Marston Green. Erst war ich überrascht, dass er mich nicht einfach aufforderte, Donna alles zu erzählen, aber dann begriff ich, dass er ihr eine umsichtig bearbeitete Version präsentierte. Er sprach von gewissen Bedenken hinsichtlich der Deponiepraxis bei Marshco und erzählte, dass er sie bei der Betriebsleitung zur Sprache gebracht habe. Aber er schilderte nicht im Einzelnen, wie Creek darauf reagiert hatte, und unsere Unterhaltung mit Tony, Ewan und Steve im Four Feathers erwähnte er überhaupt nicht.

»Verzeihen Sie meine Begriffsstutzigkeit«, sagte Donna. »Sie haben dem Marshco-Management Ihre Bedenken vorgetragen. Was für Bedenken waren das genau?«

Giles erläuterte, das Problem sei, dass Marshco nicht offen zu ihm gewesen sei, und sprach dann davon, welche Auswirkungen es habe, wenn Informationen zu spät kämen und Wortley nicht vorbereitet sei. Donna schwieg lange.

»Natürlich«, sagte sie dann, »könnte man jetzt durchaus einwenden, dass Ihre Aufgabe in Marston Green darin bestand, Informationen über den Stand der Proteste zu sammeln und festzustellen, was die möglichen Implikationen dieser Kampagne für irgendwelche mit uns bestehenden Versicherungspolicen haben könnten. Verzeihen Sie mir noch einmal meine Dummheit, aber ich verstehe nicht recht, warum Sie das Management von Marshco mit Bedenken hinsichtlich ihrer Verfahren konfrontiert haben.« Als Giles nicht antwortete, fuhr sie fort. »Bevor es dazu kam, hatten Sie da schon Ihren nächsten Schritt ins Auge gefasst?«

Jetzt antwortete Giles langsam und deutlich.

»Wir wollten nach London zurückkommen. Der nächste Schritt, falls es einen gibt, bestände darin, die Indizien für eine Dioxinkontamination zu prüfen und zu bewerten. Dazu brauchten Sie wissenschaftliche Beratung.« Er machte eine Pause, als müsse er sich für ein paar Sekunden auf den Akt des Atmens konzentrieren, um die Schmerzen unter Kontrolle zu halten. Er war blass geworden und sah feucht verschwitzt aus. »Kurz gesagt, meiner Ansicht nach sind diese Indizien nicht so zwingend, dass sie an sich ein Risiko darstellen. Deshalb habe ich andere Faktoren in Betracht gezogen, die dazu benutzt werden könnten, im Falle eines Gerichtsverfahrens das Wasser zu trüben.«

»Ich verstehe.« Donna streichelte noch einmal seine Hand. »Ich möchte Ihnen nur sagen, Giles, wir werden dafür sorgen, dass es Ihnen bald besser geht. Sie bekommen alle Zeit, die Sie brauchen, um wieder ganz gesund zu werden. Wir unterhalten uns später wieder.«

Sie stand vom Bett auf und wandte sich zum Gehen, und ihr Blick signalisierte mir, dass ich mitkommen sollte. Wir verließen die Station. Eine junge Frau in weißer Dienstkleidung ging neben uns her, und Donna wartete, bis sie außer Hörweite war. Dann drehte sie sich zu mir um.

»Verdammt noch mal, was haben Sie beide hier getrieben?«

»Ich weiß nicht, was Sie meinen.«

Ich bereute auf der Stelle, dass ich nicht einfach sorry gesagt hatte – irgendetwas, um den Furcht erregenden Ausdruck in ihrem Gesicht verschwinden zu lassen.

»Sie wollen wissen, was ich meine? Wenn Sie sich an unser Meeting erinnern möchten, das vor nur wenigen Tagen stattgefunden hat, dann wird Ihnen wieder einfallen, dass Sie hierher kommen und sich ein Bild von der Situation machen sollten, ohne Staub aufzuwirbeln. Sie waren kaum hier, da hatten Sie schon eine größere Auseinandersetzung mit dem Unternehmen, das wir vertreten sollen – ja, ich habe von dem Anruf bei meinem Chef, der auch Ihr Chef ist, schon gehört. Und inzwischen sind Sie so tief verstrickt in diesen Disput – der bis zu Ihrer Ankunft hier kaum als Disput bezeichnet werden konnte –, dass jemand da draußen zu dem Schluss gekommen ist, Sie seien ein Teil des Problems, und dagegen müsse man etwas unternehmen.«

»Etwas unternehmen?«, wiederholte ich. »Die hätten Giles beinahe totgeschlagen, wollten Sie wohl sagen.«

»Ist die Polizei hinzugezogen worden?«

»Selbstverständlich.«

»Scheiße.«

»Wie hätte man das unterlassen können?«

»Haben Sie mit der Polizei gesprochen?«

»Ich hab sie nicht mal gesehen.«

Donnas Blick huschte hin und her.

»Vielleicht nimmt man an, es waren nur zwei Betrunkene, die sich einen Spaß machen wollten.«

»Vielleicht«, sagte ich.

»Nein, das wird man nicht annehmen. Die Polizei wird wissen, dass es etwas mit Marshco zu tun hatte. Sie wird ermitteln müssen.«

Ich wusste, was ich darauf hätte sagen sollen. Ich hätte fragen sollen, ob das so schlimm wäre, aber ich wusste auch, wie die Antwort lauten würde. Es war schlimm, weil es für Marshco Unannehmlichkeiten oder mehr als das mit sich bringen würde. Und in diesem Fall würde die Sache für Wortley teuer werden.

»Sie halten mich für gefühllos, nicht wahr?«, fragte Donna.

»Ich weiß nicht, ich ...«

»Mir ist schrecklich zumute. Es war auch meine Idee, Sie beide hierherzuschicken. Der Grundgedanke dabei war, alles möglichst unter dem Deckel zu halten, nett und unproblematisch. Jetzt haben wir einen Kollegen im Krankenhaus und womöglich die Polizei am Hals. Wir müssen das aus der Welt schaffen.«

Ich machte ein nachdenkliches Gesicht. Das war gespielt – aber hinter der nachdenklichen Maske war ich tatsächlich sehr nachdenklich. Hauptsächlich fragte ich mich, was passieren würde, wenn Donna von unserer Begegnung mit den Marshco-Leuten im Pub erfuhr. Giles war ein Risiko eingegangen, als er ihr das verschwiegen hatte, aber er konnte jederzeit behaupten, er sei von den Schlägen und Tritten gegen seinen Kopf immer noch durcheinander. Ich hatte keine solche Ausrede. Dann war da Sandy – eigentlich irrelevant, aber im Zusammenhang mit dem, was passiert war, konnte es sich möglicherweise plötzlich relevant anhören. Und Hannah. Ich sah sie vor mir, wie sie friedlich lächelnd auf ihrem Sofa lag und mich ansah. Die Vorstellung, meine Aktivitäten vor Leuten in Anzügen laut zu schildern, erfüllte mich mit intensivem Entsetzen. Und mitten in all dem wurde mir bewusst, dass ich wieder bei ihr sein wollte.

»Es aus der Welt schaffen?«, fragte ich.

»Ganz recht«, sagte sie.

»Man könnte sagen, bis jetzt gibt es noch kein ›es‹. Bis jetzt ist noch nichts passiert.«

»Ich fahre sofort zurück nach London. Muss hier noch irgendetwas geregelt werden?«

Ich überlegte kurz.

»Ich hab noch ein, zwei Dinge zu erledigen«, sagte ich. »Muß mich von ein paar Leuten verabschieden.«

»Gut«, sagte sie. »Wir müssen uns unterhalten. Aber keinen Ärger mehr, okay?«

»Nein«, sagte ich. »Ich meine, okay.«

Ich ging mit Donna zu ihrem Wagen und verabschiedete mich von ihr. Es war kein großartiger, romantischer Abschied. Sie stieg in ihren Wagen, ließ den Motor an, und dann glitt das Fenster zischelnd herunter.

»Ich will keine Überraschungen mehr«, sagte sie.

»Auch keine freudigen?«

Sie lächelte nicht, nicht mal ein winziges bisschen, sie fuhr einfach weg. Ich sah ihr nach und ging dann nicht sofort zu Giles zurück. Das ertrug ich nicht. Ich spazierte außen um das Krankenhaus herum. Ich versank in Selbstmitleid wegen meiner Situation, aber beim Anblick der verschiedenen Abteilungen und bei dem Gedanken an all die verschiedenen Arten von Krankheit und Schmerz und Angst, unter denen ich nicht zu leiden hatte, ging es mir ein bisschen besser.

Giles hatte seine Medikamente bekommen, während ich weg war, und jetzt war er schläfrig. Ich blieb bei ihm sitzen und schwieg die meiste Zeit, bis Susan zwei Stunden später eintraf. Sie sah schrecklich aus, und das wurde noch schlimmer, als sie erkannte, in welchem Zustand ihr Mann war. Ich musste daran denken, dass sie ihn nicht hatte gehen lassen wollen; sie hatten geplant, dass sie und die Kinder für ein paar nette Tage auf dem Lande heraufkommen könnten, und ich fand, dass die Sache für ihn eigentlich nicht sehr gut gelaufen war. Sie umarmte mich tatsächlich, als sie mich sah, und weil sie noch nichts gegessen hatte, ging ich hinunter in die Cafeteria und besorgte ihr einen Salat und einen Kaffee. Dann sagte ich Giles, dass ich sie alleinlassen würde. Er fragte Susan, ob er noch kurz mit mir sprechen dürfe, ehe ich ginge. Sie sah mich ein wenig beunruhigt an, aber dann ging sie mit ihrem Salat zu einem Tisch weiter hinten in der Mitte der Station.

»Diese Fotze«, sagte Giles.

»Sie hat den weiten Weg hier herauf gemacht, um Sie zu besuchen«, sagte ich.

»Nicht Sue«, sagte Giles. »Donna. Diese miese Fotze in ihrem Kostüm.«

»Giles, es geht Ihnen nicht gut.«

»Ich kann es nicht fassen. Was hat sie zu Ihnen gesagt?«

Ich fasste kurz zusammen, was sie gesagt hatte.

»*Oh fuck*«, sagte er. »Wir sitzen schön in der Scheiße. Was hab ich Ihnen gesagt? Ich habe gesagt, wenn irgendetwas schief geht, ziehen die uns das Fell über die Ohren. Und jetzt lieg ich hier in einem beschissenen Krankenhausbett, und dieses Biest in seinem Kostüm hält mir Vorträge. Wissen Sie, wenn ich einschlafe, träume ich immer wieder davon, wie ich auf dem Boden liege und die auf mich eintreten. Bloß, dass ich ihnen im Traum immer erklären will, dass ich doch nach London zurückfahre und dass es wirklich völlig sinnlos ist, aber wenn ich sprechen will, kommt kein Wort aus meinem Mund. *Oh fuck*.«

Ich sah ihn an, und jetzt weinte er wirklich. Es war ein etwas umständliches Manöver, aber ich schaffte es, meine Arme um ihn zu schlingen und ihn irgendwie an mich zu drücken, und ich tätschelte ihm den Kopf. Das tat ihm weh. Es war schwierig, eine unverletzte Stelle an seinem Körper zu finden, aber ich glaube, er war doch dankbar. Sue sah, was vorging, und sie kam heran und umarmte ihn von der anderen Seite des Bettes her. Ich befreite mich und sagte auf Wiedersehen. Giles sah mich mit wildem Blick an.

»Ich werde wahrscheinlich heute nach London verlegt«, sagte er heiser. »Ich rufe Sie an. Warten Sie auf meinen Anruf.«

Ich hatte mir zurechtgelegt, was ich Hannah sagen wollte. Ich dachte mir, es könnte ihr peinlich sein, was passiert war; vielleicht bereute sie es sogar. Ich würde ihr sagen müssen, dass ich nach London zurückfuhr und dass wir miteinander reden müssten. In diese Geschichte seien wir beide hineingestolpert. Ich war immer noch überrascht, als ich sie mir durch den Kopf gehen ließ. Es gab so viel zu besprechen, aber als sie die Tür öffnete, sprachen wir überhaupt nicht. Unser Sex war noch drängender als am Abend zuvor. Entspannter war er auch, wenn das möglich war. Wir kannten unsere Körper jetzt, und wir wussten, wonach wir suchten. Wir schliefen auf dem Boden miteinander, nicht mehr als einen Schritt weit von der Haustür entfernt.

»Ich hab den ganzen Tag an dich gedacht«, sagte Hannah, als wir uns in den Armen lagen.

»Warte«, sagte ich.

Ich war halb nackt. Ich stand auf und zog mich ganz aus. Dann kniete ich nieder und schaute auf sie hinunter. Ich küsste sie auf die Lippen und auf den Hals. Dann fing ich an, ihre Strickjacke aufzuknöpfen.

»Nein«, sagte sie.

»Halt den Mund.«

»Mark, ich hab dir gesagt …«

»Ich bin stärker als du.«

Ich fragte mich, ob wir wirklich miteinander kämpfen würden. Sie sah jedenfalls kampfbereit aus. Sie biss die Zähne zusammen, und ihre Augen funkelten. Sie sah prachtvoll aus. Ich hatte den letzten Knopf geöffnet und streifte ihr die Strickjacke herunter. Sie hätte sich wehren können, aber sie tat es nicht. Der BH, den sie trug, sah strapazierfähig und altmodisch aus. Sie starrte mich an, als solle ich es nur wagen. Dann zuckte sie mit den Schultern, langte auf den Rücken, öffnete den Verschluß und ließ den BH über die Arme heruntergleiten. Ich drückte sie herunter, sodass sie flach auf dem Rücken lag.

Ich hatte gedacht, ich würde lässig und cool bleiben, aber das klappte nicht, denn ich war nicht mehr derselbe Mensch wie vorher. Mit mir war etwas passiert. Da war eine ganz normale Brust, mit einer großen, dunklen rosafarbenen Brustwarze. Auf der anderen Seite des Brustkorbs war kein bloßes Nichts. Da war eine lange Narbe, die über der Achsel begann und über den Brustkorb bis zur Mitte verlief, eine dünne Linie, wie mit einem hellen Lippenstift gezogen, die in einer sanften Kurve endete.

»Wenn du jetzt sagen willst, ich sehe trotzdem schön aus«, sagte Hannah, »dann kannst du dir die Mühe sparen.«

Ich berührte ihre Brustwarze mit der Spitze meines Ringfingers. Sie schwoll sichtbar an. Hannah schnappte leise nach Luft.

»Erstaunlich«, sagte ich.

»Du hörst dich an, als wärest du auf einen Schulausflug. Sie ist weg, weiter ist nichts. Sie haben sie abgeschnitten und wahrscheinlich irgendwo in ein Glas gelegt.«

»Kannst du die Brustwarze spüren, die nicht da ist?«

»Nein, kann ich nicht.«

»Beinamputierte haben manchmal Schmerzen in einem Bein, das nicht mehr da ist.«

»Das weiß ich. Und anscheinend spüren manche Frauen auch die Brustwarze, die nicht mehr da ist. Und jawohl – falls es das ist, was du wissen willst –, sie spüren auch manchmal, wie die nicht vorhandene Brustwarze erigiert.« Sie stützte sich auf den Ellenbogen und sah mich an. Sie lächelte. »Du bist erregt. Ich glaub's nicht. Es törnt dich an, mich da anzuschauen, wo mir die Brust chirurgisch entfernt worden ist.«

Ich streichelte ihr Bein, streichelte sie zwischen den Beinen und schob dann einen Finger in sie hinein.

»Du ja auch«, stellte ich fest. »Dich törnt die Vorstellung an, dass ich dich da anschaue, wo dir die Brust abgenommen worden ist. Oder so ähnlich.«

»Gar nicht wahr«, sagte sie. »Das ist noch übrig von vorhin.«

Jetzt war der Sex langsamer, sanfter, besser eigentlich. Aber wir konnten jetzt nicht die ganze Zeit auf dem Boden herumliegen. Irgendwann mussten wir etwas tun. Also duschten wir zusammen, bei verschlossener Badezimmertür. Wir halfen einander beim Anziehen, und dann kochte Hannah eine sehr einfache Pastamahlzeit mit Sauce aus dem Tetrapak. Wir aßen hungrig und tranken dazu Rotwein.

Wir sprachen nicht über unsere Beziehung. Ich sagte nichts von meiner Rückkehr nach London. Es gab keine Diskussion über die Plötzlichkeit, mir der es geschehen war, oder über die Frage, wie es jetzt weitergehen sollte. Das war nicht nötig. Mir war, als wäre ich von einer Klippe gestürzt, und ich wusste genau, wie es jetzt weiterging: Ich würde fallen und fallen, immer weiter. Und irgendwann würde ich zweifellos auf dem Boden aufschlagen. Was hatte es für einen Sinn, darüber zu reden?

Stattdessen redeten wir über Giles. Ich erzählte ihr von meinem Tag im Krankenhaus und von meiner Begegnung mit Donna. Als ich erwähnte, dass Giles nach London verlegt worden war, dachte ich, sie werde mich fragen, wann ich denn abreisen würde, aber das tat sie nicht. War es ihr egal? Sie wollte nur wissen, was meiner

Meinung nach hinter dem Überfall steckte. Ich berichtete in allen Einzelheiten von unserem Abend mit Tony, Ewan und – jawohl – Steve Yates.

»Das ist Sandys Vater«, sagte Hannah.

»Ich wollte nicht davon anfangen«, sagte ich. »Ich erzähle dir bloß, was passiert ist.«

»Es macht mir nichts«, sagte sie. »Im Gegenteil. Als ich von dir und Sandy hörte ... tut mir Leid, aber irgendwie gefällt mir die Vorstellung, Sex mit jemandem zu haben, der neunzehnjährige Mädchen aus dem Pub abschleppt.«

»Das solltest du nicht sagen.«

»Schockiert es dich?«

»Es klingt, als täte ich dir einen Gefallen. Aber so ist es nicht.«

»So ist es allerdings nicht«, sagte sie. »Du hast großes Glück, dass du mich gekriegt hast.«

»Mach keine Witze«, sagte ich. »Ich habe wirklich Glück.«

»Wusste Steve über dich und Sandy Bescheid?«

»Keine Ahnung.«

Dann erzählte ich ihr von dem Streit bei Marshco.

»Und was denkst du?«

Ich nahm einen Schluck Wein.

»Ich denke, du bist schön«, sagte ich.

»Was denkst du über die Sache mit Giles?«

»Ich schätze, es besteht eine Chance von ungefähr einem Prozent, dass irgendein durchgeknallter Betrunkener Giles aufs Geratewohl überfallen hat. Es gibt eine achtprozentige Chance, dass Paul Creek zwei Gorillas beauftragt hat, Giles eine Lektion zu erteilen. Giles hat Creek wirklich wütend gemacht, und Creek hat gedroht, ihm den Arsch aufzureißen. Das war sein Ausdruck. Aber schließlich sehe ich eine fünfundsiebzigprozentige Chance, dass diese drei Typen aus dem Four Feathers gemerkt haben, dass Giles sie ausgetrickst hat. Sie sind in Panik geraten, und vielleicht haben sie gedacht, sie könnten ihn auf diese Weise davon abbringen, die Sache weiter zu verfolgen.«

»Ich glaube, jetzt hast du noch ein paar Prozent übrig.«

»Ich war nie gut in Mathe.«

»Und was hast du jetzt vor?«

»Nicht viel. Ich nehme an, die Polizei wird ermitteln, aber ich glaube nicht, dass sie etwas herausfinden. Wenn sie den Täter nicht sofort erwischen, kriegen sie ihn meistens überhaupt nicht.« Hannah machte ein nachdenkliches Gesicht. »Ich weiß, was du sagen willst«, sagte ich.

»Was denn?«

»Nicht genau jetzt, in diesem Moment. Aber irgendwann demnächst wirst du sagen, dass ich gehen muss. Aber ich möchte gern über Nacht bleiben.«

»Nein«, sagte sie. »Auf keinen Fall. Und es ist etwas anderes, als mir den BH abzunehmen. Bruce ist noch nicht so weit.«

Wir stritten ein Weilchen. Hannah gab ein kleines Stückchen nach und meinte, vielleicht könnte ich im Gästezimmer schlafen. Ich sagte, das würde ich nur tun, wenn sie mit mir dort schliefe, und sie erwiderte, das sei albern, denn gerade darum gehe es ja. Am Ende schlossen wir einen Kompromiss und sagten, sie werde einen Teil der Nacht mit mir verbringen.

»Ich bin nicht sicher, dass die Idee gut ist«, sagte sie. »Morgen ist Samstag. Da geht Bruce zum Fußball.«

»Ist doch schön«, sagte ich. »Ich bring ihn hin.«

Sie sah aus, als hätte ich sie geohrfeigt.

»Das ist nicht dein Ernst«, sagte sie.

»Wieso nicht? Ich bin Fußballfachmann.«

Nach allem, was wir hinter uns hatten, und nach all den verschiedenen Szenerien, in denen ich sie erlebt hatte, sah ich sie jetzt zum ersten Mal verblüfft und unschlüssig. Ich glaube, sie wusste wirklich nicht, was sie sagen sollte. Als sie sprach, klang es, als habe sie eine Münze geworfen.

»Okay.«

Ich war erleichtert und beunruhigt zugleich. Wir gingen zusammen in ihr lächerlich winziges zweites Schlafzimmer, machten das kleine Bett und legten uns hinein. Auch dort gewann ich. Hannah schlief ein und schnarchte sehr komisch und wachte erst auf, als sie Bruce am nächsten Morgen um halb sieben umherstolpern hörte.

SECHSUNDZWANZIG

»Was ist deine Lieblingsmannschaft?«, fragte Bruce streng.

»Du meinst, im Fußball?«, fragte ich, um Zeit zu schinden.

»Natürlich im Fußball.«

Ich war ein Mann. Es musste eine Fußballmannschaft geben, mit der ich mich emotional verbunden fühlte. Ich habe nie im Leben beim Sport zugeschaut. Leuten zusehen, die etwas spielen. Genauso gut kann man jemandem beim Essen zusehen. Ich suchte nach dem Namen einer Mannschaft, bei der ich sicher war, dass es sie gab.

»Manchester United.«

»Und wer ist da dein Lieblingsspieler?«

»Was ist denn deine Lieblingsmannchaft?«, fragte ich, und Bruce war nicht mehr zu halten. Seine Lieblingsmannschaft war Arsenal, und er verfügte über ein enzyklopädisches Wissen über alle Spieler. Er zählte sie einen nach dem andern namentlich auf und nannte ihre Positionen, und es waren Positionen, von denen ich noch nie gehört hatte. Ich hatte früher selbst ein bisschen Sport getrieben und sogar Fußball gespielt. Aber da gab es keinen Rechtsaußen und keinen Mittelstürmer. Immerhin hatten sie noch einen Torwart.

Von Hannahs Cottage zum Fußballplatz war es nicht weit, und als wir ankamen, hatte Bruce die Mannschaft gerade mal zur Hälfte vorgestellt. Ich war sehr nervös, sowie wir das Haus verlassen hatten. Es war, als habe Hannah plötzlich gesagt: Hier ist eine unbezahlbare Ming-Vase. Trag sie einmal um den Park und bring sie unversehrt zurück. Es war auf einmal eine viel zu intime Aufgabe für mich. Aber Bruce war ganz unbekümmert. Er war einverstanden gewesen, als wäre das alles vorher verabredet gewesen, und kaum waren wir unterwegs, war es, als nehme er eine Unterhaltung wieder auf, die wir schon seit Tagen führten. Vielleicht waren erwachsene Männer für ihn alle gleich.

Rund um den Fußballplatz waren diverse Gruppen von kleinen Jungen mit ihren Vätern und sogar ein paar kleine Mädchen und ihre Väter. Ich trug eine schwarze Sporttasche, aus der ich Knieschoner, Fußballschuhe und Saftflasche herausholte. Bruce brauchte umfangreiche Vorbereitungen für das Spiel. Ich half ihm, die Schnürsenkel zu binden.

»Untenrum oder hintenrum?«, fragte ich.

»Untenrum natürlich.« Es hörte sich an, als sei ihm diese als Mann verkleidete Begleitperson plötzlich verdächtig. Ich schlang die Schnürsenkel also unter den Schuhen herum und band sie oben mit einer säuberlichen Schleife zusammen. Bruce war Torwart; er zog ein grünes Hemd an, das hinten mit der Nummer eins und einem Namen bedruckt war, der nicht seiner war. Als ich ihn fragte, warum auf seinem Hemd nicht »Mahoney« stand, schaute er mich wieder misstrauisch an.

Es war sonderbar, dass Bruce so fußballbegeistert war, denn er war nicht sehr gut in diesem Spiel. Er war unglaublich agil und warf sich wie eine Katze selbst auf den lahmsten Hoppelball. Aber er hatte kaum ein Gefühl dafür, wo der Ball wirklich war. Manchmal sah es wirklich so aus, als wäre er blind. Dann segelte der Ball an ihm vorbei ins Tor, und er schien ihn überhaupt nicht zu sehen. Oder er warf sich in eine wunderliche Richtung, die ahnen ließ, dass er nur geraten hatte, wo der Ball ankommen würde.

Andererseits stellten seine Mitspieler ihn aber auch nicht in den Schatten. »Team« war nicht das richtige Wort für sie, denn keiner gab jemals den Ball ab. Sie rannten einfach blindlings auf das gegnerische Tor los, ganz egal, wo sie sich gerade befanden. Weil sie alle wussten, dass sie den Ball niemals kriegen würden, wenn sie ihn nicht eroberten, drängten sich alle Spieler um ihn herum wie ein dichter, langsamer Bienenschwarm. Die einzige Ausnahme war ein sehr kleiner Junge mit Brille, der hoffnungsvoll vor dem gegnerischen Tor stand. Aber niemand spielte ihn jemals an.

In der Halbzeit kam Bruce zu mir. Ich gab ihm seinen Saft und seinen Schokoladenkeks.

»Gutes Spiel«, sagte ich.

»Steht fünf zu sechs«, sagte er.

»Wirklich? Du hattest eine gute erste Halbzeit. Gratuliere.«

»Hast du gesehen, wie ich bei dem Strafstoß gehalten hab?«

»Ausgezeichnet«, sagte ich.

»Er hat versucht, eine Bananenflanke um die Mauer rumzuschießen.«

»War fantastisch. Aber eins, Bruce. Wenn der Ball geradewegs über den Boden auf dich zukommt, solltest du vielleicht versuchen, ihn mit dem ganzen Körper abzufangen. Wenn du ihn dann mit den Händen nicht kriegst, kann er immer noch von deinen Beinen abprallen.« Oder war das jetzt Cricket? Bruce passte sowieso nicht auf. »Steht in der zweiten Häfte jemand anders im Tor?«

»Was?«

»Ihr könntet euch doch abwechseln.«

»Ich bin der Torwart«, sagte Bruce. »Muss los. Mannschaftsbesprechung.«

Ich ging an der Seitenlinie auf und ab und folgte in groben Zügen dem Lauf des Balls. Ein Mann im Trainingsanzug sprach mich an.

»Welcher ist Ihrer?«, fragte er.

»Bruce. Steht im Tor.«

»Meiner ist Tom. Er spielt im Sturm.« Plötzlich schrie er so laut, dass ich einen Satz machte. »Hau rein, Tom!« Er wandte sich wieder mir zu und sprach in normaler Lautstärke weiter. »Der Schiedsrichter ist ein Vater von der anderen Mannschaft. Er ist ganz offensichtlich parteiisch. Ist ein verdammter Skandal. Ich meine, sehen Sie sich das an. Das war niemals Einwurf für die andern. So was beschädigt doch den Respekt vor dem Spiel.«

Zum Glück klingelte mein Handy, und ich bat um Entschuldigung. Es war Giles. Seine Stimme klang kräftiger.

»Die haben mich auf die Privatstation gelegt«, erzählte er. »Hab Farbfernsehen, eigenes Telefon, unglaubliches Essen. Ich will gar nicht mehr nach Hause. Susan ist gerade mal raus. Die

Kinder waren die ganze Zeit hier und haben Verstecken gespielt. Sind Sie noch in Marston Green?«

»Ja.«

»Sie Ärmster. Ich hab hier Zeit. Heute Nachmittag werden sie mich hier rausrollen und mein verdammtes Hirn scannen. Aber bis dahin hab ich Zeit, und ich hab nachgedacht. Wissen Sie, warum ich die Arbeit in der Genetik aufgegeben hab?«

»Es hatte irgend was mit Ihrer Tante zu tun, nicht wahr?«

»Wissen Sie, wie viele Leute auf der Welt heute Nachfahren von Dschingis Khan sind?«

»Nein.«

»Sechzehn Millionen. Einer von zweihundert Menschen auf der Welt.«

»Wann ist Ihr Hirnscan?«

»Weil er Dschingis Khan war, konnte er schlafen, mit wem er wollte, mit der Auslese aus jeder eroberten Zitadelle, aus jeder Burg. Und Sie können fast jedem Mann in Zentralasien mit einem Wattebausch durch den Mund fahren und sehen das Resultat.«

»Verzeihung, ich schaue hier einem Kinderfußballspiel zu. Es ist ein bisschen schwer, mich zu konzentrieren.«

»Deshalb hab ich aufgegeben. Wenn Sie die Darwinsche Genetik studieren, wird Ihnen klar, dass nichts zählt außer der Weitergabe der Gene. All die Menschen, die sich bemüht haben, ein gutes Leben zu führen: völlig egal. Wichtig war nur, so viele Frauen wie möglich zu befruchten. Mir wurde klar, dass wir allesamt Nachkommen von Vergewaltigern, Plünderern und Mördern sind, und da beschloss ich, in eine andere Branche zu wechseln, wo ich darüber nicht täglich nachdenken müsste.«

»Das tut mir Leid«, sagte ich. Giles klang sehr niedergeschlagen. Und dann hatte ich eine Idee. »Giles?«

»Ja?«

»Diese Tante da ...«

»Welche?«

»Die, von der Sie gesagt haben, sie sei der gescheiteste Mensch, dem Sie je begegnet sind.«

»Tante Frankie. Ja.«

»Lebt sie noch?«

»Ja. Aber sie ist ziemlich alt.«

»Ich dachte nur so«, sagte ich. »Kevin Seeger hat eine Tonne Informationen in seinem Kämmerchen, aber was er nicht hat, ist ein Plan. Er hat keine Story. Wenn er sich einbildet, er wird über den Vorgang, durch den die Dioxine von Marshco bei den Kindern von Marston Green Krebs auslösen, einfach irgendwann stolpern, na, dann hat er sich geirrt. Ich musste mitten in der Nacht an Hannah Mahoneys Karte denken.«

»Und?« Jetzt klang Giles interessiert. Er hatte begriffen, worauf ich hinaus wollte.

»Ich dachte mir, vielleicht kann jemand, der sich mit solchen Dingen auskennt und der weder damit noch mit Wortley irgendetwas zu tun hat – vielleicht kann so jemand es sich anschauen und, na ja, Sie wissen schon … eine Schlussfolgerung ziehen.«

Es war lange still, und ich fragte mich schon, ob wir getrennt worden waren.

»Glauben Sie, es besteht die Möglichkeit, eine Kopie von ihrer Karte zu ergattern?«, fragte er schließlich. »Ich weiß schon, Hannah ist ziemlich Furcht erregend.«

»Ich rede mit ihr.«

»Interessante Idee. Wenn sonst nichts klappt, könnten Sie vielleicht einbrechen und die Karte klauen. Wissen Sie, wo sie sie aufbewahrt?«

»Ich weiß nicht, ob diese Idee wirklich so gut ist. Aber glauben Sie, Ihre Tante könnte uns helfen?«

Wieder blieb es lange still, und dann ertönte so etwas wie ein Gackern am anderen Ende.

»Möglich wär's«, sagte er. »Möglich. Leider wohnt sie drüben in der Nähe von Oxford. Das ist ziemlich weit.«

»Haben Sie ihre Telefonnummer?«

»Ich besorge sie und rufe Sie dann wieder an. Und meine Tante rufe ich auch an, damit sie auf Ihren Anruf vorbereitet ist.«

»Wird ihr das recht sein?«

»Sie ist ein bisschen alt. Und sie hört nicht mehr gut. Sie werden alles langsam erklären müssen. Werden Sie das hinkriegen? Oder wäre es besser, wenn ich selber zu Hannah Mahoney ginge und mit ihr redete? Aber mir geht's noch nicht besonders gut.«

»Ich spreche mit ihr.«

»Sagen Sie ihr, dass Sie in meinem Namen sprechen, wenn es da ein Problem gibt. Sie traut uns nicht. Wir sind der Feind. Sie werden ihr also ein bisschen von dem erzählen müssen, was passiert ist. Sie müssen ihr klarmachen, dass es der Kampagne nutzen wird. Das ist der ganze Sinn.«

Ich sah zu Bruce hinüber, der durch die Luft flog, komplett vorbei an einem aus weiter Ferne kommenden Ball.

»Ich werde versuchen, sie zu überzeugen.«

Giles versprach, sofort zurückzurufen, wenn er die Nummer hätte. Den Rest des Spiels verfolgte ich in einem Nebel der Unschlüssigkeit. Während des Telefonats hatte ich mir überlegt, ob ich ihm von Hannah und mir erzählen sollte, aber je weniger Leute über diese belastende Information verfügten, desto besser.

Der Rest der zweiten Halbzeit war ziemlich aufregend. Immer wieder prallte der Ball gegen den Pfosten oder gegen Bruce und hüpfte dann davon. Die Eltern an den Seitenlinien hatten Schaum vor dem Mund, und die Männer beschimpften den Schiedsrichter. Am Ende führten die Marston Green Junior Rovers neun zu acht gegen die Horde von Hänflingen aus einem Nachbardorf. Auf dem Heimweg war Bruce hin und her gerissen zwischen seiner Begeisterung über den Sieg und seiner Wut auf den Schiedsrichter.

»Das war niemals ein Freistoß«, schimpfte er. »Das war ein ganz fairer Ellbogenrempler.« Und: »Hast du gesehen, wie ich den Ball über die Latte gehoben hab? Fandest du, das war der zweitbeste Ball, den ich gehalten hab, oder der beste?«

»Der zweitbeste.«

»Und welcher war der beste?«

»Wo du dem Mädchen vor die Füße gehechtet bist und sie dich getreten hat.«

»Was ist denn mit dem Kopfball, den ich mit den Beinen abgewehrt hab?«

»Das war dein vierbester.«

»Und was war mein drittbester?«

Als wir zurückkamen, hatte Hannah Mittagessen gemacht – nur Suppe, Käse und Salat. Sie fragte, ob ich bleiben wollte, und ich sagte ja; ich hätte noch etwas mit ihr zu besprechen. Sie warf mir einen argwöhnischen Blick zu. Hannah und ich aßen die meiste Zeit schweigend, während Bruce einen Monolog hielt und das ganze Spiel Minute für Minute beschrieb. Er hörte erst auf, als Hannah ihm ein Eis am Stiel gab, nachdem er sein Käsesandwich gegessen hatte.

»Ich hab verabredet, dass du heute Nachmittag zu Nicky gehen kannst«, sagte sie.

Bruce schmatzte sehr laut an seinem Eislolly.

»Kann ich nicht«, sagte er. »Ich will hier bleiben.«

»Tut mir Leid, Schatz, ich hab's verabredet. Ich hol dich später wieder ab.«

In einem Präemptivschlag trug Hanna mir auf, Kaffee zu kochen, raffte den immer noch Protestierenden an sich und schleifte ihn aus dem Haus. Ich hatte gerade erst das Pulver in die Kanne geschüttet, als sie schon wieder hereinkam.

»Nicky wohnt anscheinend ganz in der Nähe.«

»In Marston Green wohnen alle ganz in der Nähe«, sagte sie. »Wir haben zwei Stunden Zeit. Ich dachte, vielleicht möchtest du mein Bett ausprobieren. Das ist besser.«

Sie wurde misstrauisch, als ich ihr von meiner Unterredung mit Giles erzählte.

»In was für einem Zustand ist er?«, fragte sie.

»Er sieht ramponiert aus. Sie haben ihn auf den Kopf geschlagen, und deshalb ist er manchmal ein bisschen wunderlich. Aber das war er schon immer, auch bevor sie ihn zusammengeschlagen haben.«

Hannah lag neben mir im Bett. Sie hatte kommentarlos alle ihre Kleider ausgezogen, und das gefiel mir. Sie streichelte meinen Bauch.

»Und was denkt er?«

»Er ist wütend, glaube ich. Er findet, seine Chefin – nicht mal sein oberster Chef, sondern seine unmittelbare Vorgesetzte – ist hierher gekommen und hat ihn wie ein Stück Dreck behandelt, während er im Krankenhausbett lag.«

»Glaubst du, er macht mit, weil er sich dadurch irgendwie rächen kann?«

»Ich glaube, der Gedanke ist ihm gekommen.«

»Klingt das rational?«

»Was stört dich daran?«

Sie sah mich mit ihren großen dunklen Augen an.

»Es ist nicht sehr begeisternd«, sagte sie. »Ihr seid nach Marston Green gekommen, um einen kleinen Bericht zu schreiben und so rasch wie möglich wieder zu verschwinden. Jetzt hast du diesen Plan, und Giles macht dabei mit, weil er seinen Vorgesetzten eins auswischen will. Was soll das? Ist ihm das Krankenhauszimmer, das sie ihm gegeben haben, nicht hübsch genug?«

»Es geht nur um Informationen.«

»Giles hat mich schon einmal nach meinen Daten gefragt. Ich hatte da meine Zweifel, und ich hab sie jetzt auch. Du sagst, er möchte sich an Wortley rächen. Es gibt aber noch eine andere Möglichkeit. Nach dem, was du sagst, hat er das Gefühl, er steckt in Schwierigkeiten. Vielleicht will er bei deinem Vorschlag mitmachen, weil er glaubt, dass er sich damit wieder einschmeicheln kann.«

»So hat er sich nicht angehört«, sagte ich. »Er hat sich angehört, als würde er gern mit fliegenden Fahnen untergehen.«

Hannah beugte sich herüber und küsste mich.

»Und du könntest mit ihm untergehen.«

»Ich bin nur interessiert«, sagte ich. »Ich will es wissen. Willst du es nicht wissen?«

»Ich weiß es doch. Ich habe alle Informationen. Wer ist überhaupt diese Tante? Was kann sie tun?«

»Keine Ahnung. Ich soll sie anrufen. Aber es hat keinen Sinn, mit ihr zu reden, wenn ich deine Karten nicht habe.«

»Karten? Es geht nicht nur um die Karte von Marston Green?«

»Auch um die andern.«

»Die andern sind noch nicht fertig. Ich hab die Antworten, aber die Karten sind noch nicht gemacht.«

»Wird das lange dauern?«

»Das geht dich nichts an, Mark. Ich habe noch nicht gesagt, dass du sie bekommst.«

»Lass mich mit dieser Tante sprechen«, sagte ich. »Ich helfe dir bei den Karten.«

»Ich brauche deine Hilfe nicht«, brummte sie. Sie runzelte konzentriert die Stirn, aber es ist schwer, grimmig und geschäftsmäßig auszusehen, wenn man am helllichten Nachmittag nackt auf dem Bett liegt. »Ruf sie an«, sagte sie. »Vielleicht ist es ja sowieso eine Sackgasse.«

»Dann tu ich's sofort.«

»Was? Von hier aus?«

»Warum nicht?«

Ich hatte die Nummer auf einem Zettel in der Hosentasche. Ich wählte sie, und es klingelte lange. Als schließlich abgenommen wurde, klang es, als sei das Telefon vom Tisch auf einen harten Boden gestoßen worden.

»Hallo?«, sagte ich.

Niemand meldete sich, aber ich hörte ein Geräusch. Es konnte alles Mögliche sein, aber ich nahm an, dass da jemand ungeschickt versuchte, den Hörer wieder aufzuheben.

»Hallo?«, sagte eine Stimme. »Ist das Gerald?«

»Gerald?«

»Wäre zwei Uhr recht?«

»Spreche ich mit Frankie McDonald?«

»Gerald?«

Sie verwechselte mich mit jemandem, und es dauerte eine ganze Weile, ihr klar zu machen, wer ich war, während Hannah quer über mir lag und mir amüsiert zuschaute. Es gelang mir schließlich, ihr zu vermitteln, dass ich Giles Buckland kannte.

»Mein Neffe«, sagte sie.

Das war ein Anfang. Sehr langsam und mit dem Gefühl, dass nichts dabei herauskommen würde, fing ich an, ihr von Marston Green und den Clustern der Erkrankungen zu erzählen.

»Giles hat mir davon erzählt«, sagte sie. »Er hat gesagt, Sie kommen mich besuchen. Möchten Sie zum Mittagessen kommen?«

»Mrs. McDonald …«

»Nennen Sie mich Frankie.«

»Brauchen Sie nur die Zahlen der Erkrankungsfälle?«

»Sie haben auch Karten, nicht wahr?«

»Ich hab eine Karte des betroffenen Dorfes.«

»Giles sagt, Sie haben noch mehr Karten.«

»Es gib noch zwei oder drei weitere, aber die sind nicht fertig. Karten der Nachbardörfer. Sie sollten zur Kontrolle dienen.«

»Ausgezeichnet.«

»Die wollen Sie also auch haben.«

»Sie sind unentbehrlich. Möchten Sie morgen zum Lunch kommen?«

»Die Karten sind noch nicht fertig. Entschuldigen Sie einen Moment.« Ich hielt die Sprechmuschel zu und sah Hannah an. »Sie will wissen, wann ich kommen kann.«

»Ich habe noch nicht ja gesagt.«

»Hannah, ich hab deine Karte gesehen. Das ist Dynamit. Und was hast du schon zu verlieren?« Sie zögerte. »Riskier's einfach. Lass es drauf ankommen.«

»Was hat sie denn damit vor?«

»Ich weiß es nicht. Ich hab ja schon eine Ewigkeit gebraucht, um ihr zu sagen, wie ich heiße. Warum willst du es nicht auf den Versuch ankommen lassen?«

Sie machte ein zweifelndes Gesicht, aber dann nickte sie.

»Okay.«

»Ich brauche zwei Tage.«

Ich überlegte kurz.

»Hallo? Sind Sie noch da, Frankie? Ich habe die fertigen Karten am Dienstag. Ist das okay?«

»Wie sehen die Karten aus?«

»Wie meinen Sie das? Es sind Karten der Dörfer, auf denen die Wohnorte der Krebskranken als Punkte markiert sind.«

»Können Sie noch etwas für mich tun, Mark?«

»Was denn?«

»Sie müssten ein Raster auf die bewohnten Flächen zeichnen. Quadrate von etwa einem Viertelquadratkilometer. Und jedes

Quadrat sollte ungefähr die gleiche Bevölkerungsdichte aufweisen. Das braucht nicht exakt zu sein, aber streichen Sie die Quadrate, die hauptsächlich Sportplätze oder Wälder oder Felder enthalten. Können Sie das?«

»Ich denke schon. Wozu ist das gut?«

»Und ich erwarte Sie dann zum Lunch am Dienstag.«

Wir mussten praktisch sofort anfangen. Hannah packte ihre Akten aus, und ich ging hinunter zum Four Feathers, um eine Flasche Wein zu holen. Geoff verkaufte eigentlich keine Getränke außer Haus, aber er zeigte sich sehr verständnisvoll mir gegenüber. Ich sah Ewan weiter hinten an der Bar mit jemandem, den ich nicht kannte. Scheiß drauf, dachte ich und ging hin.

»Wie geht's?«, fragte ich.

»Gut«, sagte er. »Was macht Ihr Freund?«

»Wie meinen Sie das?«

»Ich höre, er ist verhauen worden.«

»Ja«, sagte ich. »Er wurde ziemlich übel zusammengeschlagen. Er liegt im Krankenhaus.«

Ich sah in Ewans rotes Gesicht, das Gesicht eines blassen, rothaarigen Mannes, der zu lange in der Sonne gewesen war. Ich konnte einfach nicht erkennen, ob er feindselig war oder ob es die fundamentale Gleichgültigkeit war, die wir empfinden, wenn jemandem, der uns nicht weiter interessiert, etwas Schlimmes zustößt. Ich versuchte ihn ein bisschen anzustacheln.

»Wieso, glauben Sie, würde jemand in Marston Green so was tun? Er wurde nicht ausgeraubt, und er hatte keinen Streit mit irgendwem.«

»Vielleicht hat er jemandem Angst gemacht«, sagte Ewan und trank einen Schluck Bier. »Die Leute haben's nicht gern, wenn Fremde von außerhalb kommen und sich einmischen. Und Sie? Gehen Sie jetzt zurück nach London?«

Als ich wieder bei Hannah ankam, hatte sie Akten und Formulare auf dem Boden ausgebreitet. Ich goss zwei Gläser Wein ein, und wir tranken einen Schluck. Es war ein bedrückender Anblick.

»Weißt du, was mir Sorgen macht?«, sagte ich. »Abgesehen davon, dass wir das hier in zwei Tagen schaffen sollen und du am Montag zur Arbeit gehen musst und nebenbei noch einen Sohn großzuziehen hast? Giles sagt immer, es geht nur um die Qualität der Daten. Es kommt nicht darauf an, was für wunderbare Dinge man damit anstellt, wenn die Informationen nicht verlässlich sind. Und ist es nicht ein Problem, sich auf Leute zu verlassen, die nur mal ein Formular ausgefüllt haben?«

Hannah lächelte ihr stilles Lächeln, das mir immer besser gefiel und an das ich denken musste, wenn sie nicht da war. Sie kam zu mir, nahm mir das Weinglas aus der Hand und stellte es auf den Tisch. Dann küsste sie mich, langsam, inbrünstig und lange. Ich schmeckte den Wein kalt und scharf auf ihrer Zunge. Sie trat einen Schritt zurück und betrachtete mich, als wolle sie die Wirkung dessen, was sie getan hatte, begutachten.

»Eine meiner besten Freundinnen ist Allgemeinmedizinerin«, sagte sie. »Sie hat einen kleinen Sohn, der wegen Leukämie behandelt wird. Sie spielt keine öffentliche Rolle in der Kampagne. Aber sie hat mir die epidemiologischen Details beschafft, die ich brauchte. Absolut inoffiziell. So, jetzt habe ich es dir erzählt, und ich habe dich nicht beleidigt, indem ich dich gebeten habe, es niemandem weiterzuerzählen.«

Ich küsste ihr Gesicht und ihren Hals, und ich fühlte ihren Körper durch ihr Hemd und ihre Hose.

»Ich hab vorhin mit Ewan gesprochen«, sagte ich. »Ich glaube, er ist einer der Typen, die Giles zusammengeschlagen haben.«

»Was hat er gesagt?«

»Er hat gesagt, man hätte es hier nicht gern, wenn Fremde von außerhalb kämen und sich einmischten.«

»Glaubst du, er wollte dir drohen?«

»Es klang ziemlich eindeutig«, sagte ich. »Und dann wollte er wissen, wann ich nach London zurückfahre.«

»Das ist eine gute Frage.«

»Ich muss mich bald mal wieder bei Wortley sehen lassen«, sagte ich. »Die werden sich schon fragen, was ich hier mache. Das frag ich mich ja selbst.«

Es dauerte keine zwei Tage. Es dauerte einen sehr langen Sonntag und einen großen Teil des Samstagabends davor. Hannah zeichnete sorgfältig eine Karte von Heiston, Lingham und Chapel Willow, die wie eine beinahe zusammenhängende, schneckenförmige Fläche von Marston Green aus nach Nordosten weiterführte. Sie hatte Straßenpläne, und mit deren Hilfe verzeichnete ich die einzelnen Fälle auf der Karte. Es war eine mühselige Fummelei, und nach ein paar Stunden tränten mir die Augen. Unterdessen lag Bruce mit einem riesigen Bogen Papier neben uns auf dem Boden und malte seine eigene Landkarte, die Karte eines Fantasielandes.

Um sechs gab es Pizza und Bier und für Bruce eine Coke, und dann las Hannah ihm etwas vor und brachte ihn in die Badewanne, während ich arbeitete, und dann las ich ihm etwas vor, während Hannah arbeitete, und schließlich lockte Hannah ihn ins Bett, und wir arbeiteten zusammen. Als die Karte fertig war, pausten wir das ganze Ding ab, und Hannah mit der ruhigen Hand zeichnete das Viertelquadratkilometerraster darüber. Die unbewohnten Gegenden strich sie durch, und – kurz vor neun – war alles fertig. Wir stellten die Karte an die Wand und betrachteten sie stolz, als wäre es ein großes Gemälde, das wir zusammen gemalt hatten. Ich dachte daran, wie ich die erste Version dieser Karte gesehen hatte, im Dorfzentrum, und jetzt hatte ich das gleiche Gefühl. Da waren dunkle, hässliche Zusammenballungen von Punkten. Einer war auch in Chapel Willow, und ein paar verstreute fanden sich in Heiston und Lingham, aber in Marston Green waren die Punkte eindeutig häufiger und konzentrierter.

Ich fing an, mir das Hemd aufzuknöpfen, und Hannah streifte sich das Sweatshirt über den Kopf. Beide betrachteten wir immer noch die Karte.

»Und was sagt dir das?«, fragte sie.

»Es ist niederschmetternd.«

»Bist du überzeugt?«

»In jeder Hinsicht.«

Ich ging zum Kühlschrank und holte zwei Gläser und die Flasche Champagner, die ich irgendwann im Laufe des Tages für diesen Augenblick gekauft hatte. Hannah sammelte im Unterzeug unsere Kleider vom Boden auf. An diesem Abend schliefen wir mit neuer Begeisterung miteinander, als flögen wir zusammen hoch oben in dünner Luft und hellem Sonnenschein. Nachher lagen wir erschöpft beieinander, aber ich konnte nicht aufhören, ihre warme, feuchte Haut zu liebkosen.

»Ich glaube, ich kündige bei Wortley«, sagte ich.

»Ich dachte, es gefällt dir so gut da.«

»Es gefällt mir auch. Es gefiel mir. Ich weiß nicht, ob es richtig ist.«

»Wieso nicht. Vielleicht werden wir sie dazu bringen, eine Menge Geld an Leute, die es verdient haben, auszuzahlen.«

»Vielleicht«, sagte ich.

Ganz plötzlich fühlte ich mich weit weg von meinem eigenen Leben – als könnte ich mich in Hannahs Bett davor verstecken. Ich küsste ihre Brust und streichelte sie dann, um die Brustwarze herum und hinunter. Und plötzlich wollte ich in der Bewegung innehalten. Wollte anhalten und zurückgehen, wollte nicht erleben, was ich erleben würde, wollte nicht sagen, was ich würde sagen müssen.

»Hannah?«

»Ja?«

Ich berührte ihre Brust ein wenig fester, an der Unterseite, wo sie am Körper ansetzte.

»Ich glaube, ich fühle hier was.«

SIEBENUNDZWANZIG

Es war eine lange und ermüdende Fahrt bis zu Frankie McDonalds Cottage in High Shapland. Ich sah auf der Straßenkarte nach, und das Dorf lag beinahe genau hundert Meilen weit westlich von Marston Green. Aber in England ist alles dafür eingerichtet, dass man nach London fährt oder von dort kommt. Meistens war mir das recht, aber diesmal nicht. Ich fuhr mit einem Taxi zum Bahnhof und mit dem Zug bis Liverpool Street. Dort nahm ich die U-Bahn nach Paddington und dort den Zug nach Didcot, um dann in eine kleinere Lokalbahn umzusteigen, die mich durch kleine Städte und Dörfer mit lauschigen Namen beförderte. Als ich schließlich vor Frankie McDonalds Cottage aus dem Taxi stieg, war ich fünfeinhalb Stunden unterwegs gewesen.

Andererseits war High Shapland ein schöneres Dorf als Marston Green. Marston Green war dadurch versaut worden, dass man dort neue Häuser für Leute mit richtigen Jobs gebaut hatte, und natürlich wollten solche Leute nicht in alten Cottages mit Reetdächern und geißblattumwucherten Türen wohnen. Sie wollten Einfahrten und Garagen, Kieswege, doppelt verglaste Panoramafenster und Wintergärten.

In High Shapland waren die Häuser aus dem rauen, kuchenartigen Stein der Gegend gebaut, die Fenster waren winzig, und die Mauern waren bauchig und krumm. Frankie McDonalds Haus stand direkt an der High Street, und nicht einmal ein Gehweg trennte es vom Straßenverkehr. Ich klopfte an die Tür, aber nichts rührte sich; also ging ich an der Seite des Hauses entlang zum Garten. Eine Frau kniete an einem Beet und pusselte an irgendeiner Blume herum. Ich rief sie über den Zaun hinweg an, aber sie blickte nicht auf. Schließlich ging ich durch das Gartentor zu ihr und tippte ihr auf die Schulter. Ich nahm sie beim Arm und half ihr beim Aufstehen. Ihr Haar war fast weiß, und sie hatte ein ledriges Faltengesicht. Ihre Kleidung war unglaublich schäbig; sie trug eine grobe braune, mit Farbe und Erde beschmierte Hose und einen kurzen marineblauen Kittel.

»Frankie McDonald?«, fragte ich.

»Sind Sie hungrig?«, fragte sie.

»Ziemlich.«

»Das Essen steht auf dem Herd.«

»Ich hab Ihnen was mitgebracht«, sagte ich und reichte ihr eine Flasche Rotwein.

»Oh, lecker«, sagte sie. »Ausgezeichnet. Kommen Sie rein.«

Ich folgte ihr hinein. Sie wohnte in einem richtig altmodischen Cottage. Die Bodendielen waren schwarz vom Alter; nur der Boden in der Küche war mit glatten Steinplatten ausgelegt. Das Haus war voll von Möbelstücken und Bildern und allerlei Sachen auf Anrichten, die alle ganz hübsch aussahen, aber das Grundgefühl war eins von verlorener Übersicht, von verblichener Farbe, Staub und schmutzigen Tassen, von Dingen, die umgefallen und nicht wieder aufgestellt worden waren.

»Und was haben Sie für mich?«

Ich entrollte die Karte auf dem Fußboden und legte Bücher auf die Ecken, um sie niederzuhalten. Sie schaute darauf hinunter.

»Das sind die vier Dörfer?«

»Ja.«

»Ausgezeichnet. Haben Sie schon mal vom texanischen Scharfschützenproblem gehört, Mark?«

»Nein.«

»Hmmm. Wollen wir den Wein aufmachen?«

»Was ist es denn?«

»Was?«

»Das texanische Scharfschützenproblem.«

»Ach so. Jemand ballert sein ganzes Magazin ins Scheunentor und malt dann sorgfältig eine Zielscheibe um die Einschusslöcher.«

»Verstehe ich nicht.«

»Hmm«, sagte sie. Es war schwer zu sagen, ob ihr »Hmm« eine Feststellung war, ein Zeichen dafür, dass sie nachdachte, oder nur eine Art Rülpsen. »Es bedeutet, dass man etwas verkehrtherum aufzieht. Man sollte einen Bereich definieren und dann feststellen, wie sich die Erkrankungen darin verteilen. Stattdessen entdeckt man oft eine Anzahl von Fällen in einer bestimmten Gegend und zieht dann eine Linie um diese Fälle, und das kann sehr beunruhigend aussehen. Aber hier ist das nicht der Fall. Das hier ist ausgezeichnet.«

»Finden Sie nicht, dass es überzeugend aussieht?«

»Wollen wir Ihren Wein aufmachen, Mark? Irgendwo muss hier ein Korkenzieher sein.«

Ich durchsuchte mehrere Schubladen, und dann hatte ich den Korkenzieher gefunden und öffnete die Flasche. Ich goss zwei Gläser ein, und Frankie griff gierig nach ihrem. Ihre Hand zitterte ein wenig.

»Auf Ihre Gesundheit, Mark.« Sie trank einen großen Schluck und dann noch einen, sodass ihr Glas schon halb leer war. »Und Sie haben die Krebskranken also besucht.«

»Zwei«, sagte ich. »Nicht viele.«

»Sehr traurig«, sagte sie. »Ich hab so was nie gemacht.«

»Sie haben bei einer Versicherung gearbeitet, nicht wahr?«

»Ja. Als Mathematikerin.«

»Hat man da nicht mit Krankheit und Tod zu tun?«

»O doch, unbedingt. Aber das sind nur Zahlen, wissen Sie. Ich glaube, ich hätte es schrecklich gefunden, tatsächlich mit furchtbar kranken Leuten zu tun zu haben.«

»Weiß ich nicht«, sagte ich. »Es ist leicht, einfach im Büro zu sitzen. Ich finde es wichtig, dass man rausgeht und herumschnuppert.«

»Herumschnuppert? Wie meinen Sie das?«

»Wenn Sie in die Welt hinausgehen, sind es keine Zahlen mehr. Dann sind es einfach Menschen.«

Frankie trank ihr Glas leer, und mit etwas gemischten Gefühlen schenkte ich ihr nach.

»Ich mache uns das Essen fertig, Mark, und in der Zwischenzeit können Sie etwas für mich tun, wenn Sie so nett sein wollen.«

»Was denn?«

»Zählen Sie die Quadrate auf Ihrer Karte.«

»Es sind fünfhundertsechsundsiebzig«, sagte ich.

»Wunderbar. Als Nächstes müssten Sie die Quadrate ohne Punkte zählen, dann die mit einem, mit zwei, mit drei, mit vier, und schließlich die mit fünf Punkten oder mehr. Das wird schrecklich langweilig sein, fürchte ich.«

Es war langweilig, aber zumindest lenkte es mich vom Mittagessen ab, auf das ich bereits einen Blick hatte werfen können. In einem alten Topf kochten zwei Möhren, zwei Kartoffeln und seltsame, ziemlich knochige Fleischstücke in etwas Wasser. Während ich die Zahlen addierte, hörte ich das Klappern von Tellern und Besteck. Sie deckte den Küchentisch. Nach zwanzig Minuten war ich fertig, und Frankie löffelte ihren merkwürdigen Eintopf auf die Teller.

»Ich glaube, wir brauchen noch Wein«, sagte sie. Ich hatte mein Glas kaum angerührt, aber die Flasche war fast leer, und als Frankie sich noch einmal einschenkte, war sie ganz leer. »Da steht welcher im Schrank. Suchen Sie sich einen aus. Irgendeinen.«

Ich machte noch eine Flasche Rotwein auf.

»Das texanische Scharfschützenproblem. Hab ich Ihnen davon erzählt?«

»Ja.«

»Aber das ist kein Problem.«

»Wie?«

»Die Karte. Ausgezeichnet. Hat Ihre Freundin die gemacht?«

Ich war verblüfft. Wusste Giles etwas? Aber wie konnte er? Hatte er Frankie etwas erzählt?

»Sie ist eigentlich nicht meine Freundin.«

»Haben Sie sexuelle Beziehungen?«

Ich holte tief Luft.

»Äh, ja.«

»Wissen Sie, alles dreht sich um Zahlen. Katastrophen, müssen Sie wissen, muss man als Abweichungen von einer Grundlinie routinemäßiger Hintergrundstragödien betrachten. Verstehen Sie, was ich meine?«

»Nein.«

»Wissen Sie, die Wahrheit ist nicht so, dass Sie einfach hingehen und sie anschauen können.«

»Wieso nicht?«

»Die Wahrheit ist das Produkt der statistischen Analyse durch erfahrene Fachleute. Möchten Sie Sauce?«

»Ja bitte.«

Leider erwies sich, dass die Sauce nichts weiter war als das Wasser, in dem Fleisch und Gemüse gekocht worden waren.

»Nehmen Sie noch einen Schluck Wein.«

»Im Moment nicht, danke.«

»Der Krieg«, sagte sie und trank selbst noch einen Schluck. »Hab ich gerade vom Krieg gesprochen?«

»Nein.«

»Nicht?« Sie war verblüfft. »Hab ich gesagt, dass ich bei einer Versicherung gearbeitet habe?«

»Ja.«

»Ich war Statistikerin.« Das Wort »Statistikerin« bereitete ihr inzwischen ein wenig Mühe. »Aber im Krieg – ich meine, im zweiten Krieg – habe ich an einer schrecklich geheimen Sache gearbeitet.«

»Vielleicht sollten Sie mir dann nicht davon erzählen.«

»Ich war bei einer Nachrichtendivision, die dem Bomberkommando angeschlossen war. Oh, jetzt erinnere ich mich: Sex. Sie sprachen von Sex.«

»Eigentlich nicht, nein.«

»Da gab's 'ne Menge Sex. Wissen Sie, die Leute reden immer von den Sechzigern, aber im Krieg gab's viel mehr davon. Hat mit dem Tod zu tun. Das ist ein bekanntes psychologisches Phänomen.« »Psychologisch« war ebenfalls eine Herausforderung. »Wenn man glaubt, man wird nächste Woche sterben, warum soll man dann jetzt keinen Sex haben? Mein Mann ist vor ungefähr fünf Jahren gestorben, oder vor zehn Jahren. Wir waren damals schon verlobt, aber wir haben mit anderen Leuten geschlafen. Er war bei der Army. Ich habe mit Piloten und Soldaten und Leuten aus meiner Abteilung geschlafen, mit allen möglichen Leuten.«

Frankie war betrunken, aber sie schaute mir in die Augen, und eine Sekunde lang sah ich die schöne, brillante, unanständige, sexuell abenteuerlustige junge Frau, die sie vor fünfundfünfzig Jahren gewesen war. Wahrscheinlich fühlte sie sich innerlich immer noch so.

»Am V-Day rannten wir alle aus unseren Büros, und auf der Straße tanzten die Leute, umarmten sich und tranken. Ein paar Stunden später war ich im St. James's Park, und ein amerikanischer GI kam auf mich zu; wir küssten uns und gingen hinter einen Busch, und ich hab ihm einen geblasen. Sagt man das? ›Einen geblasen‹?«

»Ja.«

»Ich hab's noch nie laut gesagt.«

Ich kaute auf einem Stück Fleisch, langsam und lange. Ich versuchte nicht daran zu denken, woher es kam.

»Es klingt erstaunlich«, sagte ich. »Aber ich wollte über diese Zahlen reden. Was werden Sie damit anfangen?«

Ich musste eine Weile auf die Antwort warten. Frankie hatte weniger Zähne als ich und brauchte noch länger, um ihr Fleisch zu kauen.

»Ihre Zahlen«, sagte sie. »Ich werde die Poissonsche Häufigkeitsverteilung darauf anwenden.«

»Das sagt mir natürlich überhaupt nichts.«

»Der Krieg«, sagte sie. »Hab ich das Bomberkommando erwähnt?«

»Ja, haben Sie.«

»Wir haben die Mathematik dazu geliefert«, sagte sie. »Wir haben Fallkurven und Flugbahnen berechnet, und ob ein großer Knall besser war als zwei kleine. Einmal, gegen Ende des Krieges, haben wir uns mit den Flugbomben beschäftigt. Wissen Sie was über die Flugbomben?«

»Ein bisschen.«

»Wunderbare Dinger. Eine brillante deutsche Erfindung. Allem, was wir auf die Beine bringen konnten, weit voraus. Es waren unbemannte Raketen, die nach London flogen. Das Triebwerk schaltete sich ab, und sie fielen herunter. Manchmal hab ich sie gehört. Es war komisch. Vielleicht kennen Sie die Story: Die Leute hörten das Triebwerk, und sie beteten, dass sie es weiter hören würden, denn wenn es aufhörte, würde das Ding auf ihnen landen. War natürlich Unfug. Die Triebkraft ließ sie noch viel weiter fliegen. Wenn eine Flugbombe auf einem landen sollte, musste das Triebwerk meilenweit vorher abschalten, und dann hörte man gar nichts. Die Bomben fielen in ziemlich großer Zahl auf London, und die Leute fingen an zu behaupten, dass sie in Clustern fielen. Das konnte bedeuten, dass sie an einer bestimmten Stelle abschalteten. Aber es gab sogar Gerüchte, dass bestimmte Gebiete besonders betroffen seien. Die wildesten Gerüchte. Deshalb fragte man ein paar von uns, ob wir das mathematisch untersuchen könnten. Komisch, nicht? Da fallen Bomben, Familen werden getötet, und wir reagierten darauf, indem wir uns mit Bleistift und Papier und Rechenschiebern an unsere Schreibtische setzten. Und wir taten, was Sie getan haben. Wir erwählten einen Bereich von South London, teilten ihn in Quadrate ein und zählten die Einschläge.«

»Brauchten Sie dazu nicht einen Computer oder so was?«

»Bloß eine Rechenmaschine«, sagte sie.

Knapp eine Stunde später kam das Taxi, das mich zum Bahnhof zurückbringen sollte. Wir standen vor ihrer Haustür, und der Fahrer wartete im Wagen.

»Ich hatte gehofft, Sie bleiben noch zum Tee«, sagte Frankie.

»Ich muss zurück«, sagte ich. »Das hier ist wichtig.«

»Es hat großen Spaß gemacht«, sagte sie. »Lassen Sie mich wissen, wie es weitergeht.«

»Mach ich«, sagte ich.

»Ganz wie in alten Zeiten«, sagte sie.

»Das freut mich«, sagte ich. »Vielen Dank.«

»Wissen Sie, die Welt ist so kompliziert mit all dem, was drin ist – Sonnenuntergänge und Wälder und Leute, die Entscheidungen treffen, die sich verlieben und Witze machen, lauter Geräusch, Staub auf der Oberfläche. Das alles lässt sich auf Zahlen reduzieren. Solange Sie die richtigen Zahlen haben. Nehmen Sie zum Beispiel das Problem mit Negern.«

»Wie bitte?«

»Sind Neger dümmer als wir andern? Meine Freundin, die in London wohnt, wurde von einem Neger ausgeraubt.«

»Man sagt heute eigentlich nicht mehr ›Neger‹.«

»Warum nicht? Ist doch ein höfliches Wort, oder? Die Menschen streiten darüber, ob sie von Natur aus sind, wie sie sind, oder ob sie so erzogen wurden.«

»Was meinen Sie mit ›wie sie sind‹?«

»Sie wissen schon, was ich meine. Man soll es nicht aussprechen, aber jeder weiß es. Ich will nur sagen, es ist völlig unnötig, sich deshalb zu erhitzen. Es geht nur darum, die Zahlen zu finden. Mark, Sie sind offensichtlich gut darin, Informationen zu sammeln. Könnten Sie mir ein paar Zahlen über Neger besorgen?«

Ich tat, als hätte ich es plötzlich entsetzlich eilig, meinen Zug zu erwischen, und antwortete nicht mehr.

ACHTUNDZWANZIG

Alles erscheint klarer, wenn ich mitten in der Nacht darüber nachdenke – wenn die Vorhänge gerade anfangen, grau zu werden. Tagsüber, bei Lärm und allem, was stört, wird es kompliziert. Giles redete immer von Entscheidungen, die unter ungewissen Bedingungen getroffen werden. Er sprach vom Bau von Fabriken, von der Organisation von Baustellen, aber mir ging es bei einfacheren Dingen genauso. Ich glaube, man trifft im Leben drei fundamentale Entscheidungen. Wo man arbeitet, wo man wohnt, mit wem man lebt, und wen man liebt. Das sind mehr als drei, aber sie sind eigentlich nicht voneinander zu trennen. Trotzdem hatte ich das Gefühl, ich hätte Kevin Seegers Aktenschränke in meinem Kopf. Kevin hatte alles über Dioxine zusammengetragen, was nur zu finden war, und irgendwie wusste er auch, wo alles war, aber wenn man ihm die fundamentale Frage stellte, ob er beweisen konnte, dass Marshco für die Krebserkrankungen verantwortlich war, trat dieser komische Ausdruck auf sein Gesicht. Und so ging es mir mit fast allem.

Als ich Hannah spät am Abend wieder sah, erzählte ich ihr von Frankie.

»Sie war komplett verrückt«, sagte ich.

»Inwiefern?«, fragte Hannah.

»Sie hat rumgeschwätzt. Und sie war besoffen. Ich hab ihr eine Flasche Wein mitgebracht, und sie hat die und noch eine ausgetrunken. Außerdem ist sie so was wie 'ne irre Rassistin. Ihr großer Plan ist irgendein statistisches Projekt, mit dem sie demonstrieren kann, dass Weiße intelligenter als Schwarze sind.«

»Warum hat Giles dich dann zu ihr geschickt?«

Wir saßen in Hannahs Wohnzimmer, ich auf dem Sofa und sie mir gegenüber im Sessel. Es war ein merkwürdiges Gefühl, mit ihr zu sprechen, ohne sie zu berühren. Es machte mich nervös.

»Weil sie solche Sachen schon früher gemacht hat.«

»Was für Sachen?«

»Sie war Statistikerin. Und im Zweiten Weltkrieg war sie dem Bomberkommando zugeteilt.«

»Dem Bomberkommando? Was hat das damit zu tun?«

Ich erzählte Hannah die Geschichte von den Flugbomben, soweit ich sie noch zusammenbrachte.

»Die Leute glaubten, sie fielen in Clustern. Sie glaubten, dass sie auf bestimmte Gegenden zielten. Es sah so aus. Sie hat mir einen Bericht darüber gezeigt. Es war eine Karte, auf der die Einschläge markiert waren. Es sah wirklich so aus, als hätte jemand versucht, bestimmte Gebiete zu treffen und andere auszusparen.«

»Und war es so?«

»Nein«, sagte ich. »Es war eine Illusion. Die Einschläge waren völlig zufällig verteilt.«

Es war sehr lange still. Hannahs Gesichtsausdruck änderte sich überhaupt nicht. Ihre Augenlider flatterten ein bisschen, als hätte sie etwas im Auge, das war alles.

»Wie konnte sie da sicher sein?«

»Das ist irgendein unglaublich kompliziertes Theorem. Ich hab vom bloßen Anschauen Kopfschmerzen gekriegt. Aber wenn du eine bestimmte Anzahl von Quadraten und – na ja, in diesem Fall – Bomben hast, dann erkennst du damit, wie viele Quadrate bei einer zufälligen Verteilung ohne Einschlag zu erwarten sind, wie viele mit einem, wie viele mit zweien, und so weiter. Und dann haben sie das mit der Verteilung der tatsächlichen Einschläge verglichen. Die Übereinstimmung war erstaunlich genau.«

Wieder war es lange still.

»War damit bewiesen, dass die Bomben nicht gezielt waren?«

»Nein. Sie hat lange gebraucht, um mir das zu erklären. Ich hab's kaum kapiert. Es bewies nur, dass die Bomben nicht gezielt sein mussten. Es gab kein Muster außer dem Muster der Zufallsverteilung.«

»Beweist das also, dass die Krebserkrankungen in Marston Green nicht auf Umwelteinflüsse zurückgehen?«

»Nein«, sagte ich. »Es beweist nur, dass es eine Zufallsverteilung von Erkrankungen im Raum Marston Green, Heiston, Lingham und Chapel Willow gibt. Sicher ist, dass es in Marston Green kein spezielles Cluster gibt.«

Es war lange still, und Hannah sah sehr allein aus.

»Ich nehme an, die Frau hat Recht«, sagte sie schließlich. »Du hast gesagt, sie war betrunken und verrückt.«

»Ich hab die Formel nicht begriffen, aber die Übereinstimmung zwischen den zu erwartenden Zahlen und denen auf deiner Karte ist erstaunlich. Ich hab sie hier.« Ich zog ein Blatt Papier aus der Tasche und faltete es auseinander. »Du kannst es dir ansehen. Sie hat gesagt, die Zahlen deuten auf ...« Ich entzifferte ihre Handschrift am unteren Ende. » ... absolute Zufallsverteilung und Homogenität in diesem Raum. Ich habe Giles eine Kopie gefaxt, und er lässt die Sache noch von jemand anderem durchrechnen. Aber es stimmt.«

»Du hast es Giles gefaxt.«

»Ja.«

»Ich nehme an, seine Tante hätte es ihm sowieso berichtet.«

»Vermutlich. Warst du beim Arzt?«

»Ich hab ihn angerufen. Ich gehe morgen zur Mammographie.«

»Möglicherweise ist es ja nichts.«

»Ja.«

In diesem Moment hatte ich ein brennendes Gefühl in den Wangen, heiß und kalt zugleich. Ich fragte mich, was es war. Es kam mir vertraut vor, wie etwas, das ich vor langer Zeit gefühlt hatte, und dann fiel es mir ein. Es war das Gefühl, das ein Achtjähriger hat, der gleich anfängt zu schluchzen, nicht weil er traurig ist oder Schmerzen hat, sondern aus Ratlosigkeit, und weil alles so kompliziert ist. Ich weinte nicht. Das war immerhin gut. Ich ging zum Schrank, holte den Whisky und zwei Gläser und schenkte uns ein. Ich reichte ihr das eine Glas und nahm einen großen Schluck aus meinem, sodass ich husten musste. Ich setzte mich neben sie.Ich hatte nicht vor, mich zu verteidigen. Ich hatte nicht vor, irgendetwas zu meinen Gunsten zu sagen. Ich hatte keinen Grund, mich zu schämen. Ich hatte sie nicht verraten. Ich hatte nichts falsch gemacht.

»Wolltest du etwas beweisen?«, fragte sie.

»Dir?«

»Giles dachte, nur auf diese Weise könntet ihr gewinnen.«

»Was Giles dachte, ist mir egal. Was dachtest du? Soll ich sagen, ich habe es für dich getan?«

»Du könntest irgendetwas sagen.«

»Es ist nicht so gelaufen, wie ich wollte.«

»Du hast die Killerwaffe gefunden«, sagte sie. »Sie werden sehr zufrieden mit dir sein.«

»Daran habe ich dabei nicht gedacht«, sagte ich.

»Woran hast du gedacht?«

Ich nahm noch einen brennenden Schluck Whisky.

»Ich dachte, ich käme mit diesen Ergebnissen von Frankie zurück, und es wäre eine Wiedergutmachung für all das Schlimme, das passiert. Aber im Zug hierher dachte ich ans Angsthaben.«

»Ich habe nicht viel Angst«, sagte Hannah.

»Das kann ich nicht glauben.«

»Ich bin wütend«, sagte sie. »Als Bruce geboren wurde und ich dann mit ihm allein war, da hat mir das nichts ausgemacht, denn ich wusste, ich würde ihn vor allem bewahren. Ich brauchte niemanden dazu. Ich würde mich vor einen Hurrikan stellen, um ihn zu beschützen. Und jetzt kommt das?«

»Du wirst es besiegen«, sagte ich.

Sie sah mich scharf an.

»Bist du Onkologe?«, fragte sie. »Ach nein. Ich vergaß. Du versuchst, dich zu beruhigen.« Ich legte ihr eine Hand auf den Arm, aber sie schüttelte sie ab. »Möchtest du mit mir schlafen? Ist es das? Dich ein bisschen ablenken? Du wirst es mir nachsehen, wenn ich dabei andere Dinge im Kopf habe. Ich denke an Liza und Ella und daran, dass anscheinend alles umsonst gewesen ist.«

Ich wollte etwas antworten und schluckte und ließ es bleiben, und dann ließ ich es doch nicht bleiben und sagte: »Es hätte sie nicht wieder gesund gemacht. Wenn die Kampagne erfolgreich wäre, würden manche überleben, und andere würden trotzdem sterben.«

Hannah beugte sich zu mir herüber. Ich dachte, sie würde mich berühren und mich küssen, aber sie nahm mir nur das Glas aus der Hand und stellte es auf den Tisch.

»Ich glaube, es ist Zeit, dass du nach London zurückfährst«, sagte sie.

NEUNUNDZWANZIG

Vielleicht hatte ich zu Anfang gehofft, Giles und ich würden im Triumph heimkehren, aber obwohl es jetzt so aussah, als hätten wir tatsächlich erreicht, was sie wollten, hätte ich mich jetzt am liebsten unbemerkt hineingeschlichen und wäre wieder an meine Arbeit gegangen. Giles' Paranoia war noch größer als meine, und er traf ausgeklügelte Vorbereitungen, um den Bericht so zu verfassen, dass er niemandes Aufmerksamkeit erregte. Er ließ mich zu sich nach Hause kommen, als die Leute bei Wortley mich immer noch in Marston Green vermuteten.

Er war gerade aus dem Krankenhaus gekommen und sah immer noch ramponiert aus. Sein Gesicht war verfärbt, und beim Sprechen machte er komische Bewegungen mit dem Mund, als wolle er die Beweglichkeit seines Unterkiefers prüfen. Seine Bewegungen waren langsam und von Stöhnen begleitet.

»Was müssen sie wissen?«, fragte er mich.

»Da wäre Frankie McDonalds Erkenntnis über den Cluster.«

Giles sah plötzlich traurig aus, und ich fragte mich, ob er noch mehr schlechte Neuigkeiten für mich hatte.

»Die Vorstellung, dass meine Tante einem amerikanischen Soldaten in einem öffentlichen Park einen bläst, ist schmerzhaft für mich«, sagte er. Ich hatte ihm einen detaillierten Bericht von meiner Unterredung mit Frankie gegeben, mit allen ihren schrägen Exkursen. Vielleicht war das falsch gewesen, aber ich hatte der Versuchung nicht widerstehen können. »Was hat sie Ihnen darüber hinaus erzählt? Mir erzählt niemand solche Dinge. Habe ich da ein Problem? Liegt es an mir, Mark? Würden Sie sich mir anvertrauen?«

»Kommt drauf an«, sagte ich.

»Ich habe kein Vertrauen erweckendes Gesicht. Ich rede zu viel. Das ist es wahrscheinlich. Jemand will mir sein Äquivalent der Blowjob-Story erzählen, und ich unterbreche ihn und rede immer weiter. Deshalb muss ich bei den Leuten im Badezimmer herumschnüffeln.«

»Was ich sagen wollte: Frankies Analyse des Clusters muss in dem Bericht aufgeführt werden.«

»Natürlich«, sagte Giles. »Tatsächlich wissen sie auch schon davon. Ich habe Ross Cowan ihre Zahlen geschickt, damit er sie prüft.«

»Davon haben Sie mir nichts erzählt.«

»Nein.«

»Das hätten Sie aber tun sollen.«

»Warum?«

»Sie wussten doch nicht, was ich Hannah gesagt habe. Hätte doch sein können, dass ich ihr versprochen hab, die Sache geheim zu halten.«

»Darüber hab ich nicht nachgedacht«, sagte Giles. »Aber wenn ich es getan hätte, hätte ich Sie trotzdem nicht gefragt. Ich wäre durch ein solches Versprechen ja nicht gebunden gewesen. Und überhaupt, wenn Sie das vergessen haben, waren diese Zahlen dazu gedacht, als Waffe gegen Wortley zu dienen. Aber nachdem wir die Wahrheit herausgefunden hatten, konnten wir sie nicht vertuschen.«

»Ich bin Ihrer Meinung«, sagte ich. »Aber Sie hätten es mir sagen müssen.«

»Wie haben Sie Hannah eigentlich dazu überredet, Ihnen ihre Karte zu geben?«

»Ich hab sie darum gebeten.«

Ein schmerzlicher Ausdruck breitete sich langsam auf seinem Gesicht aus.

»Sagen Sie das nicht.«

»Was?«

»Sagen Sie, dass es nicht wahr ist. Sie und Hannah. Beseitigen Sie nur einen einzigen potenziellen Quell des Jammers aus meinem ohnehin schon jämmerlichen und frustrierten Leben, indem Sie sagen, dass es nicht wahr ist. Bitte sagen Sie es.«

»Es ist wahr.«

»Das ist nicht erlaubt. Es ist gegen die Regeln. Es ist verboten.«

»Wieso?«

»Aus vielen Gründen. Erstens ist es unprofessionell. Zweitens ist sie eine Generation älter als Sie.«

»Sechs Jahre.«

»Drittens steht sie auf der anderen Seite. Viertens hat sie eine Krankheit.«

»Wovon reden Sie?«

»Fünftens, sie hat ein Kind, das durch das Eindringen fremder Männer vermutlich seelisch verletzt werden kann. Sechstens, Sie sollten arbeiten. Siebtens, Sie haben schon einmal ein Mädchen aus Marston Green verführt und verlassen. Achtens, Sie haben sich erpressbar gemacht. Neuntens, sie ist eine empfindsame und intelligente Frau, die mehr verdient als ein bisschen bedeutungslosen, ausbeuterischen Sex. Zehntens … na ja, ich könnte stundenlang weitermachen. Und diese so genannte Beziehung wird in diesem Bericht auf keinen Fall erwähnt werden.«

»Selbstverständlich nicht. Und Sie haben keine Ahnung, wovon Sie reden.«

»Schade, dass wir nicht noch ein paar Tage dageblieben sind. Da war das Mädchen mit Leukämie, das Sie besucht haben. Wie alt war sie? Vierzehn? Sie hätten es mit jemand Jüngerem probieren sollen.«

»Halten Sie den Mund, Giles.«

»Ich frage mich, ob wir meine eigene Angelegenheit in dem Bericht erwähnen sollen.«

»Sie meinen den Überfall? Natürlich.«

»Wahrscheinlich könnte ich es zu unseren Gunsten verwenden. Die bis zur Gewalttätigkeit reichende Abneigung des Dorfes gegen alles, was die Beschäftigungsaussichten beeinträchtigen könnte.

Wir brauchen einen kurzen Bericht von Ihnen über die Kampagne. Einen sehr kurzen. Das Clusterprofil ist jetzt überzeugend diskreditiert. Nicht viel mehr. Über diesen kläglichen Lehrer braucht man vermutlich gar kein Wort zu verlieren. Ein bisschen jämmerlich, nicht wahr? Ich glaube, der arme alte Kevin Seeger hat gedacht, die Sache werde ihn berühmt machen. Wie sich herausstellt, ist er nicht einmal eine Fliege, die sich zu klatschen lohnt. Wir sollten unsere Besuche bei Marshco erwähnen. Entgegenkommende und hilfreiche Information durch Management und technische Leitung, blah blah blah. Sonst noch was?«

»Was ist mit den Vorwürfen zu illegalen Deponiepraktiken?«

Giles runzelte die Stirn.

»Sie haben Recht. Wir müssen darauf verweisen, um uns abzusichern. Wie sollen wir es formulieren? Berichte über illegale Schadstoffbeseitigung. Ein bisschen stark. Mutmaßungen über undokumentierte Abfallagerung. Keine untermauernden Unterlagen oder Bestätigungen gefunden. Das sollte reichen.« Giles schrieb etwas Unleserliches auf seinen Notizblock. »Sonst noch was?«

»Sollten wir schreiben, dass wir ein paar der Opfer besucht haben?«

Giles kaute an seinem Stift.

»Ich weiß eigentlich nicht, inwiefern das relevant sein soll«, sagte er dann. »Selbst wenn wir herausgefunden hätten, dass der Cluster aussagekräftig ist, käme es auf die individuellen Erfahrungen Betroffener nicht an. Ich schätze, so etwas wäre erst von Bedeutung, wenn die Sache je vor Gericht käme, was aber nicht passieren wird. Wenn einer der Fälle besonders bewegend gewesen wäre, hätte sich die Erwähnung vielleicht gelohnt.«

»Ich fand, sie waren alle ziemlich bewegend.«

»Versteht sich«, sagte Giles. »Aber wie wir mit Ihrer Hilfe festgestellt haben, sind sie alle nicht Bestandteil eines Clusters. Werfen Sie einen Stock aus dem Fenster, und Sie treffen jemanden mit einer bewegenden Erkrankung.«

»Frankie nannte das den Hintergrund allgemeinen menschlichen Leidens, oder so ähnlich.«

»Erwähnen Sie Frankie nicht. Schon bei dem Namen denke ich an das, was sie da am V-Day im Gebüsch getrieben hat.« Er schaute auf seine Notizen. »Ich werde es morgen früh tippen und an Donna schicken, mit Kopie an Broberg, Cowan und Vicki Hargest. Und dann verschwindet es in einer Akte und wird nie wieder ans Licht kommen.«

»Das war's?«, fragte ich.

»Wenn wir Glück haben.«

»Finden Sie nicht, dass darin eine ziemliche Ironie liegt? Marshco ist eine abscheuliche Firma, Sie wurden von jemandem, der mit ihnen Verbindung hat, übel zusammengeschlagen, und Donna hat Sie verächtlich behandelt. Und Sie schreiben einen Bericht, mit dem sie aus dem Schneider sind. Die Krebskranken, die wir damit sich selbst überlassen, will ich gar nicht erwähnen.«

»Sie haben's gerade getan.«

»Was hab ich gerade getan?«

»Sie erwähnt. Ich weiß, was Sie von mir hören wollen. Ich soll sagen, ich mache mir Sorgen wegen meiner Hypothek und meiner Kinder, und ich kann mir nicht leisten, Position zu beziehen. Aber das werde ich nicht sagen. Wissen Sie, was mir zu den Krebskranken einfällt? Scheiß drauf. Das fällt mir dazu ein.«

»Das meinen Sie nicht ernst«, sagte ich.

»Okay«, sagte er, »ich übertreibe um des rhetorischen Effekts willen. Aber die Wahrheit ist, sie sind krank. Und einige von ihnen – oder irgendwelche Leute in ihrem Namen – konnten das einfach nicht akzeptieren. Irgendjemand musste schuld daran sein. Sie brauchten für ihre Krankheit eine Entschädigung in Form von Geld.«

»Und jetzt finden Sie, dass wir denen eine Lektion erteilt haben?«

»Es ist nicht unsere Aufgabe, jemandem Lektionen zu erteilen.«

»Denken Sie so auch über Hannah?«

»Möchten Sie, dass ich Hannah meine Billigung zukommen lasse?«, fragte Giles. »Soll ich sagen, dass sie okay ist?«

»Sie ist nicht okay«, sagte ich. »Sie hat einen neuen Knoten.«

Giles erschrak.

»Das tut mir Leid«, sagte er. »Sind Sie …? Ich weiß nicht, wie ich es ausdrücken soll. Haben Sie wirklich eine Beziehung mit ihr?«

»Ich weiß es nicht«, sagte ich. »Ich hab das Gefühl, es ist zu schwer für mich.«

Ich hatte Hannah tagsüber angerufen, aber sie hatte sich nicht gemeldet; deshalb versuchte ich es noch einmal, als ich zu Hause war, und diesmal war sie da. Aber es war das falsche Gefühl am Telefon – es war, als unterhielten wir uns durch einen schmalen Spalt in einem Zaun. Ich stellte ihr sinnlose Fragen – wie es ihr gehe, wie es Bruce gehe, und jeder Ton klang falsch, weil es eigentlich nur eins zu besprechen gab.

»Ist es heute gut gegangen?«

»Wie meinst du das?«

»Im Krankenhaus.«

»Was glaubst du?«

Ich war nicht sicher, ob sie nicht vielleicht ein albernes Spielchen spielte, weil ich nicht da gewesen war. Ich meine, »für sie da«. Warum ich es hätte sein sollen oder was ich dann tatsächlich getan hätte, oder dass sie es hätte sagen können, wenn sie etwas von mir gewollt hätte – das alles war mir nicht ganz klar.

»Ist es wieder da?«, fragte ich.

»Ja«, sagte sie. »Sie machen noch ein paar Untersuchungen, aber ja, es ist wieder da. Nächste Frage.«

»Wie geht's jetzt weiter?«

»Weiter geht es damit, dass ich am Montag ins Krankenhaus gehe, um noch ein paar Stücke aus mir herausschneiden zu lassen, unter anderm meine zweite Brust. Und dann kommt eine neue Runde Chemotherapie. Das heißt, ich werde wieder ein paar Monate neben dem Eimer schlafen.«

»Es tut mir so leid, Hannah.«

»Und was wirst du tun?«

»Ich weiß es nicht.«

»Um mir zu beweisen, dass es dir nicht gleichgültig ist.«

»Das ist nicht fair.«

»Nicht fair? Oh, das tut mir aber leid. Mir wird die andere Brust abgeschnitten. Bin ich nicht empfindsam genug, wenn ich mit dir telefoniere? Entschuldige. Wie geht's auf der Arbeit?«

»Da … da gibt's eigentlich nichts.«

»Sind sie denn zufrieden mit dir? Ich wette, sie sind's.«

»Ich hab noch nicht mit ihnen gesprochen.«

»Sie werden es sein. Entschuldige, Mark, ich muss Schluss machen. Ich bin müde. Entschuldige.«

»Wir sprechen bald wieder miteinander.«

»Ja, natürlich.«

Sie legte auf. Ich hielt den Hörer noch ein paar Augenblicke am Ohr, als hätte ich noch etwas zu vermitteln. Dann legte ich auch auf, und unversehens fiel mein Blick auf mein Spiegelbild im Fenster. Zuerst schaute ich mich ratlos an, und dann lächelte ich. Was gab es da zu lächeln? Ich war absolut sicher gewesen, dass der Krebs wieder da war, und deshalb war das kein Schock gewesen. Ich war darauf vorbereitet gewesen. Ich glaube, deprimiert hätte es mich, wenn sie am Telefon ganz freundlich und höflich gewesen wäre. Aber so war es absolut nicht gewesen. Sie hatte mit ausgefahrenen Krallen auf mich eingeschlagen, als wären wir beide hoffnungslos ineinander verstrickt, und als wisse sie nicht, was sie tun sollte.

DREISSIG

Giles hatte sich geirrt, als er meinte, man werde die Akte vergraben und vergessen. Innerhalb einer Stunde nach Abgabe seines Berichts waren wir wieder im Besprechungszimmer bei Wortley, gerade zehn Tage nach dem ersten Mal. Die Umstände waren allerdings ein bisschen verändert. Wir wurden ohne Vorwarnung nach oben beordert. Nielsen war nicht da; er war in den Staaten. Und nichts war vorbereitet; es gab keinen Kaffee in Silberkannen. Donna schob uns ins Zimmer, und Broberg, Cowan und Hargest steckten am anderen Ende die Köpfe zusammen. Kopien unseres Berichts lagen auf dem Tisch. Alles sah ein bisschen chaotisch aus. Vicki Hargest war im Mantel und trug eine Tasche unter dem Arm. Es sah aus, als sei sie irgendwohin unterwegs gewesen, als man sie abgefangen hatte. Sie blickten auf, als wir hereinkamen. Sie lächelten sonderbar, aber eine freundliche Begrüßung war es nicht gerade. Es war eher so, als sei ein Zirkus in die Stadt gekommen. Giles humpelte am Tisch entlang wie Quasimodo; anscheinend war es ein kläglicher Versuch, Mitgefühl zu erwecken.

»Die Herren«, sagte Broberg. »Willkommen zu Hause.« Wir murmelten irgendetwas. »Normalerweise würde ich Sie fragen, ob es interessant war, wo Sie waren, aber das weiß ich ja schon.« Wir murmelten wieder etwas: Alles schreckliche Routine und so weiter. Aber Broberg sprach weiter, ohne auf uns einzugehen. »Wir dachten, Sie würden sich hinten ins Dorfzentrum setzen, ein paar Notizen machen, sich unauffällig ein bisschen umhören. Aber das hier, das war ungefähr so unauffällig wie der Vietnamkrieg.«

»Sie haben unseren Bericht gesehen«, sagte Giles. »Ich weiß nicht, was Sie sonst noch brauchen.«

»Eins muss man Ihnen lassen, Jungs«, sagte Broberg. »Diese alte Frau aus dem Zweiten Weltkrieg. Cowan hat mir die Zahlen gezeigt. Fantastisch.«

»Ich weiß, es hat den einen oder anderen Zwischenfall gegeben«, sagte Giles.

»Zwischenfall? Sie meinen einen potenziellen Mordversuch? Einen handfesten Streit mit dem Chef des Unternehmens, das unser Kunde ist? Hab ich noch was vergessen?«

Ja, hatte er. Ich starrte schweigend zu Boden. Würde Giles mich ihnen zum Fraß vorwerfen? Wie man seinen Schoßhund einem Wolfsrudel vorwirft, um ein paar Sekunden Vorsprung herauszuschinden?

»Mir ist nicht recht klar, worauf das hinauslaufen soll.« Giles verfiel in seinen Anwaltston. »Wie aus unserem Bericht eindeutig hervorgeht, ist die Frage eines angeblichen Clusters von Erkrankungen im Raum Marston Green jetzt zweifelsfrei geklärt. Ich weiß nicht, was es sonst noch zu besprechen gibt.«

»Kennen die Herren den Namen Simon Tierney?«, fragte Broberg.

Giles und ich sahen einander an und zuckten die Achseln. Ich hatte den Namen noch nie gehört. Aber zugleich war ich absolut hundertprozentig sicher, dass er nichts Gutes zu bedeuten hatte.

»Mr. Tierney ist der Rechtsanwalt, der die Kampagne in Marston Green vertritt«, sagte Broberg. »Er hat heute Kontakt mit uns aufgenommen. Er behauptet, Marshco habe Sie, Giles Buckland, körperlich bedroht …«

»Nur ein Gerücht«, warf Giles ein.

» … und die Männer, die Sie überfallen hätten, seien Angestellte der Firma Marshco, die sodann weitere Drohungen gegen unseren Mr. Foll hier ausgestoßen hätten. Und jetzt kommt das Interessante. Ich meine, jetzt kommt noch etwas Interessantes: Tierney teilt uns mit, sie hätten die Absicht, Mr. Buckland und Mr. Foll als Zeugen zu benennen. Haben die Herren dazu etwas zu sagen?«

Ich hätte beinahe gelacht, aber ich ließ es bleiben. *Fuck*, diese Hannah. Aufgespießt hatte sie mich. Komplett aufgespießt. Ich war wie ein Käfer, den man mit einer Nadel durchbohrt und auf einer Papptafel ausstellt. Aber Käfer brachte man doch vorher um, oder? Meine Beine zappelten noch, obwohl die Nadel mir in der Brust steckte. Ich sah Giles an. Sein Gesicht hatte eine kuriose Farbe angenommen. Er presste die Hand auf seine gebrochenen Rippen, als wäre es eine Kriegsverletzung.

»Das ist irrelevant«, erklärte er. »Die Frage meiner schweren Verletzung ist in diesem Zusammenhang von absolut marginaler Bedeutung.«

»Das zu entscheiden, überlassen wir unserer Rechtsabteilung, wenn Sie nichts dagegen haben«, sagte Broberg. »Aber ich bin fasziniert. Diese angeblichen Drohungen. Wenn sie tatsächlich ausgesprochen wurden, dann doch wohl in einer privaten Zusammenkunft zu dritt, oder?« Giles nickte. »Und die weiteren Drohungen gegen Mr. Foll –waren Sie da allein?«

»Der Wirt, Geoff, könnte in der Nähe gewesen sein«, sagte ich.

»Von einem ›Geoff‹ hat Mr. Tierney nichts gesagt. Er hat nur davon gesprochen, Sie beide als Zeugen vorzuladen. Mr. Foll, wenn man Sie in dieser Frage ins Kreuzverhör nähme, was würden Sie dann sagen?« Vicki Hargest wollte ihn unterbrechen, aber Broberg brachte sie mit einer Handbewegung zum Schweigen.

»Das käme darauf an, was man mich fragt.«

»Würden Sie aussagen, dass Paul Creek Drohungen gegen Mr. Buckland ausgesprochen hat?«

»Ja.«

»Und kamen die Drohungen gegen Sie von den Leuten, die nach Ihrer Überzeugung Mr. Buckland überfallen haben?«

»Das war mein Eindruck.«

Broberg schien nicht recht zu wissen, was er sagen sollte. Er sah seine Kollegen an.

»Ross? Vicki?«, sagte er. »Irgendwelche Fragen?«

Sie schüttelten den Kopf. Es war, als hätten sie einen Schock erlitten.

»Das ging ja schneller, als ich gedacht hatte«, sagte Broberg. »Ich glaube, wir können das Gespräch ein andermal fortsetzen. Anscheinend befinden wir uns in einem Pokerspiel, meine Herren. Sie können jetzt gehen.«

EINUNDDREISSIG

Man wies uns an, bis auf weiteres in unserem Büro zu bleiben. Ich wusste nicht, ob sie befürchteten, wir könnten da draußen in der wirklichen Welt noch weiteren Ärger anrichten. Ich wagte kaum, Giles in die Augen zu sehen. Als er aus Brobergs Büro gehinkt war, hatte er ausgesehen wie jemand im Kino, der ein Trauma erlitten hat. Sein Blick war starr, und er brachte kaum ein Wort hervor. Anderthalb schreckliche Tage verbrachten wir damit, Papierkram zu erledigen und telefonisch Termine zu verschieben.

Ich bemühte mich, Giles aus dem Weg zu gehen, aber er kam zu mir und sagte, wir müssten irgendwo hingehen. Dabei sah er sich um, als dächte er, wir ständen unter Überwachung. Ich dachte schon, er werde mit mir auf die Toilette gehen und sämtliche Wasserhähne aufdrehen, damit man uns nicht belauschen könnte.

»Wir müssen raus hier«, sagte er.

»Ist das okay?«, fragte ich.

»Glauben Sie, wir kriegen noch mehr Ärger?«

Er ging mit mir aus dem Haus und die Straße hinauf in eine schicke Snackbar. Dort betrachtete er die Liste der verschiedenen Kaffees an der Wand.

»Haben Sie auch einfach Kaffee?«, fragte er die Frau hinter dem Tresen.

»Café Americano«, sagte sie.

»Können die nicht einfach Englisch sprechen, verdammte Scheiße?«, fragte er, als er mich an einen Tisch führte. »Wohlgemerkt, das geht nicht gegen Immigranten. Es geht um Kaffee.«

Über so was konnte ich mich in einem solchen Augenblick nicht aufregen. Giles musterte mich wachsam.

»Ich weiß nicht, ob es eine so gute Idee war, sich so klar über Ihre mögliche Aussage zu äußern«, stellte er fest.

»Was hätte ich sonst sagen können?«

»So gut wie alles«, sagte er. »Sie hätten lügen können. Das ist immer eine gute Taktik. Wenn Sie nicht lügen können, seien Sie verschwommen, langweilig, unverständlich.«

»Sorry«, sagte ich.

»Vermutlich hat es keinen Sinn, Sie auch nur zu fragen, wie dieser Anwalt von einem Gespräch erfahren konnte, das in einem Büro stattgefunden hat, in dem nur wir drei anwesend waren.«

»Ich habe es Hannah erzählt«, sagte ich. »Sie hat uns ihre Recherchen anvertraut. Ich fand, ich war es ihr schuldig, ihr gegenüber offen zu sein.«

»Und sie hat Sie verkauft.«

Plötzlich fühlte ich mich übermütig. Es war mir egal.

»Haben wir nicht eher sie verkauft? Wir haben ihre Daten genommen und sie dazu benutzt, ihre Kampagne zu torpedieren.«

»Was sagt das über ihre Gefühle für Sie, dass sie Sie verraten hat?«

Ich schaute aus dem Fenster. Es hatte geregnet, als wir aus dem Büro gekommen waren. Jetzt hatte es aufgehört, aber die Luft war diesig und grau.

»Weiß ich nicht«, sagte ich. »Vielleicht bedeutet es, dass sie mich kennt.«

»Vermutlich hat es keinen Sinn, wenn ich sage, dass Sie mich blamiert haben?«

»Ich habe versucht, das Richtige zu tun.«

Er trank einen Schluck Kaffee.

»Entschuldigen Sie, Mark«, sagte er. »Ich hab Sie nicht richtig verstanden. Ich habe gerade vor mir gesehen, wie wir vor Gericht als Zeugen gegen Marshco und Wortley auftreten. Ich versuche, diese Vorstellung von mir fern zu halten, aber sie drängt sich hartnäckig immer wieder nach vorn. Es ist, als wollte man sich verbieten, an eine lila Kuh zu denken. Jetzt denken Sie an eine lila Kuh, nicht wahr?«

»Ich hab was anderes im Kopf.«

»Ich nehme an, Sie sind auf der Durchreise. Glauben Sie, Sie können gehen und sich einen anderen Job suchen?«

»Darüber hab ich nicht nachgedacht.«

»Lassen Sie sich eins sagen, Mark: Diese Leute spielen mit harten Bandagen. Wir brauchen einen Plan. Eine Möglichkeit ist, dass wir uns einen Anwalt nehmen. Oder zwei – ich weiß nicht genau, ob wir auf derselben Seite stehen.« Er machte ein nachdenkliches Gesicht. »Aber das könnte sie erst recht wütend machen. Wir könnten auch fragen, ob wir mit ihrem Anwalt reden können.«

»Stopp«, sagte ich. »Das interessiert mich alles überhaupt nicht. Wenn Sie wollen, gehe ich noch in dieser Minute zu Donna und kündige.«

Giles schien mich nicht zu hören.

»Die Frage ist, ob Wortley uns verklagt.«

»Ist mir egal.«

»Ich muss zugeben, das Ganze hat auch eine komische Seite«, sagte Giles. »Aber ich wünschte, es würde jemand anderm passieren.«

»Haben Sie Angst, gefeuert zu werden?«, fragte ich.

»Es hätte alles so einfach sein können«, sagte Giles. »Und dann wurde ich verprügelt. Aber selbst danach haben wir alles glänzend im Griff gehabt. Und jetzt wird man uns vor Gericht zitieren, um von unserer eigenen Firma Schadenersatz zu erkämpfen. Ich glaube, Feuern steht weit unten auf ihrer Liste.«

Statt zu antworten, zuckte ich nur mit den Schultern.

»Sehen Sie?«, sagte Giles. »Das ist das Problem, das ich mit Ihnen habe. Ich habe den Eindruck, dass Sie vorhaben, sich aus grundsätzlichen Erwägungen zu opfern. Aber Sie tun es für die falsche Sache. Sie haben die Zahlen gesehen. Sie haben die Karte gesehen. Es gibt keinen Cluster. Genauso gut können Sie die Wolken nach Bildern absuchen. Sie sind nicht da.«

Anscheinend gab es nichts weiter zu sagen. Wir standen auf. Ich sagte Giles, ich könne es nicht ertragen, jetzt wieder zurück ins Büro zu gehen. Giles sah mich besorgt an.

»Zerstören Sie sich nicht«, sagte er. »Überlassen Sie das Donna und Broberg.«

»Die wissen, wo sie mich finden.«

Jetzt nieselte es, aber ich ging zu Fuß nach Hause. Es dauerte eine Dreiviertelstunde, und als ich ankam, klebten die Hosenbeine meines Anzugs juckend an meinen Oberschenkeln. Als ich den Anzug zu Hause auszog, roch er wie ein Hund, der in einen Teich gesprungen ist. Ich rief Hannah an, und eine Frau, die ich nicht kannte, meldete sich. Hannah sei im Krankenhaus, sagte sie. Ich fragte mich, ob es Hannahs Mutter war, die sich um Bruce kümmerte. Oder eine Nachbarin? Ich wusste nicht, was ich sagen sollte, und deshalb sagte ich nur lahm, ich würde dann später noch mal anrufen, und legte auf. Gleich darauf wurde mir klar, dass ich wenigstens hätte fragen sollen, in welchem Krankenhaus Hannah sei. Aber was hätte ich getan, selbst wenn ich danach gefragt hätte?

Ich zog mich vollends aus und ging unter die Dusche. Dann zog ich Jeans und T-Shirt an. Es war mitten am Nachmittag, und jetzt bereute ich, dass ich nach Hause gegangen war. Ich war wochenlang in London herumgelaufen und hatte bis spät abends gearbeitet. Ich hatte in einer Ferienwohnung in Marston Green gehockt. Jetzt war ich wieder in meiner eigenen Wohnung und hatte nichts zu tun. In meinem Kopf summte es. Ich sollte ein Buch lesen oder einkaufen gehen oder eine Entscheidung über mein Leben treffen oder etwas tun. Dann fand ich etwas. Das Bild, das Boot im Sonnenuntergang, das aussah, als sei es aus irgendetwas gestrickt. Ich schob das Sofa hinüber, stieg auf die Lehne und rückte das Bild endlich, nach all der Zeit, gerade.

Danach schob ich das Sofa wieder weg von der Wand und setzte mich darauf. Von draußen kam das Rauschen des Verkehrs, aber in der Wohnung war es still. Einen Moment lang war mir, als könnte ich für alle Zeit so sitzen bleiben, aber ich wusste, das war eine Illusion. Die Welt würde bald kommen, um mich zu holen.

ZWEIUNDDREISSIG

Am nächsten Morgen ging ich zur Arbeit, aber es war kein wirkliches Arbeiten. Ich war wie ein brillant konstruierter Roboter, der die Tätigkeit des Arbeitens imitierte. Ich sortierte Akten und schob Papiere hin und her und nahm ein paar Anrufe entgegen und merkte, dass die Leute mich komisch anschauten. Ich habe mal etwas Scheußliches über das Guillotinieren gelesen. Im achtzehnten Jahrhundert gab es einen Irren, der Forschung an guillotinierten Menschen betrieb. Er interessierte sich für die Frage, wie lange – wenn überhaupt – ein Enthaupteter noch bei Bewusstsein blieb, wenn sein Kopf in den Korb gefallen oder die Treppe des Schafotts hinuntergekullert war. Das Problem ist, ich weiß nicht, worin diese Forschung darüber hinaus bestand. Ich nehme nicht an, dass sie sich mit dem Kopf unterhalten konnten; ich glaube nicht, dass der Mund noch funktioniert. Vielleicht haben sie nur gesagt: Zwinkere einmal, wenn du hören kannst, was ich sage. Ich muss sagen, ich weiß nicht, was alptraumhafter ist. Die Vorstellung, bei Bewusstsein zu sein, wenn der eigene Kopf vom Körper wegrollt, und zu sehen, wie die Welt allmählich erlischt wie das Bild an einem alten Fernsehapparat, ist ja schon schlimm genug, aber dann auch noch von einem Forscher bei den Haaren gepackt und zum Zwinkern aufgefordert zu werden, wenn man hören kann, was er sagt … Wenn der Mund noch funktionierte, würde man wohl sagen: Hör zu, ich hab noch zwei Sekunden, bis mein Gehirn abschaltet, und glaubst du wirklich, die werde ich damit verbringen, einen Fragebogen auszufüllen? Bloß, dass man diesen Satz wahrscheinlich nur noch zu einem Viertel zu Ende gebracht hätte.

An diesem Morgen war ich wie ein guillotinierter Kopf, der

durch das Büro von Wortley Insurance kullerte. Ich war eine Kuriosität. Seht mal, das ist der abgeschlagene Kopf von Mark Foll. Das ist der, der vor Gericht als Zeuge gegen seine eigene Firma auftreten wird. Er sieht aus, als wäre er tatsächlich noch am Leben und als funktionierte er noch, aber die Arterien sind durchtrennt, und gleich wird er die Augäpfel verdrehen, und dann wird man ihn für tot erklären.

Ich wusste, es war nur eine Frage der Zeit, und an diesem Nachmittag erschien Donna Kiely in der Bürotür.

»Wir beide?«, fragte Giles.

»Nur Mr. Foll«, sagte Donna. »Zu Mr. Broberg in den siebten Stock.«

So viele Mister. Wir alle kannten einander, aber plötzlich diese Förmlichkeit. Das schien mir ein schlechtes Zeichen zu sein.

»Kommen Sie, Donna«, sagte Giles, »was ist los?«

»Ich bin nur die Botin«, sagte sie.

»Quatsch«, sagte Giles. »Ich war der Verantwortliche. Wenn es Ärger gibt, lag es an mir.«

»Schreiben Sie eine Aktennotiz«, schlug Donna vor. »Aber ich an Ihrer Stelle würde es nicht tun.«

Ich folgte Donna durch den Korridor und in den Aufzug. Sie sprach nicht mir mir. Sie sah mich nicht mal an. Das war ein gutes Zeichen, ein sehr, sehr kleines. Ich hatte schon wirklich brutale Entlassungen gesehen. Ich hatte gesehen, wie zwei Security-Männer mit einem schwarzen Müllsack an einem Schreibtisch erschienen und dessen ganzen Inhalt hineinfegten, bevor sie den Ex-Angestellten zum Ausgang eskortierten. Ich hatte von Leuten gehört, die von ihrer Entlassung erfahren hatten, als sie unten ihre Karte in die Stechuhr schoben und durch einen Piepton davon in Kenntnis gesetzt wurden, dass die Karte nicht mehr gültig war.

Besonders tröstlich war es nicht. Ich wusste auch: Wenn man wegen groben Fehlverhaltens entlassen wurde, mussten sie es von Angesicht zu Angesicht tun. Ich überlegte, was ich zu meiner Verteidigung sagen könnte, aber mein Gehirn funktionierte nicht richtig. Meine Sinneswahrnehmungen waren hyperscharf. Alles um mich herum war klar und farbig. Aber ich konnte nicht denken.

Immerhin fasste ich ein paar schnelle Vorsätze. Ich würde nicht weinen. Ich würde nicht betteln. Ich würde nicht um Verzeihung bitten.

Als Donna mich in Brobergs Büro führte, erwartete ich, dass er telefonieren oder mitten in einer Besprechung sein würde, aber er saß im Jackett an seinem Schreibtisch wie ein König in seinem Thronsaal. Anscheinend tat er nichts, außer auf mich zu warten. Zuerst sprach er Donna an.

»Donna, würden Sie bitte hinausgehen und den Anruf anmelden?«

»Den Anruf?«

»Marcia wird Sie informieren.«

Sie warf mir einen verwunderten Blick zu, ging hinaus und schloss die Tür hinter sich. Ich war immer noch ein ganzes Stück weit von Brobergs Schreibtisch entfernt. Also tappte ich jetzt über den dicken Teppich zu ihm hin. Broberg stand auf und ging zu einem der großen Fenster. Die Spätnachmittagssonne flutete herein, und er schien darin zu leuchten. Ich atmete tief durch und war plötzlich ganz ruhig. Vielleicht lag es an der Höhenluft.

»Ich reiche mit Vergnügen meine Kündigung ein«, erklärte ich.

»Was?«, fragte Broberg.

»Wenn es ein Problem gibt, ist es wahrscheinlich am besten, wenn ich einfach gehe.«

Broberg machte ein nachdenkliches Gesicht.

»Mögen Sie Fußball, Mark?«, fragte er.

»Ich verstehe nicht viel davon.«

»Wussten Sie, dass wir in Highbury eine Managementloge haben?«

»Nein.«

»Ist ein bedeutender Vermögenswert. Genau wie unsere moderne Kunst. Fußball ist eigentlich nicht mein Spiel, aber für Kerle gehört es halt dazu. Es ist komisch, aber die Männer, die wir an Spieltagen dorthin einladen, sind Geschäftsführer, Finanzdirektoren, Statistiker. In der Schule waren sie nicht der Kapitän der ersten Elf. Sie waren die Jungen mit den dicken Brillengläsern, die in der ersten Reihe saßen und immer aufpassten. Die, die hinter dem

Fahrradschuppen herumgeschubst wurden und zum Arbeitskreis Elektronik gehörten. Jetzt kommen sie in unsere Loge und essen Räucherlachs und trinken Montrachet, sie brüllen wie die Hooligans und reden darüber, wer auf die Ersatzbank gehört, und tun so, als wären sie eine Bande von Kerlen.«

»Gehört wahrscheinlich dazu, wenn man ein Mann ist«, sagte ich.

»Das schöne Spiel interessiert Sie also nicht, Mark?«

Was sollte dieser Scheiß? Ich hatte angenommen, ich würde hier nur noch einmal Zwischenstation machen, bevor man mich vom Firmengelände jagte. Wollte Broberg mich jetzt für die Betriebsmannschaft rekrutieren?

»Ich hab den Sinn nie so recht begriffen«, sagte ich.

»In den letzten vierundzwanzig Stunden haben die Telefonleitungen geglüht«, sagte er.

»Reden wir immer noch über Fußball?«

Broberg lächelte gezwungen.

»Nein, Mark, jetzt rede ich von Marston Green. Wie Sie sich vorstellen können, haben wir die diversen juristischen Implikationen und Verästelungen geprüft.« Ich schwieg. »Nun glaubt ja keiner von uns, dass leitende Angestellte von Marshco unmittelbar für den Überfall auf Giles Buckland verantwortlich sind, oder?« Ich schwieg noch immer. »Oder glauben wir das?«

»Ich bin aus der Sache raus«, sagte ich. »Ich habe mich bemüht, nicht zu spekulieren.«

Broberg betrachtete mich eindringlich, als wolle er feststellen, auf welcher Seite ich stand.

»Wie dem auch sei«, sagte er. »Marshco hat in dieser Sache inoffizielle Ermittlungen angestellt. Ein Thema, das dabei zur Sprache kam, war die Tatsache, dass man annahm, Sie und Giles seien dem Unternehmen und seinen Tätigkeiten gegenüber feindselig eingestellt.«

»Warum sollten wir das sein?«

Broberg machte eine ungeduldige Handbewegung.

»Da gab's so dies und das. Bemerkungen, die Sie gemacht haben, Fragen, die Sie gestellt haben, die Schwerpunkte Ihrer Recherchen. Ach, und noch etwas. Das ist der Grund, weshalb ich Sie nach Fußball gefragt habe. Einer der angeblich beteiligten Mitarbeiter geht samstags morgens mit seinem Sohn zum Fußball. Er hat Paul Creek erzählt, dass er sehr überrascht war, als er Sie dort gesehen hat. Er behauptet, Sie hätten den kleinen Sohn einer der führenden Betreiberinnen der Kampagne dorthin begleitet. Stimmt das?«

»Ja.«

»Ist das alles?«

»Was soll ich sonst sagen?«

Broberg zog sein Jackett aus und hängte es über seinen Schreibtischsessel. Es hatte ein wunderschönes, rosenfarbenes Seidenfutter.

»Ich war fassungslos«, sagte er. »Marshco ist ein bedeutender Kunde. Wir beauftragen zwei unserer Leute damit, ein Problem zu untersuchen, das die komplette Existenz dieses Unternehmens bedroht, und einer von ihnen geht eine Liaison mit einer führenden Gegnerin ein. Ist das eine zutreffende Beschreibung dessen, was geschehen ist?«

»Ich habe mich mit ihr getroffen. Von ihr habe ich die Karte bekommen, die wir benutzt haben, um die Clusterhypothese zu widerlegen.«

»Da wäre noch etwas, Mark. Ich versichere Ihnen, dass diese Unterhaltung schon jetzt streng unter vier Augen stattfindet. Ich würde gern noch ein Auge zumachen und Sie fragen, warum zum Teufel Sie, nachdem sie diese entscheidenden Daten in Ihren Besitz gebracht hatten – übrigens verdammt gute Arbeit –, damit zu einer fünfundachtzigjährigen Frau nach Oxfordshire gefahren sind. Ich zahle sechsstellige Gehälter an eine Bande von Versicherungsmathematikern, die zwei Stockwerke unter uns sitzen. Warum haben Sie es nicht denen gegeben?«

»Ich habe die Daten von Hannah nur bekommen, weil ich ihr versprochen habe, dass sie von unabhängiger Seite begutachtet werden würden.«

»Ich möchte Sie am liebsten gar nicht fragen, was passiert wäre, wenn diese Frau festgestellt hätte, dass der Cluster existiert.«

»Wie Sie schon ganz zu Anfang sagten, Mr. Broberg: Wenn der Cluster existieren sollte, wäre es gut, wenn wir das als erste wüssten.«

Broberg umspannte seine Stirn mit der Hand, als spüre er einen nahenden Migräneanfall.

»Ich hätte so viel zu sagen, dass ich gar nicht weiß, wo ich anfangen soll. Sie sagen, von Hannah Mahoney haben Sie die entscheidenden Daten bekommen. Nur, um das hinter uns zu bringen: Ich nehme an, Sie haben ihr die Informationen gegeben, die sie sodann an ihren Anwalt weitergegeben hat.«

»Das hab ich nicht absichtlich getan.«

Broberg war verdutzt.

»Hat sie Sie unter Drogen gesetzt? Oder hat sie in Ihrem Tagebuch gelesen, als Sie nicht hingeschaut haben?«

»Ich wollte sagen, es war nicht meine Absicht, dass sie diese Informationen benutzt. Sie war offen zu mir, ich wollte offen zu ihr sein.«

»Sie haben also eine Beziehung zu dieser Frau?«

»Ja.«

»Eine sexuelle Beziehung?«

»Mr. Broberg, ich glaube eigentlich nicht …«

»Womöglich werden Sie solche Fragen demnächst vor Gericht beantworten müssen.«

»Also schön. Jawohl, ich habe eine sexuelle Beziehung zu ihr.«

»Haben Sie noch etwas hinzuzufügen?«

»Sie sind derjenige, der mich hat kommen lassen«, sagte ich.

»Ich nehme an, Ihnen ist klar, dass Sie sich mit Ihrem Verhalten in Marston Green grobe Fahrlässigkeit haben zuschulden kommen lassen.«

»Das weiß ich nicht«, sagte ich. »Es war eine komplizierte Situation.«

»Kompliziert ist sie jetzt«, sagte Broberg. »Himmel.«

Das Telefon klingelte, und Broberg nahm den Hörer ab, als habe er damit gerechnet.

»Ja«, sagte er. »Gut.«

Er drückte auf einen Knopf und legte den Hörer wieder auf. Sofort kam eine dröhnende Stimme aus dem Lautsprecher. Der Mann hörte sich an, als spreche er am tiefen Ende eines Schwimmbeckens.

»Hallo?«

»Fergus, schön, Ihre Stimme zu hören. Ich habe Mark Foll hier bei mir.«

»Mark, ich habe von der alten Dame gehört. Gute Arbeit.«

»Danke, Sir.«

Ich hatte plötzlich den Nachnamen des Chefs von Wortleys Mutterkonzern vergessen. »Sir« musste genügen.

»Wenn ich das nächste Mal drüben bin, müssen wir uns treffen. Dann will ich die ganze, unzensierte Version hören. Abgemacht?«

»Gern«, sagte ich ratlos. Sollte das heißen, dass sie mich aus irgendeinem bizarren Grund nicht kündigen lassen würden?

»Wo stehen wir also, Walt?«

»Was sagen Sie zu fünf Millionen?«

»Was kriegen wir dafür?«

»Den ganzen Deal.«

»Bestehen noch weitere Ansprüche an Wortley Insurance?«

»Sind damit abgegolten.«

»Beschränkungen gegen Marshco?«

»Alle Begünstigten unterschreiben eine verbindliche Unterlassungsverpflichtung.«

»Wir haben einen Abschluss?«

»Der Fall ist erledigt, Fergus.«

»Das alles für nur fünf Millionen?«

»Pfund, nicht Dollar.«

»Fantastisch. Ich bin euch was schuldig, Jungs. Bis demnächst.«

Es klickte, und die Leitung war tot. Broberg sah mich an, als habe er soeben gleichzeitig ein Kaninchen aus dem Hut und ein Pik Ass aus seinem Ohr gezogen.

»Himmel, Mark«, sagte er. »Wenn es das nächste Mal ein Gewitter gibt oder einen Atombombenangriff oder ein Terror-Attentat, dann werde ich mich neben Sie stellen. Sie sind ein gottverdammter Glückspilz.«

»Ich verstehe das nicht«, sagte ich. »Ist denn alles geregelt?«

»Was glauben Sie, was wir seit gestern getan haben?«

»Sind die Leute von der Kampagne einverstanden?«

»Sie haben durch ihren rechtlichen Vertreter ihr Einverständnis erklärt.«

»Und all die Probleme, die mit der geplanten Expansion von Marshco verbunden sind? Die Krebsfälle?«

»Da hätten sie so oder so verloren. Wenn Sie ein Zweierpaar auf der Hand haben und jemand bietet Ihnen eine Hand voll Chips, dann sollten Sie sie nehmen.«

»Und was sagt Marshco dazu?«

»Deren Prämie wird jetzt ein bisschen höher sein, aber jetzt können sie für die Zukunft planen.«

»Sie haben fünf Millionen bezahlt.«

»Das ist ein geringer Preis, wenn damit in Zukunft alle unangenehmen Überraschungen ausgeschlossen sind.«

»Sie meinen, wenn sich herausstellt, dass der Cluster doch existiert?«

»Diese Krebsopfer werden ihr Geld jetzt bekommen. Im andern Fall wäre das in zwanzig Jahren passiert. Oder niemals. Würden Sie da ablehnen, wenn Sie ihr Anwalt wären?«

»Und was ist mit dem Überfall auf Giles?«

»Darüber unterhalte ich mich mit ihm. Unserer Ansicht nach werden die Ermittlungen nichts weiter ergeben. Uns ist klar, dass Giles ein traumatisches Erlebnis hatte, und zum Ausdruck unserer Anteilnahme werden wir ihm einen speziellen Bonus zahlen.«

»Bonus«, sagte ich. »Ist das Latein für ›Schmiergeld‹?«

»Hey, Mark, wir wollen doch nicht prüde sein. Tut mir Leid, dass ich Sie hier hochgeholt und Ihnen eine Scheißangst eingejagt habe, aber Sie müssen auch lernen, dass es nicht immer die angemessene Arbeitsweise ist, mit den Gegnern unserer Kunden zu ficken. Aber in diesem Fall hat alles gut geklappt. Jeder hat gewonnen. Alle sind glücklich. So soll es sein, und so ist es nie.« Er streckte mir die Hand entgegen. Ich nahm sie einigermaßen zögernd. »Was Sie angeht, Mark – Sie sind entweder sehr, sehr dämlich oder aber jemand, den ich im Auge behalten sollte.«

»Darf ich Ihnen eine Frage stellen?«, sagte ich.

»Natürlich.«

»Was halten Sie von Marshco? Ich meine, als Unternehmen?«

Eine ziemlich lange Pause folgte darauf. Broberg musterte mich mit schmalen Augen.

»Mark, Sie wissen nicht mal die Hälfte.«

»Hab ich mir irgendwie gedacht.«

»Das alles wird am Tag des Jüngsten Gerichts von der zuständigen Macht geklärt werden. Aber bis dahin leben wir in der wirklichen Welt. Sie haben Ihre Sache gut gemacht, Mark. Gratuliere. Sie sind ein Versicherungsmann.«

DREIUNDDREISSIG

Hannah hatte nichts zu tun, außer zu warten, und ich hatte nichts zu tun, außer mit ihr zu warten, und so hatten wir zum ersten Mal seit Wochen Zeit, richtig miteinander zu reden.

»Weißt du, wie viel du bekommen wirst?«, fragte ich.

»Das wird alles noch ausklamüsert«, sagte sie. »Irgendwas zwischen vierzig- und siebzigtausend, und da gibt es eine Gleitregel, die Alter, unterhaltsabhängige Personen und solche Sachen berücksichtigt. Wahrscheinlich kriege ich ungefähr sechzigtausend, wegen Bruce.«

»Und wer bekommt etwas?«

»Das beschränkt sich auf die ursprüngliche Liste, die wir für die Kampagne aufgestellt hatten.«

»Das ist aber ziemlich schlecht für die Krebskranken in Heiston, Linham und Chapel Willow.«

Hannah schluckte heftig. Ich wusste, ihr war schon übel, und dabei hatte die Behandlung noch nicht mal angefangen. Sie war ganz blass geworden, als wir durch den Haupteingang hereingekommen waren.

»Die wurden ja nur als Kontrollgruppe erfasst«, sagte sie. »Das weißt du.« Sie atmete zweimal tief durch. Ich dachte daran, wie ich auf Fähren gewesen war, wie ich an Deck gesessen, zum Horizont gestarrt und die Stunden gezählt hatte, und sie tat mir so Leid. »Ich werde nicht darüber diskutieren, wie gerecht das ist. Ich habe nichts von dem erreicht, was ich wollte. Ich habe Marshco nicht gestoppt.« Wieder holte sie tief Luft. »Am Ende – dank meinen eigenen Zahlen, für die ich mich umgebracht habe – hatten wir nichts, worüber wir hätten verhandeln können. Da hab ich einfach getan, was ich konnte. Sorry. Warte mal.« Sie umklammerte fest meine Hand, und ihre Nägel bohrten sich in meine Handfläche. Das Gefühl war unglaublich angenehm: dass ich es war, nach dem sie aus dem Nebel ihrer Übelkeit griff. »Es war ein letzter verzweifelter Versuch. Wir haben alles bekommen, was möglich war. Wir haben Anerkennung bekommen. Das war doch etwas.«

Eine Schwester kam und sagte, es sei alles bereit. Wir gingen mit ihr, und sie ließ Hannah auf einem von Wandschirmen umgebenen Stuhl Platz nehmen. Daneben stand ein Gestell auf Rädern mit einem Beutel, der eine klare, aber dick und klebrig aussehende Flüssigkeit enthielt. Nach der zweiten Brustamputation hatte man Hannah in einer weiteren Operation einen Behälter unter die Haut am Schlüsselbein implantiert – eine unglaublich clevere Methode, all die intravenösen Medikamente und Flüssigkeiten und anderen Sachen unterzubringen, die Hannah jetzt in ihrem Körper haben musste. Aber es deprimierte sie. Es sei, sagte sie, als verwandele man sie in eine Maschine zur Verabreichung von Medikamenten. Lässig stach die Krankenschwester die Injektionsnadel in den Zugang oben im Brustbereich. Es werde ungefähr eine Dreiviertelstunde dauern, sagte sie.

»Komisch«, sagte Hannah. »Ich habe nie Alkohol trinken können, weil mir davon schlecht wurde. Als ich als Teenager zum ersten Mal die Pille nahm, wurde mir davon schlecht, und ich gab es wieder auf. Von Fleisch fühlte ich mich aufgedunsen. Und jetzt sitze ich hier und vergifte mich. Weißt du, wenn sie mir eine zehnprozentige Überdosis von dem Zeug geben, bin ich tot. Eine interessante Tatsache, die Dr. Leonard mir erzählt hat. Und das ist der ganze Sinn der Sache. Mich so weit wie möglich zu vergiften, ohne mich umzubringen.«

Ich saß da und hielt ihre Hand.

Etwas mehr als zwei Stunden später saß ich neben ihr in ihrem Badezimmer. Sie hing mit dem Kopf über der Kloschüssel.

»Mir ist ein bisschen ...«, fing sie an, und dann erfasste ein Schauder ihren Körper, ein Krampf, und es war, als wollte sie ihren Mund von innen nach außen stülpen – ein entsetzliches, reißendes

Geräusch. Alles, was aus ihrem Mund kam, war ein bisschen Schleim, nicht mal genug, um herunterzufallen. Er hing einfach an ihren Lippen. Ich wischte ihn mit der Hand weg und spülte dann meine Finger unter dem Wasserhahn ab. Ich trocknete mir die Hand ab und streichelte ihren nackten Rücken. Ich rieb mit den Fingern über ihre Wirbelsäule und bis in die Gesäßfalte.

»Amüsant ist«, sagte sie, »dass Dr. Leonard mir erzählt hat, die beiden Chemos, die ich heute bekommen habe, verursachen nur in seltenen Fällen Übelkeit. Das ist doch ein Trost.« Sogar ihre Stimme kam in Wellen der Übelkeit.

Dann schien nichts mehr da zu sein, was sie hätte erbrechen können, und ich führte sie in ihr Schlafzimmer und holte von unten einen Eimer. Sie legte sich nackt auf die Bettdecke; sie ertrug es nicht, dass irgendetwas auf ihr lastete. Mit dem rechten Unterarm bedeckte sie die Augen. Die andere Brust war jetzt auch nicht mehr da, und sie hätte aussehen müssen wie ein Mann, aber das war nicht so. Vielleicht konnte sie die Brüste, die nicht mehr da waren, auch nicht mehr fühlen, aber ich konnte es. Ich strich mit den Fingern über ihren Bauch, ihre Brust, ihre Beine, ihr Schamhaar. Manchmal zuckte sie zusammen, und manchmal zeigte mir ein leises Stöhnen, dass es ihr damit ein kleines bisschen besser ging.

»Es gibt auch ein paar gute Dinge«, sagte sie. »Dr. Leonard ist zuversichtlich. Die Chancen sind überraschend gut. Keine weiträumige Ausbreitung. Es besteht eine fünfzigprozentige Wahrscheinlichkeit, dass ich in fünf Jahren noch lebe. Das Dumme ist, es besteht auch die fünfzigprozentige Wahrscheinlichkeit, dass ich in fünf Jahren tot bin. Fährst du morgen nach London?«

»Ich bin abends wieder da.«

»Das ist keine zivilisierte Lebensweise.«

»Ich bin besser dran als andere.«

»Es gibt noch andere gute Dinge«, sagte sie. »Willst du mich heiraten?«

»Das habe ich dich gefragt«, sagte ich.

»Es war kein Heiratsantrag. Ich habe dich gefragt, ob du es wirklich willst. Ich bin keine große Partie. Ich werde wahrscheinlich sterben. Ich habe keine Brüste. Ich bin wahrscheinlich steril. Ich bin ein alterndes Weib. Ich muss mich dauernd übergeben.«

»Es ist wegen deines Geldes«, sagte ich. »Ich hab's auf dein Geld abgesehen.«

»Das kommt in einen Treuhandfond für Bruce«, sagte sie. »Da wirst du nicht rankommen.«

»Ich arbeite für eine Versicherung«, sagte ich. »Ich komme an jedermanns Geld ran.«

Sie wurde allmählich schläfrig.

»Ich hab nie gedacht, dass ich mich in jemanden verlieben könnte, der für eine Versicherung arbeitet.«

»Da reden die Medikamente.«

»Kannst du es sagen?«

»Was?«

»Kannst du sagen, dass du mich liebst? Dann würde es mir besser gehen. Nur ein kleines bisschen.«

»Ich liebe dich«, sagte ich. Aber sie schlief schon. Ich betrachtete ihren hageren, brüstelosen Körper, der eine solche Strafe erlitten hatte, und ich sah, wie Brustkorb und Bauch sich im Schlaf hoben und senkten. Das Herz pumpte noch, die Lunge füllte und leerte sich und kämpfte gegen das alles.

Ich knipste das Licht aus und ging zum Fenster. Es war Vollmond, und die Umrisse der Bäume hoben sich klar vom Himmel ab. Von draußen kam ein quiekendes Geräusch, laut und beharrlich. War das eine Eule? Lernte ich allmählich solche Dinge? War es möglich, dass ich am Ende in Marston Green leben würde? War es das, was Erwachsenwerden bedeutete? Es war ein ernüchternder Gedanke.

Ich drehte mich um und betrachtete Hannahs Körper im matten Mondlicht. Ich dachte daran, wie es sein würde, wenn dieser Körper tot wäre, und plötzlich, ohne jeden Grund, dachte ich an die Titanic: Menschen, die flüchteten, Menschen, die verzweifelt zu fliehen versuchten und dabei scheiterten, Menschen, die hoffnungslos eingesperrt waren und ertranken. Jetzt waren die, die überlebt hatten und die, die ertrunken waren, tot. Alle. Ich dachte ans Totsein. Tot sein heißt nicht hier sein, aber, wie Giles gesagt hatte, selbst wenn wir leben, sind wir trotzdem gleichermaßen fast überall abwesend. Das war ein Gedanke, der mich verwirrte. Ich wusste nicht, ob er überhaupt irgendwie tröstlich war.

Hannah war einer der Punkte auf ihrer Karte. Sie war eine der Zahlen, die in Frankie McDonalds Auswertung nach der Poissonschen Häufgkeitsverteilung kein Muster gebildet hatten. Sie war ein Teil des Rauschens, der Staub auf der Oberfläche der Realität, das Unordentliche, der nondigitale Teil des Daseins. Ich ging quer durch das Zimmer und legte mich zu ihr.